VERSCHWÖRUNG IM KINZIGTAL

Matthias Fischer, geboren 1964 in Hanau, studierte Evangelische Theologie in Oberursel und Mainz und absolvierte sein Vikariat in Wächtersbach. Im Anschluss war er evangelischer Pfarrer in einer Gemeinde im Kinzigtal sowie in der Notfallseelsorge tätig. 2005 schrieb er seinen ersten Kriminalroman.

MATTHIAS FISCHER

VERSCHWÖRUNG IM KINZIGTAL

Kriminalroman

emons:

Bibliografische Information der Deutschen Nationalbibliothek
Die Deutsche Nationalbibliothek verzeichnet diese Publikation in der Deutschen Nationalbibliografie; detaillierte bibliografische Daten sind im Internet über http://dnb.d-nb.de abrufbar.

MIX
Papier aus verantwortungsvollen Quellen
FSC® C083411
FSC
www.fsc.org

Umschlagmotiv: Hanka Steidle/Arcangel.com
Umschlaggestaltung: Nina Schäfer, nach einem Konzept von Leonardo Magrelli und Nina Schäfer
Umsetzung: Tobias Doetsch
Gestaltung Innenteil: DÜDE Satz und Grafik, Odenthal
Lektorat: Lothar Strüh
Druck und Bindung: CPI – Clausen & Bosse, Leck
Printed in Germany 2022
ISBN 978-3-7408-1402-1
Originalausgabe

Dieser Roman wurde vermittelt durch die Medienagentur Gerald Drews, Augsburg.

Für Paula, Sarah und Ole

Prolog

»Ist es wirklich das, was du willst?«

Caspari sah nur verschwommene Umrisse. Wer hatte ihn das gefragt? Er konnte niemanden erkennen. Er blinzelte, um besser sehen zu können. Es half nichts. Mit den Handrücken rieb er sich die Augen. Langsam klärte sich seine Sicht. Vor ihm spielte sich eine surreale Szene ab. Eine Frau mit brünetten Haaren saß zusammengekauert im Sand und starrte verzweifelt auf einen Mann, der leblos am Strand lag. Beiderseits von ihm kniete je ein weiß gekleideter Mann. Beide mühten sich damit ab, den Liegenden wiederzubeleben. Der Ersthelfer auf der linken Seite presste mit durchgedrückten Armen und aufeinandergelegten Händen seinen unteren Handballen in einem Rhythmus auf die Brust des reglosen Mannes, den sein Gegenüber ihm vorgab.

»Dreizehn, vierzehn, fünfzehn.«

Die Herzdruckmassage stoppte für einen Moment, in dem der Taktgeber dem Reglosen Luft durch die Nase blies. Dessen Brustkorb hob und senkte sich. Dann fuhr der Linke mit seiner Arbeit fort. Caspari betrachtete mit seltsamer Distanz, wie der reglose Körper unter den kräftigen Stößen regelrecht durchgeschüttelt wurde.

Dann fiel sein Blick wieder auf die Frau. Die Kleidung klebte ihr am Körper, genauso wie bei den knienden Männern – und dem Reglosen auf dem Boden. Mit beiden Händen schob sie sich ihre nassen Haare aus dem Gesicht, wobei sie eine Spur feinen Sands hinterließ. Tränen liefen ihr über die Wangen und wuschen auf ihrem Weg zum Kinn den Sand in feinen Rinnsalen von ihrem Gesicht. Die Frau schien es gar nicht wahrzunehmen. Ihre Aufmerksamkeit war ganz und gar auf die beiden Männer und ihre Wiederbelebungsversuche gerichtet. Sie atmete stockend, immer wieder von einem kurzen Schluchzen unterbrochen.

Caspari tat die Frau leid. Er hätte sie gern getröstet, aber er wusste nicht, wie. Ein Rauschen drang an sein Ohr. Er blickte auf und sah sich um. Vor ihm lag die Nordsee, die sich mit der Flut immer weiter nach vorn an den Strand schob. Ein kräftiger Wind blies vom Meer. Caspari konnte sehen, wie er eine Windhose am Mast zappeln ließ, doch er selbst spürte ihn nicht. Ebenso wenig wie die einsetzende Kühle des frühen Abends, die die Frau frösteln ließ. Wo um Himmels willen war er nur? In was für eine Szene war er nur hineingeraten?

Er versuchte, sich zu erinnern. Langsam setzten sich Bilder und Gesprächsfetzen zu einem Ganzen zusammen. Er stand auf einem Strand auf der Insel Borkum. Und der Mann, um dessen Leben die beiden Helfer kämpften, war … er. Mit einem Mal überfluteten ihn die Erinnerungen. Er, oder vielmehr sein Ich, das reglos vor ihm auf dem Boden lag, war Patient in einer psychosomatischen Klinik auf der Insel. Nach einem mehrwöchigen Aufenthalt in einem psychiatrischen Krankenhaus, in dem er nach einem schweren Burn-out stationär behandelt worden war, hatte man ihn zur Regeneration auf die Nordseeinsel überwiesen.

Die ärztlichen Prognosen waren sehr positiv. Er würde bald wieder als Leiter seiner Abteilung im Bundeskriminalamt arbeiten, die auf Serientäter spezialisiert war. Der letzte mordende Psychopath, den sie verfolgt hatten, war allerdings kein Mensch, sondern eine wolfsähnliche Bestie gewesen. Obwohl Panikattacken und schwere Depressionen ihn während der Ermittlungen überfallen hatten wie die Bestie ihre Opfer, hatte er nicht aufhören können, sie zu jagen. Schließlich war er selbst zum Gejagten geworden und hatte schwer traumatisiert nur knapp überlebt.

Und nun? War er nun endlich tot? Er stand am Strand und sah, wie zwei Männer, die wie Pfleger gekleidet waren, sich abmühten. Sie hielten die hauchdünne Schnur fest, die ihn noch an das Leben band. Die Frau wischte sich mit einem Ärmel ihrer nassen Sommerjacke über das Gesicht und verschmierte damit den Sand und die Tränen auf ihren Wangen noch mehr.

Clara! Caspari begriff endlich, wer sie war. Seine große Liebe hockte völlig verstört im Sand. Er erinnerte sich plötzlich, wie sie beide sich kennengelernt hatten. Er hatte mit seiner Abteilung in einer Mordserie ermittelt. Eines der Opfer war im Hexenturm von Gelnhausen zu Tode gefoltert worden. Gerade einmal zwanzig Kilometer von seinem Zuhause entfernt hatte er Mörder gejagt. Dabei war ihm Clara begegnet.

Sie war Pfarrerin und die Notfallseelsorgerin, die die Angehörigen des Ermordeten betreut hatte. Caspari hatte sich Hals über Kopf in sie verliebt. Sie hatte das Herz einer Kämpferin und die Seele eines Engels. Selbstbewusst und einfühlsam, energisch und gelassen – diese Kombination hatte ihn sofort fasziniert. Sportlich, intellektuell und nicht minder hitzköpfig, was auf ihre irischen Wurzeln zurückging.

Er war nicht in der Lage gewesen, sie außerhalb der rein beruflichen Ebene anzusprechen. Dabei hatte ihm seine allzu große Schüchternheit im Weg gestanden. Wer war er schon? Ein Akademiker im Körper eines Holzfällers, dessen Körper die Arbeit mit der Axt geformt hatte. Caspari fühlte sich in seinem wuchtigen Körper gefangen. Dass ein Mann wie er von einer Frau als attraktiv gesehen werden könnte, war für ihn außerhalb jeder Vorstellung gewesen. Doch sie hatte ihn mit ihren wunderschönen Augen angesehen und sich dabei in ihn verliebt.

Diese blauen Augen, die sonst so viel Lebenskraft und Lebensfreude ausstrahlten, waren nun total verweint. Caspari kniete sich neben sie auf den Sand und wollte sie in den Arm nehmen. Doch er konnte es nicht. Seine großen Arme glitten durch ihren Körper einfach hindurch. Er war ein Schatten, nicht mehr. Und doch schien sie etwas gespürt zu haben. Clara erschauderte und drehte sich zu ihm um. An ihrem Blick erkannte er, dass sie durch ihn hindurchsah. Nahe beieinander und doch getrennt waren sie in diesem Augenblick.

So wie wohl in den zurückliegenden Wochen. Er hatte sich in seinem Beruf vollkommen aufgerieben. Zu viel Tod und unvorstellbare Grausamkeit waren ihm begegnet. Der professionelle Abstand war ihm im Laufe der Jahre still und leise abhandengekommen. Die Hochzeit mit Clara war geplatzt, weil er sich nicht auf seine Heilung hatte konzentrieren können. Er war wie ein Jagdhund, mit dem der Jagdtrieb auch dann noch durchging, wenn ein Hinterlauf gebrochen war. Das war für Clara zu viel gewesen. Zu viel an Konfrontation mit dem Tod, selbst für eine Pfarrerin. Zu viel an selbstzerstörerischem Verlangen, dem Tod und seinem Knecht, dem Serientäter, das Handwerk zu legen.

Während seines langen Klinikaufenthaltes war Caspari bewusst geworden, dass er sein Leben ändern musste. Er wollte in seiner Abteilung seine Mitarbeiter nur noch leiten, ohne selbst aktiv einzugreifen. Seine Dozententätigkeit an der Wiesbadener Fachhochschule, wo die Polizeianwärter studierten, wollte er ausbauen. Als promovierter und erfahrener Kriminalpsychologe konnte er den jungen Frauen und Männern viel Wissen vermitteln.

Das alles hatte er Clara erzählen wollen, als sie nach Borkum zu Besuch gekommen war. Doch sie war gekommen, um ihm im Beisein seines behandelnden Arztes mitzuteilen, dass sie sich von ihm trennen würde. Diese Offenbarung hatte ihm den Boden unter den Füßen weggezogen. Entgegen der Einschätzung des Psychiaters war er nicht stark genug dafür gewesen.

Er hatte so nicht weiterleben wollen, nicht weiterleben können. Deshalb hatte er sich weggeschlichen und war zu dem Strand gegangen, den er besonders mochte. Caspari hatte sich dort hingesetzt und mit seinem Leben abgeschlossen. Ein für alle Mal. Dann war er ins Wasser gegangen. Hatte sich nach dem kalten, dunklen und nassen Grab der See gesehnt. Die Schreie vom Strand hatte er ausgeblendet und gleichzeitig losgelassen. Er war dieses Lebens so satt gewesen. Er wollte nicht mehr damit ringen, immer maximalen Einsatz zu geben, um gut genug zu sein. Es war genug gewesen. Caspari hatte einmal noch ausgeatmet und sich dann sinken lassen. An mehr konnte er sich nun, am Strand stehend, nicht mehr erinnern.

»Ist es wirklich das, was du willst?«, fragte die Stimme erneut. Caspari sah sich um und sah einen Mann, den er auf

Anfang vierzig schätzte. Er verkörperte all das, was Caspari so gern gewesen wäre – er war gut aussehend. Die blonden Haare waren lässig nach hinten gekämmt. Ein gepflegter Vollbart umrahmte sein schmales Gesicht. Das weiße Sommerhemd und die beige Hose ließen einen hager-athletischen Körper erahnen. Die Hände hatte der Mann lässig in die Hosentaschen gesteckt.

»Warum ausgerechnet David Beckham?«, durchfuhr es Caspari.

»Damit dir bewusst wird, woran du dich dein ganzes Leben abgearbeitet hast«, antwortete der Mann, als hätte Caspari seine Gedanken laut ausgesprochen. »Du warst schon immer frustriert darüber, dass du eine völlig andere Figur hast.«

»Ich verstehe nicht«, stammelte Caspari.

»Du bist schon dein ganzes Leben der Ansicht, dass du nur dann einen Selbstwert besitzt, wenn du mehr leistest und besser bist als andere. Dass du nur schön bist, wenn du anders aussiehst, als du es tatsächlich tust.«

»Aha«, antwortete Caspari wie ein kleiner Messdiener, dem der Priester erklärte, wie man den Weihrauch im Fässchen zum Qualmen brachte.

»Wenn du dich dazu entscheidest zu leben, wirst du mit diesem Thema endlich Frieden schließen müssen«, erklärte der Mann. »Wenn du loslässt, spielt es keine Rolle mehr, welchen Körper du hattest, wie gebildet, reich oder gesund du warst.«

»Worum geht es dann?«

»Um die Liebe, einzig um die Liebe! Sie ist die Energie, die alles durchströmt. Durch sie verbindet sich die große Weltenseele mit allem, und alles ist mit ihr verbunden. Wenn du stirbst, gehst du ganz in diesen Strom ein, aus dem du hervorgegangen bist.«

»Und wenn ich mich entscheide, am Leben zu bleiben?«, fragte Caspari.

»Dann ist es deine Aufgabe, die Liebe anzunehmen, die die Weltenseele dir schon immer geschenkt hat. Du bist ein wertvoller Mensch, weil du genau so gewollt bist, wie du bist.

Akzeptiere das und akzeptiere dich. Gib diese Liebe an andere Menschen weiter. Darin liegt der tiefste Sinn allen Seins.«

»Bleibt Clara bei ihrer Entscheidung, wenn ich zurückkehre?«, fragte Caspari zögerlich.

»In der Liebe gibt es keinen doppelten Boden. Sie beinhaltet auch immer das Risiko, verletzt zu werden«, gab der Mann zur Antwort.

»Na toll!«, brummte Caspari unschlüssig.

»Du musst dich entscheiden«, drängte der andere. »Der Notarzt ist gleich hier. Wenn du bis dahin nicht weißt, was du tun willst, wird er die Reanimation nach einer Weile abbrechen.«

»Volles Risiko?«, hakte Caspari noch einmal nach.

»Nicht ganz«, antwortete der Mann mit einem Augenzwinkern.

»Heißt das, Clara und ich bleiben zusammen?«

»Finde es heraus!«

Eineinhalb Jahre später

Tanja hasste Hochhäuser. Sie empfand diese Türme als Legebatterien, in denen Menschen dicht aufeinandergedrängt ihr Dasein fristeten, entweder als Arbeitnehmer oder als Mieter oder als beides. Das Bürogebäude hatte ein weitläufiges Foyer. Am Empfang saßen zwei junge Frauen in uniformen Kostümen.

»Guten Tag«, sprach sie eine der beiden an.

Die Rezeptionistin setzte ein berufsmäßiges Lächeln auf. »Bitte?«

»Ich möchte in die radiologische Praxis«, erklärte Tanja und hielt einen Überweisungsschein hoch.

»Dr. Baulig«, bestätigte die Frau. »Die Praxis befindet sich im zweiten Stockwerk.«

Tanja bedankte sich und ging zu den Aufzügen. Im zweiten Stockwerk stieg sie aus und ging zielsicher zum Treppenhaus. Langsam stieg sie die Treppe nach oben. Ihr Herz schlug ihr bis zum Hals, sie spürte, wie das Blut in ihren Schläfen pochte. Dabei war sie nicht einmal außer Atem. Ein bisschen Treppensteigen belastete sie kaum. Sie war körperlich fit. Das musste sie als Leiterin einer SEK-Einheit auch sein.

Jahrelang hatte sie als Frau in dieser Männerdomäne kämpfen müssen, bis sie diese Position erreicht hatte. Sie hatte sich dabei nicht geschont, war unzählige Male mit schmerzenden Gliedern und völlig erschöpft nach einem harten Trainingstag ins Bett gefallen.

»Als Frau musst du härter als die Jungs trainieren und viel mehr einstecken«, hatte ihr eine Kollegin zu Beginn ihrer Zeit beim SEK gesagt. Sie hatte recht behalten. Tanja hatte viel dafür geopfert, Mitglied eines dieser Teams zu sein. Sie hatte sich ihren Platz und ihren ausgezeichneten Ruf hart erarbeitet und war nach etlichen Jahren an vorderster Front dann zur Teamleiterin befördert worden. Und nun war sie in diesem Hochhaus im Frankfurter Bankenviertel und kämpfte beim Treppensteigen gegen ihre innere Unruhe an.

Sie wusste, warum sie hier war, wusste, dass es getan werden musste. Jemand musste es stoppen, bevor es zu groß wurde. Im fünften Stock verließ sie das Treppenhaus und ging durch den Flur, vorbei an etlichen Nebenfluren, in denen die Büros von Start-up-Unternehmen untergebracht waren. Vor einer Tür mit dem Schild »Haustechnik« blieb sie stehen und zog eine Chipkarte aus ihrer Jackentasche. Mit angehaltenem Atem schob sie diese in den Schlitz neben der Tür. Als ein sattes Klicken ertönte, atmete sie erleichtert aus, drückte die Tür auf und trat ein.

Tanja ließ den Rucksack, den sie lässig wie eine Studentin über der Schulter getragen hatte, auf den Boden gleiten und setzte sich daneben. Der Raum war eng, aber für ihre Zwecke gut genug. Aus dem Rucksack holte sie ein Notizbuch und studierte noch einmal ihre Aufzeichnungen. Möglichst wenig durfte sie dem Zufall überlassen. Sie griff wieder in den Rucksack und holte den Gebäudeplan vom sechsten Stockwerk hervor. Dort lag der Firmensitz eines einzigen Unternehmens, der Troja Marketing. Mit dem Zeigefinger fuhr sie den Weg vom Treppenhaus bis zum Büro der Geschäftsleitung entlang. Dorthin musste sie unbemerkt gelangen.

Akribisch ging Tanja ihre Ausrüstung durch. Schließlich warf sie einen Blick auf ihre Uhr. Fast fünf. Ihr blieb noch eine Stunde, bis die Leute von der Gebäudereinigung kamen. Sie lehnte sich mit dem Rücken an die Wand und versuchte, sich zu entspannen. Wenn das hier schiefging, war sie entweder im Gefängnis oder tot. Falls sie erfolgreich sein sollte, würde man sie als Heldin feiern.

Sie begann, Atemübungen zu machen und sich zu fokussieren. Eine Dreiviertelstunde später verließ sie den kleinen Raum, durchquerte den Flur und verschaffte sich mit einer anderen Magnetkarte Zutritt zu einem Büro. Es bestand aus nur zwei Arbeitsräumen und einer Teeküche. Sie befand sich im Firmensitz eines Miniunternehmens, das zwei Personal Trainern gehörte. Die beiden teilten sich einen Büroraum. Sie waren ohnehin die meiste Zeit unterwegs, um ihre Kunden sportlich fit zu halten. Führungskräfte aller Altersstufen zahlten viel Geld, um von den beiden trainiert zu werden.

Bei ihrer Planung war Tanja vor ein paar Monaten auf die zwei gestoßen und hatte sich an ihre Fersen geheftet. Während einer der beiden einen Bewegungsmuffel durch den Ostpark scheuchte, hatte sie sein Auto geknackt und die Daten seiner Schlüsselkarte auf ein mobiles Lesegerät kopiert, das ihr Holger, ein befreundeter Kollege aus der Abteilung für Internetkriminalität beim LKA, besorgt hatte. Heute und morgen waren die beiden Trainer mit ihrer Sekretärin wie in jedem Jahr auf der FIBO, einer großen Messe rund um das Thema Fitness. Das war der ideale Zeitpunkt für ihr Vorhaben.

Tanja setzte sich im Büro der Sekretärin an den Schreibtisch, schob die Tastatur beiseite und steckte das Internetkabel in die Buchse an ihrem MacBook. Als der Computer lief, hackte sie sich in das Überwachungssystem des Bürogebäudes. Holger hatte sie an vielen Abenden darin intensiv trainiert. Dann schloss sie eine externe Festplatte an den Laptop an. In der Nacht zuvor hatte sie die Aufnahmen der Überwachungskameras mitgeschnitten und dort abgespeichert.

Ein Surren, gefolgt von einem Klicken, ließ Tanja zusammenfahren. Eine Putzkraft schob ihren Wagen in den kleinen Flur. Tanja schoss aus ihrem Stuhl und eilte zu der Frau. Sie zwang sich zu einem Lächeln.

»Nein, vielen Dank, heute müssen Sie nicht sauber machen!«

Die Frau sah sie verständnislos an.

»Aber donnerstags bin ich immer hier.«

»Das stimmt«, erwiderte Tanja, die sich innerlich dafür verfluchte, dass sie dieses Detail übersehen hatte. »Wir haben in dieser Woche allerdings das Büro geschlossen. Die Kollegen sind auf einer Messe.«

»Ach so«, antwortete die Raumpflegerin. »Sind Sie neu? Ich habe Sie hier noch gar nicht gesehen.«

»Homeoffice«, log Tanja, »ich mache die Buchhaltung von zu Hause aus. Nur manchmal muss ich hier an die Akten.«

»So ist das«, sagte die Frau. Offenbar gab sie sich mit der Erklärung zufrieden. »Ich brauche hier also nicht zu putzen?«

»Nein, heute nicht«, bestätigte Tanja.

Mit einem Schulterzucken verließ die Frau den kleinen Flur und schloss hinter sich die Tür. Erleichtert atmete Tanja auf und ging wieder zu ihrem Laptop. In den Wochen zuvor hatte sie alles haarklein recherchiert. Sie wusste, wie lange das Putzen der Büros dauern würde. Bis die Reinigungskräfte das Gebäude wieder verließen, würden noch zwei Stunden vergehen. Wieder war sie zum Warten verdammt. In Gedanken ging sie wohl zum hundertsten Mal an diesem Tag ihren Plan durch.

Die Schlüsselkartenkopie zum Trakt der Troja Marketing hatte sie sich auf die gleiche Weise besorgt wie die zu diesem Büro. Im Dunkeln würde sie dort hineingehen und sich an den Schreibtisch des Geschäftsführers setzen. Nach getaner Arbeit würde sie sich bis zum Morgen in diesem Büro verstecken. Erst dann konnte sie genauso unauffällig durch den Haupteingang verschwinden, durch den sie gekommen war. Vorausgesetzt, es verlief alles nach Plan. Doch dessen konnte sie sich nicht sicher sein. Sie spielte ein Spiel mit einem hohen Einsatz und einigen Variablen.

Als es dämmerte, trat sie an das große Fenster und blickte auf die Lichter der Großstadt, die nie wirklich zur Ruhe kam. Unter sich sah sie kleine Gestalten, die aus dem Gebäude kamen. Sie stiegen in drei Kleinbusse, die sie zu einem anderen Bürogebäude fahren würden, um dort sauber zu machen. Sobald es gänzlich dunkel geworden war, setzte sich Tanja wieder an ihr MacBook. Alles war vorbereitet. Mit einigen wenigen Mausklicks schaltete sie die Überwachungskameras des gesamten Gebäudes aus und spielte dem Überwachungssystem stattdessen die Filme von ihrer Festplatte vor. Zu guter Letzt legte sie die Bewegungsmelder im Treppenhaus noch lahm. Dann zog sie sich eine Sturmhaube auf und machte sich auf den Weg.

Eine Stunde Zeit blieb ihr für ihr Vorhaben. Fast lautlos eilte sie durch den Flur und dann die Treppen hinauf. Am Trakt der Troja Marketing angekommen, beruhigte sie erst wieder ihren Atem, bevor sie die Schlüsselkarte in den Schlitz schob. Ein Surren verriet ihr, dass die Karte akzeptiert worden war. Tanja sah sich nach allen Seiten um, bevor sie die Tür öffnete. Lautlos bewegte sie sich in den dunklen Räumen. Ihre kleine Stablampe brauchte sie nicht anzuschalten. Das Licht der Straße und der anderen Gebäude drang von draußen herein.

Wie ein Schatten huschte sie bis zur schweren Holztür, hinter der das Büro des Geschäftsführers lag. Die Tür war mit der Schlüsselkarte nicht zu öffnen, das wusste sie. Ein kleiner Kasten mit einem schwach beleuchteten Tastaturfeld war in Brusthöhe neben der Tür angebracht. Ohne die richtige Zahlenkombination würde sie dort nicht hineinkommen. Holger hatte ihr auch einen Minicomputer besorgt, der solche Codes knacken konnte. An der Unterseite der Türsicherung befand sich eine Buchse. Tanja verband das Gerät über ein Kabel mit dem Codeknacker und startete ihn. Auf dem kleinen Bildschirm sah sie, wie sich nacheinander vier Ziffern aneinanderreihten. Ein Surren beschied ihr, dass Holgers kleiner Helfer seine Arbeit getan hatte. Vorsichtig drückte sie die Tür auf und glitt in das großzügige Büro.

Der Computer auf dem schweren Schreibtisch war ausgeschaltet. Sie fuhr ihn hoch und sah zu, wie der Bildschirm zum Leben erwachte. Sie schob einen USB-Stick in eine der Buchsen am Rechner. Sofort übernahm das Programm von dort die Steuerung und umging die Passwortabfrage. Holger war ein wahrer Künstler, wenn es um digitale Spionage ging. Nach weniger als einer Minute konnte Tanja alle Dateien öffnen. Fieberhaft suchte sie nach einem Ordnernamen. Es musste ein Begriff aus der griechischen Mythologie sein. Da stand er mit einem Mal vor ihr, schwarz auf weiß – »Odysseus«.

Sie bewegte den Cursor auf den Namen und öffnete den Ordner mit einem Doppelklick. Es war, als hätte sie eine riesige Bibliothek betreten. Vor ihr entfaltete sich ein Verzeichnis von Unterordnern, das sie schlucken ließ. Tanja hatte mit vielem gerechnet. Dass die Sache allerdings diese Dimension hatte, verschlug ihr den Atem. Diese unglaubliche Menge an Dokumenten konnte sie unmöglich in einer Stunde auf Facebook veröffentlichen. Dieser Upload würde deutlich länger in Anspruch nehmen.

Entschlossen nahm sie eine externe Festplatte aus ihrem Rucksack, schloss sie an den Computer an und gab dem Rechner den Befehl, die Daten auf das andere Medium zu exportieren. Ihre Festplatte kam aus der neuesten Generation. Großes Fassungsvermögen, schnelles Laden. Während die Upload-Symbole sich in atemberaubender Geschwindigkeit auf dem Bildschirm ablösten, bemerkte sie in der Startleiste ein oranges Dreieck mit einem Ausrufezeichen in der Mitte, das ständig aufblinkte. Das konnte nur eines bedeuten: Ihre Aktivitäten waren entdeckt worden. Mist!

Tanja sprang vom Sessel auf und spähte in den Flur. Dort war alles ruhig. Sie lief zum Fenster und schaute auf den Hof vor dem Gebäude. Ein Konvoi schwarzer Karossen fuhr mit hoher Geschwindigkeit darauf zu und bremste so abrupt, dass ihre Fronten sich nach unten neigten. *Nicht gut! Gar nicht gut!* Tanja eilte zum Computer. Der Vorgang war endlich abgeschlossen. »Odysseus« war komplett auf ihre Festplatte kopiert. Sie riss das Kabel aus der Buchse des Computers, stopfte die Festplatte eilig in ihren Rucksack, holte ihre Heckler & Koch samt Holster daraus hervor und befestigte sie an ihrem Gürtel. Dann rannte sie aus dem Büro des Geschäftsführers, durch den Flur des Bürotraktes der Firma und auf den Flur zu den Fahrstühlen hinaus.

Die Anzeigen aller Aufzüge sah sie um die Wette blinken. Sie kamen! Tanja stieß die Tür zum Treppenhaus auf und glitt mehr über die Stufen, als dass sie darauf trat. Lieber langsamer auf der Flucht, als zu viel Geräusch zu verursachen. Diese Taktik machte sich bezahlt. Von unten hörte sie hastige Schritte vom Erdgeschoss heraufkommen. Sie öffnete die Tür zum fünften Flur fast lautlos. In diesem Stockwerk befand sich das Büro der Personal Trainer – ihre einzige Chance. Mit der

Pistole im Anschlag lehnte sie an der Wand neben der Tür zum Treppenhaus. Doch ihre Jäger trappelten wie die Elefanten aufwärts in den nächsten Stock.

Die Tür im Visier, ging sie rückwärts zum Büro, in dem ihr MacBook dem System vorgaukelte, es gäbe keine Bewegung im Gebäude. Mit der Schlüsselkarte verschaffte sie sich erneut Zutritt. Im Büro der Sekretärin keuchte sie sich die Anspannung aus dem Körper. Was sollte sie nun tun? Auch hier hätte sie kaum die Möglichkeit, die riesige Datenmenge auf dem Stick viral zu verbreiten. Die Zeit für einen Upload auf Facebook oder Instagram hatte sie nicht. Ihre Verfolger würden mit Hilfe des Wachpersonals jedes Zimmer in diesem Gebäude durchkämmen. Sie konnte sich ausrechnen, wie lange es dauern würde, bis man auf das Büro dieser Minifirma stoßen würde.

Plan B! Sie schob das Kabel ihrer Festplatte in ihr MacBook und gab den Befehl, »Odysseus« in ihre Cloud zu kopieren und auf dem externen Medium zu löschen. Die Cloud hatte Holger ihr für diesen Fall angelegt. Der Mann mochte ja im analogen Leben eine Pfeife sein, aber im digitalen Raum war er ein Titan. Es war, als würde sie einem Staubsauger bei der Arbeit zusehen. Nachdem der Vorgang abgeschlossen war, holte sie einen orangefarbenen USB-Stick aus einem Fach ihres Rucksacks und steckte ihn in ihren Laptop. Mit Bedauern aktivierte sie das Zerstörungsprogramm darauf. Der Computer war ein Geschenk von Toni gewesen, ein Jahr bevor er gestorben war. Eine Kakofonie kam aus dem winzigen Lautsprecherbereich des Laptops. Dieses Gerät würde niemandem mehr verraten, wohin sie den antiken Seefahrer geschickt hatte.

Tanja hörte leise Geräusche im Flur. Bald würden sie sie gefunden haben. Sterben war eine Option, die sie einkalkuliert hatte. Holger würde dann für sie die Daten aus der Cloud ins Netz stellen. So war es abgesprochen. Doch Tanja wollte ihre Haut so teuer wie möglich verkaufen. Diese Leute hatten keine Skrupel gehabt, ihren Mann zu töten. Dafür konnten sie ruhig einen hohen Preis bezahlen. Sie griff erneut in ihren Rucksack und förderte eine Mini-Uzi hervor. Diese kleine Maschinenpistole hatte in ihrem Rucksack kaum Platz benötigt, ganz im Gegenteil zu den Magazinen, die sie dazugetan hatte.

Sie klappte die Schulterstütze aus, befestigte einen Laserpointer auf der Halterung und schob das erste Magazin ein. Auf dem Weg zur Teeküche blieb ihr Blick an dem schnurlosen Telefon hängen, das in der Station auf dem Schreibtisch stand. Jemand rüttelte von außen an der Flurtür. Sie griff sich das Telefon. Dann hörte sie ein Geräusch, das sie allzu gut kannte. Ein Surren kam vom Türschloss, dann ein Klicken, als der Schnapper nachgab und die Tür aufgedrückt wurde. Die Kerle hatten einen Universalschlüssel. Der Lichtkegel einer Taschenlampe huschte unruhig wie eine Wespe durch den Flur.

»Hier ist nichts!«, rief eine raue Männerstimme.

»Das weißt du doch gar nicht. Du hast doch nur den Flur gesehen!«, bellte eine andere. »Wir müssen alle Räume checken!«

»In Ordnung«, kam die Antwort. Durch das Dämmerlicht der Notbeleuchtung sah Tanja, wie sich eine breit gebaute Gestalt in den Flur schob, eine Pistole im Anschlag. Eine andere gab ihm von hinten Deckung. Ihren Laserpointer ließ Tanja ausgeschaltet. Die beiden würde sie auch bei diesem Schummerlicht mühelos treffen. Der erste Häscher leuchtete in beide Büros. Als er das aufgeklappte MacBook auf dem Schreibtisch der Sekretärin sah, stutzte er.

»Irgendwas stimmt hier nicht!«, rief er seinem Spießgesellen zu. »Das müssen wir uns genauer ansehen.«

Als er sich zur Teeküche auf der gegenüberliegenden Seite umdrehte, schoss Tanja eine Salve von vier Schüssen als Warnung in die Türfüllung. Der Häscher duckte sich und rannte zum Ausgang.

»Scheiße«, hörte sie ihn fauchen, »ruf die anderen! Zu zweit schaffen wir das nicht.«

Der Zweite flüsterte etwas in sein Mikrofon oder Handy. So genau konnte sie es nicht erkennen. Ihre Finger wählten dagegen wie ganz von selbst die Nummer 110 auf dem Telefon, das sie aus dem Büro mitgenommen hatte. Als sich der Kollege von der Bereitschaft am anderen Ende meldete, holte sie tief Luft, bevor sie sprach.

»Hören Sie genau zu! Mein Name ist Tanja Wedekind. Ich bin Leiterin der SEK-Einheit 2 Südhessen. Meine Dienstnummer lautet 123-Alpha 578. Haben Sie das verstanden?«

»Ja«, bestätigte der Polizist.

»Ich bin hier im Bürogebäude in der Herbert-Boehm-Straße 20, im fünften Stock. Ich habe mir illegal Zutritt zu einem der Büros verschafft und werde jetzt von Personen verfolgt, die nicht zum Sicherheitspersonal des Komplexes gehören.

»Wie meinen Sie das?«, fragte der Mann am anderen Ende der Leitung. Wie zur Antwort wurden drei Schüsse abgefeuert. Die Projektile schlugen in ihrer Nähe in der Wand ein.

»In Ordnung! Ich verstehe, was Sie meinen«, rief der Polizist durch das Telefon. »Hilfe ist unterwegs.«

In einer fließenden Bewegung legte Tanja das Telefon auf den Boden und legte die Uzi an. Sie hatte sich die Stelle genau gemerkt, wo sie Mündungsfeuer gesehen hatte. Dann zog sie den Abzug. Ein kurzer Aufschrei folgte, dann ein Stöhnen.

»Scheiße, es hat Mike getroffen!«, rief eine Stimme vom Hauptflur her.

Tanja richtete den Lauf ihrer Maschinenpistole in diese Richtung, drückte den Schulterbügel fest an ihren Körper und ließ die Uzi jene Arbeit tun, für die sie gebaut worden war.

Wiederkehr

»Wie geht es Ihnen?«

Caspari sah Helmut Fuhr, den Präsidenten des Bundeskriminalamts, einen Moment schweigend an. Der blickte mit seinen grauen Augen zurück, geduldig wartend. Fuhr wirkte auf den ersten Blick wie der klassische Bürokrat. Maßgeschneiderter anthrazitfarbener Anzug, dazu eine Krawatte in einem kräftigen Rotton als Kontrast, italienische Schuhe, der feingliedrige Körperbau eines Ausdauersportlers und das scharf geschnittene Gesicht mit jener Nase, die jeder Julius-Cäsar-Büste Ehre gemacht hätte.

Was sollte Caspari nun seinem höchsten Dienstvorgesetzten als ehrliche Antwort geben? Im Grunde wusste er das selbst nicht so genau. Eineinhalb Jahre war es her, dass er zum Sterben ins Meer gegangen war. Nun saß er in Fuhrs Büro. Hinter ihm lagen ein Aufenthalt in einer psychiatrischen Klinik, etliche ambulante Therapiestunden und Schweigewochen im Meditationszentrum einer evangelischen Kommunität.

Er war sich bewusst, dass er diese Zeit ohne Clara nicht geschafft hätte. Sie beide zogen sich gegenseitig fast schon magisch an. Er, der optisch und in seiner Rolle als Polizist wie ein Granitblock wirkte, unter der robusten Schale aber unter seiner Schüchternheit und seinem wuchtigen Aussehen litt, war dem Charme und dem Temperament der deutsch-irischen Theologin erlegen.

Clara war immer in seine Fälle involviert. Irgendwie schaffte sie es jedes Mal, in die Ermittlungen der Serienmordfälle hineinzuschlittern, die sich im Kinzigtal und in den angrenzenden Mittelgebirgen, dem Vogelsberg und dem Spessart, ereigneten. Bei ihrer Arbeit als Gemeindepfarrerin und später als Schulseelsorgerin kam sie mit Menschen in Kontakt, die für Casparis Untersuchungen eine Rolle zu spielen schienen. Claras Temperament brachte sie dabei oft mit dem Tod in Berührung, dem sie durch Casparis Einsatz einmal nur um Haaresbreite entkommen war.

Er selbst hatte sich bei der Menge seiner Ermittlungen psychisch vollkommen erschöpft. Mittlerweile Kriminalrat, leitete er die Abteilung für Serienmorde beim BKA. Als promovierter Kriminologe und Psychologe hatte er die Gabe, die Muster hinter den Taten zu erkennen und gemeinsam mit seinen Leuten den Tätern auf die Spur zu kommen.

Für Clara war das Leben an der Seite eines Mannes, der ständig dem Tod nachjagte, nicht mehr zu ertragen gewesen. Nachdem sie sich deswegen von ihm getrennt hatte, gab er der Sehnsucht nach, das alles zu beenden und sich das Leben zu nehmen. Clara, die sich mittlerweile in einer Nachbesprechung mit Casparis Psychiater ihrer eigenen Gefühle klar geworden war, hatte sich auf die Suche nach ihm gemacht. Ihr war bewusst geworden, dass sie Caspari nicht aufgeben wollte. Schließlich war sie es gewesen, die ihn mit Hilfe anderer halb tot aus dem Meer gezogen hatte.

Seither führten sie ein stilles, eng aufeinander bezogenes Leben. Vor zwei Wochen hatte der Psychiater Caspari attestiert, dass er wieder in der Lage sei, seinen Dienst zu tun. Nach langen, intensiven Gesprächen waren Clara und er übereingekommen, dass er noch einmal versuchen sollte, in die Ermittlungsarbeit einzusteigen, statt gänzlich als Dozent an der Polizeifachhochschule zu arbeiten. Nun saß er Fuhr gegenüber, um die Modalitäten für seine Wiedereingliederung zu besprechen.

»Es geht mir deutlich besser als mitten in den Ermittlungen bei dem Fall mit der Bestie«, sagte Caspari schließlich. »Ich denke, ich habe gelernt, mich mental besser von den Fällen abzugrenzen. Diese Annahme würde ich gern dem Praxistest unterziehen.«

»Es freut mich für Sie, dass Sie sich wieder fit fühlen. Es freut mich aber auch für uns. Auf Ihre Fähigkeiten kann das BKA nur schwer verzichten«, antwortete Fuhr.

»Oh, danke für die Blumen«, erwiderte Caspari. »Ich denke allerdings, ich habe hervorragende Leute in meiner Abteilung, die ihre Arbeit auch sehr gut ohne mich hinkriegen.«

»Ja, Sie haben ein hervorragendes Team«, bestätigte Fuhr. »Doch Sie sind der Leitwolf. Ihre Leute brauchen Sie noch eine Zeit unter Ihrer Führung, um exzellent zu werden.«

»Die Wiedereingliederung ist sicher eine gute Gelegenheit,

auf alle Prozesse innerhalb einer Ermittlung zu schauen. Ich werde mir Mühe geben, die Arbeit meiner Abteilung behutsam zu steuern, ohne selbst zu direkt und offensiv einzugreifen.«

Fuhr schüttelte den Kopf. »Ihre Leute schreiben gerade die Berichte zu den Fällen der Moorleichen in der Rhön und tragen alles für die Verhandlung vor Gericht zusammen. Da gibt es derzeit nicht viel für Sie an Steuerungstätigkeit. Dr. Caspari, ich brauche Sie für eine andere Sache.«

Casparis Neugier war geweckt. Allerdings mischte sich daneben auch das Gefühl von Angst. Er wollte sich nicht noch einmal so tief in einen Fall hineinziehen lassen wie ein Schwimmer, der in einen Strudel geriet.

»Worum handelt es sich dabei?«

»Es geht um einen Fall mit vielen Ungereimtheiten«, begann Fuhr. »Sagt Ihnen der Name Toni Wedekind etwas?«

»Nein, der Name sagt mir nichts.«

»Toni Wedekind war ein Kollege aus dem Landeskriminalamt. Ein Top-Ermittler im Bereich Wirtschaftskriminalität. Vor eineinhalb Jahren lief gegen ihn eine Ermittlung wegen des Verdachts der Korruption. Wedekind nahm sich das Leben. Oder er wurde dazu gezwungen. Niemand weiß es. Es gibt keine eindeutigen Spuren, weder für einen Suizid noch für einen Mord. Es war ein Schuss mit der Dienstwaffe in den Mund. In seinem Abschiedsbrief gestand er seine Schuld. An der Echtheit dieses Schreibens bestehen nach wie vor Zweifel, die bisher nicht ausgeräumt werden konnten. Die Akte ist daher immer noch offen. Wedekind hinterließ eine Frau und eine Tochter. Die Tochter studiert in Harvard. Seine Frau Tanja ist die Leiterin eines der SEK-Teams im Rhein-Main-Gebiet. Sie ist eine beeindruckende Persönlichkeit.«

»Das muss sie auch sein, wenn sie sich in dieser Männerdomäne durchsetzen kann«, meinte Caspari.

»Wohl wahr! Frau Wedekind ist in der vergangenen Woche in den Hauptsitz der Firma Troja Marketing im Frankfurter Büroviertel Niederrad eingebrochen und hat sich an einem der Computer dort zu schaffen gemacht. Die Firma hat dort in einem dieser Bürotürme ein ganzes Stockwerk gemietet. Was genau Frau Wedekind dort getan hat, kann oder will uns der Inhaber der Firma nicht sagen. Sie selbst schweigt seither. Anschließend versteckte sie sich in dem Büro einer anderen Firma in demselben Gebäude, von wo aus sie mit ihrem eigenen Computer Zugriff auf das Internet hatte. Was sie dabei im Detail getan hat, ist nicht mehr zu recherchieren. Den Laptop, den sie dazu verwendete, zerstörte sie anschließend, ebenso eine externe Festplatte.«

Fuhr hielt inne und atmete tief ein, bevor er fortfuhr.

»Bis zu diesem Punkt ist das bereits eine merkwürdige Geschichte. Nun aber wird es vollends mysteriös. Während sie in diesem zweiten Büro mit dem Internet verbunden war, stürmte ein Trupp von einer Sicherheitsfirma in das Bürohaus, vorbei an den vollkommen überrumpelten Wachleuten, und durchkämmte die Etagen nach dem Eindringling. Das stand den Leuten natürlich nicht zu. Nach Eindringlingen in dem Büro der Firma zu suchen, für deren Sicherheit man zuständig ist, ist eine Sache. Ein ganzes Bürohaus auf links zu drehen, eine ganz andere. Es kam zu einer Schießerei. Frau Wedekind hatte eine kleine Überraschung für den selbst ernannten Sturmtrupp dabei: eine Uzi mit reichlich Munition.

Caspari pfiff leise.

»Zwei der Männer liegen noch im Krankenhaus. Ohne ihre kugelsicheren Westen wären sie jetzt eher in der Rechtsmedizin, mit einem Zettel am großen Zeh. Frau Wedekind erwischte eine Kugel an der Schläfe. Streifschuss. Sie verlor viel Blut und lag mehrere Tage im Koma. Seitdem sie aufgewacht ist, sagt sie kein Wort. Sie schweigt nicht nur gegenüber den Kollegen, die sie befragen wollen. Auch dem Klinikpersonal gegenüber verständigt sie sich nur mit Zeichensprache, und das auch eher selten. Die Ärzte schließen nicht aus, dass es eine Auswirkung der Verletzung sein könnte. Derzeit prüft ein Psychiater, ob das zutrifft oder ob es sich um eine Traumatisierung handelt. Ich halte das für unwahrscheinlich. Meine Vermutung ist, dass sie sich und ihren Komplizen mit ihrem Schweigen schützen will.«

»Komplizen?«, fragte Caspari nach.

»Holger Uhl. Ebenfalls vom LKA. Er ist ein extrem fähiger Kopf in der Abteilung Cyberkriminalität. Ein – wie sagt man heute? –, ein Nerd. Und ein enger Freund der Familie. Mit Hilfe der Standortdaten von Frau Wedekinds Mobiltelefon konnten wir feststellen, dass die beiden in den letzten Wochen vor dem Einbruch sich sehr oft trafen. Auch die Anrufliste spricht dafür.«

»Vielleicht hatten die beiden ja auch nur angebandelt«, wandte Caspari ein.

»Nein«, widersprach Fuhr. »Uhl ist nun so gar nicht der Typ von Frau Wedekind. Ihr Mann war ein durchtrainierter Sportler. Uhl ist, nun ja …«

Fuhr machte eine ausladende Bewegung mit seinen Armen. »Er ist doch recht massiv. Das ist aber nicht das ausschlaggebende Moment. Holger Uhl ist eine Nacht später spurlos verschwunden. Das legt seine Beteiligung an der Planung des Einbruchs nahe oder zumindest die Vermutung, dass er davon wusste. Außerdem verfügte Frau Wedekind bisher nicht über die Computerkenntnisse, die es für ihre Aktion gebraucht hat. Sie ist eher ein Durchschnittsanwender, so wie Sie und ich. Ein elektronisches Türschloss zu knacken und die Passwörter eines Rechners mal eben so zu umgehen, gehört nicht zum Standardrepertoire einer SEK-Beamtin. Das sieht eher nach einem Spezialisten für Cyberkriminalität aus.«

»Da gebe ich Ihnen recht«, sagte Caspari. »Was soll ich nun tun?«

»Reden Sie mit der Frau«, antwortete Fuhr.

»Ich bin kein Forensiker«, gab Caspari zu bedenken.

»Als solchen will ich Sie auch nicht. Wir haben schon einen Psychiater, der sich an ihr die Zähne ausbeißt. Bringen Sie die Frau zum Reden. Ich weiß, dass Sie das können. Ihnen haben Serientäter ihr Herz ausgeschüttet. Sie haben eine Begabung dafür.«

Caspari grinste schief. »Warum?«, fragte er schließlich.

»An der Sache ist etwas faul. Es hat etwas mit den Vorwürfen gegen Toni Wedekind und seinem Tod zu tun, da bin ich mir sicher. Ich will wissen, was es ist.«

»Ein Einbruch, dessen Zweck nicht ermittelt werden kann, eine Sicherheitsfirma, die sich wie ein Sturmtrupp aufführt, und ein verschwundener Komplize sind für sich genommen schon Gründe genug, Verdacht zu schöpfen«, sagte Caspari. »In Verbindung mit dem Tod des Ehemannes könnte man auf die Idee kommen, dass sich eine große Nummer hinter den Kulissen abspielt.«

»Das sehe ich genauso. Sie sind in den nächsten vier Wochen noch in der Wiedereingliederung. Deshalb möchte ich, dass Sie sich erst einmal mit Frau Wedekind befassen. Falls Sie dabei auf etwas stoßen, das weiterer Ermittlungen bedarf, ziehen Sie Ihre Leute dazu heran.«

»Oh, ich bin mir sicher, dass ich auf etwas stoßen werde, was der Ermittlungsarbeit bedarf«, erwiderte Caspari.

»In dem Fall dürfte Ihre Abteilung froh sein, zwischen der Schreibtischtätigkeit und den Aussagen in der Gerichtsverhandlung wieder echte Polizeiarbeit machen zu dürfen.«

»In Ordnung, ich bin dabei«, sagte Caspari.

»Schön, Sie wieder an Bord zu haben, Dr. Caspari«, sagte Fuhr und reichte ihm die Akte zu dem Fall.

Caspari nahm sie und verabschiedete sich.

»Passen Sie auf sich auf. Fangen Sie langsam wieder an«, redete Fuhr ihm ins Gewissen, bevor er dessen Bürotür hinter sich schloss.

Dunkle Vergangenheit

»Die Ariergesetze galten damals auch in der Evangelischen Kirche«, erläuterte Nikita in seiner Präsentation. »Es gab eine ganze Reihe von Persönlichkeiten innerhalb kirchlicher Einrichtungen, die Hitlers Ideen begeistert aufgriffen. Sie wollten einen nationalistischen Protestantismus. Sie hielten sich für die Avantgarde eines modernen völkischen Christentums. Doch es gab auch eine Reihe von Gegenstimmen, nicht nur unter den Vertretern des Pfarrernotbundes und der Bekennenden Kirche.«

Clara hörte dem Schüler gern zu. Er machte das richtig gut. Nikita konnte nicht nur vor einer Gruppe reden, sondern er hatte seinen Vortrag auch exzellent vorbereitet. Der Jugendliche war ansonsten bei den Lehrern für seine Versuche bekannt, mit möglichst wenig Aufwand die bestmögliche Note herauszuholen. Hier hatte er sich allerdings einmal so richtig in die Arbeit gekniet. Seine Augen leuchteten. Er hatte tatsächlich für diesen Vortrag sein Äußeres ein wenig herausgeputzt. Der Undercut war sauber gestutzt, der Zopf auf der Hauptesmitte sorgfältig gekämmt und gebunden. Statt seiner üblichen Jogginghose trug er an diesem Tag sogar einmal eine Jeans.

»Kirche unter dem Hakenkreuz« stand auf dem Lehrplan für die zehnte Klasse. Es war Clara ein Anliegen, dieses Thema ausführlich mit den Schülern zu behandeln. Sie wollte ihren Teil dazu beitragen, dass sich die Menschen in Deutschland nie wieder von einer absurden Ideologie faszinieren und sich zu grausamen und menschenverachtenden Gedanken und Taten hinreißen ließen, wie es im Dritten Reich geschehen war. Sie empfand ein bisschen Stolz dabei, dass sie ihre Schüler für die Auseinandersetzung mit einem der dunkelsten Kapitel protestantischer Vergangenheit hatte begeistern können. Die bisher vorgetragenen Referate zeugten zumeist von einer echten Beschäftigung mit diesem Thema.

»Was man damals mit den Juden angestellt hat, ist absolut verwerflich«, hörte sie einen Zwischenruf. »Aber ist es nicht so, dass Hitlers Ablehnung der Juden nicht unbegründet war?«

Clara drehte sich nach hinten um und suchte den Schüler, der diese Frage in den Raum geworfen hatte. Es war Tom, der Nikitas Vortrag unterbrochen hatte. Das Kinn vorgereckt, forderte er ihn förmlich heraus.

Bevor Clara reagieren konnte, fragte Nikita zurück: »Wie meinst du das?«

Tom schien nur auf diese Gelegenheit gewartet zu haben. Der sonst so stille Junge mit dem traurigen Blick und den braunen Locken begann, auf eine Art zu dozieren, die Clara an ihm völlig fremd war. »Hitler hat den Juden vorgeworfen, sich an den Deutschen zu bereichern. Als Händler und Bankiers hatten sie wirtschaftlichen Erfolg. Im Gegensatz dazu ging es der Mehrheit der Deutschen nach dem Ersten Weltkrieg richtig schlecht. Viele Menschen lebten in Armut.«

»Willst du damit sagen, dass die Gaskammern und all das andere gerechtfertigt waren?«, mischte sich Anne aus der dritten Reihe ein.

Für einen Augenblick kehrte der vertraute Ausdruck in Toms Gesicht zurück. Anne war so etwas wie sein Lieblingsmensch. Sie und Tom kamen aus demselben Dorf im Spessart und kannten sich im Grunde seit der Wiege.

Anne war stämmig, hatte ein rundes Gesicht und trug eine Nickelbrille. Daneben hatte sie die Körperkraft ihres Vaters, eines Hufschmieds, geerbt, dem sie, wie sie Clara erzählt hatte, mit großer Freude bei der Arbeit zur Hand ging, seit sie denken konnte. Außerdem war Anne sehr schlau. In Claras Augen besaß sie das Mitgefühl einer Heiligen. Alle diese außergewöhnlichen Eigenschaften hatten sie wohl schon im zarten Kindergartenalter zu Toms bester Freundin gemacht. Wenn die älteren Kinder in dem traurigen und verträumten Sohn einer psychisch kranken Mutter das willkommene Opfer bei Sandkastenschlachten ausgemacht hatten, sorgte Anne dafür, dass sie sich kopfüber in ebenjenem Element wiederfanden, in dem sie Tom bis zur Halskrause einbuddeln wollten.

Gott sei Dank wird es immer Menschen geben, die keine Heidi Klum brauchen, um unglaublich schön zu sein, dachte Clara, als sie zu Anne hinübersah.

Tom kam indessen emotional ins Straucheln, als er zu Anne blickte. »Nein, das will ich nicht. Das habe ich doch eben klar gesagt«, wehrte er sich fast patzig. »Aber ich finde, dass Hitlers Vorbehalte gegen die Juden berechtigt waren.«

»Also Massenvernichtung zwar nicht, aber Rassentrennung und Zwangsenteignung gehen klar? Habe ich dich richtig verstanden?«, fragte Benjamin, der Überflieger des Jahrgangs.

»So in etwa«, bestätigte Tom.

Clara war innerlich sehr aufgewühlt, bemühte sich aber um Sachlichkeit in ihrem Tonfall. »Wie begründest du diese Behauptung?«

»Hitler kannte die Protokolle der Weisen von Zion«, begann Tom.

»Die nachweislich eine Fälschung sind«, fiel ihm Clara ins Wort.

»Das sagen Sie«, konterte Tom. »Beweisen lässt sich das nicht.«

»Da liegst du falsch. Es gibt eine Reihe wissenschaftlicher Methoden, mit denen man die Echtheit von Texten nachweisen oder widerlegen kann«, sagte sie. Im Theologiestudium hatte sie sich ausführlich mit der Exegese von alt- und neutestamentlichen Texten befassen müssen. Toms Behauptung war dazu angetan, sie auf die Palme zu bringen.

»Unter den Wissenschaftlern gibt es unterschiedliche Meinungen zu den Protokollen der Weisen von Zion. Ich berufe mich auf die, die sie für echt halten.«

»Schön, dann bring in der nächsten Stunde eine dieser wissenschaftlichen Meinungen in gedruckter Form mit.«

Der Junge nickte selbstbewusst.

»Was steht denn eigentlich in diesen Protokollen?«, fragte Janina aus der hintersten Reihe. Ihre Augenbrauen stießen dabei förmlich gegeneinander. Die reichlich aufgetragene Abdeckcreme, mit der die Jugendliche ihre Akne zu überdecken versuchte, geriet dabei an ihre Leistungsgrenze.

»Es geht um eine angebliche Verschwörung des Weltjudentums. Darin werden Pläne geschmiedet, wie man Gesellschaft und Wirtschaft in den unterschiedlichen Ländern destabilisieren und zum Kollaps bringen will. Anschließend soll die

Welt von den Juden als dem auserwählten Volk Gottes regiert werden. An der Spitze steht dann ein jüdischer König«, fasste Clara zusammen, während sie gebannt auf den Riss in der Schminke blickte, der zurückgeblieben war, nachdem die Stirn des Mädchens sich wieder entspannt hatte.

»Was für ein Scheiß«, echauffierte sich Janina. »Daran hat Hitler geglaubt?«

»Keine Ahnung«, antwortete Nikita, der offensichtlich bemüht war, sein Referat zu Ende zu bringen. »Er hatte einen abgrundtiefen Hass gegenüber den Juden. Das hing mit persönlichen Erfahrungen zusammen.«

»Was für Erfahrungen?«, fragte Anne.

»Hitlers Mutter war todkrank. Ein jüdischer Arzt versuchte, sie zu retten, es gelang ihm aber nicht. Hitler war noch sehr jung damals. Er machte den Arzt für den Tod seiner Mutter verantwortlich«, erklärte Nikita. »Später dann wollte Hitler an der Wiener Kunstakademie Malerei studieren. Der Professor, der ihn ablehnte, war ebenfalls Jude. Er hat wohl sehr rüde die Bilder runtergemacht, die Hitler eingereicht hatte.«

»Das ist die gängige Erklärung«, meldete sich erneut Tom zu Wort. »Ich finde, das ist ein sehr schwaches Argument, um den Ursprung für die Nürnberger Rassengesetze zu erklären.«

Das Schweigen der Zeugin

Bevor er sich zum Gespräch mit Tanja Wedekind auf den Weg machen wollte, besuchte Caspari seine Mannschaft. Der Terminus »Besuch« beschrieb tatsächlich seine Anwesenheit in der Abteilung, die er bis vor eineinhalb Jahren als sein zweites Zuhause angesehen hatte. In dem Moment, in dem er durch die Glastür in den Flur trat, auf dem die Büros lagen, fühlte er einen leisen Anflug von Fremdheit. Selbst das asthmatische

Gurgeln der Kaffeemaschine, das aus dem Aufenthaltsraum drang, war ihm nicht mehr vertraut. Er warf einen Blick hinein und sah die rote Löwenmähne einer Frau, die mit dem Rücken zu ihm stand, während sie benutztes Geschirr in die Spülmaschine räumte.

»Bist du diese Woche mit dem Küchendienst an der Reihe?«, fragte er, an den Türrahmen gelehnt.

Die Frau drehte sich mit einem Lächeln auf den Lippen herum.

»Mensch, Christoph. Du bist es wirklich! Wie schön, dass du da bist!«

Tina Hergenrath, eine seiner beiden Stellvertreter, kam auf ihn zu und umarmte ihn. Er roch ihr Parfum. Es war immer noch Chanel. Die Nummer hatte er sich nie merken können. Tina sah wie immer umwerfend aus, sportlich und gleichermaßen weiblich. Die Mittdreißigerin konnte sehr empathisch sein, aber auch sehr hart und bestimmend, je nachdem, was die Situation erforderte, in der sie sich jeweils befand.

Mit ihren grünen Augen sah sie ihn an und grinste breit, während sie seine Hände hielt. Er betrachtete ihre Finger.

»Immer noch keinen Ehering«, stellte er schmunzelnd fest.

»Du wärst einer der Ersten, der das erfahren würde«, gab sie lachend zurück.

Mario, sein zweiter Stellvertreter, und sie waren seit Jahren ein Paar. Beide waren schon Casparis Mitarbeiter gewesen, als er noch eine Abteilung beim Landeskriminalamt geleitet hatte. Eigentlich hätte er als ihr Vorgesetzter darauf bestehen müssen, dass sich einer von beiden in eine andere Abteilung versetzen ließ. Aber er wollte weder auf Tina verzichten noch auf Mario.

Die energische Polizistin hatte einen Blick für Details bei Befragungen, die selbst Caspari übersah. Ebenso wenig wollte er ohne Mario ermitteln, der jede Nadel im Heuhaufen fand, wenn es darum ging, in der Vita von Zeugen oder Verdächtigen etwas zu entdecken, das nicht zu ihren Aussagen passte oder den Ermittlungen eine entscheidende Wendung gab. Wer ihn nicht kannte, traute dem Sohn italienischer Gastarbeiter ein solch akribisches Arbeiten gar nicht zu, wirkte Mario vom Auftreten her doch eher wie die junge Ausgabe von Adriano Celentano.

»Was führt dich hierher?«, fragte sie schließlich. »Kommst du wieder zurück, oder bist du nur zufällig in Wiesbaden?«

»Weder noch«, erklärte er. »Ich beginne mit einer Wiedereingliederung, vorerst allerdings nicht als Chef der Abteilung.«

Tina sah ihn fragend an.

»Wirst du unsere Abteilung abgeben?«

»Nein, davon ist keine Rede. Der Präsident braucht mich in einer anderen Sache, sozusagen als Sonderermittler.«

»Aha, du darfst die spannenden Sachen machen, während wir uns mit Ermittlungsberichten abrackern«, entrüstete sich Tina mit einem Augenzwinkern.

»Das macht ihr doch mit links«, kommentierte Caspari.

»Das ist ein reiner Indizienfall. Ein Geständnis fehlt. Wir kriegen den Täter nicht zum Reden. Außerdem hat der einen harten Hund als Strafverteidiger. Der Staatsanwalt will, dass die Anklage wasserdicht ist. Deshalb gehen wir hier alles x-mal durch, damit wir der Gegenseite keine Angriffsfläche bieten.«

»Aber ihr seid euch sicher, dass er euer Mann ist?«

»Zweihundertprozentig. Willst du dir die Akte mal anschauen?«

»Nein, ich muss mich um Fuhrs Sonderauftrag kümmern. Ich bin mir auch sicher, dass ihr das ganz ohne meine Hilfe hervorragend hinkriegt.«

Tina zuckte mit den Schultern. »Okay, du bist der Chef«, sagte sie mit einem Anflug von Enttäuschung in der Stimme.

»Zurzeit bin ich ein ehemals Durchgedrehter, der sich langsam wieder ins Leben zurückkämpft«, korrigierte Caspari sie.

Tina umarmte ihn noch einmal. »Ja, du hast recht. Entschuldige bitte mein Drängen. Ohne dich fühlt sich die Arbeit irgendwie nicht mehr so an wie früher.«

»Gut zu hören«, brummte Caspari. »Wenn ich bei meinem

Sonderauftrag psychisch stabil bleibe, komme ich wieder zurück zu euch.«

»Versprochen?«

»Versprochen!«

Tina löste sich von ihm.

»Willst du die anderen auch sehen?«

»Na klar!«, sagte er.

Eine Stunde und zwei Tassen Kaffee später fuhr Caspari in die Universitätsklinik in Frankfurt. In der psychiatrischen Abteilung hatte er sein Kommen telefonisch angekündigt. Er fühlte sich beklommen, als er den Flur dort betrat. Vor nicht allzu langer Zeit war er selbst hier als Patient gewesen. Erinnerungen an die Nacht, in der sich seine Seele damals befunden hatte, streiften ihn. Ein Schauer lief ihm den Rücken herunter. Niemals mehr wollte er in diese Finsternis zurück.

Eine Krankenschwester riss ihn aus seinen Gedanken. »Kann ich Ihnen helfen?«

Es dauerte einen kurzen Moment, bis er die Erinnerungen von damals abgeschüttelt hatte. »Ja, ähm. Mein Name ist Caspari. Ich bin Ermittler vom BKA.«

»Dr. Caspari«, sagte eine Stimme hinter ihm. Er drehte sich um und sah sich einem jungen Mann mit dunkler Hautfarbe im weißen Arztkittel gegenüber.

»Ich bin Dr. Bartholomäus. Wir hatten miteinander telefoniert.«

»Richtig. Gibt es einen Raum, in dem ich ungestört mit Frau Wedekind sprechen kann?«

»Selbstverständlich. Sie können eines unserer Besprechungszimmer nehmen.«

Der Mediziner lotste ihn durch die Gänge und blieb vor einer schweren, geschlossenen Metalltür stehen.

»Unser gesicherter Bereich«, erklärte er und tippte anschließend eine Zahlenfolge in ein Tastaturfeld an der Wand. Mit einem Surren entriegelte sich das Schloss. Der Arzt drückte dagegen und führte Caspari in einen hellen Flur. Auf beiden

Seiten sah er die Zimmertüren, ebenfalls aus Stahl, zudem mit vergitterten Beobachtungsfenstern.

»Das ist nicht gerade der Ort, an den man unbedingt will«, kommentierte Dr. Bartholomäus Casparis Miene.

»Wohl wahr!«

Der Arzt öffnete eine Tür und wies in den Raum. Das Zimmer war spärlich eingerichtet. Außer einem Tisch mit zwei Stühlen befand sich nichts darin.

»Ich sage Bescheid, dass Sie da sind. Die Patientin wird gleich zu Ihnen gebracht«, versicherte der Psychiater.

»Vielen Dank.«

Als hinter ihm die Tür ins Schloss fiel, nahm Casparis Beklommenheit noch zu. Er ging zum Fenster und öffnete es. Ein paarmal atmete er tief durch, während er durch die Gitter auf den Klinikparkplatz sah. Dann schloss er das Fenster wieder, setzte sich mit dem Rücken dazu auf den Stuhl und holte seinen Notizblock und das Diktiergerät aus seiner Jackentasche.

Als die Tür sich öffnete, blickte er auf. Eine Frau, die ungefähr in seinem Alter sein mochte, wurde von einem stämmigen Pfleger hereingeführt. Sie wirkte selbst in der Krankenhauskleidung, die man ihr gegeben hatte, drahtig. Caspari fiel ihr Blick auf. Er schien ihm ein wenig zu trüb für ihre Haltung, die Wachsamkeit ausstrahlte. Wäre die Körperspannung nicht gewesen, hätte er vermutet, dass sie unter dem Einfluss von Psychopharmaka stand. Er konnte sich keinen rechten Reim darauf machen.

Caspari erhob sich, um sie zu begrüßen. »Guten Tag, Frau Wedekind. Mein Name ist Caspari. Ich bin vom Bundeskriminalamt. Ich möchte Ihnen ein paar Fragen über Ihr Eindringen bei der Firma Troja Marketing und die anschließende Schießerei stellen.«

Die Frau sah ihn ausdruckslos an und zeigte darüber hinaus keinerlei Reaktion. Er wies ihr den Stuhl ihm gegenüber. Sie setzte sich, ohne den Blick von ihm zu nehmen.

»Ich werde unser Gespräch aufzeichnen«, informierte er sie.

Die einzige Reaktion darauf kam von dem Pfleger, der dabei war, den Raum zu verlassen.

»Ein Gespräch wird das nicht werden«, meinte er. »Sie redet kein Wort, seit sie aus dem Koma aufgewacht ist.« Dann schloss er die Tür hinter sich.

»Befragung von Tanja Wedekind am 23. April 2019 um elf Uhr in der psychiatrischen Abteilung des Universitätsklinikums in Frankfurt«, begann er, nachdem er das Diktiergerät eingeschaltet hatte.

Regungslos sah Tanja Wedekind ihn weiterhin an. Das Blinzeln der Augenlider war die einzige Bewegung, die von ihrem Gesicht ausging.

»Frau Wedekind, ich bin nicht der erste Ermittler, der Sie befragt. Aus den Akten weiß ich, dass Sie bisher keine Angaben gemacht haben. Das ist Ihr gutes Recht. Sie sollten wissen, dass es nicht meine Aufgabe ist, gegen Sie zu ermitteln. Ich bin damit beauftragt, die Hintergründe aufzudecken und den, sagen wir mal, merkwürdigen Geschehnissen in der betreffenden Nacht auf den Grund zu gehen. Dazu benötige ich Ihre Mitarbeit. Sehen Sie sich dazu imstande?«

Tanja Wedekind zeigte die Anteilnahme einer steinernen Skulptur. So kam er nicht weiter. Er brauchte einen spitzen Pickel, mit dem er Löcher in die Mauer des Schweigens schlagen konnte.

»Mir ist bekannt, dass Ihr Mann gestorben ist. Auch, dass die Umstände seines Todes nicht zweifelsfrei geklärt sind.«

Zwei Tränen liefen ihr über das ansonsten ausdruckslose Gesicht. Da war das erste kleine Loch in der Mauer, das er mit Bedacht vergrößern musste.

»Wir glauben, dass sein Tod der Anlass für Ihren Einbruch war.«

Caspari wartete einen Moment lang, bevor er fortfuhr. Seine Hoffnung, sie würde auch darauf reagieren, blieb unerfüllt.

»Er war ein hervorragender Ermittler mit den besten Referenzen. Es fällt schwer zu glauben, dass an den Anschuldigungen gegen ihn etwas dran sein könnte.«

Kaum merklich atmete sie lauter und länger aus. Aber es genügte, damit er es wahrnahm. Das Loch in der Wand hatte sich ein wenig geweitet. Doch er konnte nicht tiefer darin eindringen. Ihm fehlten schlicht detaillierte Informationen zum Tod von Toni Wedekind. Diese Akte musste er noch vom Landeskriminalamt anfordern. Also versuchte er, mit dem spitzen Pickel an einer anderen Stelle ein Loch in die Mauer aus Schweigen zu schlagen.

»Ich weiß, dass der Kollege Holger Uhl Sie bei Ihrem Vorhaben unterstützte. Er ist seither verschwunden. Selbst eine Handyortung ist nicht möglich. Können Sie mir etwas zum Verbleib Ihres Freundes sagen?«

Tanja Wedekinds Reaktion überraschte ihn. Sie schloss die Augen. Caspari ließ die Stille in dem Raum auf sich wirken. Sie lag bleiern auf ihnen, und doch war sie nicht wirklich vollkommen. Zwei Tränen hatten sie durchbrochen, auch wenn sie lautlos geflossen waren. Caspari schwieg zusammen mit der Patientin. Es war wie eine gemeinsame Meditation, bei der zwei Personen zwar in demselben Raum waren und das Gleiche taten. Aber jeder war dabei ausschließlich bei sich und dem, wie und worüber er meditierte.

Caspari vermutete, dass Tanja Wedekinds Schweigen weder von den Medikamenten herrührte, die man ihr wahrscheinlich verabreichte, noch von dem Trauma der Schussverletzung. Es war ihr Weg, sich selbst zu schützen und ihn zu verunsichern, wenn nicht gar zu brechen.

Doch mit ihrem Schweigen konnte sie Caspari nicht beeindrucken. Er begrüßte ja die Stille. Sie war ihm in den vergangenen eineinhalb Jahren vertraut geworden. In den Kontemplationswochen, in denen er tagelang nichts geredet hatte, war sie ihm zu einem Ort der inneren Reinigung und Neuausrichtung geworden. Er konnte Tanja Wedekinds Schweigen besser aushalten, als sie es sich vorstellte, vielleicht sogar besser, als sie selbst dazu in der Lage war.

Er sah in ihre Richtung, und doch blickte er ins Leere. Nach einer Zeit schlug sie ihre Augen wieder auf. Er sah einen Anflug von Verwunderung in ihrer Miene. In dem Bruchteil einer Sekunde war diese Gefühlsregung aber auch schon wieder verschwunden. Caspari schaute auf die Uhr und nahm dann sein Diktiergerät vom Tisch.

»Die Befragung wird um elf Uhr fünfunddreißig von Dr. Christoph Caspari beendet«, sagte er zum Mikrofon hin, bevor er die Aufnahme stoppte.

»Frau Wedekind, ich komme wieder«, sagte er und sah sie dabei direkt an. Dann nahm er seine Sachen, stand auf, ging um den Tisch herum und wollte schon an die Tür klopfen. Einer inneren Eingebung folgend, blieb er auf halbem Weg stehen.

»Halten Sie durch! Hilfe ist auf dem Weg.«

Warum er das gesagt hatte, vermochte er selbst nicht zu erklären.

Als er von einer Krankenschwester begleitet die geschlossene Abteilung verließ, lief ihm Dr. Bartholomäus über den Weg.

»Haben Sie die Patientin zum Reden gebracht?«, fragte er neugierig.

»Na klar, wie ein Wasserfall«, antwortete Caspari ironisch.

»Hätte mich auch gewundert, wenn es anders gewesen wäre«, gestand der junge Assistenzarzt.

»Bekommt sie irgendwelche Psychopharmaka?«, fragte Caspari. »Sie wirkt ein bisschen so – und dann wiederum auch nicht.«

»Wie meinen Sie das?«, fragte der Arzt neugierig.

»Ihre Körperspannung strahlt Wachsamkeit aus. Ihre Miene hingegen ist die eines sedierten Patienten.«

»Ich staune über Ihre Beobachtungsgabe. Wir geben ihr derzeit tatsächlich einen Stimmungsaufheller, da wir von einem Schädel-Hirn-Trauma ausgehen – als Arbeitshypothese sozusagen.«

»Sie können nicht mit absoluter Sicherheit sagen, dass es sich um genau diese Störung handelt?«

»Nicht genau«, gestand Dr. Bartholomäus. »Es ist sehr wahrscheinlich. In der Fachwelt ist es allerdings nicht unumstritten, dass eine verhältnismäßig leichte Verletzung ein Schädel-Hirn-Trauma verursacht. Das Projektil ist ja nicht durch den Schädel in das Hirn eingedrungen, sondern am Knochen entlanggeschlittert und hat dabei eine kleine Furche hinterlassen.«

Die Geister von einst

Die Diskussion mit Tom über die Protokolle der Weisen von Zion wollte Clara nicht mehr aus dem Kopf gehen. Sie hatte sie auch während der nachfolgenden Schulstunden beschäftigt. Nach der sechsten Stunde ging sie in Gedanken versunken ins Lehrerzimmer.

Stefan Kurz saß an einem der Tische und trank einen Kaffee. »Nomen est omen« traf nun wirklich nicht auf ihn zu. Seine Körpergröße war umgekehrt proportional zu seinem Nachnamen. Er war ein Riese von mindestens zwei Metern, hatte ein breites Kreuz und einen deutlichen Bauchansatz, den er selbst als »Feinkostgewölbe« bezeichnete. Er hatte ein Stück Wald geerbt, in dem er jedes Jahr Bäume fällte und das ganze Jahr über zu Brennholz verarbeitete. Ein Kollege hatte einmal gewitzelt, Stefan wirke, als würde er die Stämme mit bloßen Händen zu Kleinholz hauen. Beim Anblick der Pranken, gegen die selbst Casparis nicht sonderlich groß wirkten, hielt Clara das durchaus für möglich. Ein ergrauter Wikingerbart rundete das Bild ab, sodass es niemanden aus dem Lehrerkollegium wunderte, dass Schüler ihm vor vielen Jahren den Spitznamen »Rübezahl« verpasst hatten.

Clara steuerte ihn an und setzte sich ihm gegenüber. »Sag mal, Stefan«, begann sie. »Tom Kalkbrenner ist doch dein Schüler, hab ich recht?«

»Klar, der ist bei mir in der 10b«, antwortete der Riese und zog dabei eine Augenbraue nach oben. »Gibt es Probleme mit ihm?«

»Das würde ich gern von dir erfahren«, erwiderte sie. »Wir besprechen gerade in Religion die Rolle der evangelischen Kirche im Dritten Reich.«

»Aha, daher weht der Wind.«

»Du kennst Toms Affinität zu rechten Verschwörungserzählungen?«

»Ich unterrichte meine Klasse auch in Politikwissenschaft und Geschichte. In der letzten Zeit kam es zu, sagen wir mal, verstörenden Auftritten von seiner Seite.«

»Er hält die Protokolle der Weisen von Zion für wahr«, entrüstete sich Clara.

»Ja, ich weiß. Bedauerlicherweise ist das nicht der einzige Unfug, dem er Glauben schenkt.«

Clara war fassungslos. »Hält er etwa auch die Bundeskanzlerin für einen maskierten Reptiloiden? Glaubt er den Mist, dass es unterirdische Städte gibt, in denen Armeen herangezüchtet und ausgebildet werden, um dann die Bevölkerung auf der Erde zu vernichten?«

»Ob sein Verschwörungsglaube so weit geht, weiß ich nicht. Allerdings ist er von rechtem Gedankengut und Ideologien der Neonazis infiziert. Anders kann man es wirklich nicht sagen.«

»Seit wann entwickelt er sich in diese Richtung?«

Stefan hob die Arme. »Was ich jetzt sage, ist eine Vermutung. Toms Mutter ist psychisch schwer krank, Schizophrenie, wenn ich mich recht erinnere. Jedenfalls ist es seit einem halben Jahr so schlimm, dass sie die meiste Zeit in der Klinik ist. Der Vater hat eine kleine Firma, Garten- und Landschaftsbau, ein Drei-Mann-Betrieb. Der arme Kerl muss ziemlich ackern, gerade jetzt, wo seine Frau als Bürokraft und Buchhalterin fehlt. Tom und seine jüngere Schwester werden von den beiden Omas betreut. Das ist natürlich nur semioptimal. Tom kommt mit der ganzen Situation nur schlecht klar. Die Krankheit seiner Mutter ist ihm peinlich. Er hat sich isoliert. Seine Leistungen haben seither auch nachgelassen. Nicht so dramatisch, dass die Versetzung gefährdet wäre, aber schon auffällig. Sein Vater hat mir erzählt, dass er seinen Sohn fast nur noch an dessen Computer antrifft. Tom würde sich seltsame Seiten anschauen. Darüber reden will er nicht.«

»Das hört sich nicht gut an«, kommentierte Clara.

»Die Schulsozialarbeit ist mit im Boot. Die haben allerdings ihre Probleme, an ihn heranzukommen. Es ist schwierig, jemanden wieder auf den Boden der Realität zu ziehen, der in dieses Fahrwasser geraten ist.«

»Passendes Bild«, meinte Clara.

»Die Protokolle sind nicht alles, weißt du? Er fährt auch auf den Quatsch der Neonazis ab. Aktuelles wirres Zeug sozusagen. Das baut auf den Protokollen auf.«

»Davon habe ich bisher nichts mitbekommen«, sagte Clara.

»Die neuste Erzählung behauptet, dass das Weltjudentum für die Kriege und die Flüchtlingsströme verantwortlich sind. Es sollen gezielt muslimische Männer mit geringem Intelligenzquotienten und rudimentärer Bildung in den Westen geschleust werden.«

»Warum sollte ein Weltjudentum das wollen?«, entgegnete Clara.

»Die Erzählung behauptet Folgendes: Die Zeugungsfähigkeit der jungen Muslime ist der der degenerierten westlichen Männer überlegen. So paaren sie sich mit den westlichen Frauen. Die bringen dann minderintelligente Kinder auf die Welt. So geht Westeuropa als Wiege der westlichen Kultur und Bildung langsam, aber sicher unter. Die Durchmischung wird so lange fortgesetzt, bis nur noch eine geistig minderbemittelte Bevölkerung da ist, die wunderbar zu schwerer körperlicher Arbeit eingesetzt werden kann. Eine Elite aus dem Weltjudentum regiert diese Arbeitsameisen dann.«

»Wer denkt sich denn diesen Schwachsinn aus?«, fragte Clara empört.

»Ein internationaler Club von Neonazis, die neue Verschwörungsmythen auf dem Boden der alten erschaffen. Sie haben auch einen Namen für diesen Mythos: ›Umvolkung‹.«

»Hat nicht auch Björn Höcke diesen Begriff in den Mund genommen?«

»Der Vertreter einer demokratisch gewählten Partei greift diese perfide Idee auf und beschwert sich anschließend, dass ihn der Verfassungsschutz beobachtet.«

»Mich treibt aber auch die Frage um, wer so etwas glaubt«, meinte Clara.

»Zum Beispiel Menschen, in deren Leben es gerade nicht besonders gut läuft und die einen Schuldigen dafür suchen.«

Ungereimtheiten

Caspari schaltete den Rechner in seinem Arbeitszimmer an. Während der Computer hochfuhr, ging er in die Küche, um sich einen Tee zu kochen. Clara war noch nicht aus der Schule zurück, doch ihm knurrte schon jetzt der Magen. Zwölf Uhr dreißig. In einer Stunde würde es erst Mittagessen geben. Frühestens! Wer wusste denn schon, mit wem Clara noch Gespräche nach der letzten Unterrichtsstunde führen würde? Als er den Kühlschrank öffnete, um sich Milch für den Tee zu holen, fiel sein Blick auf den Eintopf, den er am Abend zuvor gekocht hatte. Verdammt noch mal, warum hatte er einen solchen Hunger? Aus lauter Verzweiflung aß er eine Banane und sah dabei aus dem Fenster in den Hof.

Die Aprilsonne fiel durch die noch unbelaubten Zweige der alten Linde, die dort stand. Der Weiherhof war ein altes Anwesen, das auf der Spielberger Platte im Vogelsberg lag. Es bestand aus einem großen Herrenhaus und einigen Wirtschaftsgebäuden und war von einer hohen Mauer umgeben. Seine Eltern hatten das Anwesen für einen kleinen Preis gekauft, als er noch ein kleines Kind gewesen war. Es war ziemlich heruntergekommen, sodass sie viel Zeit, Arbeit und Geld investiert hatten, um es nach und nach zu restaurieren. Ein Unterfangen, bei dem er selbst sehr oft mitgeholfen hatte und das eigentlich nie wirklich abgeschlossen sein würde.

Mit Clara und seinem Sohn Lukas aus seiner Ehe mit Elke bewohnte er einen Flügel des Herrenhauses, direkt gegenüber der Hofeinfahrt, deren große, alte Eichentore selten geschlossen waren. Durch die Einfahrt konnte er die Allee sehen, die von der Landstraße nach Waldensberg abging und zum Weiherhof führte. Er liebte diesen Blick, diese Gegend, diese Ruhe fernab des von Menschenmassen verursachten Getöses.

Mit der Teetasse in der Hand ging er zurück in sein Arbeitszimmer, das im rückwärtigen Teil neben dem Wohnzimmer lag. Durch ein Fenster konnte er auf die Terrasse und den Weiher hinter dem Grundstück schauen, von dem das Hofgut seinen Namen hatte.

Er loggte sich in das Intranet des Bundeskriminalamtes ein und rief die Akte von Tanja Wedekind auf. Wieder und wieder las er die Beschreibung der Ereignisse durch und machte sich dabei Notizen. Die Seite in seinem Notizbuch füllte sich mit Fragen. »Was tat Tanja Wedekind an dem Computer von Jens Hildebrandt, dem Inhaber von Troja Marketing?«, »Welche Dateien schickte sie von ihrem Versteck aus ins Internet?«, »Wer ist der Empfänger dieser Dateien?«, »Von wem hatte die Sicherheitsfirma den Auftrag, das Gebäude zu stürmen?« Darunter schrieb er in Großbuchstaben: »DIE SICHERHEITSFIRMA ÜBERPRÜFEN!«

Der Blick auf die Uhr verriet ihm, dass Clara jeden Moment eintreffen müsste. Es war höchste Zeit, den Eintopf auf den Herd zu stellen und bei kleiner Flamme zu erhitzen.

Wie vermutet kam Clara gute fünfzehn Minuten zu spät. Er küsste sie und grinste. »Hast du dich wieder einmal an das akademische Viertel gehalten?«

»Ja, aber es war wichtig«, antwortete sie.

»Ist es das nicht immer?«, fragte er und zwinkerte.

»Ich musste mich mit einem Kollegen noch wegen eines

Schülers austauschen. Der Junge ist in die Szene der Verschwörungstheoretiker gerutscht.«

»Sag lieber ›Verschwörungserzähler‹. Das sind keine Theorien, die dort herumgeistern, sondern Erzählungen, die einem Faktencheck nicht standhalten.«

»Das sehen *wir* so«, erwiderte Clara. »Für diese Menschen sind sie wahr.«

Beim Essen erzählte er ihr von seinem ersten Tag.

»Bist du dir sicher, dass du es langsam angehen kannst?«, fragte Clara mit einem leichten Unterton von Besorgnis in ihrer Stimme.

»Bis jetzt geht es. Wie es sich zukünftig gestaltet, werden wir sehen. Wenn ich es nicht versuche, werde ich es nicht herausfinden können.«

»Bitte pass auf dich auf«, sagte sie.

»Ja, das tue ich. Die vergangenen eineinhalb Jahre möchte ich nicht noch einmal wiederholen.«

Sie legte ihm ihre Hand auf die Wange und lächelte.

»Was hast du heute noch vor?«, fragte sie.

»Ein Telefonat muss ich noch führen, dann möchte ich mit Camillo im Wald eine große Runde drehen. Wo ist er überhaupt?«

Der junge Berner Sennenhund gehörte seit zweieinhalb Jahren zu ihrer Familie.

»Deine Eltern haben ihn mitgenommen, nachdem du schon auf dem Weg nach Wiesbaden warst. Sie machen eine große Wanderung mit Freunden auf dem Spessartbogen und wollten unsere Fellnase gern dabeihaben.«

»Dann werde ich nachher wohl allein durch den Wald laufen müssen. Es sei denn, du begleitest mich.«

»Gern, wenn es nicht länger als eine Stunde ist. Ich muss Klausuren für die Oberstufe vorbereiten.«

»Dann ist es abgemacht«, sagte Caspari mit zufriedenem Lächeln.

Nachdem sie die Küche aufgeräumt hatten, ging er wieder in sein Arbeitszimmer und wählte die Telefonnummer des forensischen Psychiaters, der Tanja Wedekind begutachtete. Am anderen Ende der Leitung meldete sich die Sekretärin. Sie stellte ihn zu dem Sachverständigen durch, nachdem Caspari sein Anliegen vorgetragen hatte.

»Bierstedt, guten Tag«, begrüßte ihn eine heisere Tenorstimme durch die Leitung.

»Caspari, guten Tag«, erwiderte er. »Ich ermittle für das Bundeskriminalamt im Fall Tanja Wedekind.«

»Ja, von dort hat man mich schon darüber informiert, dass Sie mich konsultieren würden.«

»Ich frage ganz direkt, Professor Bierstedt: Ist das Schweigen von Frau Wedekind ursächlich auf ein Trauma durch die Kopfverletzung zurückzuführen, oder schweigt sie bewusst?«

»Ich habe erst zwei Sitzungen mit ihr gehabt. Viel kann ich daher nicht darüber sagen. Würde sie die Arme vor der Brust verschränken oder eine andere Abwehrhaltung einnehmen, könnte ich davon ausgehen, dass sie nicht reden will. Doch es fehlt eine gewisse aggressive Ausstrahlung, die in einem solchen Falle zu beobachten wäre, Körpersprache, Mimik, verstehen Sie?«

»Ja, ich weiß, was Sie meinen.«

»Was ist Ihnen denn aufgefallen?«, fragte Bierstedt.

»Ich bin kein Arzt, sondern Kriminalpsychologe«, entgegnete Caspari.

»Das weiß ich doch. Aber Beobachtungen von einer anderen Seite würden mir bei der Einschätzung der Patientin helfen.«

Irgendwo an dem Tor zwischen Casparis Verstand und Unterbewusstsein blinkte eine rote Lampe hell auf.

»Na ja, ich hatte ja erst einen Gesprächsversuch mit Frau Wedekind. Der war alles andere als erfolgreich. Es war eher ein Monolog, bei dem man nicht weiß, ob überhaupt etwas beim Gegenüber ankommt, und wenn ja, was und wie viel.«

Von den Tränen, die bei seiner Erwähnung des Todes von Toni Wedekind geflossen waren, erzählte er dem Psychiater nichts. Ebenso wenig wie von seiner Beobachtung, dass der Körper der Frau eine Muskelspannung zeigte.

»Würden Sie mich anrufen, wenn Ihnen etwas auffällt oder wenn sie bei Ihnen doch ihr Schweigen bricht?«, fragte der Sachverständige. »Wie gesagt, es würde mir bei meinem Gutachten sehr helfen.«

Caspari stimmte zum Schein zu. Er verabschiedete sich und beendete das Gespräch. Diesem Mann konnte er nicht trauen, auch wenn er nicht genau sagen konnte, warum.

Dunkle Zeiten

»Liste 10! Wir Nationalsozialisten stellen nicht bloß christliche Forderungen, sondern wir werden handeln und kämpfen gegen das Antichristentum: Ausrottung der Gottlosenpropaganda. Verbot weltlicher Gottlosigkeitsschulen. Aufrechterhaltung der christlichen Schule. Schutz der Kirche und ihrer Einrichtungen. Reinigung des Kinos, des Theaters und Rundfunks sowie der Presse von allen jüdischen, antichristlichen Elementen, welche die Seele unseres deutschen Volkes geflissentlich vergiften. Kampf gegen die Schmutz- und Schundschriftsteller und andere Juden. Wir werden mit dieser seelischen Verschmutzung unseres Volkes aufräumen und die alten Tugenden unserer Vorfahren wieder zu Ehren bringen. Jeder Christ wählt Nationalsozialisten, die bewährten Vorkämpfer für christliche Glaubens- und Lebensgüter, Liste 10!«

Nachdem Sebastian das Wahlplakat der Nationalsozialisten aus dem Jahr 1932 vorgelesen hatte, herrschte zunächst gespenstische Stille im Klassenraum. Dann klopften seine Mitschüler zum Applaus mit den Fingerknöcheln auf den Tisch. Sein Referat über die Vereinnahmungsversuche der Nationalsozialisten gegenüber den beiden Kirchen hatte er mit diesem bedrückenden Zitat beendet. Clara ließ dem Schweigen Raum, bevor sie den Arbeitsauftrag für alle gab.

»Ein Teil der evangelischen Christen begeisterte sich für Adolf Hitler. Sie wollten eine dem nationalsozialistischen Staat gleichgeschaltete Kirche. Sich selbst gaben sie den Namen ›Deutsche Christen‹. Die Deutschen Christen hielten sich für die Avantgarde, für die moderneren Christen, die kirchenferne Menschen wieder für die evangelische Kirche begeistern wollten. Dagegen bildete sich die ›Bekennende Kirche‹, die diese Vereinnahmung als Irrlehre bezeichnete. Anhand der Bibelstellen auf euren Arbeitsblättern könnt ihr sehen, wie sie aus biblischer Sicht dagegen argumentierte. Entwerft Plakate der ›Bekennenden Kirche‹ gegen die ›Deutschen Christen‹. So, und jetzt ab nach Hause.«

Der Büroturm

Caspari suchte schon seit einer ganzen Weile einen Parkplatz. Wie in jeder Großstadt gab es in Frankfurt mehr Autos als Parkmöglichkeiten. Schließlich fuhr ein Wagen vor ihm aus einer Parklücke. Er manövrierte seinen Volvo auf den Platz und machte sich auf den Weg zum Tatort. Auf dem Hof vor dem Büroturm standen die Wagen einiger Handwerker. Vermutlich reparierten sie die Schäden, die durch die Schießerei entstanden waren. Caspari legte den Kopf in den Nacken und blickte das Gebäude hinauf. Zehn Stockwerke hoch war es, eher ein Türmchen denn ein Turm. Auf dem Hof patrouillierten zwei Männer, die in etwas gekleidet waren, das an eine Uniform erinnerte. Einer von ihnen fixierte ihn und kam auf ihn zu.

»Kann ich Ihnen weiterhelfen?«, fragte der Mann mit dem militärisch kurzen Haarschnitt. Er war drahtig gebaut. Sein Körper strahlte die Sprungbereitschaft eines Berglöwen aus. Er reichte Caspari nur bis unter das Kinn. Das allerdings war nichts Außergewöhnliches. Caspari war ein Hüne mit einem wuchtigen Körper. Neben der Raubkatze vor ihm wirkte er wie ein Grizzly.

»Das wird sich herausstellen«, antwortete er, zog seinen Dienstausweis aus der Brusttasche seines Hemdes und gab ihn dem Mann.

»Bundeskriminalamt«, stellte der erstaunt fest.

»Ich untersuche den Schusswechsel.«

»Ich dachte, die Frankfurter Kripo und das Landeskriminalamt bearbeiten diesen Fall.«

»Wir machen uns ein eigenes Bild – der außergewöhnlichen Umstände wegen«, erläuterte Caspari in sachlichem Tonfall. Er hoffte, damit weitere Fragen des Mannes zu unterbinden. Tatsächlich funktionierte es. Der Mann nickte.

»Nun gut, wie kann ich Ihnen weiterhelfen?«, wiederholte er seine Anfangsfrage.

»Ich muss mir alle Orte des Geschehens im Gebäude anschauen. Können Sie mich dabei führen?«

»Warten Sie einen Augenblick«, antwortete der Mann und ging zu dem anderen Uniformierten, der in einigen Metern Entfernung stand. Nach einem kurzen Wortwechsel kam er wieder zu Caspari.

»Das geht klar. Im Moment ist hier ohnehin nichts los. Mein Kollege kommt ganz gut ohne mich aus«, erklärte er und bedeutete Caspari, ihm zu folgen. Auf dem Weg zum Eingang drehte er sich im Gehen um und fragte: »Was wollen Sie denn sehen?«

»Ich will vor allem den Weg nachvollziehen, den die Verdächtige gegangen ist.«

»Verdächtige? Sie war es, da gibt es keinen Zweifel«, entgegnete der Mann.

»Waren Sie in dieser Nacht dabei?«

»Ja. Ich war allerdings in einem anderen Stockwerk, als es losging.«

»Na, dann bin ich mal auf Ihre Führung durch den Ort des Geschehens gespannt.«

Der Mann lief voraus in den Turm, ließ ihn kurz in der Eingangshalle stehen und wechselte ein paar Worte mit den beiden Männern, die hinter dem Tresen am Empfang saßen. Caspari betrachtete sie gespielt beiläufig. Auch die Männer am Empfang wirkten mehr wie Soldaten als wie Rezeptionisten. Gewöhnlich waren entweder junge Frauen auf solchen Posten oder ältere Männer. Der zweiten Gruppe sah man zuweilen die Eintönigkeit ihrer Arbeit an der ausladenden Körpermitte oder dem abgestumpften Gesichtsausdruck an. Die beiden hinter dem Tresen allerdings sahen aus wie Kettenhunde, die Wache hielten.

»Wo wollen Sie anfangen?«, fragte der Sicherheitsmann.

»Wie gesagt, ich möchte den Weg nachvollziehen, den die Frau gegangen ist.«

»Also gut, dann beginnen wir im fünften Stock«, antwortete der Mann und drückte eine Taste für die Fahrstühle.

»Sie alle sind nicht das klassische Personal für Objektschutz«, konfrontierte ihn Caspari, nachdem sie in einen eingetreten waren.

»Wie meinen Sie das?«

»Sie alle waren beim Militär, richtig?«

Der Mann nickte und drückte die Taste für den zweiten Stock.

»In einem Bürogebäude erwartet man nette Empfangsdamen, aber keinen durchtrainierten Ansprechpartner mit einem Soldatenhaarschnitt«, fuhr Caspari fort.

»Gut beobachtet«, erwiderte sein Gegenüber und setzte dabei ein schiefes Grinsen auf.

Caspari zuckte mit den Schultern. »Das ist mein Beruf.«

Der Fahrstuhl hielt an, kurz nachdem er losgefahren war.

Caspari stutzte. »Ich dachte, das Büro der Personal Trainer liegt im fünften Stockwerk.«

»Das stimmt. Die Frau wollte allerdings den Anschein erwecken, dass sie zum Frauenarzt geht. Dessen Praxis ist auf diesem Stockwerk. Nachdem sie aus dem Aufzug ausgestiegen war, benutzte sie die Treppe.«

»Ach ja, richtig, ich erinnere mich«, meinte Caspari und suchte mit den Augen die Decke der Kabine ab. »Im Treppenhaus gibt es keine Überwachungskameras. Im Aufzug dagegen sind sie gut versteckt.«

»Das ist eine völlig neue Generation«, erklärte der Sicherheitsmann. »Die sind extrem klein und liefern dabei gestochen scharfe Bilder. Man entdeckt sie nur, wenn man weiß, wonach man Ausschau halten muss.« Dabei deutete er auf die Lüftungsschlitze.

Caspari ließ seinen Blick über jeden Millimeter gleiten, bis er einen winzigen schwarzen Knopf entdeckte. »Faszinierend«, sagte er.

Sein Führer lotste ihn von den Fahrstühlen zum Treppenhaus. Der Mann nahm mit jedem Schritt zwei Stufen, während Caspari seine Not hatte hinterherzukommen. Als sie im fünften Stock ankamen, humpelte er leicht.

Seinem Führer fiel es sofort auf. »Scheint, als hätten Sie mal was abbekommen«, kommentierte er Casparis Gang.

»Eine alte Schussverletzung. Das Schienbein ist etwas mitgenommen.«

»Ich hätte Sie mit Ihrem Körperbau jetzt nicht bei einer Sondereinheit vermutet.«

»War ich auch nicht. Ich war Streifenbeamter. Wir sind in einen Drogendeal hineingerauscht. Mein Kollege dachte, wenn wir auf Verstärkung warten, sind die Herrschaften über alle Berge.«

»Scheint ja ein ganz heller Bursche gewesen zu sein.« Der Sarkasmus war nicht zu überhören.

»Ein Hitzkopf – damals. Heute ist er besonnener. Es war jedenfalls wie die Schießerei am O.K. Corral. Wyatt Earp und Doc Holliday gegen die Clantons.«

»Hört sich an, als ob die Luft ausgesprochen bleihaltig gewesen wäre.«

»Das war sie, oh ja, das war sie«, sinnierte Caspari. »Als die Verstärkung eintraf, war unser Wagen durchsiebt, mein Schienbein Brei und die Gegenseite stark dezimiert.«

»Respekt!«

Caspari grinste bitter. »Ich hätte lieber ein heiles Bein.«

Sie betraten den Flur.

»Zunächst hat sie sich in dem Raum aufgehalten, in dem sich die Putzmittel für diesen Flur befinden«, erklärte der Mann und öffnete mit einer Magnetkarte einen kleinen Raum. Der scharfe Geruch von Reinigungsmitteln schlug ihnen entgegen.

»Hat es niemanden gewundert, dass eine fremde Frau in diesem Raum geht?«

»Sie hat die Tür mit einer Magnetkarte wie dieser geöffnet«, erläuterte sein Begleiter. »Also erweckte sie kein Misstrauen. Außerdem bezweifle ich, dass die Püppies am Empfang das überhaupt auf dem Monitor gesehen haben.«

»Wo Sie es gerade ansprechen«, hakte Caspari nach. »Mir fällt auf, dass dieses Gebäude bewacht wird wie Fort Knox. Statt der ›Püppies‹ sitzt militärisch gedrilltes Personal am Empfang.«

»Das ist nur vorübergehend. Wenn sich alles wieder beruhigt hat und Gras über die Sache gewachsen ist, sitzen auch wieder die Frauen unten.«

Caspari wurde von seinem Begleiter in einen Nebenflur geführt, von wo er schon die Handwerker hörte, bevor er sie sah. Ein Mann schmierte die Löcher von den in die Wand eingeschlagenen Projektilen zu. Ein Trupp von Schreinern baute eine neue Eingangstür im Büro der Personal Trainer ein. In den Büroräumen war ein weiterer Maler zu sehen, der ebenfalls die Projektillöcher unsichtbar zu machen versuchte. Caspari nahm sich Zeit, die alte Eingangstür zu betrachten, die vor ihm an der Flurwand lehnte.

»Mit dem, was da drinsteckt, können Sie an Silvester für die nächsten Jahrzehnte mit der Großfamilie enorm viel Blei gießen«, meinte der Mann.

»Fünf Zweiunddreißiger-Magazine laut dem vorläufigen Polizeibericht. Die Tür sieht aus wie ein Nudelsieb.«

»Bis sie selbst einen Querschläger abbekam, hatte die Dame fünf dieser Magazine abgefeuert. Von den Kugeln steckt ungefähr ein Viertel in den Flurwänden, drei stecken in den Kollegen. Das meiste hat die Tür abgekriegt.«

»Das reicht tatsächlich für viele Silvesterabende«, bestätigte Caspari. »Mich wundert allerdings, dass die Kugeln stecken geblieben sind. Projektile lassen sich normalerweise von Holz nicht aufhalten.«

»Das war eine Brandschutztür neuester Bauart. Der Kern besteht aus Stahl. Das Holz ist nur die Verkleidung.«

Caspari schob sich in den Flur des Büros, vorbei an dem Handwerker. Auf der Seite links von ihm waren zwei Büros, auf der rechten eine Teeküche und die Toiletten. Vor dem ersten Büro blieb er stehen. Es war das der Sekretärin. Der Schreibtisch wirkte, als habe ein Windstoß vom Fenster alles durcheinandergewirbelt, was darauf lag. Die Spurensicherung hatte alle Beweismittel mitgenommen.

Es gab für ihn hier nichts zu sehen. Das war ihm bewusst. Er war hier, um die gesamte Nacht in seiner Vorstellung lebendig werden zu lassen. Vor seinem inneren Auge sah er den Schemen einer Frau, die im Dunkeln vor ihrem Notebook an diesem Tisch saß und im schwachen Licht des Bildschirms ein Datenpaket an eine Adresse im World Wide Web schickte, die nur sie kannte. Wahrscheinlich kannte sie auch ihr Komplize. Doch der war wie vom Erdboden verschluckt. Er sah, wie sie einen USB-Stick in das Gerät schob und den Befehl zur Selbstzerstörung gab. Wie sie zur Teeküche auf der gegenüberliegenden Seite des Flurs ging, sich hinhockte und ihre Uzi schussbereit machte. Wie sie schoss, nachlud und wieder schoss, bis ein Querschläger sie traf. Er sah die Stelle in der Wand, wo das Projektil abgeprallt und dann auf sie zugeflogen war.

»Was haben Ihre Kollegen getan, als sie nicht mehr auf sie schoss?«, fragte er den Sicherheitsmann.

»Sie haben eine Weile gewartet. Haben immer mal wieder

mit der Taschenlampe hineingeleuchtet. Als keine Reaktion kam, sind sie reingegangen. Zuerst waren nur die Füße im Flur zu sehen. Die Frau ist nach hinten in den Raum gefallen. Hat wohl ziemlich am Kopf geblutet.«

Caspari sah den großen braunen Fleck auf dem Laminat und nickte.

»Danach sieht es aus«, stellte er fest. »Wie ging es dann weiter, Herr …? Ah, ich kenne ja Ihren Namen gar nicht.«

»Oliver Busch«, antwortete der Mann etwas unwillig. »Wir waren wie gesagt im obersten Stockwerk und auf dem Flachdach, als es knallte. Bis wir hier waren, war der Spuk schon vorbei. Von unten waren viele Martinshörner zu hören. Die Polizei war mittlerweile mit einem Großaufgebot angerollt. War dann alles andere als witzig. Den Rest der Nacht verbrachten wir alle auf dem Revier.«

Caspari nickte. Hier hatte er genug gesehen. »In Ordnung. Dann lassen Sie uns mal das Büro von Troja Marketing anschauen.«

»Wie Sie meinen«, brummte Busch und ging ins Treppenhaus. Diesmal musste Caspari nur ein Stockwerk höher steigen. Das bekam er mit seinem Bein hin. Der Bürotrakt der Firma nahm das gesamte obere Stockwerk ein. Nachdem sie an den Fahrstühlen vorbeigegangen waren, standen sie vor einer großen Tür. Busch drückte sie auf und führte Caspari zum Empfang. Die Räume waren menschenleer.

»Haben die Kollegen die Büros noch nicht freigegeben?«, fragte Caspari erstaunt.

»Doch, gestern. Der Firmeninhaber hat eine Zweigstelle. Dort konnte er noch ein paar zusätzliche Räume anmieten. Alle Angestellten sind derzeit dort.«

»Warum der Aufwand?«

»Aus demselben Grund, aus dem meine Kollegen und ich noch rund um die Uhr hier sind. Die Presse und das Fernsehen sind sehr neugierig. Bevor Sie gekommen sind, musste ich heute Morgen einen Journalisten abwimmeln. Die sind ganz scharf darauf, die Hintergründe der Schießerei zu erfahren.«

»Verständlich«, meinte Caspari.

»Troja Marketing möchte nicht, dass die Mitarbeiter belästigt werden oder dass ein Reporter als Bote verkleidet hier herumschnüffelt.«

»Ebenfalls verständlich.«

»Von diesem Computer zapfte die Frau Daten ab«, erklärte Busch, nachdem er Caspari in das große Büro des Firmenchefs geführt hatte. Wieder sah Caspari den Schemen von Tanja Wedekind, wie sie Daten auf ihre externe Festplatte zog. Er ging durch das Büro, sah aus dem Fenster auf den Hof und nahm den Schreibtisch genau in Augenschein.

»Okay, das sollte genügen«, befand er schließlich.

Busch und er fuhren im Aufzug nach unten. Caspari bedankte sich und ging zu seinem Auto. Den Blick des Sicherheitsmannes spürte er förmlich auf seinem Rücken. Dass nun auch noch das BKA mitmischte, schien jemandem gar nicht zu behagen.

Heimische Gefilde

Als die Freisprechanlage im Auto sich mit seinem Mobiltelefon gekoppelt hatte, wählte er die Nummer von Simone Köhler, der Sekretärin seiner Abteilung im BKA.

»Hallo, Chef«, meldete sie sich, »wie geht es Ihnen?«

»Sie sprechen mich noch als ›Chef‹ an, ich bin also noch nicht ganz in Vergessenheit geraten. Wenn das mal kein Grund für gute Laune ist«, scherzte er. »Mir geht es gut, danke.«

»Was kann ich für Sie tun?«

»Bitte suchen Sie mir die Adresse der Zweigstelle von Troja Marketing heraus. Außerdem brauche ich eine Telefonnummer von dort.«

»Wird erledigt. Ich schicke Ihnen die Daten in einer SMS.«

»Super, vielen Dank!«

Während Caspari sich anschnallte und den Motor startete, kam der Signalton der SMS. Es las die Nachricht.

Es scheint, als müssten Sie wieder in heimischen Gefilden ermitteln. Die Zweigstelle befindet sich in Gelnhausen, Zum Wartturm 5. VG. S. Köhler.

Schon wieder Ermittlungen im Kinzigtal. Die letzten sechs Fälle, die er mit seiner Abteilung in dieser Region gelöst hatte, steckten ihm noch in den Knochen.

Als er den Blick wieder vom Display löste, zuckte er zusammen. David Beckham saß in einem leuchtend weißen Anzug neben ihm auf dem Beifahrersitz.

»Böse Menschen haben finstere Pläne«, sagte er mit ernster Stimme.

»Ja, das habe ich schon vermutet«, stammelte Caspari, der das Wesen wiedererkannte, das in seiner Nahtoderfahrung mit ihm gesprochen hatte.

»Du musst sie aufhalten. Pass auf dich auf. Du hast nur dieses eine Leben.«

Caspari schluckte. »Ja, ich weiß«, raunte er mit einer kratzigen Stimme und schaute für einen kurzen Moment nach vorn. Als er wieder zu dem Wesen blickte, war der Beifahrersitz leer. Geräuschvoll atmete er aus und nahm sich einen Moment, die Vision oder Einbildung, oder was auch immer es gewesen sein mochte, zu verdauen, bevor er die Telefonnummer wählte, die Simone Köhler ihm geschickt hatte. Während das Freizeichen über die Gegensprechanlage erklang, manövrierte er den Wagen aus der Parklücke.

Eine Dreiviertelstunde später parkte er den Wagen auf dem hoch gelegenen Parkplatz hinter dem mehrstöckigen Gebäude. Es lag oberhalb eines ehemaligen Kasernengeländes und Exerzierplatzes der US-Armee. Das Polizeirevier und das Arbeitsamt befanden sich ganz in der Nähe, in früheren Kasernengebäuden. Auf dem großen Areal, das von viel Natur umgeben war, tummelten sich etliche Firmengebäude, zumeist umsichtig sanierte Bauwerke, die schon ein paar Jahre auf dem Buckel hatten.

Vor dem Eingang betrachtete Caspari die Schilder der Firmen, die in dem Gebäude untergebracht waren. Das Schild der Troja Marketing stach nicht besonders hervor. Es erweckte den Eindruck, als handele es sich um ein kleines Unternehmen. Caspari wunderte sich über dieses Understatement. Diese Firma besaß ein Bürogebäude in Frankfurt und befand es sogar für nötig, einen professionellen Sicherheitsdienst zu engagieren. Daneben tat sie alles, um nicht aufzufallen. Das deutete zum einen auf einen großen Kapitalstock hin, zum anderen darauf, dass hier jemand etwas zu verbergen hatte. Diesem Unternehmen würde er auf den Zahn fühlen.

Auch in diesem Gebäude lagen die Räume des Unternehmens in der obersten Etage. Wenigstens musste er nicht wieder Treppen steigen. Von dem unfreiwilligen Cardiotraining in Frankfurt spürte er noch immer ein leichtes Ziehen in seinem Schienbein. Der Aufzug lag im Treppenhaus. Im sechsten Stock stieg er aus und stand kurz darauf vor einer massiven Stahltür, an der ein weiteres Firmenschild angebracht war.

Caspari drückte die Klingel. Eine junge Frau in einem anthrazitfarbenen Kostüm öffnete ihm. Sie trug ihr blondes Haar offen. Es floss förmlich auf den Stoff an ihren Schultern. Ihre Sommersprossen versuchte sie vergeblich mit einem hellen Make-up zu überdecken. Den Lippenstift fand Caspari ein wenig zu grell. Ein dunkleres Rot hätte ihr besser gestanden, befand er. Die Frau lächelte ihn an. Caspari zeigte seinen Dienstausweis und stellte sich vor.

»Ah ja, Herr Hildebrandt erwartet Sie«, antwortete sie. »Bitte folgen Sie mir.«

Die Frau führte ihn durch einen langen Flur, an dem auf beiden Seiten Büros lagen. Einige Türen standen offen, sodass er jeweils einen kurzen Blick hineinwerfen konnte. Je nach Größe des Raumes waren dort zwei bis vier Angestellte bei ihrer Arbeit. Caspari fiel auf, dass keiner von ihnen älter als

Mitte dreißig zu sein schien. Am Ende des Flures betraten sie einen Raum, auf dessen Türschild er »Vorzimmer Direktion – Miriam Schmelz« las.

»Sie sind die Chefsekretärin?«, fragte er.

»Die Assistentin der Geschäftsleitung«, korrigierte sie ihn. Er verkniff sich ein Grinsen. Die modernen Berufsbezeichnungen empfand er oftmals als ein wenig zu euphemistisch.

»Bitte warten Sie einen kleinen Augenblick«, bat Miriam Schmelz. »Ich informiere Herrn Hildebrandt, dass Sie da sind.«

Sie ging zu einer Tür an einer holzvertäfelten Wand und klopfte, öffnete und verschwand in dem Raum dahinter. Wenige Augenblicke später machte sie die Tür weit auf und bat Caspari hinein. Hinter einem großen Schreibtisch aus dunklem Holz saß ein Mann, den Caspari auf Anfang fünfzig schätzte, und reckte sein Kinn vor. Das Kinn war breit und kantig und stand im Kontrast zu seinem ansonsten schmalen Gesicht. Die blonden, kurz geschnittenen Haare waren mit einem akkuraten Seitenscheitel in Form gebracht.

Er hat denselben Schneider wie seine Sekretärin, ging es Caspari durch den Kopf, als der Mann sich erhob. Ob er auch dasselbe Bett hat?

Sein Anzug war eindeutig aus dem gleichen Tuch wie das Kostüm der Assistentin.

Der Mann ging um den Tisch herum und reichte ihm die Hand. »Jens Hildebrandt, sehr erfreut«, sagte er zur Begrüßung, wobei er sich offensichtlich bemühte zu lächeln.

Diese Mimik kommt nicht über die untere Gesichtshälfte hinaus, dachte sich Caspari, der den Gruß erwiderte und ihm die Hand schüttelte. Die Augen blieben kalt.

Hildebrandt wies ihm einen Sessel in einer Sitzgruppe. »Ich war ehrlich gesagt überrascht, als ich hörte, dass das Bundeskriminalamt ebenfalls die Ermittlungen wegen des Einbruchs in unserem Frankfurter Hauptsitz aufgenommen hat«, eröffnete er dann das Gespräch. »Trauen Sie Ihren Kollegen nicht zu, diesen Fall allein aufzuklären?«

»Das BKA möchte sich ein eigenes Bild über die Geschehnisse machen«, antwortete Caspari. »Die ganze Geschichte ist doch recht spektakulär und in manchen Punkten mysteriös.«

»Mysteriös?«

»Es konnte bisher nicht geklärt werden, was die Verdächtige in Ihrem Büro und an Ihrem Rechner gesucht hat. Außerdem war sie bis an die Zähne bewaffnet, als ob sie damit rechnete, um ihr Leben kämpfen zu –«

»Was in der Frau vorging, kann ich Ihnen leider nicht sagen«, unterbrach Hildebrandt ihn.

Caspari ließ sich davon nicht beeindrucken. »Aber Sie können mir sicher sagen, wonach sie gesucht hat.«

»Nein, tut mir leid. Das weiß ich beim besten Willen nicht«, erklärte Hildebrandt, wobei er einen Wimpernschlag lang auf die kleinen Flaschen Mineralwasser schaute, die auf dem Glastisch standen.

Er lügt mich an, dachte Caspari. Seine Körpersprache verrät ihn.

»Wissen Sie«, fuhr Caspari fort, »die Verdächtige ist eine hoch qualifizierte und bis dahin mental stabile Polizistin. Sie ist die Leiterin eines Sondereinsatzkommandos. Das heißt, sie kann mit Stress außergewöhnlich gut umgehen und neigt nicht zu hysterischen Handlungen oder Kurzschlussreaktionen. Eine solche Persönlichkeit spaziert nicht einfach in ein Bürogebäude, hackt sich in den Computer der Geschäftsleitung einer Marketingfirma und mimt anschließend den weiblichen Bruce Willis. Sie hat etwas bei Ihnen gesucht. Das war so wichtig, dass sie ihr bisheriges Leben dafür geopfert hat. Ich will wissen, was das ist.«

Hildebrandts Gesicht wirkte so ausdruckslos wie eine Maske. Doch ein schwaches Zucken eines Mundwinkels verriet Caspari, dass er auf dem besten Wege war, den Geschäftsführer in die Enge zu treiben.

»Welches Produkt oder welche Dienstleistung bietet Ihr Unternehmen nun genau an?«, setzte er nach.

»Wir helfen Unternehmen, ein zeitgemäßes und effektives

Marketing aufzubauen. Oft übernehmen wir auch diese Arbeit dauerhaft. Besonders mittelständische Betriebe beauftragen uns damit, ihre neuen Produkte so auf dem Markt vorzustellen, dass sie wahrgenommen werden.«

»Ich nehme an, das machen Sie nicht mit Postwurfsendungen und Flyern«, meinte Caspari.

»Nein, um Gottes willen. Vieles spielt sich im Internet ab. In den sogenannten sozialen Medien. Wenn eine Firma einer anderen ihre neueste Produktentwicklung vorstellen will, ist das Marketing natürlich anders aufgebaut. Das ganze Gebiet Marketing ist sehr vielschichtig. Auf die Schnelle lässt sich das natürlich nicht erklären.«

»Natürlich«, bestätigte Caspari. »Arbeiten Sie derzeit an der Vermarktung eines Produktes, das geheim ist?«

»Bezüglich der Firmenspionage sind natürlich die meisten Produkte im weitesten Sinne geheim. Aber als Anbieter von Marketingstrategien haben wir nichts mit derartigen Details der Produkte zu tun. Unser Netzwerk zu hacken, wäre dementsprechend sinnlos.«

Caspari unterdrückte ein Grinsen. Der Mann war in die Falle getappt, die er ihm ausgelegt hatte.

»Und trotzdem bricht die Verdächtige in Ihr Frankfurter Büro ein und hackt ausgerechnet Ihren Computer. Wenn es hier also nicht um Firmenspionage ging, worum dann?«, fragte er so sachlich wie möglich.

»Ich kann Ihnen diese Frage wirklich nicht beantworten«, antwortete Hildebrandt und sah Caspari dabei fest an.

Mit dieser Aussage hat er eine Lüge umgangen, dachte Caspari. Er weiß, was Tanja Wedekind suchte und wahrscheinlich auch fand. Aber er kann oder will nicht darüber reden. Hier ist etwas faul, und ich werde herausfinden, was es ist.

Er legte die nächste Falle aus. »Irgendetwas muss Ihnen selbst aber doch besonders schützenswert sein«, begann er. »Das legt zumindest die Sicherheitsfirma nahe, die Sie zum Schutz für das Bürohaus in Frankfurt beauftragt haben.«

»Ich kann Ihnen nicht ganz folgen«, erwiderte Hildebrandt.

Sein Blick hatte sich verändert und wirkte mit einem Mal wie gehetzt. Schnell hatte er sich allerdings wieder im Griff und setzte erneut seinen freundlich-distanzierten Gesichtsausdruck auf.

»Diese Firma, Asgard Security, ist keine der üblichen Firmen zur Objektbewachung. Diese Truppe ist eher eine paramilitärische Einheit. Den Leuten sieht man ihre soldatische Erfahrung schon aus fünfzig Metern Entfernung an. Um mit einer Taschenlampe nachts Kontrolle durch die Gänge zu laufen, sind diese Leute eindeutig überqualifiziert. Männer wie diese operieren im Regelfall als Söldner in Krisengebieten.«

»Darüber habe ich mir ehrlich gesagt bisher keine Gedanken gemacht«, entgegnete Hildebrandt, wobei sein Blick wieder kurz zur Seite glitt, bevor er Caspari ansah. »Diese Firma wurde mir von einem meiner Kunden empfohlen. Deshalb erhielt sie den Zuschlag.«

Caspari wechselte das Thema, um erneut eine Fußangel auszulegen. »Wann siedeln Sie wieder nach Frankfurt über?«

»Wir bleiben in der nächsten Zeit erst einmal in Gelnhausen. Hier ist es doch ein bisschen ruhiger und ungestörter.«

»Hier braucht man auch keinen Sicherheitsdienst, nicht wahr?«

»Na ja, jedenfalls nicht in dem Umfang wie in Frankfurt.«

Schade, dachte Caspari. Diesen Köder hat er nicht geschluckt.

»Ich habe mir die Firmenschilder am Eingang dieses Hauses angeschaut«, erklärte er. »Asgard Security hat seine Geschäftsräume nur ein Stockwerk unter uns.«

»Ja, richtig«, gestand Hildebrandt. »Die Firma suchte nach einem Firmensitz in der Nähe Ihres Trainingsstützpunktes. Ich hatte dieses Gebäude gerade gekauft und suchte nach Mietern. Im Gespräch stellten der Geschäftsführer von Asgard Security und ich fest, dass wir uns gegenseitig bei der jeweiligen Suche helfen können.«

Caspari hatte genug gehört. Vor ihm lag ein Turm aus Ungereimtheiten, die es aufzuklären galt.

»In Ordnung. Vielen Dank. Das wäre es fürs Erste. Ich komme wahrscheinlich wieder auf Sie zu, mit weiteren Fragen, die sich im Laufe der Ermittlungen sicher noch ergeben«, meinte er und schloss sein mit Bemerkungen gespicktes Notizheft.

»Natürlich«, sagte Hildebrandt.

Caspari verabschiedete sich und ging über die Treppe in das Stockwerk darunter. Der Anblick einer weiß getünchten Stahltür war ihm mittlerweile vertraut. Er klingelte. Eine Weile geschah nichts. Caspari schaute sich um und entdeckte eine Überwachungskamera, in deren Fokus er stand. Er zückte seinen Dienstausweis und hielt ihn vor die Linse. Kurz darauf öffnete sich die Tür.

Ein Mann mit Bürstenhaarschnitt stand vor ihm und musterte ihn. Dabei sah er an Caspari hoch, der ihn um Haupteslänge überragte. Der Kiefer des Mannes war sehr breit und zeigte einen deutlichen Unterbiss. Zusammen mit den breiten Schultern formte er das Erscheinungsbild einer Englischen Bulldogge.

»Was kann ich für Sie tun?«, fragte er ohne einen Gruß.

»Ich möchte den Geschäftsführer sprechen«, antwortete Caspari, wobei er ebenfalls auf die Höflichkeit verzichtete, dem Mann einen guten Tag zu wünschen.

»Herr Neufang ist zurzeit geschäftlich unterwegs. Was soll ich ihm ausrichten?«

»Dass er mich anrufen soll, sobald er wieder da ist«, knurrte Caspari dem Möchtegern-Alphamännchen entgegen. »Und zwar zeitnah.«

Er drückte der Bulldogge seine Visitenkarte in die Hand.

»Sonst noch etwas?«, knurrte der Mann zurück.

»Ja, wo ist Ihr Trainingsstützpunkt?«

»Das ist geheim.«

»Unsinn!«, stellte Caspari mit seinem tiefen Bass klar. »Nicht für das Bundeskriminalamt.«

Caspari sah, dass der Mann seine Wut über die Abfuhr nur schwer unterdrücken konnte. Seine Kiefermuskeln waren gespannt. Caspari hatte plötzlich große Lust, die Bulldogge weiter zu reizen.

»Lassen Sie es gut sein. Ein Anruf in meiner Abteilung und ich weiß es in zwei Minuten.«

»Lettgenbrunn«, presste der Mann unter seinem Unterbiss hervor. »Ein Bauernhof am Ortsausgang.«

Caspari nickte und ging die Treppe zum Erdgeschoss hinunter. Im Auto überkam ihn das Bedürfnis, wieder die Art Musik zu hören, die er seit seinem psychischen Zusammenbruch gänzlich vernachlässigt hatte. Er suchte unter der Kategorie »Interpreten« nach dem Hilliard Ensemble. Als die »Missa Hercules Dux Ferrariae« aus den Lautsprechern des Wagens drang, seufzte er kurz auf und startete dann das Auto. Nach einem Vormittag voller ausweichender Antworten, Lügen und Ungereimtheiten war die Klarheit dieser Motetten wohltuend wie frisches Quellwasser nach einer langen Bergwanderung.

Verblendung

Clara hatte sich vorgenommen, mit den Schülern des zehnten Jahrgangs einen Exkurs über Verschwörungserzählungen einzuschieben. Nach der Auseinandersetzung mit der Rolle der evangelischen Kirche im Dritten Reich und Toms Äußerungen hielt sie es für eine gute Gelegenheit, die Jugendlichen dafür zu sensibilisieren. In Partnerarbeit überlegten sie, was der Unterschied zwischen Kritik und einer Verschwörungserzählung war.

»Kritik äußert sich bei sozialer Ungerechtigkeit«, meinte Felix, der Nerd des Reli-Kurses.

»Wie tut sie das?«, fragte Clara.

»Sie beschreibt sie und fragt nach den Ursachen«, sagte sein Arbeitspartner Nikita.

»Sehr gut«, kommentierte Clara und schrieb das an das Whiteboard.

»Kritik sollte sich ganz allgemein immer dann zu Wort melden, wenn etwas falschläuft«, befand Lara, wobei sie allerdings einen kritischen Blick zu Tom warf, dessen Blick so gar nicht mehr traurig war.

Clara nickte.

»Wo Menschen benachteiligt werden, wo sie den Eindruck haben, in der Politik läuft etwas falsch, da ist Kritik angebracht«, resümierte sie. »Anhänger von Verschwörungsmythen nehmen allerdings auch für sich in Anspruch, lediglich Kritik zu üben. Worin unterscheiden sie sich nun aber von Kritikern?«

Die Schüler bildeten Arbeitsgruppen und begannen, im Flüsterton erneut über diese Frage zu diskutieren.

Nach einer Weile meldete sich Lasse. »Es gibt da so eine alte Agentenkomödie, aus der mein Vater gern zitiert. Die heißt ›Reno – unbewaffnet und gefährlich‹ oder so. Der Agent bringt den Spruch: ›Ich kann es jetzt nicht erklären, aber wir sind die Guten!‹.«

Clara musste lachen. Das war typisch Lasse. Der schlaksige Jugendliche hatte eine blumige Art, sich auszudrücken, und war selten um einen Spruch verlegen.

»Ja, das ist so!«, beharrte der Schüler. »Diese Verschwörungs-Heinis unterteilen die Welt in Gut und Böse. Wo sie in dieser Geschichte stehen, ist natürlich klar.«

»›Wir sind die Guten‹«, zitierte Clara ihn und machte am Whiteboard Notizen.

»In Verschwörungsmythen gibt es immer ein klares Feindbild«, meldete sich Nikita zu Wort. »Diese Spinner von QAnon zum Beispiel behaupten, es gäbe eine Elite, die danach streben würde, die ganze Welt zu beherrschen. Sie entführen angeblich Kinder, foltern und ermorden sie, um anschließend aus deren Blut eine Verjüngungsdroge zu gewinnen.«

»Richtig«, ergänzte Leni, seine Nachbarin. »Angeblich sind diese Leute so etwas wie die wahre, unsichtbare Regierung, der sogenannte ›deep state‹.«

»Hey«, platzte es aus Lasse heraus, »das hört sich so ähnlich an wie die Kiste von Tom mit den Protokollen der Weisen von Zion.«

»Die Erzählungen bauen oft aufeinander auf, sind miteinander verflochten und folgen immer demselben Muster«, konstatierte Clara. »Es geht immer um eine kleine Gruppe Mächtiger, die für die Ausbeutung in der Welt verantwortlich ist.«

»Ist das nicht ein bisschen einfach?«, fragte Leni, während ihre schwarzen Fingernägel-Attrappen unablässig auf der Tischplatte klapperten.

Clara erinnerte dieses Geräusch an einen Rucksack-Urlaub, den sie als Studentin mit ihrem damaligen Freund in Thailand verbracht hatte. Als sie nachts in einer Absteige im Norden des Landes zu schlafen versuchten, machten die Kakerlaken dieselben Geräusche, als sie über den Betonfußboden krabbelten. Ihr lief bei dieser Erinnerung ein Schauer über den Rücken.

»Ich meine, Probleme oder Krisen haben doch nicht nur einen Auslöser oder eine bestimmte Gruppe von Verantwortlichen. Die Klimakrise gibt es doch auch nicht, weil ein paar Nazis das Wetter verändert haben, um uns zu zwingen, nach ihren Richtlinien zu leben. Das Klima erwärmt sich aufgrund vieler Faktoren, mit denen wir es seit der Industrialisierung zu tun haben«, fuhr Leni fort.

»Mit deiner Erklärung zum Wetter würde sich ein Freund von Verschwörungserzählungen aber nicht zufriedengeben«, meinte Nikita. »Der sucht nämlich immer einen Schuldigen.«

»Wer sachlich Kritik üben und Dinge verändern will, der fragt zuerst nach den Ursachen«, erklärte Clara. »Wie kamen bestimmte gesellschaftliche oder politische Entwicklungen zustande? Was ist der Kern des Problems? Die Antworten darauf sind oft sehr komplex, sodass Fachleute sich schwertun, es mit einfachen Worten zu erklären. Verschwörungserzählungen setzen sich nicht zuerst mit der Frage auseinander, wie das Problem entstanden ist, sondern wem es nutzt.«

»Cicero lässt grüßen!«, rief Louis, der Klassenprimus und Lateinexperte, dazwischen. »Cui bono – wem zum Vorteil?

Nur dass die Verschwörungs-Jungs diese Idee ein bisschen pervertieren.«

»Wow, hast du im Lateinunterricht mal aufgepasst«, kommentierte Lara.

Der gesamte Kurs brach in Gelächter aus. Nur Tom nicht. Clara bemerkte, dass er mit einer versteinerten Miene auf seinem Platz saß, die Arme vor der Brust verschränkt. Sie konnte ihn so nicht erreichen, nicht mit Argumenten. Ihre einzige Chance war, eine Beziehung zu ihm aufzubauen. Eine Vertrauensbasis zu schaffen. Sie konnte den Exkurs jetzt allerdings nicht abbrechen, weil sie damit ihr Ziel nicht erreicht hätte. Die anderen Jugendlichen mussten in der Lage sein, sich von diesen Pseudowahrheiten fernzuhalten.

»Wer einer Verschwörungserzählung folgt, der fühlt sich auf der ›richtigen‹ Seite, weil er meint, den Durchblick zu haben und zu wissen, was wirklich gespielt wird. Der erkennt das cui bono der vermeintlichen Verschwörung. Das heißt, als Anhängerin eines Verschwörungsmythos gehöre ich selbst zu einer kleinen Elite, die das durchschaut, was die Normalsterblichen nicht kapieren können oder wollen«, erläuterte sie.

»›Ich kann es jetzt nicht erklären, aber wir sind die Guten!‹«, fasste Lasse zusammen.

»Ich verstehe nicht, warum diese Leute nicht merken, was für einen Bullshit sie glauben«, echauffierte sich Leni, wobei sie diesmal auf das Kakerlakengeräusch verzichtete.

»Ich glaube, das ist kein intellektuelles Problem, sondern ein Gruppenphänomen«, meinte Clara. »Anders kann ich es mir nicht erklären, dass diese Anhänger keine Fakten an sich heranlassen, die ihrer Erzählung widersprechen. Oder sie deuten sie einfach um, sodass sie wieder in ihr Weltbild passen.«

»Warum tun die das?«, wollte Louis wissen.

»Ich glaube, diese Menschen haben einfach eine unterbewusste Angst. Sie haben Angst davor, die Kontrolle über ihr Leben zu verlieren, ihren Alltag nicht mehr zu verstehen. Sie haben Angst vor der eigenen Hilf- und Bedeutungslosigkeit«, antwortete Clara.

»Wenn sie sich einreden, sie wären die Checker und hätten ein Geheimwissen, dann haben sie die Kontrolle wieder zurück?«, fragte Lasse.

»So sieht's aus, Bro«, erwiderte Nikita.

»Diese Menschen konstruieren damit eine Art Parallelwelt, in der es keine Widersprüche gibt. Sie glauben, den Willen des Volkes zu vertreten. Doch der eine Volkswille existiert gar nicht«, führte Clara aus.

»Genau, sonst gäbe es nicht so viele Parteien im Bundestag. Die wollen ja nicht alle dasselbe!«, rief Cecilia dazwischen. Sie war durchweg so gekleidet, als würde sie mit ihren Eltern jedes Jahr das Hippiefestival auf dem Herzberg besuchen – und sich dort im Rausch der nonkonformen Klamotten entledigen.

»Das nennen wir Demokratie: den besten Weg zu suchen, indem wir uns mit anderen Meinungen und auch mit Widersprüchen auseinandersetzen. Das findet in der Parallelwelt der Anhänger von Verschwörungsmythen nicht statt. Daher sind sie antidemokratisch und für eine liberale Gesellschaft sehr gefährlich. Denn sie verhindern wegen ihres Anspruchs, eine absolute Wahrheit zu sein, den Gedankenaustausch und das Überdenken der eigenen Position«, resümierte Clara.

»Dann ist das so etwas wie eine Religion?«, fragte Felix.

»Innerhalb der Religionen wird immer wieder um unterschiedliche Positionen, Glaubensinhalte und Denkansätze heiß diskutiert. Das war nicht immer gern gesehen. Ihr kennt ja die Geschichte der Reformation. Daneben findet eine stetige Auseinandersetzung mit dem Atheismus statt. Ein Absolutheitsanspruch steht also nicht mehr im Vordergrund. Andere Meinungen werden heute zugelassen und diskutiert. Daher würde ich sagen, dass die Anhängerschaft von einem Verschwörungsmythos eher einer Sekte ähnelt«, antwortete Clara.

Mozart

Auf dem Weg nach Hause hatte Caspari in einer Gärtnerei angehalten und eine ordentliche Menge an Stiefmütterchen und Alpenveilchen sowie zwei Säcke Blumenerde gekauft. Einige Tage zuvor war ihm eine große, alte Zinkwanne in einer Ecke des ehemaligen Stalls aufgefallen. Er holte sie aus ihrem Verlies, legte den Boden mit Aststücken und Steinen aus und stellte sie auf seine Terrasse. Dann holte er seine Garteneinkäufe. Schließlich stopfte er sich die Pfeife, die ihm Claras irische Mutter aus ihrer alten Heimat mitgebracht hatte, entzündete den Tabak und genoss dessen aromatischen Geruch.

Er zog sich seine Gärtnerschürze an und rückte die Wanne auf der Terrasse zurecht. Während er nach der kleinen Gartenschippe suchte, überkam ihn das Gefühl, dass irgendetwas fehlte. Er hielt inne, blickte auf die bunte Vielfalt der Blumen, die noch in den kleinen Plastikcontainern saßen, und dachte nach. Mit der Zeit dämmerte es ihm. Ihm fehlte die Musik.

Als er und Clara sich kennengelernt hatten, war im Grunde kaum ein Tag vergangen, an dem er nicht etliche Werke aus seiner großen Sammlung an Musik vom frühen Mittelalter über die Renaissance, den Barock und die Wiener Klassik bis zur Romantik gehört hatte. Im Laufe der Zeit war die Musik als Wegbegleiter und guter Freund immer mehr in den Hintergrund getreten, während eine dunkle Wolke namens Depression immer mehr vom Rand des Horizonts bis ganz über ihn gezogen war. Er nahm dieses Heimweh nach der Musik als ein gutes Zeichen, dass er auf dem Weg der Heilung ein wichtiges Stück vorangekommen war.

Mit einem Lächeln ging er ins Wohnzimmer, schaltete seine Anlage an und suchte in seinem großen CD-Regal nach der passenden Musik. Etwas Lebensbejahendes sollte es sein. Es sollte zu dem diesjährigen April mit seinen bisher milden Temperaturen und den bunten Blumen passen. Da kam im Grunde nur Mozart in Frage, der auf eine unnachahmliche Weise die beschwingte Fröhlichkeit und Lebenslust mit jenem Tiefgang verbinden konnte, den ein Mensch besaß, der sich täglich mit den Unbilden des Lebens auseinandersetzen musste. Er legte die »Haffner Serenade« ein, drehte die Lautstärke auf ein vertretbares Maß hoch und ging wieder auf die Terrasse.

Auf das Bett aus Steinen und Holz kippte Caspari die Erde aus einem der Säcke und begann dann, die Blumen nach Farben getrennt einzusetzen. Camillo, der Berner Sennenhund, schnüffelte währenddessen neugierig an einem Rest Blumenerde, die auf den Boden gefallen war, und begann, daran zu lecken. Als Caspari kurz mit seiner Arbeit innehielt, um seine Pfeife nachzustopfen, wurde die Musik mit einem Mal leiser.

»Hey!«, rief er protestierend. »Wer dreht meine Musik ab?«

»Hey!«, schallte es aus dem Wohnzimmer zurück. »Ist hier jemand unter die Schwerhörigen gegangen?«

Caspari grinste, als Clara die Terrasse betrat.

Sie beugte sich zu ihm herunter und gab ihm einen langen Kuss. »Hallo, mein Großer.«

»Hallo, mein irischer Wildfang.«

»Das sieht toll aus«, sagte sie.

»Ich hatte eine große Lust auf Blumen und Frühling.«

»Und auf Musik. Ich staune!«

»Auch das war eine plötzliche Eingebung.«

»Pfeife hast du auch schon seit Ewigkeiten nicht mehr geraucht«, sagte Clara. »Bekomme ich den Christoph wieder, den ich vor einigen Jahren kennengelernt habe?«

Caspari nahm sich Zeit, ihr zu antworten. Wollte er wieder so sein wie vor fünf, sechs Jahren? Wenn er ehrlich zu sich war, dann eher nicht. Durch seinen Lebens- und Arbeitsstil hatte er sich in eine tiefe Depression manövriert. Heute achtete er mehr auf sich. Er war dankbar für Dinge, die er früher als selbstverständlich erachtet hatte. Die Gelassenheit hielt immer mehr Einzug in sein Leben, und er begann loszulassen. Im Prozess des Loslassens standen an erster Stelle seine hohen Erwartungen an sich selbst, denen er im Grunde immer nachgerannt war.

»Nein, den kriegst du nicht. Aber einen reiferen und dankbareren Christoph bekommst du«, sagte er schließlich.

Clara sah ihm tief in die Augen. »Ja, das bist du. Und genau so will ich dich!«

Sprechende Blicke

Caspari befand sich wieder in demselben Zimmer in der Psychiatrie wie vor zwei Tagen. Diesmal hatte er den Stuhl gewählt, von dem aus er mit dem Rücken zur Tür saß. Dafür konnte er durch das Fenster eine Buche sehen. Ihrer Größe nach zu urteilen, musste sie schon einige Jahrzehnte dort stehen. Er ging zum Fenster und betrachtete den Baum eingehender. Der Wind strich durch die Äste, denen noch die Blätter fehlten. Zarte Knospen bildeten ein Meer von grünen Tupfen auf dem Holz.

Es war ein regnerischer Aprilmorgen. Die Temperaturen waren über Nacht gefallen. Statt des leichteren Sakkos von gestern trug er nun wieder eines seiner geliebten Tweedjacketts mit Weste. Die musste er sich maßanfertigen lassen – eines der Probleme, die er mit seiner Figur hatte. Bei seiner Größe bekam er nichts von der Stange. Bei den Konfektionsgrößen stimmten nie die Proportionen. Entweder sie waren für Männer mit der Figur eines Fasses geschnitten oder für den hageren Sportler. Er war zu groß, hatte ein zu breites Kreuz und zu starke Arme und war nicht dick genug, wenn er auch weit entfernt von einem Sixpack war. Der Luxus, einen wuchtigen Körperbau zu besitzen, ging ins Geld, wenn er Kleidung einkaufte.

Die Tür des Zimmers wurde geöffnet. Er drehte sich herum und setzte ein Lächeln auf, mit dem er Tanja Wedekind begrüßte. Er bot ihr den Stuhl gegenüber der Tür an und setzte sich.

»Befragung von Tanja Wedekind am 25. April um neun

Uhr im Universitätsklinikum Frankfurt durch Dr. Christoph Caspari«, sagte er deutlich, nachdem er das Aufnahmegerät eingeschaltet hatte.

»Frau Wedekind, ich hatte gestern Gelegenheit, mir den Tatort einmal genauer anzusehen. Um es direkt zu sagen: Seither sind die Ungereimtheiten nicht gerade weniger geworden. Sie hacken sich in einen Computer, von dem sein Besitzer behauptet, darauf seien nur vollkommen uninteressante Inhalte. Sie leiten diese in das digitale Nirwana weiter. Zu guter Letzt liefern Sie sich mit einer paramilitärischen Einheit eine Schießerei wie im Wilden Westen. Zu alledem zerstören Sie Ihre Reputation als eine ausgezeichnete Polizistin. Vor mir liegt ein Puzzle, dessen Teile kein logisches Bild ergeben, sooft ich sie zusammenzustecken versuche.«

Caspari setzte an, Tanja Wedekind direkt zu fragen, was die Dateien auf Jens Hildebrandts Computer mit dem Tod ihres Mannes zu tun hatten. Doch er bemerkte eine kleine Bewegung ihrer Lider. Einige Male schien sie für den Bruchteil einer Sekunde die Augen etwas weiter zu öffnen. Er hielt inne und wartete auf ein weiteres Zeichen. Nichts geschah. Hatte er sich die Bewegung ihrer Augen nur eingebildet? Doch dann wanderten ihre Pupillen für einen kurzen Moment nach oben, so kurz, dass er diese Bewegung fast nicht wahrgenommen hätte. Danach verwandelte sich ihr Gesicht wieder in eine Maske der Apathie.

Caspari stand auf und begann, im Zimmer auf und ab zu laufen. Wenn seine meditative Ruhe sie nicht verunsicherte und zum Reden brachte, dann vielleicht eine Form von … meditativem Gehen? Er verband den Rhythmus seiner Atmung mit seinen Schritten und blieb nach einer Weile vor dem Fenster stehen, um ein weiteres Mal hinauszuschauen. Er nahm seinen Körper bei jedem Atemzug, den dieser ganz selbstständig tat, wahr. Einatmen, ausatmen. Ihm fiel keine andere Möglichkeit ein, die Stille irgendwann in ein Gespräch zu verwandeln. Drohen half ja offensichtlich nicht. Davon hatte er sich vorhin überzeugen können. Allein das Akzeptieren ihres Schweigens und hier und da eine gut platzierte Bemerkung brachten der Mauer aus Stille Brüche und Risse bei, durch die sie irgendwann einstürzen würde.

Nach einer halben Stunde verließ Caspari das Zimmer. Auf dem Flur begegnete ihm Dr. Bartholomäus.

»Hat die Patientin heute mit Ihnen gesprochen?«, fragte der Psychiater.

»Kein Sterbenswörtchen«, antwortete Caspari.

»Und trotzdem waren Sie über eine halbe Stunde bei ihr. Was haben Sie ihr denn gesagt?«

»Nichts.«

»Ich bin immer wieder erstaunt, dass Sie diese erdrückende Stille in der Gegenwart von Frau Wedekind ertragen«, sagte der Mediziner. »Mir selbst sind die Patienten lieber, die einen in ihrem Redeschwall förmlich ersäufen.«

»Falls Frau Wedekind nicht erkrankt ist, ist das womöglich ihre Strategie«, erwiderte Caspari. »Dann weiß sie, dass kaum einer in der Lage sein wird, diese Stille mit ihr lange auszuhalten.«

»Wie schaffen Sie das?«

»Ich habe einige Schweigewochen in einem evangelischen Meditationszentrum hinter mir. Das sollten Sie auch mal probieren«, schlug Caspari vor. »Man lernt sehr viel über sich selbst und über die Dämonen, die sich gut verborgen und tief in der Seele eingenistet haben.«

»Darüber gibt mir die Wissenschaft schon genug Auskunft.«

»Sie sprechen vom Weg des Wissens. Ich meinte den Weg der Weisheit. Man sollte auf beiden unterwegs sein. Sie stehen nicht zwangsläufig in Konkurrenz zueinander«, antwortete Caspari und verabschiedete sich.

Ungenügend

Auch an diesem Morgen zeigte sich der April von seiner nasskalten Seite, als Caspari in der Frühe mit Camillo eine große Runde auf der Spielberger Platte drehte. Dicke Schneeflocken segelten im eisigen Wind wie Daunen auf die Erde, wo sie zu Wasser vergingen. Mieses Timing, dachte Caspari. Bei Bodenfrost hätten sie den Vogelsberg in eine Schneelandschaft verwandelt. Doch für den Frühling war die weiße Pracht von oben nichts weiter als eine lästige Störung.

Ihn beschäftigte immer noch die Bewegung von Tanja Wedekinds Augen. Lief er Gefahr, etwas in diesen Gesichtsausdruck hineinzuinterpretieren, was gar nicht existierte? Oder lag darin doch eine Botschaft? Ja mehr er darüber nachdachte, desto unschlüssiger wurde er. Caspari musste sich ein weiteres Mal mit der Frau in einem Raum aufhalten, um sich ganz sicher zu sein. Aber nicht an diesem Tag. Heute war sein Terminplan schon voll genug. Er war fest entschlossen, nur genau so viel zu arbeiten, wie es die Ärzte empfahlen.

Nachdem er Camillo mit dem Schlauch abgeduscht und anschließend trocken gerieben hatte, wechselte Caspari seine durchnässte Kleidung. Er genoss es, während der Wiedereingliederungsphase keinen Zeitdruck zu haben. Als er das Haus verließ, hatte der Schneefall aufgehört. Der bleigraue Himmel tauchte den Tag in ein trübes Licht. Seine Stimmung würde er sich davon allerdings nicht kaputt machen lassen. Caspari war neugierig auf das Trainingszentrum von Asgard Security, das in Lettgenbrunn, einem kleinen Dorf hinter Bad Orb, auf der hessischen Seite des Spessarts lag.

Nach dem etwas ruppigen Gespräch mit dem Angestellten in Gelnhausen hatte er noch am selben Tag mit dem Firmeninhaber telefoniert und den Termin ausgemacht. Gemächlich fuhr Caspari mit seinem Volvo über die Spielberger Platte nach Wittgenborn. Die Landschaft triefte förmlich von dem Wasser, das über Nacht und am frühen Morgen auf sie niedergegangen war.

Caspari wählte die »Hebriden«-Ouvertüre von Felix Mendelssohn Bartholdy als Begleitmusik für seine Fahrt. Das vornehmliche Wetter auf der schottischen Inselgruppe war ebenso nasskalt wie an diesem Morgen im Kinzigtal und dem angrenzenden Vogelsberg und Spessart. Mit einer unvergleichlichen Erhabenheit erzählte der Komponist das Naturschauspiel, das er an der schottischen Küste beobachtet hatte. Der Anblick der Wellen, die sich an den Klippen brachen, die unruhige See und der allgegenwärtige Wind hatten Mendelssohn Bartholdy tief beeindruckt. Die Ouvertüre, die man als Landschaftsmalerei aus Klangfarben bezeichnen konnte, zeugte davon.

Hinter Wittgenborn führte die kurvenreiche Straße durch den Wald in die Wächtersbacher Innenstadt. Von dort aus fuhr Caspari über die Kinzig auf die Spessartseite nach Bad Orb. Gemächlich rollte der Volvo bei den vierzig Stundenkilometern, die in der Kurstadt als Höchstgeschwindigkeit galten. Kurz vor dem Waldrand sah Caspari das Ausflugscafé, auf dessen Terrasse Clara und er im vergangenen Sommer oft gesessen und lange, intensive Gespräche über ihr gemeinsames Leben und ihre Zukunft geführt hatten. Ein Gefühl von Dankbarkeit überkam Caspari. Clara war nicht nur bei ihm geblieben, sondern sie liebte ihn – trotz der schwierigen Zeit, die sie nun hinter sich gelassen hatten. Er musste über sich selbst schmunzeln, weil eine andere Erinnerung an dieses Café in ihm wach wurde. Die Schwarzwälder Kirschtorten, die die Konditoren dort herstellten, waren unvergleichlich gut. Ob er auf dem Rückweg dort halten und zwei Stücke mitnehmen sollte?

Die Straße schlängelte sich durch Mischwald, vorbei am Golfclub. Dann kam Lettgenbrunn in Sicht. Das Achthundert-Seelen-Dorf hatte eine bewegte Geschichte. 1935 war es zum Bombenabwurf-Übungsplatz erklärt und zwangsgeräumt worden. Nach dem Zweiten Weltkrieg wurde es im Rahmen des Marshallplans von Flüchtlingen aus dem Sudetenland, Schlesien, Ostpreußen neu besiedelt. Heute war es ein kleines Dörfchen mit zwei Gaststätten, einem großen Sägewerk und einem Bauernhof am Ortsausgang. Das gesamte Gelände von Asgard Security war von einem hohen Maschendrahtzaun umgeben. Auf halbem Weg stand ein massives Tor in der Einfahrt. Caspari hielt davor, stieg aus dem Wagen und drückte den Klingelknopf. Ein leises Surren über ihm ließ ihn aufblicken. Auf den Torpfosten saßen Überwachungskameras, deren Linsen auf ihn gerichtet waren. Kurz darauf kam ein Mann vom Bauernhaus zum Tor gelaufen. Caspari erkannte ihn sofort wieder. Es war Oliver Busch, der Wachmann, der ihn im Frankfurter Bürohaus herumgeführt hatte.

»Der Herr Kriminalrat«, sagte Busch zur Begrüßung und schloss das Tor auf.

»Sie haben sich meinen Dienstausweis aber gründlich angeschaut.«

»Gründlichkeit ist in meinem Job oft überlebenswichtig«, sagte Busch und öffnete beide Torflügel. »Fahren Sie mit Ihrem Wagen in den Hof.«

Caspari tat wie ihm geheißen. Hinter ihm verschloss Busch das Tor wieder.

»Der Chef erwartet Sie«, erklärte er und wies ihm den Eingang. Dann führte er ihn durch das Gebäude. Im Flur empfingen ihn helle Lichter von den Decken und in einem kalten Weiß gestrichene Wände. Das war nicht länger ein Wohnhaus, das einer Familie Schutz, Wärme und Geborgenheit bot. Dieses Haus war von innen in einen nüchternen Zweckbau verwandelt worden. Eine Tür ging auf, und ein Mann mit breiten Schultern trat aus dem Raum. Er war in Camouflage gekleidet. Fragend sah er Busch an.

»Besuch für den Chef«, erklärte der.

Der andere nickte stumm und schob sich an ihm und Caspari vorbei. Busch blieb vor einer Tür stehen und klopfte an. Eine kräftige Stimme war von der anderen Seite zu hören.

»Herein!«, dröhnte es in befehlsgewohntem Ton.

Busch öffnete die Tür. »Dr. Caspari vom BKA«, meldete er den Besucher an.

Hinter einem Schreibtisch stand ein drahtiger Mann mit Glatze und einem kurz geschorenen Vollbart, der sein schmales

Gesicht umrahmte. Die graue Farbe des Bartes und die Falten verrieten Caspari, dass der Mann ungefähr Anfang fünfzig sein musste.

»Sven Neufang«, sagte er und streckte Caspari die Hand entgegen. Diese förmliche Höflichkeit unterstrich er mit einem Lächeln, das allerdings nicht bis zu den Augen reichte. Caspari erwiderte den festen Händedruck nicht minder stark. Neufangs rechte Augenbraue zuckte, als er es bemerkte. Das genügte Caspari. Der Mann ihm gegenüber hatte verstanden, dass er sich durchsetzen konnte. Neufang wies ihm einen Stuhl auf der ihm gegenüberliegenden Seite des Schreibtisches.

»Doktor?«, fragte er. »Sind Sie Jurist?«

»Nein, ich bin Kriminalpsychologe.«

»Verstehe. Das BKA hat Sie also auf den Einbruch bei Troja in Frankfurt angesetzt?«

»So kann man es sagen, ja.«

»Wie kann ich Ihnen weiterhelfen, nachdem Sie Oliver schon ausgiebig befragt haben?«

Caspari zog seinen Notizblock aus der Innentasche seiner Jacke und schlug die vorletzte Seite auf.

»Mir ist zunächst nicht klar, warum die Nachtwache nicht direkt die Polizei alarmierte, sondern Ihre Einheit«, begann er ganz unverfänglich.

»Das liegt nicht im Ermessen der Nachtwache. Die Computersysteme der Firma sind durch diesen Alarm geschützt. Wenn sich jemand über das Netz in das System von Troja hackt, werden wir ebenso verständigt, wie wenn man sich am Computer von Herrn Hildebrandt selbst zu schaffen macht.«

»Und dann rücken Sie mit dem ganz großen Besteck an?«, hakte Caspari nach.

»So steht es im Vertrag.«

»Sie haben also Computerfachleute in Ihrem Team, die Angriffe aus dem Netz abwehren, und eine paramilitärische Einheit, die Einbrecher und Datenräuber vor Ort festnagelt.«

»Bis die Polizei eintrifft. Wissen Sie, die Polizei in Deutschland hat ein Problem. Sie wurde in den vergangenen Jahren fast kaputtgespart. Sie ist in vielen Bereichen einfach unterbesetzt und kann oftmals nicht so zeitnah eingreifen, wie sich viele Unternehmer das gern wünschen. In diese Marktlücke bin ich gestoßen und habe zusammen mit meinen Kameraden diese Sicherheitsfirma aufgebaut.«

»Mir ist die militärische Haltung Ihrer Leute von Anfang an aufgefallen.«

»Sie haben eine gute Beobachtungsgabe«, meinte Neufang.

»Welche Waffengattungen sind hier vertreten?«

»Fallschirmjäger, Kampfschwimmer, Kommando Spezialkräfte und zwei ehemalige Fremdenlegionäre.«

»Eine beeindruckende Zusammenstellung«, sagte Caspari.

»Dann haben wir noch vier Techis, unsere Computerfachleute. Die haben auch einen militärischen Hintergrund, versteht sich.«

»Bitte verstehen Sie mich nicht falsch. Es ist nicht wertend gemeint, wenn ich frage, warum eine Söldnertruppe Objektschutz betreibt. Spezialisten wie Sie befreien doch Geiseln, ohne dass eine Regierung als Auftraggeber in Erscheinung tritt.«

»Wer sagt Ihnen denn, dass wir das nicht auch tun? Nein, aber im Ernst – im Allgemeinen verdienen wir tatsächlich unser Geld mit Personen- und Objektschutz. Damit sind wir zufrieden.«

»Ist das so?«

»Wissen Sie, jeder von uns hat in Auslandseinsätzen gekämpft und schreckliche Dinge erlebt. Wir alle sind des Krieges müde. Aber der Schutz ist nun mal unser Handwerk. Das können wir am besten. Deshalb gibt es Asgard Security.«

»Klingt nachvollziehbar«, räumte Caspari ein. »Sie verstehen aber schon, dass es ordentlich Staub aufwirbelt, wenn Ihre Leute wie ein Militärkommando ein Gebäude erstürmen, als hätte sich eine Terroreinheit darin verschanzt?«

»Wir wussten ja nicht, was uns dort erwartet. Lieber zu gut vorbereitet als zu schlecht«, sagte Neufang.

Caspari versuchte, ihn aus der Reserve zu locken.

»Die digitalen Unterlagen, die Sie für Troja Marketing

schützen, müssen ja einen gewaltigen Wert haben, wenn Ihr Schutz so umfassend und massiv ist.«

»Darüber müssen Sie sich mit Herrn Hildebrandt unterhalten. Die Inhalte dessen, was wir beschützen, gehen uns nichts an.«

»Warum der Name?«, fragte Caspari aus einem Impuls heraus.

»Bitte?«

»Asgard Security.«

»Die Asen, das germanische Göttergeschlecht, beschützten die Menschen vor den Riesen. Die Heimat von Odin und seiner Sippe hieß Asgard«, erklärte Neufang.

»Interessant«, kommentierte Caspari, bevor er zu einem anderen Thema überleitete.

»Ihren Leuten war entgangen, dass die Überwachungskameras eine Dauerschleife gesendet hatten«, stellte er in nüchternem Ton fest.

»Offensichtlich. Der Fehler geschah aber schon in dem Moment, wo der Komplize der Einbrecherin sich in das System gehackt hatte, um die Aufzeichnungen zu kopieren. Das hatten wir nicht bemerkt, was von der Klasse zeugt, die dieser Hacker hat. Der spielt ganz offensichtlich in der Champions League.«

»Ihre Techis nicht?«

»Die sind zwar verdammt gut. Aber es gibt immer einen, der besser ist.«

»Den Datenklau von Herrn Hildebrandts Rechner konnte die Verdächtige dann aber nicht unbemerkt bewerkstelligen?«

»Nein, unmöglich. Das wäre, als wollten Sie die Kronjuwelen aus dem Tower stehlen.«

»Es war wohl ein geschickter Schachzug, die gestohlenen Daten über den eigenen Rechner ins Netz zu schießen und ihn anschließend zu vernichten.«

»Das war es wohl«, stimmte Neufang zu. »Gibt es sonst noch etwas, das ich für Sie tun kann? Ich habe derzeit viel auf dem Schreibtisch liegen.«

»Das war es im Großen und Ganzen. Ich würde gern noch

mit den Männern sprechen, die an der Schießerei beteiligt waren.«

»Das ist heute leider nicht möglich. Die beiden Angeschossenen liegen noch im Krankenhaus.«

»Trotz Schutzweste?« Caspari war überrascht.

»Die schützen vor den Projektilen, nicht vor Prellungen und gebrochenen Rippen. Die Jungs haben außerdem Durchschüsse in den Oberarmen«, erklärte Neufang.

»Was ist mit den beiden anderen, die in diesem Trupp waren?«, fragte Caspari.

»Die passen gerade auf einen amerikanischen Gangsta-Rapper auf, der hier ein paar exklusive Konzerte gibt. Der bucht uns seit Jahren für seine Deutschlandtouren. Der Junge ist sehr anhänglich. Er besteht jedes Mal auf Philipp und Eugen. Deshalb habe ich sie mit seinem Personenschutz beauftragt. Einen solchen Klienten vergrault man nicht.«

»Ich werde mir die Zeugenaussagen Ihrer Mitarbeiter noch einmal in der Akte des Landeskriminalamts durchlesen«, sagte Caspari, nahm sich allerdings vor, demnächst zwei Krankenbesuche zu machen.

»Das klingt vernünftig«, meinte Neufang und erhob sich.

Caspari schüttelte ihm zum Abschied die Hand. Im Flur erwartete ihn Oliver Busch, der ihn nach draußen geleitete. Auf dem Hof hörte Caspari Knallgeräusche. Suchend sah er sich um. Es musste aus dem großen, alten Stalltrakt kommen.

»Unser Trainingszentrum«, erklärte Busch.

»Sie haben einen Schießstand?«

»Ja, dazu noch einen Trainingsraum für Nahkampf und einen Fitnessbereich.«

»Das muss eine ordentliche Stange Geld gekostet haben.«

»Das kann man wohl sagen.«

Zaungäste

Raureif bedeckte die Landschaft, als Caspari sich auf den Weg vom Weiherhof zur Frankfurter Universitätsklinik machte. Die Sonne lag verhangen hinter einem dichten Band von Frühnebel, der sich nur sehr langsam zu lichten begann. Als Begleitmusik für seine Fahrt hatte Caspari sich die Flötenkonzerte von Mozart ausgesucht. Summend fuhr er durch den dichten Berufsverkehr. Mit seiner Umhängetasche über der Schulter klingelte er wieder an der schweren Tür der psychiatrischen Abteilung. Das Personal kannte ihn mittlerweile, weshalb die Schwester, die ihm öffnete, ihn einfach einließ.

»Der Gutachter spricht gerade noch mit Frau Wedekind«, sagte sie ihm, während sie durch den Flur gingen.

»Ach, tut er das?«, fragte Caspari mit ironischem Unterton. Ein Lächeln huschte ihr über das Gesicht.

»Sie können im Besucherzimmer warten, bis Professor Bierstedt aufgibt«, meinte sie mit einem Augenzwinkern. »Da gibt es auch einen Kaffeeautomaten.«

Caspari bedankte sich, ging in das Besucherzimmer und zog sich einen großen Cappuccino. Während er ihn trank, schaute er aus dem Fenster und sah zu, wie die Sonne den Nebel allmählich verdrängte. Feine Dampffäden stiegen aus den Büschen und Sträuchern auf, die auf dem Klinikgelände gepflanzt waren. In seinen Gedanken hörte er noch einmal das »Allegro aperto« vom zweiten Flötenkonzert, als jemand ihn ansprach.

»Dr. Caspari?«

Er drehte sich um und sah einen hochgewachsenen Mann in einem tadellos geschnittenen blauen Anzug auf sich zukommen. Der Mann mochte Ende sechzig sein, trug sein schon recht ausgedünntes Haar akkurat nach hinten gekämmt und hatte eine leicht gebeugte Haltung.

»Professor Bierstedt, nehme ich an«, erwiderte Caspari.

»Ganz recht«, sagte dieser und reichte ihm die Hand zum Gruß. Darauf kam er gleich zur Sache. »Dr. Bartholomäus erzählte mir, Sie hätten auch schon einige Male versucht, mit der Patientin zu reden.«

»Zweimal, um genau zu sein«, konkretisierte Caspari. »Aber ›reden‹ würde ich das nicht nennen. Es ist eher ein gemeinsames Schweigen.«

»Schade, ich dachte, Sie hätten vielleicht mehr Erfolg als ich.«

Die Mimik des Gutachters strahlte Bedauern aus. Er schaffte es sogar, Caspari dabei anzusehen und nicht zur Seite zu blicken wie Hildebrandt. Doch der Blick des Mannes wirkte unruhig.

»Wie lautet Ihre Diagnose?«

»Ich kann und will mich noch nicht festlegen«, verkündete Bierstedt. »Ob ihr Verhalten auf eine Störung zurückzuführen ist oder sie nur ein außergewöhnliches Schauspieltalent besitzt, kann ich derzeit nicht mit Gewissheit sagen. Deshalb werde ich wohl oder übel noch einige Male mit ihr zu reden versuchen.«

»Dann ist davon auszugehen, dass die Staatsanwaltschaft sich nicht gerade über Ihr Honorar freuen wird. Ich rechne nicht damit, dass Frau Wedekind in der nächsten Zeit auch nur einen Ton sagt«, meinte Caspari, der sich immer mehr fragte, worauf es der Psychiater in Wahrheit abgesehen hatte. Er kannte Forensiker, die schon längst zumindest zu einer Einschätzung gekommen wären.

»Ja, das steht zu befürchten«, antwortete Bierstedt. »Falls Frau Wedekind wider Erwarten dann doch mit Ihnen reden sollte, wäre ich Ihnen sehr dankbar, wenn Sie mich davon in Kenntnis setzten.«

»Natürlich«, sagte Caspari und schüttelte ihm die Hand zum Abschied. Einen Teufel würde er tun.

Als Caspari das Zimmer betrat, war er froh über sein Tweedsakko. Der Raum war frisch gelüftet worden, und es war saukalt. Tanja Wedekind schien das gar nicht zu bemerken. Sie saß mit dem Rücken zum Fenster und regte sich nicht, als er eintrat. Weder sahen die Augen ihn an, noch hob sich auch nur ihr Kopf in seine Richtung. Es war, als stünde er einem Zombie gegenüber. Er setzte sich und holte aus seiner Tasche das Aufzeichnungsgerät und sein Notizheft samt Stift heraus. Dann faltete er die Hände und sah die Frau wortlos an. Nach einer langen Weile des Schweigens stellte er das Gerät an und sprach Datum, Uhrzeit und die Namen der Anwesenden darauf. Dann schwieg er wieder.

Es machte ihm nichts aus, auch die nächste volle Stunde so mit ihr am Tisch zu sitzen. Er konnte diese Zeit zur Meditation nutzen. Das Auftreten des Gutachters hatte ihm allerdings vor Augen geführt, dass ihm nicht mehr viel Zeit blieb.

Ihm kam eine Idee. Während sie ihn einer Statue gleich anblickte, ahmte er die Bewegung ihrer Augen von vor zwei Tagen nach. Zuerst hob er die Lider ein klein wenig, dann ließ er seine Pupillen nach oben wandern. Tanja Wedekind zeigte keine Regung, kein Erkennen, keine Irritation über diese Mimik. Caspari überlegte einen Augenblick. Er musste es noch einmal probieren, wenn es sein musste, mehrmals. Wenn sie sich dann immer noch unbeeindruckt davon zeigte, blieb ihm selbst kein anderer Schluss, als dass ihr Verstand sich durch die Verletzung bei der Schießerei hinter eine undurchdringliche Mauer zurückgezogen hatte.

Caspari hob noch einmal die Lider und ließ dann die Pupillen erneut nach oben wandern. Noch immer reagierte sie nicht. Also versuchte er es wieder. Dann endlich bemerkte er eine kleine Bewegung ihrer Lider. Wie beim letzten Mal öffnete sie einige Male ihre Augen einen Hauch weiter, wieder nur für Sekundenbruchteile. Er fixierte sie mit seinem Blick und wartete, ob sie diese unscheinbare Bewegung wiederholte. Nach einer Weile hob sie erneut die Lider und ließ ihren Blick dann zum Rauchmelder an der Decke wandern. Dort verharrte er, bis sie Caspari schließlich wieder mit ausdruckslosen Augen ansah. Er gab ihr mit einem kurzen Nicken zu verstehen, dass er verstanden hatte.

»Sie sind sich bewusst, dass Sie sich nicht nur selbst die Karriere zerstört haben, sondern auch ins Gefängnis wandern werden? Oder Ihr Aufenthalt in der Psychiatrie wird ein sehr langer werden. Wie dem auch sei – wenn Sie nicht kooperieren, wird Ihr Einbruch als die Tat einer durchgedrehten Polizistin zu den Akten gelegt werden«, sagte er, wobei er ein wenig mit einem Auge zwinkerte.

Nachdem er die psychiatrische Abteilung verlassen hatte, fuhr er mit dem Fahrstuhl ins Erdgeschoss. Am Empfang ließ er sich vom Pförtner den Weg zur Haustechnik erklären. Das Büro lag im Keller. Eine Frau in den Endfünfzigern, umgeben von einer Mischung aus Heizungsluft, Zigarettenqualm und Raumspray, empfing ihn. Nach der Gesichtshaut und den gelben Flecken zwischen dem Zeige- und dem Mittelfinger der rechten Hand zu urteilen, musste sie mindestens ein Päckchen am Tag rauchen, wobei sie offensichtlich nicht immer vor die Tür ging.

»Ja bitte?«, fragte die Frau, als er eingetreten war.

»Ich komme wegen der Rauchmelder in der Psychiatrie«, antwortete er, noch ganz vom Eindruck des Nikotinmiefes beschlagnahmt.

»Wieso? Stimmt mit denen etwas nicht?«

»Kann sein. Das will ich herausfinden«, entgegnete er und hielt ihr dabei seinen Dienstausweis hin.

»Bundeskriminalamt«, stellte sie fest.

»Richtig. Ich möchte wissen, ob sie kürzlich gewartet oder erneuert wurden.«

»Da muss ich gucken«, antwortete sie, schob sich ihre Brille von der Nasenspitze wieder hoch zur Wurzel und tippte auf die Tastatur ihres Computers. »Ja, da haben wir es. In der vergangenen Woche wurden sie überprüft. Das wundert mich allerdings. Sie sind ja erst vor einem halben Jahr erneuert worden. Das war eigentlich noch nicht nötig.«

»Wer hat die Wartung übernommen?«

»Seltsam«, meinte sie und trommelte mit den roséfarbenen Fingernägeln ihrer linken Hand auf die Tischplatte, während sie mit rechts die Maus bewegte. »Das hat niemand von unseren Haustechnikern gemacht. Dazu wurde eine Fachfirma beauftragt.«

»Haben Sie keine Elektriker unter Ihren Haustechnikern?«, fragte Caspari.

»Doch, natürlich. Üblicherweise machen die solche Arbeiten. Warum diesmal jemand von außen dafür geholt wurde, erschließt sich mir nicht.«

»Wer hat denn den Auftrag erteilt?«

»Das kann ich von hier aus nicht erkennen«, erwiderte die Frau und deutete dabei auf ihren Bildschirm. »Auf der Rechnung steht nichts darüber.«

»Würden Sie mir die Rechnung ausdrucken?«, bat Caspari.

»Das kann ich machen«, antwortete sie, bewegte die Maus und klickte ein paarmal. »Aber sagen Sie mal, warum interessiert sich das BKA für Rauchmelder in der Psychiatrie?«

»Aus demselben Grund, aus dem Sie sich wundern, dass diese Arbeiten außerhalb der Fristen und nicht von Ihren Leuten ausgeführt wurden«, antwortete er.

»Der Punkt geht an Sie.«

»Können Sie mir einen der Haustechniker zur Verfügung stellen?«

»Wozu?«

»Ich will mir diese extra gewarteten Teile mal genauer ansehen.«

»Na, Sie machen es aber geheimnisvoll«, meinte sie und hustete. Raucherhusten, dachte er, während er zusah, wie sie wieder zu Luft kam. Sie nahm einen großen Schluck aus einer Kaffeetasse, die ihre besten Jahre hinter sich hatte, und wandte sich erneut ihrem Rechner zu.

»Moment. Ah ja, den Edim kann ich Ihnen mitgeben.«

Sie griff nach dem Telefon und beorderte den Techniker zu sich, wobei sie mehrmals hustete.

»Kann ich sonst noch etwas für Sie tun?«

»Die Rechnung«, antwortete er.

»Ach ja, die hätte ich fast vergessen.« Sie schlug sich mit der Hand gegen die Stirn und holte ihm den Ausdruck.

Caspari faltete das Blatt und steckte es sich in die Innentasche seines Sakkos, als es an der Tür klopfte. Ein hochgewachsener junger Mann steckte seinen Kopf durch die Tür. »Da bin ich«, sagte er mit einer angenehmen Tenorstimme.

»Der Herr vom Bundeskriminalamt will sich mal die Rauchmelder in der Psychiatrie genauer ansehen«, erläuterte die Frau.

»Ach, die Dinger, die außer der Reihe gewartet worden sind?«

»Genau die«, meinte Caspari.

»Na, dann wollen wir mal«, sagte der Techniker.

Sein Gesicht war schlank geschnitten, das Kinn hatte ein Grübchen. Ein Hingucker für Frauen, befand Caspari stumm. Gemeinsam mit Edim fuhr er mit dem Aufzug auf das Stockwerk, auf dem die Psychiatrie lag.

»Wollen Sie sich wirklich alle Rauchmelder ansehen?«

»Nein, nur die in den Besprechungsräumen und in dem Zimmer einer Patientin im geschlossenen Bereich«, erklärte Caspari.

»Das hält sich ja in Grenzen.«

Der Techniker klingelte an der schweren Stahltür.

»Sie haben keine Codekarte?«, fragte Caspari.

»Nicht für diesen Bereich. Hier lassen uns die Pflegekräfte ein.«

Der Pfleger, der ihnen öffnete, sah Caspari überrascht an.

»Sie wollen noch einmal zur Patientin Wedekind?«

»Nicht ganz. Ich will mir die Rauchmelder in den Besprechungsräumen ansehen. Dann auch noch den in ihrem Krankenzimmer«, erklärte Caspari.

»Aha. Warum?«

»Ich habe da so einen Verdacht«, entgegnete Caspari.

»Das muss der Oberarzt genehmigen«, erwiderte der Pfleger.

»Bei dem Zimmer von Frau Wedekind kann ich mir das vorstellen. Was die Besprechungsräume betrifft, sicher nicht«, konterte Caspari.

Der Pfleger wirkte unschlüssig.

»Es gibt zwei Möglichkeiten«, erläuterte Caspari in sachlich-strengem Ton. »Entweder ich schaue mir jetzt mit Edim diese Geräte an, oder ich telefoniere mit einem Richter, und in spätestens einer Stunde kommt ein ganzer Trupp von Kriminaltechnikern mit einem Durchsuchungsbeschluss hier hereingeschneit. Das dürfte eine echte Störung für diese Station sein.«

Der Pfleger schluckte, nickte dann aber. »In Ordnung. In welches Besprechungszimmer wollen Sie zuerst?«

»In das ganz rechts, in dem ich vorhin mit der Patientin gesprochen habe.«

Der Pfleger machte ihnen Platz und ließ Caspari samt dem Techniker ein. Im Raum klappte Edim die mitgebrachte Leiter auseinander, stieg darauf und machte sich mit einem kleinen Schraubendreher an dem Rauchmelder zu schaffen. Vorsichtig nahm er die Abdeckung ab und schaute in das Gehäuse.

»Was ist das denn?«, fragte er überrascht und griff nach etwas.

»Warten Sie«, stoppte ihn Caspari, griff in seine Sakkotasche und beförderte zwei Paar Vinyl-Handschuhe heraus, von denen er eines dem Techniker gab, das andere selbst über die Hände streifte. Edim folgte seinem Beispiel und wandte sich erneut dem Rauchmelder zu, aus dem er einen Draht zog, an dessen einem Ende ein winziger Glasknopf hing, ähnlich einer Leuchtdiode, am anderen eine Knopfzelle in einer Fassung.

»Das ist Überwachungstechnologie vom Allerfeinsten«, brummte Caspari, der das Teil in Empfang nahm.

Der Techniker sah sich den Rauchmelder genauer an.

»Da steckt noch etwas«, meinte er und holte ein ähnlich kleines Teil hervor, an dem kein Glasköpfchen hing, sondern ein winziges Mikrofon. Er gab es Caspari.

»Darf ich fragen, was hier vor sich geht?«, hörte Caspari eine Stimme hinter sich. Dr. Bartholomäus stand in der Tür, die Arme vor der Brust verschränkt.

»Das möchte ich auch gern wissen«, erwiderte Caspari und hielt dem Psychiater die Abhörelektronik hin.

»Was ist das?«

»Das Teuerste und Beste an Spionagetechnik«, erklärte

Caspari. »Ich gehe davon aus, dass wir solche Geräte in den Rauchmeldern aller anderen Besprechungsräume und in Frau Wedekinds Zimmer finden werden. Haben Sie dafür eine Erklärung?«

Der dunkle Teint des Arztes bekam blasse Flecken. »Nein. Ich bin ehrlich gesagt sprachlos.«

Wenig später hatten Caspari und der Haustechniker in allen anderen Besprechungsräumen Abhörvorrichtungen entdeckt und in einen Plastikbeutel verstaut. Caspari wandte sich an den Arzt, der noch blasser geworden war.

»Es tut mir leid, Dr. Bartholomäus. Wir kommen um eine polizeiliche Untersuchung nicht herum. Das können Sie sich sicher denken.«

»Ja, natürlich«, stotterte der junge Mediziner.

Caspari griff nach seinem Mobiltelefon und begann, Gespräche zu führen. Eine Stunde später waren Gernot Schneider und Fang Jing Jang, zwei Mitarbeiter aus seiner Abteilung, zusammen mit Kriminaltechnikern des BKA eingetroffen. Schneider überreichte Dr. Bartholomäus den Durchsuchungsbeschluss. Der überflog ihn und nickte Caspari zu. Sofort machten sich die Kriminaltechniker ans Werk.

»Wir werden so unauffällig vorgehen, wie es nur irgendwie geht«, versicherte Caspari dem Psychiater, der seine Fassung wiedererlangt zu haben schien. Dann deutete er auf eine Überwachungskamera über sich. »Ich gehe davon aus, dass in jedem Flur der Station eine hängt.«

Dr. Bartholomäus nickte.

»Meine Leute werden die Aufnahmen der letzten beiden Wochen beschlagnahmen müssen.«

»Was geht hier vor, Dr. Caspari?«, fragte der Arzt erneut.

»Ich weiß es nicht. Noch nicht.«

Dem Tod so nah

Sie standen um ein Krankenbett herum, eine Frau und drei Männer. Auf dem Bett lag ein bleicher Körper, an dem Kabel und Schläuche hingen. Er konnte das Gesicht nicht erkennen, das zu diesem Körper im Bett gehörte. Eine Atemmaske verdeckte einen Teil des Gesichts. Er selbst konnte sich frei in dem Raum bewegen. Lautlos ging er um das Krankenbett herum. Nein, »gehen« war der falsche Ausdruck. Vielmehr schwebte er. Er experimentierte mit diesem Zustand und veränderte die Höhe. Nun war er unter der Raumdecke, direkt gegenüber der Person im Bett. Es war ein Mann mit massigem Körper, der reglos und mit geschlossenen Augen dort lag. Er verließ seine Position und bewegte sich neben die Frau, die sich eine Akte durchlas.

»Wann wacht er endlich auf?«, fragte der Mann mit dem grauen Bart ihr gegenüber.

»Schwer zu sagen«, antwortete sie. »Wir können von Glück sagen, dass er überhaupt noch am Leben ist. Jeden anderen hätte diese Dosis Morphin ohne jeden Zweifel umgebracht. Sein Leben hängt zwar an einem seidenen Faden, aber es besteht die, wenn auch geringe, Hoffnung, dass er noch einmal aufwacht.«

»Bei seinem Gewicht wundert es mich nicht, dass er die Überdosis überlebt hat«, äußerte sich ein stiernackiger Kerl mit breiten Schultern und einem Bürstenhaarschnitt. »Alex und ich haben ihn kaum auf die Trage gekriegt und mit der Trage kaum hochheben können.«

»Unterschätze die Menge des Morphins nicht, die er sich gespritzt hat«, mahnte die Frau. »Zweimal war er schon weg gewesen. Richard und ich haben ordentlich mit dem Defibrillator arbeiten müssen, um ihn zurückzuholen.«

Mit einem Mal erinnerte er sich. Der Mann, der im Bett vor ihm lag, war er selbst. Es fiel ihm wieder ein, wie er seinen Körper verlassen hatte, während sie Stromstöße durch ihn jagten. Er hatte mit einer großen inneren Distanz beobachtet, wie die Frau eine Spritze mit einer langen Kanüle in seine Brust geschoben hatte.

»Mal sehen, ob das Adrenalin was bringt«, hatte sie zu dem Mann gesagt, der ihr assistiert hatte. Dann hatte sie ihm wieder Strom durch den Körper gejagt, und er war wieder in seinen Körper zurückgekehrt.

»Was meinst du, Doc, wann wacht er auf?«, fragte nun der Mann mit dem grauen Bart die Frau.

»Ich weiß es nicht. Sein Zustand ist noch sehr instabil«, antwortete sie.

»Wir müssen ihn zum Reden bringen. Die anderen sind unruhig wegen der Dateien. Sie müssen gefunden und eliminiert werden. Das Schwergewicht hier ist unsere einzige Option, wenn die Frau in der Psychiatrie bei der Schießerei tatsächlich etwas abgekriegt haben sollte und nun nur noch ein Zombie ist.«

Er fühlte einen Ruf, sah ein warmes, helles und einladendes Licht, das ihn zu sich zog. Er ließ es zu, ließ los, den Raum, das Gespräch, die Szene, ja auch seinen Körper. Alles war gesagt, alles getan. Er war bereit, in dieses Licht zu gehen, sich fallen zu lassen, loszulassen von allem, was ihm in diesem Leben schwer war. Den schrillen Alarmton der Überwachungsgeräte nahm er nicht mehr wahr, auch die gerufenen Kommandos der Frau nicht.

»Mist, er entgleitet uns wieder. Los, alle raus! Richard, den Defi, schnell!«

Ratlos

»Ich bin mit meiner Kraft am Ende.«

Clara saß mit Stefan Kurz, dem Klassenlehrer ihres Problemschülers, und Herrn Kalkbrenner im Besprechungszimmer der Schule. Der Vater von Tom hatte ihnen von den Belastungen erzählt, mit denen er fertigwerden musste.

»Das kann ich gut verstehen«, versicherte ihm Clara. »Wir haben das Gespräch mit Ihnen gesucht, um gemeinsam zu überlegen, wie wir Tom helfen können, ohne Sie noch mehr zu belasten.«

»Die Schulsozialarbeiterin ist leider krank, sonst würde sie heute an diesem Gespräch teilnehmen. Sie hatte vorgeschlagen, beim Jugendamt eine Familienhilfe zu beantragen«, erklärte Stefan Kurz.

»Wie würde die aussehen?«, fragte der Vater.

»Im Detail weiß ich das leider nicht. Frau Walther würde Ihnen das noch genauer erklären, sobald sie wieder auf den Beinen ist. Grob gesagt kümmern sich Erzieher und Sozialarbeiter um die von ihnen betreuten Kinder außerhalb der Schulzeiten. Sie stehen als Ansprechpartner zur Verfügung und helfen den Kindern, ihre schulfreien Tageszeiten zu strukturieren. Hausaufgaben, Sportvereine, Treffen mit Freunden und so weiter.«

»Nur dass Tom alle Kontakte zu seinen Freunden abgebrochen und seine Fußballschuhe an den Nagel gehängt hat«, wandte Herr Kalkbrenner ein.

»Dann gehen diese Leute mit Ihrem Sohn der Ursache nach und versuchen, mit ihm das Problem zu beheben«, erwiderte Kurz.

»Da wünsche ich denen viel Glück. Daran habe ich mir die Zähne ausgebissen.«

»Ihr Sohn leidet wahrscheinlich darunter, dass sich die Erkrankung Ihrer Frau so verschlimmert hat«, mischte sich Clara ein. »Im Laufe einer solchen Familienhilfe kann die Notwendigkeit einer therapeutischen Maßnahme für Tom deutlich werden. Herr Kalkbrenner, wichtig ist doch erst einmal, dass Sie Hilfe brauchen und dass Sie die auch bekommen. Wenn Sie uns grünes Licht geben, bringen wir die Steine ins Rollen, damit sich zeitnah etwas tut.«

Toms Vater nickte. »Es ist allerhöchste Eisenbahn, dass etwas geschieht. Seit einiger Zeit hat Tom Kontakt zu Erwachsenen, die neu im Flörsbachtal sind. Ich habe sie noch nicht persönlich kennengelernt. Aber ich habe kein gutes Gefühl. Sie bestärken Tom in seinen Spinnereien von wegen Verschwörungen der Politik gegen das Volk und solcher Unsinn. Ich bin abends zu müde von der Arbeit und muss noch Rechnungen und Angebote im Büro abarbeiten. Mir fehlt daher die Energie, mich mit ihm in dem Maße auseinanderzusetzen, wie er es bräuchte. Aber das, was ich höre, lässt meine Alarmglocken schrillen, das können Sie mir glauben.«

Familienbande

Der Tee, der auf dem Tisch vor Caspari in Fuhrs Büro stand, dampfte. Caspari rührte ihn nicht um. Der Kandiszucker darin knackte, so als würde er sich nur widerwillig auflösen. Auf Borkum hatte Caspari gelernt, wie die Ostfriesen den Tee am liebsten tranken. Ein paar Tropfen Kaffeesahne ließ er in die Porzellantasse fallen. Auch danach rührte er nicht um. Nun hatte er den Tee in drei Geschmacksrichtungen in ein und derselben Tasse: oben sahnig, in der Mitte ein wenig bitter und im unteren Drittel dann süß.

»Als ich Sie bat, sich diesen Fall einmal genauer anzuschauen, hatte ich damit gerechnet, dass Sie irgendetwas ans Tageslicht fördern, das die betreffende Nacht und ihre Begleitumstände erklärt. Wenn ich mir anschaue, was Sie bis jetzt ermittelt haben – und wir stehen noch ganz am Anfang –, dann befürchte ich, Sie sind auf ein Schlangennest gestoßen«, resümierte Fuhr Casparis Bericht seiner bisherigen Ermittlungsergebnisse.

»Es ist nur noch viel zu früh, die Gattung zu bestimmen oder mit Gewissheit sagen zu können, wie viele es sind«, ergänzte Caspari.

»Außerdem bleiben die Fragen weiterhin ungeklärt. Was zum Henker noch mal kann es so Wichtiges auf dem Rechner des Geschäftsführers einer Marketingfirma geben, dass eine gestandene Polizistin ihren guten Ruf und ihre Pension riskiert und Dateien davon kopiert? Wenn alle Inhalte so harmlos sind, warum jagt dann eine Söldnertruppe die Diebin durchs ganze Haus? Der verschwundene IT-Spezialist aus dem Landeskriminalamt ist bisher auch nicht wiederaufgetaucht. Wir können davon ausgehen, dass sein Verschwinden im Zusammenhang mit der Schießerei steht.«

»Es gibt keine Spuren, die auf Einbruch oder Gewalt hindeuten«, wandte Caspari ein.

»Das hat nichts zu bedeuten«, sagte Fuhr. »Wenn diese Kommandotruppe dahintersteckt, ist anzunehmen, dass die hinterher so gründlich aufräumen, dass man keinen Krümel findet.«

»Sofern man danach sucht. Der Aktenlage nach zu urteilen, hat die Polizei das Haus des Kollegen nicht als einen Tatort behandelt. Es bestand ja auch kein Grund zu der Annahme. Man hat nur das Haus durchsucht, aber keine gründliche Spurensicherung vorgenommen.«

»Wurden die Nachbarn befragt?«

»Ja, aber Holger Uhl muss mitten in der Nacht verschwunden sein. Zu dieser Zeit haben alle Leute in dem Viertel geschlafen. Falls er tatsächlich entführt wurde, geschah das ausgesprochen diskret. Keine Motorengeräusche, kein Kampflärm, keine lautstarke Auseinandersetzung.«

»Was ist mit Tanja Wedekinds Apathie? Sind die Ärzte weitergekommen?«

Caspari nahm einen großen Schluck aus seiner Tasse und genoss das sahnige erste Drittel seines Tees. Er nahm sich Zeit zu antworten, denn er wollte sich so präzise wie möglich ausdrücken. »Nein, kein bisschen. Ich werde jetzt eine Annahme und eine Hoffnung äußern. Die Annahme lautet, dass die Ärzte nichts finden werden, weil Frau Wedekind meines Erachtens kein Schädel-Hirn-Trauma durch das Projektil davongetragen hat. Meine Hoffnung ist, dass Dr. Bartholomäus noch eine Weile braucht, bis er sich zu einer eindeutigen Diagnose entschließt. Das gilt im Übrigen auch für den Sachverständigen, über den wir später noch sprechen sollten. Solange sie den Schutz einer Kranken genießt, kann ich halbwegs in Ruhe ermitteln, und wir müssen uns nicht mit dem Störfeuer der Kollegen vom zuständigen Polizeirevier herumschlagen, die sie dann mit Verhören in Dauerbeschlag nehmen würden. Außerdem ist ja da noch die Gegenseite, von der ich noch keine konkrete Vorstellung habe, mit wem wir es eigentlich zu tun haben. Die Schlangen, die wir noch keiner Gattung zuordnen können. Wer sind sie, wer gehört alles dazu, was sind ihre Absichten? Ich habe Verdachtsmomente. Das ist alles, was ich zurzeit anbieten kann. Frau Wedekinds größter Schutz ist gleichzeitig das größte Hindernis für meine Ermittlungen. Ich müsste schon die Gabe des Gedankenlesens haben, um an die Informationen zu kommen, die hinter der Mauer ihres Schweigens liegen. Noch vertraut sie mir nicht. Dazu hat sie bisher keinen Grund, wenn man es allein aus ihrer Perspektive betrachtet. Sie darf kein Risiko eingehen. Jede Person, die sie umgibt, könnte nur darauf aus sein, ihr das Geheimnis der Dateien zu entlocken, die sie im Nirwana des Internets versteckt hat. Tanja Wedekind muss sich der Person wirklich absolut sicher sein, der sie sich anvertraut. Die Sache mit der Spionageelektronik deute ich als einen Testlauf ihrerseits.«

»Sie meinen, sie hat auf diese Weise versucht herauszufinden, ob sie Ihnen vertrauen kann?«, fragte Fuhr.

»Genau das. Außerdem wollte sie sehen, ob ich das Zeug dazu habe, ihr zu helfen«, erklärte Caspari und trank das bittere Drittel des Tees.

»Wie sind Sie überhaupt dahintergekommen, was sie meint?«

»Als ich mir einige Tage zuvor den Tatort ansah, habe ich mich mit dem dortigen Wachmann über die Überwachungskameras unterhalten. Er schwärmte davon, dass sie der allerneusten Generation entstammten und wie winzig sie sind. Als ich die Schlitze im Rauchmelder des Besprechungszimmers in der Psychiatrie sah, fiel mir das spontan wieder ein. Es war Intuition.«

»Auf die sich ein Polizeibeamter auch verlassen muss«, unterstrich Fuhr.

Caspari trank den süßen Rest seines Ostfriesentees und grinste. »Bisher habe ich mit meinen Ermittlungen nur an der Oberfläche gekratzt«, erklärte er, nachdem er die leere Tasse abgestellt hatte. »Das wird aber nicht ausreichen, diesen Fall aufzuklären. Ich muss tiefer einsteigen.«

»Sie wollen Ihre Abteilung dafür einspannen«, erriet Fuhr.

»Ja. Ich brauche meine Leute.«

»In Ordnung.«

»Außerdem wird es ohne das Abhören, Ausspähen und Überwachen von Troja Marketing und Asgard Security nicht gehen. In beiden Firmen liegen die Schlüssel zur Lösung dieses Falles.«

»So ohne Weiteres darf man das in Deutschland nicht machen, wie Sie wissen«, sagte Fuhr. »Ich werde mir etwas einfallen lassen, um eine Genehmigung dafür zu bekommen.«

»Wir müssen Professor Bierstedt gründlich auf den Zahn fühlen. Der fragt mich ein bisschen zu direkt nach meiner Meinung zum geistigen Zustand von Frau Wedekind. Dass er auch andauernd versucht, die Patientin zum Reden zu bringen, fällt ins Auge. Es würde mich nicht wundern, wenn wir eine Verbindung zwischen ihm und Herrn Hildebrandt finden würden.«

»Das klingt so, als sollten Sie sich den Sachverständigen tatsächlich einmal genauer ansehen.«

»Herr Fuhr, ich frage Sie jetzt mal ganz direkt: Warum sind Sie ausgerechnet an diesem Fall interessiert? Warum lassen Sie mich halb inoffiziell ermitteln und setzen nicht gleich eine ganze Abteilung an den Fall?«

»Ich brauche jemanden, dem ich absolut vertraue und der diskret vorgeht. Jemanden, der ein erfahrener Ermittler ist, mit Verstand und Intuition. Das sind Sie. Darüber hinaus hat der Fall eine private Dimension. Frau Wedekind ist meine Schwester.«

Eschensprössling

Clara genoss Casparis reduzierte Arbeitszeiten während der Wiedereingliederung. Es war halb drei am Nachmittag. Sie hatte zu Mittag gegessen. Caspari half Lukas, seinem Sohn, bei dessen Hausaufgaben, und sie konnte sich ungestört ihren Unterrichtsvorbereitungen widmen. Doch sie schleppte sich lustlos durch ihre Arbeit. Das Gespräch mit Toms Vater ging ihr nicht aus dem Kopf. Manchen Menschen bürdete Gott ein riesiges Paket auf, an dem sie schwer zu tragen hatten. Dazu zählte sie Herrn Kalkbrenner und natürlich dessen Sohn Tom.

Der Junge suchte allerdings nach einem Sündenbock. Dabei war es egal, dass der für Dinge herhalten musste, die Tom entweder gar nicht oder nur peripher betrafen. Dieses Verhalten hatte die Funktion eines Ventils, mit dessen Hilfe der Junge sich zeitweilig so etwas wie Entlastung verschaffen konnte. Nachdem Clara ihre Vorbereitungen abgeschlossen hatte, atmete sie tief durch und streckte sich. Mit einem Mal fiel ihr wieder etwas ein, was Toms Vater erwähnt hatte. Sein Sohn würde seine Zeit mit Erwachsenen im Flörsbachtal verbringen. Tom hatte wahrscheinlich von ihnen die Verschwörungserzählungen aufgeschnappt.

Clara begann, mit einer Suchmaschine im Internet zu recherchieren. Zuerst versuchte sie es mit dem Begriff »Reichsbürger Flörsbachtal«, bewusst in Anführungszeichen gesetzt, um ihre Suche konkret einzugrenzen. Für diese Wortkombination wurden ihr allerdings keine Ergebnisse angezeigt, die sie mit Tom in Verbindung bringen konnte. Darauf probierte sie es mit »Verschwörung Flörsbachtal«. Wieder kein passender

Treffer. Genauso erging es ihr mit dem Suchbegriff »Verschwörungstheorie Flörsbachtal«.

»Nach welchen absonderlichen Dingen suchst du denn im Spessart?«, hörte sie Caspari fragen, der in ihr Arbeitszimmer kam. Sie blickte auf und grinste.

»Ein Schüler von mir ist seit einiger Zeit Feuer und Flamme für diese Verschwörungserzählungen. Er kommt aus dem Flörsbachtal.«

Während Caspari sich zu ihr setzte, begann sie, ihm von Tom zu erzählen.

»Statt weiterhin im Fußballverein zu spielen, trifft er sich seit einiger Zeit mit Erwachsenen. So erzählte es jedenfalls sein Vater. Ich habe die Vermutung, dass Tom seine Verschwörungserzählungen nicht nur aus dem Internet hat, sondern dass diese Leute ihm die Flausen in den Kopf gesetzt haben.«

»Ein labiler Junge, der in einer belastenden Situation steckt, ist eine leichte Beute für solche Leute«, stimmte Caspari zu.

»Nach außen hin wirkt er gar nicht so labil. Wer ihn kennt, sieht aber, dass es ihm nicht gut geht.«

»Du hältst es für möglich, dass diese Erwachsenen mehr als ein loser Haufen sind?«

»Ich will es zumindest nicht ausschließen. Vielleicht ist Tom ja nicht der Einzige, den sie mit ihren kruden Geschichten beeinflussen wollen. Wenn dem so ist, dann sind sie auch im Internet aktiv. Wenn du im World Wide Web nicht vorkommst, existierst du heute doch gar nicht mehr.«

»Da ist was dran«, sagte Caspari und zog die Stirn nachdenklich in Falten. »Probier's doch mal mit ›Nordisch Flörsbachtal‹.«

Sie tippte die Wortkombination ein. Auch sie ergab keinen Treffer.

»Hmm«, brummte Caspari in Gedanken. »Dann mit ›Germanisch Flörsbachtal‹.«

»Ja!«, rief sie laut. »›Yggdrasil Spessart‹.«

»Na siehst du«, brummte Caspari. »Die Weltesche, der Weltenbaum, der in der germanischen Mythologie den Kosmos verkörpert.«

»Na, du kennst dich aber gut aus«, wunderte sich Clara.

»Als Jugendlicher habe ich die germanischen und die griechischen Götter- und Heldensagen regelrecht verschlungen.«

Clara begann, den Text auf der Startseite laut vorzulesen.

»›Yggdrasil Spessart ist eine Interessengemeinschaft, die sich mit germanischer Kultur und Brauchtum beschäftigt.‹«

»Das hört sich erst einmal harmlos an«, unterbrach Caspari sie.

»Warte mal, jetzt kommt's«, fuhr sie fort. »›Derzeit erleben wir eine von der Politik gesteuerte Massenzuwanderung. Daher halten wir es für besonders geboten, dass sich Einheimische wieder ihrer Wurzeln bewusst werden und diese auch im Kampf der Kulturen verteidigen.‹«

»Das ist die Terminologie des rechten Flügels der AfD«, kommentierte Caspari. »Ob das reicht, damit der Staatsschutz darauf schaut, ist fraglich.«

Clara klickte sich durch die Unterseiten.

»Diese sogenannte Interessengemeinschaft besitzt ein eigenes Waldgrundstück mit einer Grill- und einer Jagdhütte. Außerdem baut sie derzeit eine Jugendgruppe auf.«

»Na toll. Das sagt uns einiges. Erstens: Sie verfügen über Kapital. Sonst hätten sie sich das Grundstück nicht kaufen können. Zweitens: Diese eindeutig zwielichtige Gruppe umfasst mehr als drei Personen. Und drittens: Sie versuchen, ein Netzwerk zu bilden. Sieht mir ganz danach aus, als habe die Weltenesche Sprösslinge bekommen.«

Masken

Tina und Mario hatten alle zusammengetrommelt. Die burschikose Svenja Bauer mit ihrem Kurzhaarschnitt und ihrem Tattoo auf der Innenseite ihres rechten Unterarms, das zum

Teil zu sehen war, weil sie wie immer die Ärmel ihres Pullis ein Stück nach oben geschoben hatte. Caspari hatte sich schon vom ersten Tag an gefragt, seit sie in der Abteilung angefangen hatte, ob ihr Schwedenblond echt oder gefärbt war. Sie hatte ihre Beine übereinandergeschlagen. So konnte er sehen, dass sie wieder ein Paar Laufschuhe trug, diesmal neongelbe. Er lachte in sich hinein. Ihm war ihr Kleidungsstil fast egal. Zusammen mit Andreas Sommer bildete sie ein gutes Ermittlungsteam.

Andreas war das Gegenteil von burschikos. Am treffendsten beschrieb man ihn als zurückhaltenden und organisierten Menschen, dem nichts so wichtig war wie seine Struktur. Alles an ihm war akkurat. Seine Frisur, seine Kleidung, die Ordnung auf seinem Schreibtisch, selbst die Art, wie seine Sporttasche gepackt war. Andreas Sommer wäre wohl ein zutiefst langweiliger Mensch gewesen, wenn nicht Svenja Bauer immer wieder wie ein Tornado durch diese Akkuratesse gerauscht wäre und für ein bisschen Farbe in dem Auftreten des jungen Polizeibeamten gesorgt hätte. Das Brillengestell, das sie mit ihm ausgesucht hatte, verlieh seinem blassen schmalen Gesicht eine unerwartete Lebendigkeit. Die beiden taten einander gut, zumindest, was ihre polizeiliche Arbeit betraf.

Lernen konnten sie von den beiden alten Hasen im Team, Erich Fuchs und Wolfgang Jung. Als Caspari seine Abteilung vor einigen Jahren im Bundeskriminalamt neu aufgebaut hatte, hatte er die beiden Ermittler hinzugeholt. Erich Fuchs, der früher in der Mordkommission in Offenbach gearbeitet hatte, und Wolfgang Jung, ehemals im Landeskriminalamt für den Bereich Organisierte Kriminalität zuständig, verfügten über einen reichen Schatz an Erfahrung, was Ermittlungsarbeit betraf. Beide waren Ende fünfzig und jeder auf seine Weise ein Grandseigneur. Wolfgang Jung hatte eine Glatze und einen grauen Vollbart. Sein Körperbau erzählte von seiner aktiven Zeit als Ringer in der Bundesliga. Erich Fuchs war das vollkommene Gegenteil. Gertenschlank und mit einem schlohweißen Haarschopf, der sich selbst durch einen Friseurbesuch nicht bändigen ließ, wirkte er neben Jung wie eine Zypresse neben einer Eiche.

Casparis Blick schweifte zu den beiden Kriegern in seiner Abteilung, Fang Jing Jang und Gernot Schneider. Er fixierte den drahtigen Mann mit dem kurz geschnittenen dunkelblonden Haar und dem kantigen Gesicht. Gernot war ursprünglich Beamter bei der GSG 9 gewesen. Nach seiner aktiven Zeit dort hatte er studiert und war zum BKA gegangen. Sein schroffer und ruppiger Umgang mit Verdächtigen war schnell Gesprächsthema gewesen. Für Schneider wurde Casparis Abteilung die letzte Chance vor einem Rauswurf. Caspari hatte hinter der abweisenden Fassade einen Menschen entdeckt, der von Schicksalsschlägen tief getroffen war.

Als seiner Abteilung eine chinesische Ermittlerin zugewiesen wurde, die ihnen bei der Jagd nach einem Triadenkiller helfen sollte, ließ Caspari Schneider und sie als Team arbeiten. Jing Jang, eine junge Kommissarin, hatte den Kung-Fu-Stil des weißen Kranichs ihrer Familie Fang geerbt. Schnell erwarb sie sich Schneiders Respekt und auch seine Zuneigung. Selbst in seinem Schmerz war ihm nicht entgangen, dass diese fremdländische Frau mit ihren tiefschwarzen Haaren und dem herzförmigen Gesicht sehr schön war. Darüber hinaus trug auch sie einen tiefen Schmerz in sich. Es hatte nur wenige Tage gebraucht, bis zwischen beiden eine Atmosphäre des stillen gegenseitigen Verstehens und des Trostes herrschte – und das ohne ein gesprochenes Wort.

Caspari schätzte die Arbeit der beiden sehr. Wenn es um verdeckte Ermittlungen oder körperbetonte Einsätze ging, setzte er sie gern ein. Gemeinsam mit Fuhr hatte er immer wieder eine Verlängerung von Jing Jangs Tätigkeit im Zuge der deutsch-chinesischen polizeilichen Zusammenarbeit erreichen können. Nachdem das chinesische Generalkonsulat in Frankfurt allerdings unmissverständlich klargemacht hatte, dass diese Zusammenarbeit nicht mehr verlängert werden würde, erhielt Jing Jang eine deutsche Staatsbürgerschaft und wurde mit Fuhrs Hilfe in den Beamtenstatus einer Kommissarin im

BKA gesetzt. Ihr Großvater, das Oberhaupt der Familie Fang, hatte ihr schon zuvor in einem Brief, den ein entfernter Verwandter ihr bei einem Deutschlandbesuch überreicht hatte, geraten, besser nicht zurückzukehren. Ihr würden in China eine Degradierung und ein Reiseverbot drohen.

Caspari holte noch einmal tief Luft, lächelte und sprach zum ersten Mal seit eineinhalb Jahren zu seiner Abteilung. »Bevor ich euch alle mit dem Fall vertraut mache, in dem ich ermittle und der ab sofort auch euer Fall sein wird, muss ich eines loswerden: Es tut verdammt gut, wieder mit euch allen zusammenzuarbeiten«, sagte er zu den Mitgliedern seiner Abteilung, die ihn mit einer Mischung aus Freude und Spannung anschauten.

»Einen Teil von euch habe ich ja schon halb offiziell bei der Durchsuchung in der Psychiatrie in Frankfurt eingesetzt«, fuhr er fort, »allerdings, ohne dass ihr wusstet, um was es eigentlich geht. Zu der Auswertung der Durchsuchung kommen wir später. Nun also erst einmal das Gesamtbild.«

Caspari nahm sich viel Zeit, seinen Leuten alles zu erzählen, was er über den Fall wusste. Hinter ihm projizierte der Videobeamer die entsprechenden Fotos an die Wand.

»Wie ihr seht, haben wir hier ein Spiel mit verdeckten Karten, aus dem man noch nicht so recht schlau werden kann. Das wird sich aber ändern, mit eurer Hilfe. Jing Jang und Gernot haben sich die Überwachungsvideos der Klinik schon angesehen und können uns etwas zu den Handwerkern sagen, die die neuen Rauchmelder installiert haben.«

Die chinesische Polizistin schob einen UBS-Stick in den Beamer, während ihr Kollege seine Aufzeichnungen aus einer Mappe nahm.

»Die Monteure tragen allesamt Basecaps und halten ihre Gesichter sehr geschickt verdeckt«, erläuterte Gernot Schneider, während sie auf dem Film die scheinbar gesichtslosen Männer sahen. »Außerdem haben sie diese neumodischen Indoor-Handwerkerhandschuhe an. Das macht es der KTU unmöglich, irgendwelche brauchbaren Fingerabdrücke zu finden.«

Eine Kamera erfasste einen der Männer von hinten, während er auf einer Leiter stehend einen neuen Rauchmelder anbrachte.

»Halt das Bild an!«, rief Caspari. Jing Jang tat wie geheißen.

»Der Ärmel seines Hemdes ist ein Stück nach unten gerutscht und die Innenseite des Handgelenks ist frei«, erklärte er. »Kannst du diese Stelle vergrößern?«

»Sicher.«

Jing Jang zoomte den Bildausschnitt heran und vergrößerte ihn. Dann stellte sie das Bild scharf.

»Was ist das?«, fragte Erich Fuchs.

»Ein Tattoo«, antwortete Svenja Bauer und fuhr sich dabei über ihr eigenes auf dem Unterarm.

»Dass das eine Tätowierung ist, sehe ich selbst«, brummte Fuchs. »Ich meine: Was bedeutet es?«

»Das ist Mjølnir, Thors Hammer«, erklärte Caspari.

»Was ist Thors Hammer?«, fragte Jing Jang.

»Ursprünglich taucht er in der germanischen Mythologie auf, in den Sagen von Göttern und Riesen – auch wenn die meisten Kids Thor und Co. wohl aus den Marvel-Comics und -Filmen kennen. Thor ist der Gott des Donners. Der kann mit seinem Hammer alles zerschmettern, was sich ihm in den Weg stellt. Wenn er Mjølnir wirft, kommt der immer wieder zu ihm zurück. Niemand außer Thor hat die Kraft, diesen Hammer zu halten«, meinte Schneider.

»Thors Name war im heutigen Deutschland übrigens einst Donar«, meinte Caspari. »Ja, ich weiß, das ist Klugscheißerwissen.«

»Wie gehen wir nun die Sache an?«, fragte Wolfgang Jung.

»Du und Erich, ihr beiden schaut euch sehr gründlich die letzten Fälle von Toni Wedekind, dem Ehemann von Tanja Wedekind, an. Lasst euch die Akten seines letzten Lebensjahres geben. Darin vermute ich den Ursprung für die Einbruchsaktion seiner Frau und das Verschwinden seines Freundes Holger Uhl. Svenja und Andreas nehmen sich die Heusenstammer Firma Elektro Kuhn vor. Die steht als Auftragsnehmer auf der

Kopie des Auftrags, den mir die nette Kettenraucherin von der Haustechnik der Klinik ausgedruckt hat. Ich will außerdem wissen, wer den Auftrag vergeben hat. Jing Jang und Gernot durchleuchten Asgard Security nach allen Regeln der Kunst. Tina und Mario drehen Troja Marketing auf links. Ich versuche weiterhin, Tanja Wedekind zum Reden zu bringen und Holger Uhl zu finden.«

Ehrenzeichen

Nachdem die letzten Apriltage sich eher kühl und regnerisch gezeigt hatten, schien an diesem Morgen wieder die Sonne und versprach, die Luft bis zum Mittag angenehm aufzuwärmen. Lediglich in einem T-Shirt ohne Jacke oder Pulli hätte Clara auf dem Schulhof gefroren. Tom tat so, als könnten ihm die Temperaturen nichts anhaben. Die Gänsehaut auf seinen Armen erzählte eine andere Geschichte. Auf seinem schwarzen T-Shirt war ein Kreuzritter abgedruckt, der einen mächtigen Beidhänder in den Händen hielt. Clara hatte weder Augen für den martialischen Ordensmann auf der Brust des Jungen noch für den Text, der ihn umgab. Sie sah nur die großflächigen Blutergüsse, die sich über die Innenseiten von Toms Unterarmen erstreckten.

»Tom, du meine Güte, was ist dir denn passiert?«, fragte sie ihn, noch während sie auf ihn zuging. »Hattest du einen Unfall?«

»Nein, kein Unfall«, erwiderte er mit einem überlegenen Grinsen. »Intensives Training.«

»Was muss man denn trainieren, um derartige Blutergüsse davonzutragen? Das holt man sich doch nicht beim Fußballtraining.«

»Nein, damit habe ich aufgehört. Ich mache jetzt Nahkampftraining. Aber nicht so eine Spielerei mit Regeln und so, sondern realistisch. Das Krav Maga der Soldaten.«

»Ich trainiere seit Langem Krav Maga und kenne die Unterschiede«, entgegnete Clara. »Was du beschreibst, ist keine Selbstverteidigung, sondern Kampf auf Leben und Tod.«

Tom zuckte lässig mit den Achseln und hob dabei die Augenbrauen. »Wir müssen heutzutage auch um das Überleben unserer abendländischen Kultur kämpfen. Ich verteidige letzten Endes ja auch für Sie den christlichen Glauben, auch wenn Sie das nicht zu würdigen wissen.«

Damit drehte er sich um und ging. Clara verspürte große Lust, ihm hinterherzulaufen und ihn nach allen Regeln der Kunst durchzuschütteln, bis er wieder bei Sinnen wäre. Mit Mühe unterdrückte sie diesen echten irischen Impuls.

Zwischen den Welten

Gras, so weit er blicken konnte. Es wiegte sich im Wind. Die Sonne schien warm auf ihn. Er fühlte sich leicht und frei von allem, was ihn bisher niedergedrückt hatte. Er stieg einen Hügel empor. Es war nicht anstrengend. Er kam nicht aus der Puste wie sonst bei jeder Treppe, die er nehmen musste. Auf dem Hügel wartete ein Licht auf ihn. Es zog ihn an, zog ihn in sich hinein. Er ging durch einen Tunnel von Licht und milder Wärme. Tiefer Frieden und allumfassende Liebe erfüllten ihn.

Bilder aus der Vergangenheit zogen an ihm vorbei. Er sah sich selbst als Säugling auf dem Arm seiner Mutter. Neugierig schaute seine ältere Schwester Annette auf ihn, und er umklammerte mit seiner kleinen Faust ihren Zeigefinger. Als Familie waren sie im Frankfurter Zoo. Er hatte Angst vor dem Affen, der so laut schrie. Sein Vater trug ihn auf seinem Arm. Sie waren im Urlaub in Italien. Seine Schwester grub ihn im Sand ein, bis nur noch sein Kopf herausschaute. Sein Vater machte Fotos, seine Mutter lachte. Er grinste und spuckte Sand. Er sah, wie sein Vater ihm das Imkern beibrachte. Das unsichtbare Band zwischen ihm und den Tieren begann zu wachsen.

Sein Abitur, die erste große Liebe, das Studium, die Ausbildung bei der Polizei, seine Hochzeit mit Sandra, die Geburt seines Sohnes Max. Dann begann sie eine Affäre, verließ ihn wegen des anderen Mannes und nahm den Kleinen mit. Damals begann sein unkontrolliertes Essverhalten. Eine Reaktion auf den Verlust seiner Familie, sagte der Psychologe. Er hatte oft versucht, wieder davon loszukommen, aber es war vergeblich gewesen. Ohne Tanja und Toni wäre er damals abgestürzt. Die beiden waren für ihn da gewesen, echte Freunde eben.

Holger Uhl hatte nie der Sinn nach Transzendenz gestanden. Er war Materialist. Bisher. Nun schwebte er völlig losgelöst von seinem Körper in einem Tunnel aus Licht, das alle Wunden zu heilen schien, die ihm das Leben schlug. Er konnte nicht anders, als sich ganz und gar in diese allumfassende Liebe fallen zu lassen. Wie aus weiter Ferne hörte er die Stimme eines Mannes.

»Glaubst du, ihr habt das Schwergewicht gerettet?«

Eine Frau mit einer schönen Stimme antwortete dem Mann.

»Ich bin mir nicht sicher. Er ist noch recht instabil. Die Morphindosis war selbst für ihn sehr hoch. Er kann jederzeit wieder einen Herzanfall erleiden.«

Ärztliche Diagnose

Caspari wartete geduldig im Besucherraum, bis Dr. Bartholomäus sein Gespräch mit dem Patienten beendet hatte. Währenddessen las er sich alle Notizen durch, die er sich seit dem Beginn der Ermittlungen gemacht hatte. Der Vibrationsalarm seines Mobiltelefons riss ihn aus seinen Überlegungen. Auf dem Display erschien der Name seines Schwagers. Er nahm das Gespräch an.

»Hallo, Benny, was gibt's?«

»Hallo, Christoph, Training gibt's! Ich wollte dich nur daran erinnern, dass wir beide heute Abend nach Fulda fahren.«

»Danke, das ist echt nett von dir. Meine Sporttasche steht schon gepackt zu Hause im Flur.«

»Na bestens, dann musst du nur noch pünktlich von deiner Arbeit zurückkommen.«

»Da ich derzeit noch in der Wiedereingliederung bin, höre ich ohnehin früher auf«, erklärte Caspari. »Hör mal, ich habe das Training vor einem Dreivierteljahr einmal verbummelt. Seither bist du wie ein Schießhund hinter mir her, damit mir das nicht wieder passiert.«

»Bei Seydel ist dir das nie passiert«, brummte Benny.

Caspari und er waren seit ihrer Jugend von Seydel in Aikido unterrichtet worden und mittlerweile selbst recht hoch graduiert in dieser Kampfkunst. Seydel hatte eine realitätsnahe und praxistaugliche Ausrichtung des Aikido gelehrt, womit er sich im Verband nicht nur Freunde gemacht hatte. Caspari hatte in vielen Kämpfen mit Kriminellen reichlich Gebrauch von der realen Seite der angeblich so weichen Kampfkunst machen können und war Seydel dankbar für jeden Schlag, Tritt, Gelenkhebel und Wurf, den er von seinem Meister hatte einstecken müssen. Vor einem Jahr hatte Seydel sein Fitnesscenter allerdings aus Altersgründen verkauft und sein Aikido-Dojo darin geschlossen. Ein Nachfolger für seine harte, praxisnahe Ausrichtung hatte sich nicht finden lassen.

Caspari und Benny waren dafür nicht in Frage gekommen, da sie beide beruflich anderweitig eingebunden waren. Seydel hatte ihnen in einem langen Gespräch geraten, auf das Karate »Koryu Uchinadi« umzusteigen, das Elemente des ursprünglichen Karate von Okinawa in sich vereinte und neben Schlag- und Tritttechniken Hebel und Würfe beinhaltete. Obwohl längst Dan-Träger, fingen sie beide noch einmal mit weißen Gürteln an. Die Trainer merkten allerdings sehr schnell, dass sie hoch graduierte Kampfsportler unter ihren Anfängern hatten. Benny und Caspari lernten in großen Sprüngen, was ihnen gezeigt wurde.

Besonderen Gefallen hatte Caspari am Makiwara gefunden, einem dicken Holzbrett, das nach oben etwas dünner wurde. Traditionell hatte man es in Okinawa mit geflochtenem Reisstroh als Schlagpolster umwickelt. Heutzutage schlug man auf ein dünnes Lederpolster. Die Hand- und Fußknöchel, Handrücken, Handkanten, Ellen und Speichen und womit man sonst noch dagegen schlug, wurden damit abgehärtet. Mikrorisse im Knochengewebe entstanden, verheilten und wurden zu einer festeren Struktur.

Auf Okinawa, einer kleinen japanischen Inselgruppe, wo Karate seinen Ursprung hatte, gab es Meister, die mit dem Unterarm einen Baseballschläger zerschmetterten. Caspari hatte sich mit Bennys Hilfe einen solchen Makiwara im gemeinsamen Trainingsraum auf dem Weiherhof montiert.

»Also, um halb sieben sitzt du im Beifahrersitz in meinem Auto! Nicht vergessen!«, insistierte Benny.

»Herrgott noch mal, Benny, ich habe es kapiert. Willst du die nächsten zwanzig Jahre vor jedem Training diesen Telefonterror veranstalten?«

»Ich meine ja nur.«

Caspari beendete das Telefonat und widmete sich wieder seinen Notizen. Wenig später öffnete sich die Tür des Arztzimmers. Dr. Bartholomäus kam mit einem Patienten heraus. Als er Caspari durch die offene Tür des Besucherzimmers sah, verabschiedete er den Mann und kam zu ihm.

»Dr. Caspari, guten Tag. Gibt es etwas Neues?«

»Bisher noch nicht. Deshalb bin ich hier, Dr. Bartholomäus.«

»Wie meinen Sie das?« Der Psychiater wirkte irritiert.

»Wie sicher sind Sie sich mit Ihrer Diagnose eines Schädel-Hirn-Traumas?«, antwortete Caspari mit einer Gegenfrage.

»Es gibt Momente, da bin ich mir sehr sicher, dann wieder habe ich Zweifel«, gestand der Arzt. »Warum fragen Sie?«

»Weil Frau Wedekind nirgendwo so sicher ist wie in Ihrer Abteilung, vorausgesetzt, Sie bleiben als ihr behandelnder Arzt bei Ihrer Diagnose.«

»Wird sie denn bedroht?«

»Nicht direkt. Aber ich habe Grund zu der Annahme, dass es außerhalb der Psychiatrie für sie derzeit sehr gefährlich ist.«

»Sie dürfen mir wohl die Gründe dafür nicht nennen?«

»Sagen wir es einmal so: Sie hat etwas versteckt, von dem einige Leute auf gar keinen Fall wollen, dass es gefunden wird, weder absichtlich noch zufällig. Mehr kann ich Ihnen dazu nicht sagen, schon zu Ihrer eigenen Sicherheit.«

Der Psychiater schluckte. »Das hört sich tatsächlich sehr bedrohlich an.«

»Solange diese Leute glauben, dass Frau Wedekind nicht mehr ganz sie selbst ist, droht ihr keine Gefahr. Wer in Apathie lebt, erzählt anderen Menschen keine Geschichten.«

»Wohl wahr«, stimmte der Arzt zu.

»Daher ist es auch wichtig, dass der Sachverständige Ihrer Diagnose folgt. Versuchen Sie, ihn dahin gehend zu beeinflussen.«

»Hängt Professor Bierstedt mit drin?«

»Das weiß ich nicht. Er fragt mir ein bisschen zu intensiv und treibt sich deutlich zu oft auf dieser Abteilung herum«, antwortete Caspari.

»Jetzt, wo Sie es sagen, fällt es mir auch auf«, sagte Dr. Bartholomäus. »Also gut, ich werde tun, was ich kann, um Frau Wedekind zu helfen. Seit der Sache mit den Rauchmeldern ist es ja mit Händen zu greifen, dass hier irgendetwas im Busch ist.«

Der Bienenkönig

Aus einem Vermerk in den Akten der Kollegen der Frankfurter Polizei wusste Caspari, dass Holger Uhls Nachbarn einen Hausschlüssel besaßen. Simone Köhler, die Sekretärin der Abteilung, hatte seinen Besuch bereits telefonisch angekündigt. Uhl hatte das Haus von seinen verstorbenen Eltern in Wirtheim in der Gemeinde Biebergemünd geerbt. Dieser Ort lag ziemlich genau auf Casparis Heimweg. Er verließ die A 66 an der Ausfahrt Wächtersbach/Bad Orb, fuhr dann aber Richtung Biebergemünd an dem weltweit größten Ausstatter für Arbeitskleidung vorbei und in den Ort hinein. Uhls Haus lag unmittelbar an einem Waldstück. Er klingelte ein Haus weiter. Auf dem Klingelschild stand der Name Naumann. Eine ältere Frau öffnete ihm und musterte ihn mit neugierigem Blick. Ihrer Körperhaltung und ihrer Gesichtsfarbe nach zu schließen, schien sie sich oft im Freien zu bewegen. Ihr Blick strahlte Humor aus, ihr Mund hatte etwas Spitzbübisches.

»Ah, Sie sind wohl der Polizist, den die Dame am Telefon vorhin angekündigt hat«, stellte sie fest.

»So ist es«, antwortete Caspari mit einem Lächeln.

»Nichts für ungut, Ihren Dienstausweis möchte ich trotzdem sehen«, sagte sie.

»Selbstverständlich.« Caspari zeigte ihr seinen BKA-Ausweis.

»Na, Sie sind aber auch nicht irgendwer. Bundeskriminalamt! Da scheinen sich ja endlich mal die richtigen Leute mit Holgers Verschwinden zu befassen. Nicht immer nur das Fußvolk. Wird ja auch mal Zeit! Die normale Polizei hat sich bisher ja nun nicht wirklich ein Bein ausgerissen, das können Sie mir glauben. Die waren nur ein Mal hier gewesen. Dann haben sie ihre Bänder zum Versiegeln an die Haustür geklebt und fertig.«

»Hat Herr Uhl das schon einmal gemacht – einfach mal weggehen, alles stehen und liegen lassen?«

»Holger? Der doch nicht! Das hätte der seinen Bienen niemals angetan. Sein Vater hat ihm das Imkern beigebracht und meinem Mann gleich mit. Wenn Holger nicht an seinem Computer saß, war der nur an seinen Bienenstöcken oder in seinem Garten.«

Caspari tastete sich weiter vor. »Er hatte keine Familie, wie ich gelesen habe.«

»Das kann man so nicht sagen. Er war einmal verheiratet und hat einen Sohn, den er aber nie zu Gesicht bekommen hat.«

»Das ist ja furchtbar«, rutschte es Caspari heraus.

»Das können Sie laut sagen«, ereiferte sich Frau Naumann. »Nicht nur Männer können sich bei einer Trennung wie Schweine benehmen. Sandra hatte sich in einen anderen Mann verliebt. Na gut, so etwas passiert. Der war Geschäftsführer eines großen Möbelhauses. Gut aussehend, dickes Bankkonto, großer Wagen. Sandra war schon immer empfänglich für solche Äußerlichkeiten. Damit konnte unser Holger nicht mithalten. Oh, er war kein hässlicher Kerl, ganz im Gegenteil. Er lag etwas über dem Durchschnitt, würde ich sagen. Und als Polizeibeamter verdient man zwar kein Vermögen, aber doch auch nicht so schlecht. Der arme Kerl kam jedenfalls eines Abends vom Dienst nach Hause, da waren Frau und Kind weg. Nur der berühmte Brief lag auf dem Esstisch. Es täte ihr ja so leid, bla. Dann kam die Scheidung, bei der sie ihn wie eine Weihnachtsgans ausgenommen hat. Holger musste sein Haus verkaufen, um sie auszuzahlen, und zog wieder hierher, zu seinen Eltern. Sandra verschwand mit dem Kind und ihrem Adonis ins Ausland. Dort zog der Typ eine Zweigstelle des Möbelhauses hoch. Sein Kind hat Holger nie mehr gesehen.«

»Das hätte er nicht mitmachen müssen. Als Vater kann er seine Genehmigung dafür verweigern. Dann muss die Mutter mit dem Kind in der Nähe bleiben, damit der Kontakt zum leiblichen Vater gewährleistet ist«, wandte Caspari ein.

»In der Theorie mag das stimmen. Aber Sie kennen Sandra

nicht. Sie hat Holger gebrochen. Er hätte letztlich allem zugestimmt. Max ist nun in dem Glauben aufgewachsen, dass der Bettenverkäufer sein Vater ist. So erzählt man es sich jedenfalls. Seine Schwester Annette und deren Familie, seine Eltern und das Kollegenpärchen haben sich rührend um Holger gekümmert, sonst wäre er vor die Hunde gegangen. Aber er hat Essstörungen erlitten.«

»Wurde er magersüchtig?«, fragte Caspari.

»Nein, das Gegenteil. Er bekam regelrechte Fressattacken. Hat ordentlich zugelegt, der Arme. Wer konnte es ihm auch verdenken? Irgendwann hatte er es im Griff, aber so richtig abnehmen konnte er nie mehr.«

»Das ist eine traurige Geschichte«, stellte Caspari fest.

»Wem sagen Sie das? Die alten Uhls sind beide vor zwei Jahren gestorben. Seitdem sitzt der arme Kerl ganz allein in dem Haus und fristet sein trostloses Dasein. Und nun ist er über Nacht wie vom Erdboden verschluckt.«

»Ich schaue mir dann mal das Haus an«, meinte Caspari, dessen Stimmung nach der Zusammenfassung von Uhls Lebensgeschichte gedrückt war.

»Nur zu. Falls Sie noch Fragen haben sollten, wenden Sie sich an meinen Mann. Der kümmert sich um die Bienen im Garten hinter dem Haus.«

Caspari bedankte sich und ging zu Uhls Haustür. Mit dem Schlüsselbart zerriss er das Polizeisiegel und schloss auf. Drinnen herrschte eine Stille, wie man sie in einer Grabkammer vermuten würde. Die Luft roch abgestanden. Caspari ging systematisch vor und begann, den Dachboden gründlich zu durchsuchen. Die pedantische Ordnung, die hier herrschte, überraschte ihn. Auf seinem eigenen Dachboden hatte alles seinen Platz, war aber lange nicht so ordentlich eingepackt, aufeinandergestapelt, beschriftet, nummeriert. Nach einer Stunde hatte er in jeden Schlitz mit der Taschenlampe geleuchtet, alles dort durchgesehen und in der Hand gehabt. Hätte Uhl hier seine Festplatte versteckt gehabt, hätte er sie gefunden.

Caspari stieg die Leiter zum Dachgeschoss wieder hinunter,

schob sie zusammen und schloss die Dachluke. Dann widmete er sich den Zimmern im Obergeschoss. Ein Zimmer war als Gästezimmer eingerichtet. Hier war Caspari schnell mit seiner Durchsuchung fertig. Auch im Bad war seine Suche schnell beendet. Das Abklopfen der Fliesen brachte nichts. Nirgendwo befand sich ein Hohlraum. Der Kasten der Klospülung war in die Wand eingelassen, sodass er als Versteck auch nicht in Frage kam. Solche banalen Orte hätte er einem Kriminalbeamten der Abteilung für Cyberkriminalität mit einem derartig hervorragenden Ruf auch nicht zugetraut. Caspari ging zurück in den Flur und öffnete die beiden anderen Türen. Dort befanden sich ein Schlaf- und ein Arbeitszimmer.

Ein Blick auf seine Uhr verriet ihm, dass er für heute aufhören und an einem anderen Tag weiter in diesem Haus nach der Festplatte suchen musste, wenn es ihm weiterhin ernst damit war, seinen Beruf nicht mehr über alles andere zu stellen. Er ging die Treppe hinunter ins Erdgeschoss. Durch den Flur lief er in das Esszimmer, warf einen Blick in die Küche und das Wohnzimmer, in dem ein großer Schwedenofen mit Specksteinverkleidung stand. Dann drehte er sich um die eigene Achse und redete zu Holger Uhl, der nicht da war.

»Wo bist du? Wo hast du Superhirn die Festplatten versteckt?«

Natürlich bekam er keine Antwort. Nicht, dass er damit gerechnet hätte. Eigentlich sollte er jetzt gehen. Aber irgendetwas hielt ihn hier. Nachdenklich öffnete er jede Schublade der Anrichte im Esszimmer. Der Eindruck penibler Ordnung wurde hier noch unterstrichen. Das Besteck lag in Reih und Glied, jede Stoffserviette war korrekt gefaltet, Kerzen, Kerzenhalter und Streichholzschachteln waren perfekt nebeneinander aufbewahrt. Was zum Henker tat dann dieser scheinbar achtlos in eine der Schubladen gestopfte Venenstauer zwischen den Silberlöffeln?

Caspari zog einen seiner Handschuhe über, holte einen Beweismittelbeutel aus der Tasche seines Sakkos und fischte das Band, mit dem man am Oberarm die Venen staute, damit sie in der Armbeuge hervortraten und zur Infusion oder für eine Spritze genutzt werden konnten, zwischen dem Tafelsilber hervor. Er nahm sich die Zeit, den Stoff genauer zu betrachten. An einer Stelle sah er einen breiten, dunklen Fleck, der wie getrocknetes Blut aussah. Vielleicht war das ein Hinweis auf Uhls Verschwinden. Caspari ließ den Venenstauer in den Beutel gleiten und verschloss ihn. Es war Zeit zu gehen.

Als er die Haustür abschloss, flog eine Biene an ihm vorbei. Das erinnerte ihn daran, dass Frau Naumann, die Nachbarin, gesagt hatte, dass ihr Mann sich um Holger Uhls Bienen kümmerte. Caspari ging um das Haus herum und traf den Nachbarn tatsächlich an einem grünen Holzhaus, das an eine Gartenhütte erinnerte. Doch eine Eingangstür gab es dort nicht, nur etliche kleine Türchen, die in verschiedenen Farben gestrichen waren. Herr Naumann befasste sich gerade mit einem Holzkasten, den er separat aufgestellt hatte. Langsam ging er zurück und nahm sich die Schutzhaube vom Gesicht.

»Ich war nun fast zwei Stunden im Haus beschäftigt. So lange sind Sie mindestens bei den Bienen. Imkern scheint ein sehr zeitaufwendiges Hobby zu sein«, sagte Caspari.

»Es hat sich ein neuer Schwarm mit einer weiteren Königin gebildet. Der hatte sich in der Hecke gesammelt«, erklärte der Imker. »Ich musste ihn einfangen und in diesen Bienenstock umsiedeln. Das ist sehr zeitintensiv. Und man muss höllisch aufpassen, dass man nicht gestochen wird. Schließlich bin ich ja nicht Holger.«

»Wie meinen Sie das?«

»Holger ist so etwas wie der Bienenkönig. Es besteht eine Verbindung zwischen den Tieren und ihm. Ich weiß, das hört sich bekloppt an, aber es ist so. Die Bienen und er, das ist eine Einheit. Bei den Bienen ist seine ganze Zwanghaftigkeit weg. Da ist er der ausgeglichenste Mensch, den Sie sich vorstellen können.«

»Mir ist im Haus schon diese extreme Ordnung aufgefallen. Ich habe noch nicht einmal eine ungespülte Kaffeetasse gefunden. Kein Geschirr, das zum Abtrocknen dort lag, nichts.«

»Ja, das ist Holger, wie er leibt und lebt. Mag sein, dass Sandra das eines Tages nicht mehr ertragen konnte. Trotzdem verhält man sich nicht so schäbig, wie sie es tat.«

»Ihre Frau hat mir davon erzählt«, meinte Caspari und hielt den Beweismittelbeutel hoch. »Diesen Venenstauer habe ich in einer Schublade in der Anrichte im Esszimmer gefunden. Wissen Sie, ob der Holger Uhl gehört?«

Herr Naumann runzelte die Stirn und schüttelte dann den Kopf. »Keine Ahnung. In der Schublade der Anrichte, sagen Sie? Das sieht Holger gar nicht ähnlich, so etwas zum Besteck zu legen.«

»Sie kennen sich dort gut aus«, stellte Caspari fest.

»Na klar. Holgers Eltern und wir waren eng miteinander befreundet. Die sind viel zu früh gegangen. Wir waren oft bei ihnen und umgekehrt. Das waren schöne Abende. Deshalb weiß ich auch, was in der Anrichte liegt.«

Caspari gab ihm den Hausschlüssel wieder zurück.

»Eine Bitte noch. Geben Sie niemandem diesen Schlüssel, es sei denn, er kann sich als Angehöriger des Bundeskriminalamtes ausweisen. Falls andere danach fragen, sagen Sie, ich hätte ihn an mich genommen.«

»Ein bisschen Angst machen Sie mir ja schon«, gestand Herr Naumann.

»Das tut mir leid«, entschuldigte sich Caspari. »Hier ist irgendetwas faul. Bis ich weiß, was es ist, müssen wir alle Vorsicht walten lassen.«

Tief berührt machte Caspari sich auf den Heimweg. Holger Uhl hatte irgendwann vor dem Scherbenhaufen seines Lebens gestanden und sich mit dem arrangiert, was ihm geblieben war. Ob er noch so etwas wie Freude empfand? Caspari vermutete, dass die Beschäftigung mit den Bienen Uhl ein Gefühl von Glück gab. Darüber hinaus musste er ein recht einsamer Mensch sein.

Caspari hatte selbst ebenfalls eine Scheidung hinter sich. Sein Sohn hatte zuerst auch bei seiner Ex-Frau und deren neuem Mann gelebt. Doch der und Lukas waren nicht gut miteinander ausgekommen, sodass das Kind wieder zu Caspari gezogen und seither ein fester Bestandteil seines Lebens geworden war. Dank Clara hatte Caspari ein gutes Verhältnis zu Elke, seiner Ex-Frau, aufbauen und Lukas sich mit dem neuen Mann seiner Mutter aussöhnen können. All die Verletzungen, die Caspari während der Trennung und Scheidung damals davongetragen hatte, hatten ihn nicht gebrochen, anders als Holger Uhl, dessen Psyche zeitweilig Zuflucht im Rausch des Essens gesucht hatte.

Auf dem Weiherhof angekommen, wurde Caspari von Lukas schon ungeduldig erwartet. »Papa, du kommst spät. Die Oma hat für uns alle gekocht. Alle warten nur auf dich. Los, komm!«

Caspari brachte seine Aktentasche in den Flügel des Weiherhofes, den er mit Clara und Lukas bewohnte, wusch sich schnell die Hände und ging dann durch eine Verbindungstür zum Wohntrakt seiner Eltern. Am Esstisch saßen Clara, Lukas, Benny und Iris, Casparis Schwester. Vater Werner und Mutter Pia trugen große Schüsseln aus der Küche herein.

Caspari sah sie alle überrascht an und sagte: »Es ist Freitag, und wir machen ein Familienessen? Gibt es einen Grund zum Feiern?«

»Setz dich, mein Junge, alles zu seiner Zeit«, bestimmte seine Mutter mit ihrer herzlich zupackenden Art. Er tat wie ihm geheißen.

»Darf ich wenigstens fragen, was es gibt?«

»Auf besonderen Wunsch von deinem Filius Vogelsberger Hefeklöße mit Heidelbeersoße«, antwortete Werner Caspari. »Deshalb liegen an jedem Platz die großen, festeren Papierservietten. Stopft sie euch in den Ausschnitt. Ihr wisst ja: Heidelbeersoße bekommt man aus der Wäsche nicht mehr heraus.«

Den fröhlichen Schmaus nahm Caspari bewusst in sich auf. Er konnte die Trostlosigkeit im Leben des Holger Uhl nicht vergessen und war sich umso mehr bewusst, wie gesegnet er selbst mit den Menschen war, die er seine Familie nennen durfte. Nachdem alle aufgegessen hatten und der Tisch abgeräumt war, kam Werner Caspari mit einer Flasche Sekt und einer Flasche perlendem Traubensaft aus der Küche. Seine Frau folgte ihm mit Sektgläsern. Als Werner Caspari allen bis auf Iris und Lukas Sekt einschenkte, wusste Caspari, was im Busch war. Die beiden bekamen den perlenden Traubensaft.

»An dem breiten Grinsen meines großen Bruders kann ich ablesen, dass er schon erraten hat, warum wir heute außer der Reihe zusammen essen und anstoßen«, begann Iris. »Um es kurz zu machen: Wir haben es schon gar nicht mehr zu hoffen gewagt, aber ich bin schwanger. Im dritten Monat. Es entwickelt sich alles so, wie es soll. Der Arzt ist sehr zufrieden. Mama und Papa wissen es schon eine Weile.«

Sie stießen miteinander an und tranken auf das neue Familienmitglied, das in Iris' Bauch heranreifte.

Nachdem der Tisch abgeräumt war, nahm Caspari Benny zur Seite. »Sag mal, dein Anruf vorhin …«

»Ich wollte nur sichergehen, dass du dich an den Modus der Wiedereingliederung hältst und rechtzeitig zum Essen da bist.«

Das Training an diesem Abend hatte Caspari alles abverlangt. Zum Glück war Benny mit dem Fahren dran gewesen. Nach dem eher durchwachsenen Wetter, mit dem der April bisher seinem Ruf alle Ehre gemacht hatte, kitzelte die Sonne Caspari am nächsten Morgen wach. Clara hatte die Rollläden hochgezogen, während er noch selig geschlummert hatte. Sein ganzer Körper fühlte sich wie ein einziger Muskelkater an.

»Na, haben wir gestern vielleicht ein bisschen mit dem Training übertrieben?«, fragte Clara, als er stöhnte, während er sich aufsetzte. Schmunzelnd setzte sie sich auf die Bettkante, reichte ihm eine Tasse Kaffee und nahm einen Schluck aus ihrer eigenen. Er brummte wie ein alter Höhlenbär, trank von dem heißen Gebräu und betrachtete dann ihre Arme, die nackt aus dem kurzärmeligen Oberteil ihres Pyjamas herausschauten.

Zwei Hämatome zierten den linken und den rechten Unterarm.

»Dein Krav Maga ist wohl auch alles andere als Häkeln für Fortgeschrittene, oder?«

»Das stimmt. Aber ich habe mich nicht so verausgabt wie du. Nachdem du aus Bennys Auto gekrochen bist, warst du ja gerade noch in der Lage, deine Trainingsklamotten in den Wäschekeller zu bringen, ein Bier zu trinken und dann auf dem Sofa einzuschlafen.«

»Ein solcher Langweiler bin ich?«

»Bisweilen, ja.«

»Ups.«

»Nicht schlimm. Ich war nach meinem Training auch nicht unter denen, die noch Bäume ausreißen.«

Caspari trank einen weiteren Schluck und ließ einen Moment Schweigen zwischen ihnen einkehren.

Clara hob neugierig die Augenbrauen. »Was ist?«

»Bevor ich gestern zum Mittagessen kam, musste ich im Leben eines Kollegen vom LKA herumschnüffeln, der seit einiger Zeit spurlos verschwunden ist. Ich war in seinem Haus und habe mich mit seinen Nachbarn unterhalten. Der arme Kerl war die letzten Jahre vollkommen allein und wahrscheinlich auch furchtbar einsam. Er ist Imker, weißt du? Da sind nur seine Bienen, mit denen er sich unterhalten hat, wenn er von seinem Dienst kam. Und im Winter sind selbst die nicht da. Von der Ex schlecht behandelt, das Leben in Scherben geschlagen. Und trotzdem hat er irgendwie weitergemacht. Stand jeden Tag auf, ging zum Dienst, war eine Koryphäe in Sachen Cyberkriminalität. Was für ein trauriges Leben. Ich bin einfach so unendlich dankbar für dich, für Lukas, für euch alle. Mir ist gestern klar geworden, wie glücklich ich bin.«

Clara nahm ihm die Kaffeetasse aus der Hand und stellte sie zusammen mit ihrer auf den Nachttisch. Sie schlang ihre Arme um ihn und drückte ihn ganz fest. Er erwiderte ihre Umarmung. So verharrten sie und wünschten sich, die Zeit würde stehen bleiben.

Am Nachmittag kamen Tina und Mario. In Casparis Beisein hatten sie Clara beim Videochat am Tag zuvor versprochen, kein Wort über den laufenden Fall zu wechseln. Diesmal bezogen sie nicht den Gästeflügel des Anwesens, sondern das Gästezimmer von Clara und Caspari. Es war Samstag, der 29. April, das Wetter war angenehm, Benny und Iris, Werner und Pia warteten schon mit Lukas im Hof, und Camillo sprang aufgeregt umher. Schnell zogen sie ihre Wanderstiefel an und liefen im Pulk über Wittgenborn nach Spielberg und Streitberg, von dort aus weiter nach Helfersdorf bis nach Kefenroth. Von dort kehrten sie in einer großen Schleife wieder zurück. Tina blieb immer wieder stehen und genoss den Blick über die Weite des Vogelsbergs.

»Frau Caspari, Sie wohnen hier wirklich im Paradies«, sagte sie zu Casparis Mutter bei einem Halt.

»Nenn mich endlich Pia«, beschwerte die sich. »Du solltest mit deinem italienischen Prinzen halt nicht nur zum Arbeiten herkommen, dann wäre dir das schon längst aufgefallen.«

Wieder zu Hause angekommen, heizte Caspari die Grillkohle an. Schnell war der Tisch auf der Terrasse gedeckt. Salate, Brot und Getränke waren auf dem Beistelltisch aufgebaut, noch bevor das Fleisch auf dem Grill lag. Nach dem Essen bestand Caspari darauf, dass Clara Irish Folk auflegte. Die Stimmung war ausgelassen, was sich am darauffolgenden Sonntag fortsetzte.

Wann ist es zuletzt so fröhlich und gelöst auf dem Hofgut zugegangen, fragte sich Caspari und verweigerte jeden Gedanken an alle Eindrücke und Erinnerungen der letzten Tage. Nur der gegenwärtige Augenblick zählte. Jeder von ihnen konnte schöner nicht sein.

Am späten Vormittag des 1. Mai verabschiedeten sich Tina und Mario. Als sie vom Hof gefahren waren, sahen Clara und Caspari sich einen kleinen Augenblick in stillem Einvernehmen an. Lukas war kurz zuvor von seiner Mutter abgeholt worden. Camillo war mit Casparis Eltern zu einer langen Wanderung unterwegs. Benny und Tina hatten sich mit Freunden verabredet. Caspari schloss die Haustür. Gemeinsam gingen sie die Treppe hinauf ins Schlafzimmer. Oh ja, schlafen würden sie auch. Später.

Reaktiviert

Dienstag, der 2. Mai. Caspari hätte gern das verlängerte Wochenende noch fortgesetzt. Doch dieser Fall musste gelöst werden. Kurz nachdem er im Bundeskriminalamt eingetroffen war, hatte er den Beweismittelbeutel mit dem Venenstauer aus Uhls Haus zur KTU gebracht. Nun saß er an seinem Schreibtisch und telefonierte mit seinem Kollegen Daniel Schick vom Landeskriminalamt.

»Ihr habt doch eine Liste von Sachverständigen für psychiatrische Gutachten«, begann Caspari.

»Ja, genau, wie ihr auch«, bestätigte Schick.

»Hast du die zufällig vorliegen?«

»Ich kann sie auf dem Computer aufrufen. Was willst du denn wissen?«

»Ich suche nach einem Professor Bierstedt.«

»Hans Bierstedt?«

»Das nehme ich an. Jedenfalls ist er Psychiater.«

»Der ist seit vorletztem Jahr im Ruhestand. Deshalb führen wir ihn gar nicht mehr auf der Liste.«

»Dann erzähl mir mal, warum er als Sachverständiger im Fall Wedekind eingesetzt ist.«

»Der Einbruch mit Schießerei in Niederrad?«

»Genau der.«

»Wahrscheinlich, weil der zuständige Staatsanwalt ihn angefordert hat.«

»Welcher Staatsanwalt leitet die Ermittlungen?«

»Christoph, sei so gut, schau bitte selbst nach. Wenn ich das recherchiere, ist das im System gespeichert, und ich muss mir unangenehme Fragen gefallen lassen. Du bist doch ohnehin der Sonderermittler des BKA für diesen Fall, wie man hört. Wenn du im System nachhakst, wird das niemanden wundern.«

»Mir wäre es am liebsten gewesen, wenn erst gar niemand auf meine Nachforschungen aufmerksam werden würde.«

»Also gut, ich habe einen alten Bekannten bei der Frankfurter Polizei. Den rufe ich gleich an und frage ihn nach dem Namen des Staatsanwalts. Vielleicht weiß er mehr.«

»Vielen Dank. Das ist wirklich sehr nett von dir.«

»Geht schon klar. Du hast mir auch schon ein paarmal geholfen, als du noch im LKA gearbeitet hast.«

Fünf Minuten nachdem Caspari das Gespräch beendet hatte, klingelte sein Telefon. Daniel Schick meldete sich.

»Scheint, als wäre deine Vorsicht wirklich angebracht. Der Staatsanwalt heißt Dr. Walter Rossberg. Er macht enormen Druck. Es passt ihm überhaupt nicht, dass die Verdächtige nicht haftfähig ist und in der Psychiatrie lebt. Dass das BKA mitmischt, stößt ihm ganz sauer auf. Er hat schon mehrere Beschwerden zum Bundesstaatsanwalt geschickt. Auf Professor Bierstedt hat er ausdrücklich bestanden, obwohl die aktiven Sachverständigen wirklich alle einen ausgezeichneten Ruf genießen.«

»Vielen Dank, Daniel. Du hast mir sehr weitergeholfen«, sagte Caspari und verabschiedete sich. Er notierte in seinem Notizbuch den Namen des Staatsanwaltes und nahm sich vor, nach Schnittstellen zwischen ihm und Hildebrandt zu suchen.

Empathie und klare Kante

Eigentlich reichte es Clara mit dem Unterricht für heute. Sie wollte nach Hause und freute sich auf das Mittagessen. Christoph hatte versprochen, etwas zu kochen. Vorher musste sie allerdings an einer Klassenkonferenz der 10b teilnehmen. Stefan Kurz hatte sie einberufen, und alle Lehrkräfte, die in dieser Klasse unterrichteten, mussten daran teilnehmen. Also stellte Clara ihre Tasche im Lehrerzimmer ab, nahm ihren Lehrerkalender und ein Notizbuch und ging mit den anderen in den kleinen Konferenzraum.

Stefan kam gleich zur Sache. »Wie ihr euch denken könnt, geht es um Tom Kalkbrenner. Der Junge hat, wie die meisten von euch wissen, derzeit familiäre Probleme.«

»Ich habe immer nur Bruchstücke gehört, aber nichts Genaues«, wandte Nick Kleespieß, der Mathematiklehrer, ein.

»Dann soll Bettina die Geschichte mal zusammenfassen«, sagte Kurz. »Aber bitte denkt daran: Das darf dieses Zimmer nicht verlassen!«

Bettina Schwaiger, die Schulsozialarbeiterin, ergriff das Wort und beschrieb Toms derzeitige familiäre Situation und ihre Versuche, zu ihm ein Vertrauensverhältnis aufzubauen.

»Der Junge blockt ab einem gewissen Punkt total ab. Er ist nett, aber unverbindlich. Du kannst mit ihm über einige Themen reden, wenn du aber versuchst, in die Tiefe zu gehen, stößt du auf eine undurchdringliche Mauer«, fasste sie zusammen. »Ich fürchte, Tom rutscht in die rechte Szene ab, und wir können nichts dagegen tun. Für Argumente ist er nicht empfänglich. Aufgrund der angespannten Situation zu Hause sucht er eine Peergroup, die ihm Sicherheit, Halt und Stärke vermittelt. Damit fällt er natürlich in das Beuteschema von Neonazis, die auf Mitgliederfang sind.«

»Weiß jemand von euch, mit wem er sich herumtreibt?«, fragte Margret Heitmüller, die Englischlehrerin.

»Ich habe eine Vermutung«, meldete sich Clara zu Wort. »Im Internet habe ich eine Gruppe gefunden, die sich ›Yggdrasil Spessart‹ nennt. Die sind im Flörsbachtal aktiv.«

»Was bitte ist denn dieses Ückirgendwas?«, fragte Kleespieß.

»*Yggdrasil.* Das ist die Weltenesche in der germanischen

Mythologie«, erläuterte Clara. »Wie ihr wisst, ist mein Partner beim BKA. Der hält diese Vereinigung nicht bloß für eine Truppe von Spinnern, sondern möglicherweise für einen Teil eines Netzwerkes. Diese Leute haben Geld, um sich Grundstücke zu kaufen und ein Clubhaus darauf zu bauen, Ausflüge zu organisieren und vieles mehr. Tom praktiziert realistisches Nahkampftraining, wie er sagt. Ich gehe davon aus, dass diese Gruppe das auch anbietet. Seine Arme waren jedenfalls grün und blau.«

»Ja, das habe ich auch gesehen«, meinte die Sozialarbeiterin, »er nannte sie ›Ehrenmale‹.«

»Was ich von euch allen auf jeden Fall in den vergangenen Wochen zugetragen bekomme, ist, dass Toms Leistungen stark abfallen und dass er öfter auch mal schwänzt«, sagte Stefan Kurz. »Dazu kommt eine teils ablehnende, teils arrogante Haltung gegenüber Mitschülern mit Migrationshintergrund. Das Problem mit Jugendlichen, die in rechtsradikale Kreise abrutschen, ist, dass du sie mit Argumenten nicht mehr erreichst. Das Einzige, was hilft, ist das permanente Signal, dass man für sie da ist. Ich denke, diese Empathie sollte Tom von uns erfahren. Daneben muss es aber auch klare Kante gegenüber rassistischem Verhalten geben. Das wollen wir auf unserer Schule nicht, und wir werden es nicht dulden. Was Schwänzen und Leistungsabfall betrifft – nun, er weiß, dass er alle Hilfe von uns bekommt, wenn er sie braucht und darum bittet. Wenn er sie nicht haben will, muss er die Konsequenzen tragen. Schlechte Leistung – schlechte Noten – keine Debatte. Dann darf er eine Ehrenrunde drehen. Was haltet ihr davon?«

»Dem stimme ich voll und ganz zu«, sagte Clara. Die anderen Fachlehrer trommelten mit den Fingerknöcheln auf die Tischplatte.

»Gut, dann halte ich das so im Protokoll fest«, beschied Stefan Kurz. »Die Klassenkonferenz ist dann hiermit geschlossen.«

Nachdenklich fuhr Clara nach Hause. Es bedrückte sie, dass alle, die sich daran versuchten, an Tom nicht mehr herankamen. Als sie in den Hof des Anwesens fuhr, schüttelte sie den Gedanken ab. Christoph gab sich redlich Mühe, seine Arbeit mental nicht mehr mit nach Hause zu nehmen. Sie wollte ihm darin nicht nachstehen. Von der Küche her roch es nach Mittagessen. Sie wusch sich die Hände und setzte sich zu Christoph und Lukas an den Esstisch. Heute war sie mit dem Tischgebet dran. Nachdem sie sich die Hände gereicht hatten, schaute sie neugierig in den gusseisernen Topf.

»Was gibt es denn Gutes?«

»Gemüsespaghetti mit Hackfleisch«, erklärte ihr Caspari.

»Christoph, wir wollten doch weniger Fleisch essen«, beschwerte sie sich.

»Da mache ich nicht mit!«, begehrte Lukas auf.

Caspari zwinkerte, da begriff sie, dass das Hackfleisch vegetarisch war, und verkniff sich eine Erwiderung.

»Schmeckt es euch?«, fragte Caspari nach einer Weile.

»Ja, das Hackfleisch hat einen anderen Geschmack als sonst, aber es ist lecker«, meinte Lukas.

»Ich habe ein neues Gewürz ausprobiert.«

Clara grinste still.

»Du, Papa, die Türken sind blöd«, sagte Lukas, kurz nachdem sie fertig waren.

»Aha, wie kommst du zu dieser Meinung?«, wollte Caspari wissen.

»In der Frühstückspause habe ich mein Salamibrot aus der Box geholt. Da hat der Ahmet, der neben mir sitzt, ganz laut gesagt, dass ich nach Schwein stinke und dass er nicht mehr neben mir sitzen will.«

»Was hat denn euer Klassenlehrer dazu gesagt?«, fragte Clara.

»Dass er findet, dass der Ahmet mich beleidigt hat. Er soll sich bei mir entschuldigen.«

»Hat er das getan?«

»Nein. Er hat sich geweigert. Da hat der Herr Weichert mich gefragt, ob ich noch länger neben Ahmet sitzen möchte oder ob ich mir lieber einen neuen Platz aussuchen möchte. Ich habe den Platz gewechselt. Jetzt sitze ich bei Paul und Anton am großen Tisch. Und der Ahmet kriegt jetzt richtig Ärger. Der Herr Weichert bestellt seine Eltern zum Gespräch.«

»Sag mal, Lukas, im Kindergarten hast du doch mit Aişe und Emre gespielt. Waren die denn auch blöd?«, fragte Caspari.

»Nein, die waren nett. Die hab ich gemocht.«

»Die sind aber doch auch türkischer Abstammung, oder?«

»Ja, das stimmt.«

»Schau, es gibt Menschen, die sich einfach blöd benehmen oder die Vorurteile haben, egal zu welchem Volk sie gehören. Achte darauf, ob jemand ein anständiger Mensch ist, der fair und respektvoll mit anderen Menschen umgeht. Letztlich ist es das, was zählt.«

Lukas nickte und machte sich auf den Weg in sein Zimmer.

Caspari rief ihn noch einmal zurück.

Der Junge drehte sich zu ihnen um.

»Was Ahmet über dich gesagt hat, war wirklich ein total blöder Spruch. Dass er sich nicht entschuldigt, zeigt, dass er dich als Tischnachbarn nicht verdient.«

Lukas grinste.

»Danke, Papa.«

Schwarze Löcher

Mit großer Spannung saß Caspari in der Konferenz, die er selbst einberufen hatte. Mit Mühe unterdrückte er die Neugierde, mit der er die Zwischenergebnisse seiner Leute erwartete. Andreas Sommer und Svenja Bauer sollten als Erste die Resultate ihrer Ermittlungsarbeit vorstellen.

»Die Firma Elektro Kuhn ist ein Zwei-Mann-Unternehmen mit einem Stift«, begann Svenja.

»Die teilen sich einen Stift zum Schreiben?«, fragte Jing

Jang irritiert. »Dieser Firma muss es aber schlecht gehen.« Ihre Irritation wuchs, als Gelächter ausbrach.

»Der Ausdruck ›Stift‹ wird auch als Synonym für ›Lehrling‹ verwendet«, klärte Gernot Schneider sie auf.

»Ihr Deutschen habt komische Ausdrücke«, erwiderte sie und schüttelte den Kopf.

»Was Svenja damit sagen will, ist, dass diese Firma zwar den Auftrag zugeteilt bekam, ihn aber gar nicht durchgeführt hat. Der Inhaber, tatsächlich ein Herr Kuhn, versicherte uns, man habe ihn lediglich zum Besorgen der Rauchmelder haben wollen. Dafür habe man ihn fürstlich entlohnt. Mit der Ausführung beauftragte er ein Unternehmen namens ›all electronics‹ in Lämmerspiel. Und jetzt kommt's.«

Er wies auf Svenja, die wieder das Wort ergriff.

»Friedel Kuhn wurde von der Hausverwaltung der Universitätsklinik vorgeschrieben, welches Subunternehmen er beauftragen und welchen Betrag dieses erhalten sollte. Er erzählte uns, dass er mit dem Herrn von der Hausverwaltung der Klinik telefoniert und seine Bedenken wegen dieses merkwürdigen Vorgehens geäußert habe. Der, ein gewisser Herr Kaufhold, hat ihm gesagt, dass er es entweder so machte, oder der Auftrag würde an eine andere Firma gegeben. Die Firma Kuhn hat das Problem vieler Bauhandwerker, nämlich zahlungssäumige Bauherren. Kuhn hat mir die Unterlagen zu all den Mahnverfahren gezeigt. Der Mann wartet auf insgesamt fünfzigtausend Euro. Kurzum, dieser außerordentlich gut bezahlte Auftrag kam ihm gerade gelegen, weshalb er sich trotz aller Vorbehalte auf den Deal einließ.«

»Die Telefonnummer der Hausverwaltung der Klinik, die auf der Auftragsbestätigung angegeben war, existiert nicht mehr«, führte Andreas Sommer weiter aus. »Einen Jörn Kaufhold als Auftraggeber gibt es in der echten Krankenhausverwaltung natürlich auch nicht. Von der Firma ›all electronics‹ existiert keine Handwerksrolle, nichts dergleichen. Alles ist eine riesige Scharade. Die Firma Kuhn brauchte man im Grunde genommen nur, um einen Fachmann zu haben, der DIN-Norm-gerechte Rauchmelder für ein Krankenhaus bestellen kann. Ein Mitarbeiter der Pseudofirma holte sie bei Kuhn ab. Das Konto, auf das Kuhn die klägliche Summe für das Subunternehmen überwiesen hat, führt zu einer Bank in Bulgarien. Es ist aussichtslos, in diese Richtung zu recherchieren.«

Caspari ließ das Gehörte einen Moment lang sacken. »Vielen Dank«, sagte er schließlich. »Diese Geschichte ist wie ein schwarzes Loch, das alle Spuren einfach aufsaugt. Aber vielleicht ist ja eine übrig geblieben. Bleibt also dran.

Als Nächstes berichteten Jing Jang und Gernot Schneider, was sie über Asgard Security in Erfahrung gebracht hatten.

»Asgard Security ist in erster Linie im Bereich des Personenschutzes tätig«, begann Schneider. »Sie begleiten Geschäftsleute bei Auslandskontakten in Gegenden, die nicht ganz ungefährlich sind. Dabei greifen sie auf die Unterstützung von lokalen Partnern zurück.«

Jing Jang zeigte per Beamer Fotos von bewaffneten Männern mit kugelsicheren Westen, die das Treffen von Anzugträgern in einem Pavillon bewachten.

»Personenschutz bieten sie auch Prominenten an, zum Beispiel Musikern, die auf Deutschlandtournee sind«, fuhr Schneider fort. »Der Personenschutz ist ihre Haupteinnahmequelle. Dazu kommt noch die Bewachung von Gebäudekomplexen, in denen Prototypen aufbewahrt werden, seien es nun Hardwarekomponenten für Computer, Maschinenteile, was auch immer. Sie sind sozusagen die lebendige Firewall gegen den Diebstahl von Firmengeheimnissen, bis die Patentierung abgeschlossen ist und das jeweilige Stück in die Massenfertigung geht. Schutz vor Cyberangriffen bieten sie kaum an. Der steht jedenfalls nicht in ihrem Portfolio. Wahrscheinlich machen sie das nur auf Nachfrage. Vielleicht ist Hildebrandt auf diesem Gebiet sogar ihr einziger Kunde. Die drei Nerds in Neufangs Team kümmern sich mit großer Wahrscheinlichkeit also nur um den Schutz von Hildebrandts Computer.«

»Das ist ein enormer Aufwand für eine Firma, auf deren Rechner nur völlig unbedeutende Dateien gespeichert sind«, warf Mario ein.

»So ist es«, bestätigte Jing Jang. »Sven Neufang besitzt ein sehr ansehnliches Aktienpaket im Wert von siebenhundertfünfzigtausend Euro. Er und Hildebrandt kennen sich seit ihrer Zeit bei der Bundeswehr. Hildebrandt hatte sich allerdings nur für vier Jahre verpflichtet, Neufang schlug die Offizierslaufbahn ein. Er schied als Leutnant aus, nachdem er in Afghanistan verletzt wurde.«

»Mehr haben wir nicht«, gestand Schneider.

»Das ist schon mal eine ganze Menge«, meinte Caspari. »Wühlt weiter. Vielleicht stoßt ihr noch auf etwas.«

»Kommen wir zu Jens Hildebrandt«, übernahm Tina Hergenrath mit ihrer forschen Art. »Er ist der Sohn von Heinrich und Edeltraud Hildebrandt, einem sehr reichen Ehepaar.«

»Woher hatten die ihr Geld?«, unterbrach sie Wolfgang Jung.

»Sie waren sehr erfolgreich beim Spekulieren mit Aktien. Das ist die offizielle Version. Hinter vorgehaltener Hand heißt es, sie hätten in den sechziger Jahren ein Vermögen mit dem Verkauf von Kunstwerken gemacht, die jüdischen Besitzern im Dritten Reich geraubt wurden.«

»Wie sind die denn daran gekommen?«, wollte Erich Fuchs wissen.

»Altes Familiengeheimnis – sozusagen«, meinte Tina ironisch. »Der Herr Papa war ein großes Tier in der NSDAP. Manche glauben, er hat etliche Kunstwerke beiseitegeschafft, die sein Sohn, oh Wunder, dann zwanzig Jahre später sehr diskret in internationalen Kreisen verkaufte. Nebenbei spekulierte man tatsächlich erfolgreich mit Aktien. Sei's drum. Der Filius Jens ging jedenfalls nach dem Abitur für vier Jahre zur Bundeswehr, wo er, wie wir schon hörten, Freundschaft mit Sven Neufang schloss. Allerdings müssen sie sich schon vorher gekannt haben. Wir haben nämlich herausgefunden, dass sowohl Hildebrandt senior als auch Neufang senior gern zu

Drückjagden gegangen sind, auch wenn sie dort nicht sonderlich beliebt waren. Ihre Söhne haben die beiden mitgenommen, als diese alt genug waren, um als Treiber das Wild aufzuscheuchen.«

»Warum mochte man sie dort nicht?«, erkundigte sich Svenja Bauer.

»Die Leute waren froh, die Schrecken der Nazidiktatur und des Krieges hinter sich gelassen zu haben. Die Jäger, mit denen wir gesprochen haben, erzählten uns, die alten Herren hätten die Zeiten doch reichlich glorifiziert. Das wollte niemand mehr hören. So fand sich dann auch kaum noch jemand, der sie zur Drückjagd einladen mochte«, erläuterte Mario.

»Kommen wir zurück zu Jens Hildebrandt«, übernahm wieder Tina. »Der studierte nach der Zeit bei der Bundeswehr BWL und Marketing und hat mit Papas Geld eine eigene Firma aufgebaut. Er ist unverheiratet und kinderlos. Er gehört keiner Konfession an. Troja Marketing ist, soweit wir das ermitteln konnten, ein solides mittelständisches Unternehmen, das Marketing für etliche Firmen anbietet. Zu den Kunden gehören unter anderem auch Global Player. Die Spezialität von Troja Marketing ist das Onlinemarketing. Dafür hat sich Jens Hildebrandt Topleute in die Firma geholt. Werbetexter, Layouter, Onlinestrategen et cetera. Er ist der typische Unternehmer, der nicht über die einzelnen benötigten Fähigkeiten verfügt, aber in der Lage ist, ein Team zusammenzustellen, zu motivieren und zu führen. Das erzählt man sich jedenfalls in der Branche. Luxuriös ist sein Lebenswandel keinesfalls. Er lebt wie ein Angehöriger des gehobenen Mittelstandes. Sein Mercedes ist auch eher gehobene Mittel- denn Oberklasse. Man hat den Eindruck, er will unter keinen Umständen auffallen. Einen guten Teil von dem, was er erwirtschaftet, steckt er in die Firma. Einmal im Jahr trifft er sich im September mit Geschäftspartnern zu einem einwöchigen Segeltörn rund um Sardinien und Korsika.«

»Den Computer von Jens Hildebrandt haben die Kollegen vom Frankfurter Polizeirevier in der Nacht des Einbruchs sofort zur Beweissicherung beschlagnahmt«, fuhr Mario fort. »Sie konnten darauf aber nur geschäftlich relevante Dateien finden, die keinerlei Nutzen für Tanja Wedekind gehabt haben können.«

»Wir können davon ausgehen, dass Neufangs Techis die sofort von Hildebrandts Festplatte runtergezogen und auf ihrem Rechner gesichert haben, damit die Polizei sie nicht findet«, meinte Caspari. »Somit sieht seine Festplatte natürlich vollkommen harmlos aus. Sie können sich schon ausrechnen, dass wir ihnen diesen Unsinn nicht glauben. Aber auf der anderen Seite wissen sie auch ganz genau, dass wir nichts gegen sie in der Hand haben. Noch nicht.«

»Dann sind wir jetzt wohl an der Reihe«, rief Erich Fuchs in die Runde und schob seinen USB-Stick in den Beamer.

Wolfgang Jung bediente die Fernsteuerung, und an die Wand wurde das Foto eines Mannes geworfen, den Caspari auf Anfang bis Mitte fünfzig schätzte. Aus dem schmalen Gesicht sahen ihn wache Augen an. Das volle Haar und der gepflegte Vollbart zeigten erste graue Stellen. Toni Wedekind war eine attraktive Erscheinung mit einem sympathischen Lächeln gewesen.

Caspari fragte sich, wie Tanja neben ihm gewirkt haben musste. Er kannte sie nur als graue, apathische Frau aus der Psychiatrie. Dieser Eindruck war so übermächtig gewesen, dass er sich nie die Mühe gemacht hatte, die gesamte Persönlichkeit auf sich wirken zu lassen. Er nahm an, dass genau das auch ihre Absicht war. Sie wollte so gut wie unsichtbar sein.

»Wie ihr euch denken könnt, ist das Toni Wedekind«, erklärte Erich Fuchs. »Vielmehr das war er. Er ist im vergangenen Jahr gestorben. Die Ursache für seinen Tod gilt als noch nicht geklärt. Ein Jogger fand ihn tot in seinem Wagen im Wald. Er soll sich mit seiner Dienstwaffe durch den Mund in den Kopf geschossen haben. Vorausgegangen war eine vorläufige Suspendierung wegen einer internen Ermittlung gegen ihn. Jemand hatte ihn wegen Korruption angezeigt.

Toni Wedekind spekulierte in seiner Freizeit gern mit Aktien. Es handelt sich dabei um überschaubare Beträge. Er war kein Zocker. Doch vor seinem Tod hatte er offenbar einen wirklich guten Riecher. Innerhalb von vier Monaten hat er richtig viel Geld verdient.«

»Von welchem Betrag reden wir?«, fragte Caspari.

»Zweihundertfünfzigtausend Euro. Ordentlich versteuert, versteht sich. Aber jemand zeigte ihn anonym an, er habe sich mit Leuten zusammengetan, die bei Börsenspekulationen betrügen würden. Interessant ist hierbei, dass diese Anzeige genau in die Zeit fällt, in der er seine Ermittlungen gegen Jens Hildebrandt aufgenommen hatte. Einem Finanzbeamten war nämlich eine Geschäftsreise nach New York aufgefallen, die Hildebrandt steuerlich geltend machen wollte. Als Kunde war keine Firma aufgeführt, sondern ein Auktionshaus. Dem Finanzbeamten kam das merkwürdig vor. Bei weiterer Recherche fand er heraus, dass kurze Zeit nach Hildebrandts Besuch in New York dort ein bisher unbekanntes Gemälde für fünf Millionen Dollar versteigert worden war. Da er Toni Wedekind zufällig kannte, bat er ihn um Hilfe. Ihm als Steuerfachmann war diese Angelegenheit zu heiß geworden. Toni Wedekind war als Ermittler für Wirtschaftskriminalität eigentlich nicht direkt dafür zuständig, nahm sich aber des Falls an. Er fand heraus, dass es sich bei dem Gemälde um ein Kunstwerk von Edvard Munch handelte.«

»Von dem ist doch ›Der Schrei‹, oder?«, rief Mario dazwischen.

»Richtig«, bestätigte Fuchs. »Die Nazis stuften seine Werke als ›entartete Kunst‹ ein. Viele Exponate, die so deklariert wurden, verschwanden für lange Zeit. Viele wurden von den Künstlern, den Besitzern oder anderen versteckt. Manche verkauften führende Nazis an Kunstsammler, vertraulich, versteht sich. Ansonsten verschwanden sie in irgendwelchen Magazinen. Wedekind ermittelte jedenfalls, dass dieses Gemälde an einen steinreichen amerikanischen Privatsammler verkauft worden war. Jens Hildebrandt war nicht der Verkäufer, aber er trat als Unterhändler des Besitzers auf. Der wiederum wollte unerkannt bleiben.«

Fuchs legte eine Pause ein, um das Gesagte wirken zu lassen. »Toni Wedekind konnte ihn trotzdem ausfindig machen«, sagte er schließlich. »Es ist Jens Hildebrandts Onkel mütterlicherseits, Martin Marquard. Ein Multimillionär, der in der Schweiz lebt. Der Familie Marquard wurden enge Verbindungen zu SS-Reichsführer Heinrich Himmler und Reichsmarschall Hermann Göring nachgesagt. Die Alliierten fanden aber weder Dokumente noch Zeugen, die ihnen das bestätigen konnten. Die Beweise waren in den letzten Kriegstagen auf magische Weise verschwunden, und die Zeugen, die aus erster Hand hätten berichten können, waren alle plötzlich nicht mehr auffindbar.«

Fuchs trank einen Schluck Wasser, bevor er weiter berichtete. »Die Familie Marquard hatte sich kurz vor der Kapitulation in die Schweiz absetzen können. Vielleicht wisst ihr, dass Göring eine umfangreiche Privatsammlung an Beutekunst besaß. Da er diese speziellen Kunstwerke nicht in seinem Haus ausstellen konnte, bewahrte er sie in einem gesonderten Magazin auf. Dort befanden sich aber auch etliche Exponate der sogenannten entarteten Kunst, so vermutet man. Als die Alliierten dem braunen Spuk ein Ende bereiteten, war dieses Magazin leer geräumt. Wedekind zählte eins und eins zusammen und vermutete, dass die Marquards bei ihrer Übersiedlung in den letzten Kriegstagen etliche Kunstwerke in die Schweiz mitgenommen hatten. Darauf begründete sich seiner Meinung nach der Reichtum der Familie. Kurzum: An Hildebrandts Steuererklärung war alles einwandfrei. Doch er ist an dem mutmaßlichen Verkauf von Raubkunst beteiligt. Das ist nach geltendem Recht illegal. Toni Wedekind fand allerdings noch mehr heraus. Er entdeckte, dass Marquard und Hildebrandt Mitglieder eines Netzwerkes sind. Wedekind wollte den Verfassungsschutz auf dieses Netzwerk aufmerksam machen. Dann kam die interne Untersuchung gegen ihn wegen der angeblichen Korruption.«

Ein tiefes Schweigen legte sich über den Konferenzraum. Was die beiden alten Hasen ermittelt hatten, mussten ihre Kollegen erst einmal verdauen.

»Warum steht noch nicht hundertprozentig fest, ob Toni Wedekinds Tod Suizid war?«, fragte Tina nach einer Weile.

»Zwar gab es Schmauchspuren auf seiner Hand und am Abzug einen Abdruck seines Zeigefingers, aber auch einen breiten Bluterguss um sein Handgelenk«, erklärte Wolfgang Jung.

»Als hätte ihm jemand die Hand mit der Waffe ein wenig zu fest gehalten und in den Mund geschoben«, schlussfolgerte Caspari.

»Warum hat Wedekind sich nicht gewehrt?«, wandte Schneider ein.

»Der Rechtsmediziner fand Spuren von Flunitrazepam in seinem Blut«, erklärte Wolfgang Jung. »Das ist eigentlich ein verschreibungspflichtiges Beruhigungsmittel. Missbräuchlich wird es aber häufig als K.-o.-Tropfen eingesetzt. Es wirkt acht bis zwölf Stunden. Tanja Wedekind hatte in dieser Zeit Schichtdienst mit ihrer Einheit. Es ist durchaus möglich, dass jemand ihm dieses Beruhigungsmittel verabreicht hat. Als es wirkte, fuhr ihn die Person in seinem Wagen in den Wald, dann setzte sie Toni Wedekind wieder auf den Fahrersitz und wartete, bis das Zeug sich fast abgebaut hatte. Dann hat sie ihn umgebracht und es nach Suizid aussehen lassen. Da der Jogger Frühaufsteher war, fand er die Leiche kurz danach. Die Kollegen waren daher schnell vor Ort. Die Rechtsmedizin konnte recht zeitnah dem Toten Blut abnehmen. Daher konnte der Doc noch einen Hauch des Flunitrazepam nachweisen.«

»Warum ist dann noch unklar, ob es ein Verbrechen war?«, regte Schneider sich auf.

»Der Staatsanwalt vertrat die These, Wedekind hätte sich das Medikament ja auch bei einer ausländischen Internetapotheke besorgen können. Schließlich habe er wegen der Korruptionsermittlungen gegen ihn unter enormem Druck gestanden. Was man so hört, ist er darüber ganz ordentlich mit dem zuständigen Richter aneinandergeraten. Die Akte ist deshalb noch nicht geschlossen.«

»Wie heißt denn dieser nette Staatsanwalt?«, fragte Caspari, obwohl er glaubte, die Antwort bereits zu kennen.

»Dr. Walter Rossberg.«

»Isses wahr«, brummte Caspari ironisch. »Ich wette, der Herr Jurist gehört zu ebenjenem Netzwerk, auf das Wedekind gestoßen war. Dieser Mann taucht übrigens auch in einem anderen Zusammenhang auf.«

Caspari berichtete, was er über die Reaktivierung von Bierstedt als Sachverständigem herausgefunden hatte.

»Was ich über Holger Uhl in Erfahrung bringen konnte, zeigt das Bild eines ausgesprochen korrekten und ordnungsliebenden Mannes, mit dem das Leben es nicht gut gemeint hat.«

Er erzählte ihnen von den Gesprächen mit Uhls Nachbarn und seiner Suche in dessen Haus.

»Dort habe ich einen Venenstauer gefunden«, sagte er und legte den Beweismittelbeutel auf den Tisch. »An dem Venenstauer war ein Fleck, den ich von der KTU habe untersuchen lassen. Es ist das Blut von Holger Uhl, vermischt mit Morphin.«

»Morphin?«, fragte Jing Jang ungläubig.

»Aus dem Archiv für Beweismittel im Landeskriminalamt ist Morphin verschwunden. Ich brauche euch nicht zu sagen, wer im Verdacht steht, es mitgenommen zu haben. Ich bin mir sicher, dass Uhl uns eine Nachricht damit hinterlassen wollte. Er wollte uns einen Hinweis geben, wo er derzeit steckt. Macht euch das mal bewusst: In einem penibel aufgeräumten Haus lag der Venenstauer in der Besteckschublade. Einem Mann mit einem Ordnungszwang wie Uhl passiert so etwas nicht aus Versehen. Das war eine bewusste Handlung. Ein Stuhl mit Armlehnen stand direkt neben der Anrichte. Ich glaube, er wusste genau, dass die Leute von Asgard Security ihn holen würden. Er besitzt eine Festplatte, auf der wahrscheinlich Toni Wedekinds Ermittlungsergebnisse gespeichert sind. Ich gehe davon aus, dass er auch die Adresse im Darknet kannte, zu der Tanja Wedekind die kopierten Dateien von Hildebrandts Computer geschickt hat. Mit großer Wahrscheinlichkeit hat er sie auch auf die Festplatte kopiert. Dann hat er sie gut versteckt. Er wollte nicht unter der Folter reden. Deshalb hat er sich eine hohe Dosis Morphin gespritzt. Ob er das überlebt hat, kann ich nicht sagen. Wenn er noch lebt, liegt er bei der Menge, die in der Asservatenkammer fehlt, im Koma. Jedenfalls hat er sich wohl geopfert, um zu verhindern, dass die Gegenseite seine Festplatte in die Hände bekommt.«

»Hast du eine Ahnung, wo er die Festplatte versteckt hat?«, fragte Mario.

»Nicht die Spur einer Ahnung«, gestand Caspari. »Jing Jang, Gernot, Svenja und Andreas, seid ihr bitte so gut und schaut euch nachher in dem Haus um. Die Nachbarn sind sehr gesprächig. Von denen bekommt ihr den Haustürschlüssel, aber nur, wenn ihr eure Dienstausweise zeigt. Das habe ich ihnen so eingebläut. Und wenn ihr nett seid, staubt ihr vielleicht noch ein Glas Honig ab.«

Nach der Besprechung fuhr Caspari zu Tanja Wedekind in die Frankfurter Universitätsklinik. Durch das Fenster im Besprechungszimmer schien das Licht der Maisonne.

»Ist es Ihnen recht, wenn ich das Fenster öffne? Von Dr. Bartholomäus habe ich erfahren, dass Sie wieder einmal einen Besuch von Professor Bierstedt über sich ergehen lassen mussten. Da ist eine Runde Frischluft sicher willkommen, was meinen Sie?«

Tanja Wedekind saß apathisch da und zeigte keinerlei Reaktion.

»Ich verstehe, dass Sie an diesem Ort nicht mit mir reden und weiterhin die Schädel-Hirn-Trauma-Patientin sind«, sagte Caspari zur Einleitung. »Ich brauche jedoch Ihre Unterstützung, anders komme ich nicht weiter. Holger Uhl hat uns allen eine Nachricht hinterlassen, die ich gefunden habe. Er hat sich bewusst und in voller Absicht in einen Zustand gebracht, in dem die Gegenseite nichts von ihm wird erfahren können.«

Er sah, wie sich Tränen in ihren Augen sammelten. Schnell fuhr sie mit dem Handrücken darüber und war wieder die apathische Patientin.

»Bevor ich gehe, möchte ich Ihnen noch erzählen, dass ich weiß, wer Ihr Bruder ist. Dann verdanke ich diesen kniffligen Fall also der geschwisterlichen Fürsorge. Entzückend!«

Er zwinkerte ihr zu. War die Bewegung ihrer Mundwinkel ein angedeutetes Grinsen? Caspari erhob sich. Tanja Wedekind stand ebenfalls auf und gab ihm zum ersten Mal die Hand. Dann ging sie mit ausdruckslosem Gesicht an ihm vorbei zur Tür. Nachdem sie den Raum verlassen hatte, entdeckte er einen zu einem winzigen Knäuel zusammengefalteten Zettel. Er faltete ihn auf und fand darauf einen Namen. Kai Ries. Caspari steckte sich den Zettel in die Hosentasche und verließ die Klinik. Über die Freisprechanlage seines Wagens rief er Mario an. Wenn ein Mitglied seiner Abteilung die Nadel im Heuhaufen finden konnte, dann sein Freund Mario.

»Christoph, was gibt es?«

»Frau Wedekind hat mir vorhin einen Zettel mit einem Namen zugesteckt. Kai Ries. Klingelt da was bei dir?«

»Nö.«

»Sei so gut und wühle dich mal durch das Netz und durch unser System. Irgendwo muss der Name ja auftauchen.

»Geht klar. Wie erreiche ich dich?«

»Am besten über meine private Handynummer. Du weißt ja, ich achte darauf, dass ich mich an meine zeitlichen Vorgaben bei der Wiedereingliederung halte.«

»Gut für dich. Ich sage Bescheid, sobald ich etwas habe.«

Eine Viertelstunde später meldete sich Mario schon. Caspari war gerade an Hanau vorbeigefahren.

»Das ging aber schnell«, meinte er.

»Ehrlich gesagt hätte ich selbst nicht damit gerechnet«, antwortete Mario. »Kai Ries ist ein Redakteur von Spiegel

Online. Derzeit liegt er im Koma. Er wurde am Tag nach Tanja Wedekinds Schießorgie Opfer eines Verkehrsunfalls.«

»Was ist passiert?«

»Ries lebt und arbeitet in Berlin. Er ist bekennender Radfahrer. Auf dem Weg zum Arbeitsplatz hat ihn der Fahrer eines SUV über den Haufen gefahren. Hätte Ries keinen Helm getragen, wäre er sofort tot gewesen. Für die Augenzeugen hat es nach deren Aussage so ausgesehen, als hätte der Autofahrer ihn gezielt angefahren. Von dem Unfallverursacher fehlt jede Spur. Das war Fahrerflucht. Das Unfallfahrzeug war außerdem gestohlen.«

»Also ein gezieltes Attentat auf den Journalisten«, konstatierte Caspari.

»So sieht es aus. Ob und wann Ries wieder aufwacht und welche Schäden er davontragen wird, bleibt abzuwarten. Wie gesagt, ohne seinen Helm wäre er tot.«

»Tanja Wedekind hat mir seinen Namen gegeben. Also gehe ich davon aus, dass er derjenige war, der die kopierten Dateien zur Veröffentlichung bekommen sollte«, schlussfolgerte Caspari.

»Den Verdacht scheint dann aber auch das Netzwerk gehabt zu haben. Möglich, dass Toni Wedekind schon Kontakt mit diesem Kai Ries hatte. Der hat jedenfalls einen ausgezeichneten Ruf als Investigativjournalist.«

»Oder die Techis von Asgard Security haben noch in der Nacht, nachdem Tanja Wedekind in die Klinik eingeliefert worden war, ihren Account gehackt und wussten, mit wem sie im Gespräch war«, sagte Caspari.

»Das halte ich für unwahrscheinlich«, hielt Mario dagegen. »Holger Uhl wird dafür gesorgt haben, dass der Kontakt mit Kai Ries sicher vor Angriffen von außen ist.«

»Auch wieder wahr«, stimmte Caspari zu. »Nun gut. Das war es für heute. Gestern habe ich länger gearbeitet, dafür ist heute früher Schluss. Clara schimpft sonst zu Recht. Bist du so nett und bittest Frau Köhler, mit der Sekretärin von Herrn Fuhr einen Gesprächstermin für morgen auszumachen? Sie soll ihm sagen, dass es dringend ist. Den Termin soll sie mir bitte via SMS schicken.«

»Klar, mache ich.«

Gälische Wurzeln

Die Sonne schien auf die Terrasse. Clara genoss die angenehm warmen Temperaturen. Das Thermometer zeigte zweiundzwanzig Grad. Sie hatte eine Irish-Folk-CD eingelegt und hörte »Bodhran« von den Young Dubliners, ein rhythmisches Lied, das einen nicht still sitzen ließ. Wo blieb Christoph denn nur? Er wollte heute doch früher da sein, nachdem er gestern länger arbeiten musste. Lukas war bei seiner Mutter und würde auch die Nacht dort verbringen. Sie hatten wieder einmal Zeit ganz für sich allein. Verdrossen schaute Clara auf die Uhr, während aus den Boxen »The American Polka« erklang. Das Klingeln des Telefons riss sie aus ihren Gedanken.

Ihre Mutter meldete sich. »Hallo, Liebes. Wie geht es dir?«

»Danke, Mama, mir geht es gut. Bei diesem tollen Wetter kann es mir ja nur gut gehen.«

»Und wie geht es dem Nordmann?«

Claras Mutter verglich Caspari wegen seiner hünenhaften Erscheinung und seiner rotblonden Haare gern mit den Wikingern, die im frühen Mittelalter das irische Kloster Lindisfarne überfallen hatten.

»Christoph geht es gut. Er kommt sicher gleich nach Hause.«

»Gibt es eigentlich einen neuen Hochzeitstermin, Darling? Wir warten alle darauf.«

»Wir haben uns darüber noch keine Gedanken gemacht, Mama.«

»Kind, du stehst gerade in der Blüte deiner Jahre. Aber auch du wirst nicht jünger. Es wird allerhöchste Zeit! Auch für ein Kind!«

»Ja, Mama.«

»Der eigentliche Grund meines Anrufes ist, dass dein Onkel Angus und deine Tante Brigid im Juli zu Besuch nach Deutschland kommen.«

»Ach, wie schön. Die beiden habe ich schon lange nicht mehr gesehen.«

»Ich dachte, es wäre doch nett, wenn die beiden auch ein paar Tage bei euch im Vogelsberg verbringen könnten.«

»Klar. Werner und Pia würden sich sicher auch darüber freuen. Die beiden haben sich beim letzten Mal mit Angus und Brigid gut verstanden.«

»Wo wir gerade vom Verstehen sprechen: Ich möchte, dass du dein Gälisch wieder auf Vordermann bringst, Darling. Mit deinem Vater übe ich, seitdem unser irischer Besuch sich angemeldet hat.«

»Ich hatte gedacht, ich müsste diese Sprache nie mehr sprechen. Mir tut die Zunge weh«, jammerte Claras Vater aus dem Hintergrund.

»Ná tabhair suas daidí!«, rief Clara lachend.

»Was hat sie gesagt?«, fragte ihr Vater.

»Dass du nicht aufgeben sollst, du sprachlicher Grobmotoriker«, schalt ihn seine Frau.

»Meinst du, du bekommst den Nordmann auch dazu, etwas Gälisch zu reden?«

»Definitiv nicht. Außer *›fáilte‹* sagt der kein Wort in der Sprache der Insel.«

»Ignorant!«

»Na komm, dafür spricht er ein ausgezeichnetes Englisch.«

»Amerikanisches Englisch.«

»Hast du sonst noch etwas zu meckern, Mama?«

»Nein, ansonsten ist er ganz passabel.«

Clara atmete innerlich auf.

»Ach, Darling, da wäre noch etwas«, fuhr ihre Mutter ungerührt fort. »Kauft doch bitte einen ordentlichen Vorrat an

Guinness. Du weißt doch, dass Onkel Angus kein anderes Bier mag.«

»Das ist aber seltsam«, hielt Clara dagegen. »Als er das letzte Mal hier war, musste Christoph Weizenbier nachkaufen, weil Angus das so gut geschmeckt hat. Wir haben dafür ein halbes Jahr lang unsere Guinness-Vorräte leer trinken müssen, die wir seinetwegen gekauft hatten.«

Clara hörte im Hintergrund ihren Vater laut lachen.

»Dann mach es eben, wie du denkst«, erwiderte ihre Mutter.

Nach dem Gespräch legte Clara die CD der Band Beoga auf. Sie hatte einen witzigen Titel, »How to Tune a Fish«. Die Zeit, bis Christoph endlich kam, wollte sie nicht mit Warten vertrödeln. Clara ging zum Humidor und nahm sich eine dünne schwarze Zigarre. Mit dem Zigarrenschneider stutzte sie das Ende und steckte es sich in den Mund. Aus dem Wohnzimmerschrank nahm sie die Flasche des achtzehn Jahre alten Jameson Whiskey und goss sich etwas davon ein. Mit dem Glas in der einen und einer Packung Streichhölzer in der anderen Hand ging sie auf die Terrasse, setzte sich, zündete sich die Zigarre an, legte die Füße auf den Tisch und nahm einen Schluck. Den behielt sie im Mund, bis sie die Aromen deutlich spüren konnte. Bald hielt es sie nicht mehr auf dem Stuhl. Sie sprang auf, legte die CD »Midsummer's Night« von Dervish auf und begann, auf ihrer Terrasse zu tanzen, ohne Whiskeyglas und Zigarre aus den Händen zu geben. Als sie ein Lachen hinter sich hörte, schrak sie zusammen. Caspari lehnte im Rahmen der Terrassentür, eine Hand hinter dem Rücken.

»Mensch, Christoph, warum bist du denn so spät?«

»Weil ich meiner irischen Fee einen Strauß Blumen mitbringen wollte«, antwortete er und nahm die Hand hinter dem Rücken hervor. In ihr hielt er einen großen Strauß Frühlingsblumen. Clara fiel ihm um den Hals und küsste ihn.

»Im Blumengeschäft war ordentlich was los. Ich musste lange warten, bis ich bedient wurde. Deshalb habe ich mich verspätet. Und weil es eine Überraschung sein sollte, konnte ich ja schlecht anrufen und Bescheid sagen.«

Clara küsste ihn noch einmal.

Er brummte vergnügt. »Wie ich sehe, hast du dir das Warten angenehm gestaltet. Hast du etwas dagegen, wenn ich mich dem anschließe?«

»Ganz und gar nicht«, antwortete Clara. »Dann bin ich wenigstens nicht die Einzige, die unter der Woche am frühen Nachmittag eine Zigarre raucht und Alkohol trinkt.«

Wenig später saß er bei ihr mit einer Zigarre und einem Glas, in dem der Jameson golden leuchtete. Clara erzählte ihm von dem Telefonat und den Nöten ihres Vaters.

»Deine Mutter will ihrem Bruder den perfekten Aufenthalt organisieren. Dabei will der einfach nur ein bisschen Deutschland erleben«, fasste Caspari zusammen. »Was unsere Hochzeit betrifft – das geht mir tatsächlich auch schon eine Weile durch den Kopf. Ich würde sie wirklich gern feiern. Vorausgesetzt, du willst mich noch heiraten.«

Clara sagte darauf nichts. Stattdessen legte sie den Rest ihrer Zigarre in den Aschenbecher, trank ihren Whiskey aus und reichte Caspari mit einem Lächeln die Hand. Der schien zu begreifen, welche Botschaft sie ihm mit dieser Geste sandte. Er trank sein Glas ebenfalls aus, ergriff ihre Hand, stand auf und ging mit ihr ins Schlafzimmer. Dort versprachen beide sich ohne ein gesprochenes Wort, aber auf sehr leidenschaftliche Weise, einander zu heiraten, während aus den Boxen der Musikanlage im Wohnzimmer »Fire in the Kitchen« von Fingal's Cave erklang.

Paradies auf Zeit

Ein mildes, angenehm warmes Sonnenlicht durchflutete die Landschaft. Es leuchtete nicht nur äußerlich. Auf eine Weise, die er nicht erklären konnte, erfüllte es ihn auch von innen.

Es gab ihm ein unbeschreibliches Glücksgefühl. Frieden und Liebe, wie er sie nie gespürt hatte, waren ganz selbstverständlich da. Holger Uhl lief über eine sanft ansteigende, schier endlose Blumenwiese auf ein Waldstück zu. Alles hier hatte eine Aura aus sanftem Licht. Am Waldesrand angekommen, sah er zwei Gestalten, die ihm zuwinkten. Ohne Hast ging er auf sie zu.

»Mama, Papa«, sagte er gerührt und umarmte seine Eltern. »Bin ich gestorben? Ist das hier das Jenseits?«

»Nicht ganz, mein Junge. Das ist der Übergang«, antwortete sein Vater. »Du kannst noch nicht ganz auf die andere Seite.«

Holger Uhl war verwirrt.

»Warum?«

»Deine Zeit ist noch nicht gekommen.«

»Ich kann nicht mehr zurück. Sie werden mich foltern, um zu erfahren, wo ich die Festplatten versteckt habe.«

Panik wollte sich an diesem Ort des Friedens seiner bemächtigen.

»Hab keine Angst, mein Junge. Das wird nicht passieren. Es wird andere Wege geben.«

Die Angst fiel von Holger Uhl ab, und er ließ sich wieder ganz auf die Liebe und den tiefen Frieden ein.

»Die allumfassende Seele weiß, dass es für dich zu gefährlich ist, in deinen Körper zurückzukehren«, sagte seine Mutter. Sie führte ihn zu einem Teich, dessen Oberfläche sich glättete, bis sie wie ein Spiegel dalag. Seine Mutter wies mit der Hand dorthin.

Holger Uhl folgte mit seinen Augen ihrer Bewegung. Er blickte wie durch ein Fenster in das Krankenzimmer, in dem sein Körper lag. Am Bett standen die Ärztin und der Mann mit dem harten Gesichtsausdruck.

»Er ist stabil, aber noch immer im Koma«, sagte die Ärztin.

»Sag Bescheid, wenn er zu Bewusstsein kommt«, erwiderte der Mann.

»Er wird dann noch sehr schwach sein«, erklärte sie.

»Er muss uns nur sagen, wo er seine Kopien versteckt hat

und wie wir an die Daten im Netz gelangen, dann brauchen wir ihn nicht mehr.«

Witterung

Caspari trommelte zum Takt mit seinen Fingern gegen das Lenkrad. Für seine Fahrt zum Bundeskriminalamt hatte er sich eine von Claras CDs genommen. Die Young Dubliners hoben mit ihrem Lied »Bodhran« seine Stimmung, während er über das verstopfte Frankfurter Kreuz fuhr. Das Klingeln seines Telefons unterbrach die Gute-Laune-Musik. Er nahm das Gespräch an. Gernot Schneider meldete sich.

»Morsche, Chef! Wir haben Uhls Haus gestern wirklich akribisch unter die Lupe genommen. Gefunden haben wir nichts. Noch nicht mal Wollmäuse. Der Typ ist mir unheimlich. Ein so aufgeräumtes Haus habe ich noch nie gesehen. Dabei zähle ich mich selbst ja zu den ordnungsliebenden Menschen.«

»In Ordnung. Danke für eure Arbeit. Wart ihr auch in der Garage?«, fragte Caspari.

»Nee, das haben wir nicht mehr geschafft.«

»Na gut. Um die kümmere ich mich nachher.«

Eine Dreiviertelstunde später saß Caspari im Büro des BKA-Präsidenten.

»Dr. Caspari, wir haben nicht viel Zeit. Mein Terminkalender ist übervoll. Lassen Sie uns gleich zur Sache kommen«, stieg Fuhr ein. »Was gibt es Neues?«

»Tanja Wedekind und Holger Uhl hatten Kontakt zu einem renommierten Journalisten aufgebaut, dem Spiegel-Online-Redakteur Kai Ries. Die Daten von Hildebrandts Computer, die an eine geheime Adresse im Darknet geschickt wurden, waren wahrscheinlich für ihn bestimmt. Mit großer Sicherheit kannte er die Zugangsdaten zu der Geheimadresse.«

»Warum reden Sie in der Vergangenheitsform?«, fragte Fuhr.

»Weil Kai Ries auf absehbare Zeit keine Nachrichten aus dem Darknet abrufen kann. Vielleicht wird er das nie mehr können. Seine Chancen stehen sehr schlecht. Er wurde am Tag nach dem Einbruch Ihrer Schwester auf seinem Fahrrad von einem gestohlenen SUV über den Haufen gefahren. Es gibt jede Menge Zeugen, die sagen, dass das kein Fahrfehler, sondern Absicht war. Der Fahrer ist unerkannt geflohen. Es wird Zeit, dass wir Jens Hildebrandt und Sven Neufang mal kräftig auf die Ohren hauen. Den Leuten, mit denen sie zusammenarbeiten, natürlich auch. Ich gehe davon aus, dass Sie den Ermittlungsbericht zu Ihrem Schwager kennen.«

»Nein, leider nicht«, gestand Fuhr.

Caspari erzählte ihm, was Fuchs und Jung herausgefunden hatten. »Darf ich Klartext reden, Herr Fuhr?«

»Ich bitte darum!«

»Hier braut sich etwas Großes und Gefährliches zusammen. Wir brauchen den großen Lauschangriff bei Troja Marketing und Asgard Security, sonst kommen wir nicht weiter. Ich möchte die Überwachung der Mobiltelefone von Hildebrandt und Neufang. Beide Geräte sollten wir als Abhörgeräte nutzen können. Das volle Programm eben. Und bitte beantragen Sie es nicht bei der Frankfurter Staatsanwaltschaft. Dr. Rossberg, der mit dem Fall Ihrer Schwester betraut ist, verhält sich doch recht merkwürdig. Es würde mich nicht wundern, wenn er mit Neufang und Hildebrandt irgendwie verbandelt ist.«

»Wenn ich zur Bundesanwaltschaft gehe, brauche ich zumindest einen Anfangsverdacht für Terrorismus«, gab Fuhr zu bedenken.

»Altnazis, die ehemals als ›entartet‹ geltende Kunst auf dem internationalen Kunstmarkt verkaufen; Polizisten und Journalisten, die bei ihren Recherchen sterben; eine Sicherheitsfirma, die eher einer paramilitärischen Vereinigung gleicht; und schließlich ein Marketingunternehmen, das gekapert wird, obwohl es doch nur harmlose digitale Unterlagen auf den

Rechnern gespeichert hat … Wenn das mal nicht genug Anfangsverdachtsmomente für eine terroristische Verschwörung sind«, sagte Caspari. Fuhr schrieb eifrig mit.

»Sie haben recht«, sagte er schließlich. »Es springt einem ja förmlich ins Auge, dass hier etwas faul ist. Allerdings dürfte es auch für unsere Leute schwierig werden, an den Computerspezialisten von Asgard vorbeizukommen, die ihr eigenes System und das von Troja schützen. Wir müssen uns wahrscheinlich auf das Abhören, Filmen und die Mobilfunkchats beschränken.«

»Das ist doch schon mal was!«

Keine einfachen Antworten

»Nachdem wir uns intensiv mit dem Kirchenkampf in der Zeit des Nationalsozialismus befasst haben, lasst uns der Frage nachgehen, was ihr als die Aufgaben und Pflichten von mündigen Bürgern in einer freiheitlichen Demokratie von heute definieren würdet«, sagte Clara, die mit diesem Einstieg die Jugendlichen zu dem Thema hinführen wollte, wie Christen sich mit ihrem gelebten Glauben in der Welt einbringen konnten.

»Sie sollten wählen gehen«, meinte Lasse.

»Sie sollten zum Gemeinwohl beitragen«, rief jemand von hinten herein.

»Das ist natürlich richtig, aber ein bisschen zu allgemein«, erwiderte Clara. »Bitte formuliert genauer.«

»Es gibt die Tafeln, bei denen Leute ehrenamtlich mitarbeiten«, meldete sich Anne.

»Trainer in Sportvereinen«, meinte Johannes.

»Feuerwehr, THW, DLRG, Rotes Kreuz und so weiter«, rief René.

»Engagement beim Umweltschutz«, meinte Lasse.
»Engagement in Parteien«, sagte Linda.
»In welchen Parteien kann man sich denn heute noch engagieren?«, hielt Tom dagegen. »Die wirtschaften unser Land doch nur runter.«
»Wenn du eine solche Behauptung in den Raum stellst, musst du sie auch begründen«, entgegnete Clara.
»Nehmen wir die Tafeln als Beispiel. Viele Rentner sind dort sogenannte Kunden. Denen langt ihre Rente nicht für ein anständiges Leben im Alter. Die können sich gar nichts leisten, auch wenn sie ihr Leben lang gearbeitet haben. Deshalb sind sie auf die Arbeit der Tafeln angewiesen. Die Politik ist an diesem Zustand schuld. Das Rentenniveau für diese Menschen ist viel zu niedrig. Statt unseren alten Menschen mehr Geld zukommen zu lassen, füttern wir Flüchtlinge durch, die dann zum Dank bei uns auch noch straffällig werden.«
»Tom, in einem Punkt hast du recht. Es ist unwürdig, dass alte Menschen Pfandflaschen aus dem Müll sammeln und bei der Tafel anstehen müssen, weil ihre Rente nicht langt. Ob deine Argumentation allerdings stimmig ist, dieses Problem mit dem Thema ›Flüchtlinge‹ zu verknüpfen, ist fraglich. Die Kürzungen im Sozialsystem fanden vor den großen Flüchtlingsbewegungen statt. Einige Gruppen alter Menschen hatten also schon vorher wenig Rente. Das macht ihre Situation keineswegs besser. Und ja, wir haben unter den Flüchtlingen und den Asylbewerbern, die schon länger bei uns leben, Kriminelle. Wer das Gegenteil behauptet, der läuft mit einer rosaroten Brille durch die Gegend. Ganz ehrlich, mich packt der Zorn, wenn Leute, die bei uns um Schutz bitten, gewalttätig werden, morden, Drogen verkaufen, vergewaltigen oder sonst irgendwelche schlimmen Dinge tun. Das will mir nicht in den Kopf. Aber das ist doch nicht die Mehrheit der Flüchtlinge. Viele wollen sich hier einbringen. Andere wollen einfach nur ohne Bombenhagel leben und irgendwann wieder heimkehren, wenn es sicher ist.«
»Wieso sollen wir uns um die kümmern?«, hielt Tom da-

gegen. »Unsere Verantwortung gilt unserem eigenen Volk, nicht denen! Was machen wir mit den Bootsflüchtlingen? Die kommen aus Afrika. Das sind in aller Regel Wirtschaftsflüchtlinge. So viel Platz und Geld haben wir in Deutschland doch gar nicht für dieses Fremdvolk.«

»Sollen wir die Bootsflüchtlinge im Meer ertrinken lassen, oder was?«, erwiderte Lasse erregt.

»Nee, aber einsammeln und gleich wieder zurückfahren«, entgegnete Tom.

»Tatsache ist, dass es keine allumfassende und zufriedenstellende Lösung für die Fluchtbewegungen weltweit gibt«, stellte Clara fest. »Natürlich kann Europa nicht unbegrenzt Menschen aufnehmen. Aber wir können die Menschen auch nicht in den Flüchtlingslagern wie Moria sich selbst überlassen. Was Afrika betrifft, so tragen die reichen Nationen dieser Welt eine erhebliche Mitschuld daran, dass die Menschen dort in Not leben. Afrika ist ein Kontinent, der von uns wegen seiner Bodenschätze ausgebeutet wird. Der Gewinn dafür bleibt aber nicht in diesen Ländern hängen. Außerdem haben die afrikanischen Länder keinen Zugang zum Weltmarkt mit ihren Produkten. So kommen sie wirtschaftlich gar nicht auf die Füße. Wo kein Geld ist, kann keine Infrastruktur entstehen. Wo es keine Infrastruktur gibt, gibt es keine funktionierende Wirtschaft, keinen Wohlstand, keine Bildung, keine Lebensperspektive. Nur ein Beispiel: Die afrikanische Baumwolle ist hochwertiger als die amerikanische. Doch die afrikanischen Bauern haben damit auf dem Weltmarkt keine Chance auf Absatz, weil sie zu teuer sind. Denn die amerikanische Regierung subventioniert ihre Baumwollfarmer so stark, dass sie mit ihren Produkten sogar die afrikanischen Preise auf dem Weltmarkt unterbieten können. Und da wundern wir uns, wenn Menschen von Libyen aus in wackelige Boote steigen und versuchen, einen Kontinent zu erreichen, auf dem sie sich Lebensperspektiven statt Armut versprechen? Es gibt Lösungen, die bei den Vereinten Nationen auch auf dem Tisch liegen. Aber darauf können sich mal wieder nicht alle einigen. Der beste Weg ist natürlich Frieden, Gerechtigkeit, Bildung und ein fairer Handel weltweit. Aber auch davon sind wir als Weltgemeinschaft weit entfernt.«

»Solange das so ist, muss jedes Land auf seinen eigenen Vorteil schauen«, warf Tom ein.

»Das ist der Nährboden für den nächsten Weltkrieg«, entgegnete Clara.

Unliebsame Konkurrenz

Nach dem Gespräch mit Fuhr saß Caspari im Konferenzraum mit seinen Mitarbeitern zusammen. Niemand hatte etwas Neues zu berichten.

»Der Honig von Holger Uhls Bienen ist sehr lecker«, meinte Jing Jang. »Das ist das Einzige, was wir an Neuigkeiten haben. Der Nachbar hat jedem von uns ein Glas geschenkt. Er sagt, er weiß gar nicht, wohin mit dem ganzen Honig. Wenn die Bienen weiterhin so fleißig sind, muss er sich Unterstützung von anderen Imkern holen. Er hofft, dass Uhl schnell wieder auftaucht.«

»Ich befürchte, dass sein Wunsch nicht in Erfüllung gehen wird«, mutmaßte Caspari. »Wir müssen vom Schlimmsten ausgehen. Ich werde mich noch einmal ausführlich mit den Nachbarn unterhalten, vielleicht haben sie die Lösung für das Rätsel, wo Uhl seine Festplatte versteckt haben könnte, ohne dass sie es wissen. Ihr bereitet schon mal alles für den großen Lauschangriff vor. Der Präsident stellt bei der Generalbundesanwaltschaft den Antrag dafür. Wir können davon ausgehen, dass wir recht schnell grünes Licht bekommen.«

Die A 3 war stark befahren wie immer. Caspari ließ sich davon nicht aus der Ruhe bringen. Er rief bei Uhls Nachbarn an, um seinen Besuch anzukündigen. Doch es ging niemand ans Telefon. Nach einer Stunde Fahrt im zäh fließenden Verkehr parkte er seinen Wagen vor Holger Uhls Haus. Er ging in den Garten auf der Rückseite und suchte nach Stellen, an denen vor Kurzem gegraben worden war.

Uhl hatte ein breit angelegtes Blumenbeet mit unterschiedlichen blühenden Stauden, in denen es summte. Als Imker musste er natürlich seinen Bienen eine Auswahl an Blüten zur Verfügung stellen. Doch nirgendwo konnte Caspari eine Unebenheit im Boden entdeckten. Genauso erging es ihm unter dem Walnussbaum und der Ligusterhecke. Dieser Garten war ebenso penibel gepflegt wie das Haus. Hier würde ein kürzlich ausgehobenes und wieder geschlossenes Loch auffallen. Falls die Festplatte hier überhaupt irgendwo unter der Erde lag, konnte man sie nur mit Hilfe eines Metalldetektors finden.

Caspari wollte sich gerade nach nebenan zu den Naumanns aufmachen, da fiel sein Blick auf die Kellertür. Sie war nicht verschlossen, sondern nur angelehnt. Eine solche Nachlässigkeit unterlief keinem Mitglied seines Teams. Caspari zog seine Pistole und entsicherte sie. Leise stieg er die Außentreppe zur Kellertür hinunter und schob sie leise auf. Er war erleichtert, dass sie nicht quietschte.

Drinnen brannte Licht. Vorsichtig schob er sich in den Waschkeller hinein und spähte, die Waffe im Anschlag, in jede Ecke. Leise glitt er in den Flur. Auch hier brannte das Licht. Er drehte sich mit der Pistole der nächsten Tür zu, da krachte ein großer Schraubenschlüssel auf seine Handgelenke. Ein heißer Schmerz durchfuhr ihn, und seine Daumen fühlten sich an, als hätte sie ein elektrischer Schlag getroffen. Caspari fiel die Waffe aus der Hand. Benommen nahm er wahr, wie ein Fuß sie wegschob. Instinktiv duckte er sich. Keine Minute zu früh, denn der Schraubenschlüssel fuhr über seinem Kopf in den Durchgang. Caspari richtete sich wieder auf und nahm die Arme nach vorn. Vor ihm stand ein maskierter Mann in Camouflage-Kleidung. Er holte zum nächsten Schlag aus. Noch während der Arm des Angreifers auf seinem Weg in Richtung von Casparis Kopf war, ließ dieser seinen ausgestreckten Arm nach vorn schnellen und blockierte mit seinem linken Ellenbogen den Bizeps des Angreifers. Fast gleichzeitig rammte Caspari ihm seine Stirn auf die Nase. Das Knacken, das er dabei hörte, entschädigte ihn für die Schmerzen in seinen Handgelenken.

Sofort setzte Caspari nach und gab dem Maskierten noch einen Schlag mit dem rechten Ellenbogen gegen das Kinn. Der Kerl brummte, war aber hart im Nehmen, das musste Caspari ihm lassen. Er versuchte, mit dem Schraubschlüssel in der Hand eine Gerade in Casparis Gesicht zu platzieren. Diese Bewegung war unglaublich schnell. Caspari schaffte es gerade noch so, diesen Fausthieb abzulenken. Als der Mann merkte, was Caspari tat, winkelte er seinen Arm an und versuchte seinerseits, einen Ellenbogenstoß anzusetzen. Aber auch den konnte Caspari ableiten und rammte dem Maskierten sein Knie seitlich auf die Außenseite des Oberschenkels. Der sackte seitlich ein wenig ein.

Caspari wollte weitermachen, doch der Mann setzte sich mit einem Gegenschlag Richtung Kehlkopf zur Wehr, dem Caspari nur mit knapper Not entging. Als er zum Konter ausholen wollte, trat ihm der Mann im Camouflage mit der Stiefelspitze gezielt gegen das Schienbein seines beschädigten Beins. Caspari heulte vor Schmerz und unbändigem Zorn auf und sah alles nur noch in einem grellen Rot. Wie ein Berserker schlug er zu. Sein Gegner wich dem Schlag der Hand aus, die zuvor die Brettertür zum Zersplittern gebracht hatte, und ergriff dann die Flucht.

»Scheiße!«, fluchte Caspari, suchte seine Pistole und humpelte zur Kellertür. Nachdem er sich die Treppe hinaufgekämpft hatte, sah er zu der Gartentür, die zum Waldstück führte. Dorthin würde er seinem Gegner nicht folgen können. Genau genommen konnte er froh sein, dass er noch am Leben war.

»Herr Caspari, um Gottes willen, was ist denn los?«, rief Herr Naumann, der aus seinem Haus gelaufen kam.

»Wir suchen nach einer ganz bestimmten Festplatte, von der wir vermuten, dass Herr Uhl sie versteckt hat. Und wie es aussieht, sind wir nicht die Einzigen«, antwortete Caspari keuchend. Das Pochen in seinem Schienbein ließ langsam nach. »Sagen Sie, Sie hätten nicht zufällig einen Eisbeutel?«

Eine Stunde später saß Caspari, das Bein hochgelegt und mit einem Eisbeutel versorgt und die Handgelenke mit kühlfeuchten Geschirrhandtüchern umwickelt, auf der Terrasse der Naumanns, während die KTU des BKA Uhls Haus nach Spuren untersuchte. Polizisten in Uniform des Gelnhäuser Polizeireviers sicherten die Umgebung rund um Uhls Grundstück. Tina und Mario saßen bei Caspari.

»Sag mal, wie zerschlägt man denn eine Brettertür, ohne sich die Hand zu brechen?«, fragte Tina.

»Makiwara-Training«, antwortete Caspari einsilbig.

»Das ist dieses dicke Holzbrett in seinem Trainingsraum, auf das er seit einem Jahr regelmäßig haut«, erklärte Mario. »Wie geht es deinem Schienbein?«

»Da ist so viel Metall drin, da passiert nichts. Tut halt nur ziemlich weh. Es wird einen dicken Bluterguss geben«, erklärte Caspari. »Die interessante Frage ist, woher der Angreifer wusste, gegen welches Bein er treten muss.«

»Du meinst, das war kein Zufall?«, fragte Tina.

»Nein, das war ein gezielter Tritt. Der wusste genau, was er tut und warum. Und ich habe auch schon jemanden in Verdacht.«

»Na, da bin ich aber mal gespannt«, meinte Mario.

»Als ich mir das Bürohaus in Niederrad angeschaut habe, hat mich ein Angestellter von Asgard Security herumgeführt. Ein Mann namens Oliver Busch. Dem war mein Hinken beim Treppensteigen aufgefallen. Wir haben uns darüber unterhalten. Der Angreifer von vorhin hat gekämpft wie ein Militär. Keine Schnörkel, ergebnisorientiert, tödlich, wenn es passt. Oliver Busch ist ein ehemaliger Soldat. Das passt alles, bis hin zur Camouflage-Kleidung. Wenn wir ihn jetzt festnehmen würden, würden wir eine gebrochene Nase bei ihm feststellen.«

»Dann lass uns zum Stützpunkt von Asgard Security fahren«, schlug Mario vor.

»Der wird nicht so dumm sein, dort auf uns zu warten. Und selbst wenn, wir müssten ihm erst einmal beweisen, dass ich es war, der ihm die Nase gebrochen hat.«

»Ach, das dürfte kein Problem sein. Du hast Blut auf deinem Hemd«, sagte Tina und deutete auf seine Brust. Caspari blickte an sich hinab und sah, was ihm die ganze Zeit entgangen war. Während des Kampfes musste sein Angreifer ihn mit der Sturmhaube gestreift haben. Eine dünne Blutspur zog sich quer über seine Brust.

»Und ich wollte Ihnen das schon mit kaltem Wasser auswaschen«, sagte Frau Naumann.

Caspari lachte. »Vielen Dank, ich weiß Ihre Fürsorge wirklich zu schätzen. Aber dieses Blut ist ein wichtiges Beweismittel. Schade nur, dass mein Hemd bei der Beweissicherung draufgeht.«

Nach einer Weile kam einer der Kriminaltechniker zu ihnen.

»Wir sind noch nicht fertig. Was wir allerdings schon jetzt mit Sicherheit sagen können, ist, dass sich der Mann nicht mit Gewalt Zutritt zum Haus verschafft hat. Nirgendwo finden sich Einbruchspuren.«

»Wir sind nie durch die Kellertür gegangen«, versicherte Frau Naumann, die ihnen Sprudelwasser brachte.

»Wir können sicher sein, dass ein so penibler Mensch wie Holger Uhl ganz bestimmt nicht den Keller unverschlossen gelassen hat. Also bleibt nur eine logische Erklärung: Der Einbrecher muss einen Schlüssel gehabt haben«, schlussfolgerte Mario.

»Den wird er wahrscheinlich von Uhl selbst haben. Und wenn er den Schlüssel hat, dann hat er auch dessen Besitzer«, überlegte Tina.

»Davon müssen wir ausgehen«, brummte Caspari. »Wir

können uns denken, wo er versteckt gehalten wird. Doch solange wir keine Indizien oder Beweise dafür vorlegen können, bekommen wir keinen Durchsuchungsbeschluss. Eines ist allerdings klar: Uhl hat ihnen bisher nicht verraten, wo die Festplatte steckt. Sie stochern auch noch im Nebel.«

Er rief nach den Naumanns. Beide kamen wieder auf die Terrasse.

»Entschuldigen Sie, dass ich Sie noch einmal belästigen muss. Wir müssen Sie auch weiterhin um Ihre Mithilfe bitten. Wissen Sie, ob Holger Uhl außer den Wedekinds noch andere Freunde hatte? Ich bitte Sie, genau zu überlegen.«

Die beiden Nachbarn sahen sich an.

»Wissen Sie, Holger war eigentlich ein recht geselliger Mensch, bevor Sandra in sein Leben kam. Er war bei den Schützen und hat im Fußballverein hier gespielt. Doch sie hat ihn ganz für sich beansprucht. Sie hat ihn so vereinnahmt, dass er nach und nach alle Aktivitäten aufgab. Er traf sich nicht mehr mit Freunden und nahm keine Einladungen mehr an. Das ging alles sehr schleichend, es begann nach der Hochzeit. Wir wissen das so genau, weil Holgers Eltern sehr unglücklich darüber waren. Sie haben oft mit uns darüber gesprochen. Sandra war ein Einzelkind. Für ihre Eltern war sie die Prinzessin, und so haben sie ihre Tochter auch behandelt. Was das Kind wollte, bekam es. Sandra hat sich mit Holger einen Mann ausgesucht, der ihr genauso wenig einen Wunsch abschlagen konnte wie ihre Eltern.« Frau Naumann holte tief Luft. »Im Grunde hat das verzogene Gör das Leben dieses sanften Mannes zerstört.«

»Was meine Frau Ihnen damit sagen will«, fasste Herr Naumann zusammen, »ist die traurige Tatsache, dass Holger ein vereinsamter Mensch war, von dem hier im Ort niemand mehr Notiz nahm. Uns hat er keine Festplatte anvertraut, und es gibt in ganz Wirtheim wohl keinen Menschen, zu dem er ein Verhältnis gehabt hätte, das eng genug gewesen wäre, um ihm diese Verantwortung aufzubürden.«

»Hat er nicht eine Schwester?«, fragte Tina.

»Ja, du hast recht«, pflichtete Caspari bei.

»Annette. Sie hat nach Fulda geheiratet«, antwortete Frau Naumann.

»Das ist zu weit entfernt, um dort schnell in der Nacht eine Festplatte zu deponieren«, stellte Caspari fest.

Der Hundeführer kam mit seinem Schäferhund und drei Kollegen, die ihn begleitet hatten, aus dem Wald durch Uhls Garten auf Caspari zu.

»Wir sind der Spur des Einbrechers bis zu einem Waldweg gefolgt, der weiter unten in einen Parkplatz an der Landstraße neben dem Ausrüster für Arbeitskleidung mündet. Dann haben wir Leute befragt, die dort Rast gemacht haben. Die erzählten uns, dass aus dem Wald ein grüner Geländewagen mit Gelnhäuser Kennzeichen und einem dieser Schilder für Forstfahrzeuge an der Windschutzscheibe den Weg herunter auf den Parkplatz und dann auf die Straße Richtung Bad Orb gefahren sei. Sie hätten nicht weiter Notiz davon genommen, da das für sie nichts Ungewöhnliches ist. Zudem ist der Wagen in einer angemessenen Geschwindigkeit gefahren. Auf den Fahrer haben sie nicht geachtet.«

»Von Bad Orb aus kommt man nach Lettgenbrunn«, konstatierte Caspari.

»Wo der Stützpunkt von Asgard Security liegt«, führte Mario den Gedanken fort.

»Ganz genau.«

»Was machen wir jetzt?«, fragte Tina. »So ideenlos habe ich mich schon lange nicht mehr gefühlt.«

»Ich telefoniere erst einmal mit Bertram und sorge dafür, dass hier stündlich eine Polizeistreife nach dem Rechten sieht«, meinte Caspari.

»Na, da wird sich der Gelnhäuser Polizeichef aber freuen«, frotzelte Mario.

»Das ist mir schnuppe. Unsere Supersoldaten sollen ruhig merken, dass wir ihnen auf der Spur sind und sie nicht schalten und walten können, wie sie wollen. Außerdem möchte ich verhindern, dass die auf die blöde Idee kommen, sich ebenfalls bei den Naumanns umzuschauen«, flüsterte Caspari, als Uhls Nachbarn gerade im Haus waren.

Jenseits der Schwelle

Holger Uhl stand am Rand des Weihers, dessen Oberfläche so glatt wie ein Spiegel war. Er sah den hünenhaften Polizisten in seinem Garten nach der Festplatte suchen, die er in jener schicksalshaften Nacht so gut versteckt hatte, dass niemand sie finden konnte – noch nicht. Er spürte die leise Bewunderung des Mannes für seinen Garten und teilte seine Freude am Blumenbeet, in dem es vom Frühjahr bis in den Herbst hinein immer etwas Blühendes gab. Doch seine Freude war nicht ungetrübt, denn er ahnte, dass der Polizist die Kellertür entdecken und dem bösen Wesen folgen würde, das in seinem Haus lauerte.

Holger Uhl wollte den Mann warnen, wusste aber nicht, wie. Es hatten schon genug gute Menschen im Kampf gegen diese Ausgeburt der Finsternis ihr Leben gelassen. Dieser breitschultrige Mann durfte ihr nicht auch noch zum Opfer fallen. Uhl sah den Kampf, sah, dass der Mann sich wie ein Titan wehrte. Das böse Wesen entkam nur mit knapper Not. Der Polizist redete später mit Uhls Nachbarn, diesen wunderbaren Menschen. Der Name Sandra fiel einige Male. In Uhl regte sich eine Erinnerung an einen fernen Schmerz. Das war jetzt nicht mehr wichtig. Er war jetzt an einem Ort, an dem Heilung, Vergebung und Liebe Bedeutung hatten, nicht Schmerz, Verzweiflung und Unheil.

»Der Hüne braucht deine Hilfe, mein Sohn«, sagte die Seele seines Vaters zu ihm.

»Ja, Papa, ich weiß. Aber wie soll das gehen? Ich bin jenseits der Schwelle.«

»Es wird dir offenbart werden, Junge. Habe Geduld und Vertrauen.«

Das Biest

»Guten Morgen, Frau Wedekind. Ich hoffe, Sie können diesen herrlichen Frühlingstag genießen. Zwanzig Grad im Mai, das ist ja wunderbar, finden Sie nicht? Auf dem Klinikgelände gibt es eine Wiese, die ist voller Maiglöckchen. Ich freue mich jeden Morgen, wenn ich daran vorbeilaufe.«

Schwester Gabi war ein sehr herzlicher Mensch. Ihr gegenüber hatte Tanja Wedekind ein schlechtes Gewissen, die Rolle der apathischen Patientin mit einem Schädel-Hirn-Trauma durchzuhalten. Doch es ging um ihre Sicherheit und ihr Leben. Sie konnte es sich schlichtweg nicht leisten, auf irgendwen Rücksicht zu nehmen. Selbst zu dem Sonderermittler, den ihr Bruder ihr geschickt hatte, würde sie hier drinnen kein Wort sagen.

»Es tut mir so leid, dass ich Sie damit behelligen muss, aber dieser furchtbare Professor Bierstedt ist schon wieder da und will Sie im Besprechungszimmer zwei sehen. Ich hoffe, der lässt Sie irgendwann in Ruhe, damit Sie sich auf Ihre Heilung konzentrieren können. Ich bringe Sie hin.«

Tanja Wedekind spürte, wie Schwester Gabi sie ganz behutsam am Arm nahm und sie zum Aufstehen motivierte. Mit schlurfenden Schritten ging sie neben der Krankenschwester her durch den Flur. Die Tür eines Patientenzimmers auf ihrem Weg stand offen. Daraus drang ein Stöhnen und Grunzen, aus dem mit einem Mal ein Brüllen wurde. Schwester Gabi und Tanja Wedekind waren gerade an diesem Zimmer vorbeigegangen, da wurde die Krankenschwester nach vorn katapultiert. Die Frau flog durch die Luft, bevor sie drei Meter vor ihrem

Schützling auf dem Boden aufschlug. Etwas Gewaltiges warf Tanja Wedekind gegen die Flurwand. Sie spürte jede Rippe. Große Hände rissen sie herum.

Vor ihr stand ein Muskelberg, der sie mit aufgerissenen Augen ansah und unartikuliert schrie. Schnell spielte sie in ihrem Kopf alle Optionen durch, die ihr zur Verfügung standen. In dem Zustand, in dem der Berg vor ihr sich befand, würde er einen Tritt in den Genitalbereich womöglich gar nicht spüren. Ihr blieben nur seine Augen und die Kehle als Angriffsziele. Stiche in Erstere machten ihn zum Krüppel, ein gezielter Schlag auf Letzteres tötete ihn. Doch was blieb ihr angesichts des Granitblocks vor ihr übrig?

Aus dem Augenwinkel sah sie das Gesicht von Professor Bierstedt, der die gesamte Szenerie aus dem Besprechungszimmer betrachtete. Mit einem Mal wusste sie, wer diesen Angriff inszeniert hatte. Wenn sie jetzt ihre Maskerade fallen ließ, hätte er allen Grund, sie als haftfähig einzustufen. Also nahm sie Verletzungen in Kauf und blieb in der Rolle der apathischen Patientin. Der lebendige Fels schrie wieder etwas Unverständliches, packte sie mit beiden Händen am Hals, hob sie an der Wand hoch und würgte sie. Sterne begannen vor ihren Augen zu tanzen, an den Rändern färbte sich ihr Sichtfeld bereits schwarz, da sah sie von der Seite etwas Großes auf den Felsen zufliegen. Mit einem Mal ließ der Druck auf ihre Kehle nach, das Blut floss wieder in ihr Hirn, und sie bekam Luft.

Ein muskelbepackter Pfleger umklammerte wie ein Rugbyspieler die Beine des Riesen, riss sie unter ihm weg und hechtete dann auf den nun liegenden Mann. Er packte den heulenden Berg und presste ihn auf den Boden. Von der Seite war Dr. Bartholomäus herangetreten, der dem Berg eine Injektion verabreichte, die ihn augenblicklich ruhig werden ließ. Es brauchte mehrere Pfleger, den Brocken in sein Zimmer zu tragen.

Schwester Gabi schien sich von dem Schreck wieder erholt zu haben. Mit blutigen Knien erhob sie sich und ließ sich von Kolleginnen ins Schwesternzimmer bringen. Der muskelbepackte Pfleger hob Tanja Wedekind hoch, als wäre sie ein

Fliegengewicht, trug sie in ihr Zimmer und legte sie auf ihr Bett. Sie hörte gerade noch, wie Dr. Bartholomäus Professor Bierstedt abfertigte.

»Nein, Sie können jetzt nicht zur Patientin! Sie sehen doch, was hier los ist. Kommen Sie an einem anderen Tag.«

Dann wurde ihr schwarz vor Augen. Als ihr Bewusstsein wiederkehrte, hörte sie, wie Dr. Bartholomäus telefonierte.

»Ich sage Ihnen doch, Dr. Caspari, Professor Bierstedt hat sich die Szene angesehen wie ein Naturwissenschaftler einen Versuchsaufbau. Irgendwas an dem Ausraster unseres sanften Riesen Franz ist hier oberfaul. Der war mal Footballspieler bei der Frankfurt Galaxy. Die gibt es ja schon eine Weile nicht mehr. Ich kenne mich mit diesem Sport nicht aus. Er hatte so etwas wie eine Verteidigerposition inne. Er brauchte ordentlich Masse und Kraft. Der Junge hat so ziemlich alles genommen, von dem man ein richtiger Bär wird. Leider haben diese Präparate auch seine Psyche angegriffen, auch schon in seiner Zeit als aktiver Sportler. Nachdem die Footballliga in Deutschland eingestellt wurde, ist er in ein tiefes Loch gefallen. Seither haben wir ihn oft als Patienten. Mehr darf ich Ihnen leider nicht sagen.«

Was Caspari daraufhin sagte, konnte Tanja nicht verstehen.

»Ich soll ihm Blut abnehmen? Was hoffen Sie, darin zu finden? LSD? Ist das Ihr Ernst? Na ja, das wäre zumindest eine Erklärung für den Ausraster eines bisher eher friedfertigen Patienten. Den Eimer für die Spritzenabfälle und Ampullen einschließen? Warum das denn?«

Als der Arzt das Gespräch beendet hatte, reichte er Tanja Wedekind ein Glas Wasser. »Sie brauchen nicht mehr so zu tun, als ob Sie schlafen. Ich weiß, dass Sie das Telefonat mitgehört haben. Ich bin auf Ihrer Seite.«

Dicke Bretter

Als Clara auf dem Weiherhof aus ihrem Auto stieg, hörte sie ein hölzernes Klacken, das aus dem Trainingsbereich kam. Sie ließ ihre Tasche im Wagen liegen und ging dem Geräusch entgegen. Im Trainingsraum fand sie Caspari, der am Makiwara trainierte. Er trug ein Funktionsshirt und eine Karatehose, von der ein Bein hochgekrempelt war. Sein lädierter Unterschenkel war mit einer elastischen Binde bandagiert. Er selbst bemerkte Clara gar nicht. Sein Blick war konzentriert und finster zugleich. Sie stellte sich neben den Makiwara, sodass er sie sehen musste. Wie aus einer Trance erwacht, unterbrach er die Schläge auf das Brett und sah sie an.

»Na, du Berserker, welchen Widersacher verarbeitest du gerade zu Kleinholz?«, fragte sie mit einem ironischen Unterton.

»Den Drecksack, der mir gegen das Schienbein getreten hat«, brummte er.

»Ach, deshalb der Verband?«

»Ja, genau.«

Clara spürte Ärger in sich aufsteigen.

»Ich dachte, du wolltest solche Situationen vermeiden.«

»Ja, das wollte ich. Und das will ich noch. Ich habe es auch nicht darauf angelegt, mich zu prügeln, ehrlich. Der Kerl hat mich angegriffen.«

»Wie ist das passiert?«

Er erzählte es ihr.

Erst jetzt fiel Clara die blaubraune Verfärbung seiner Handgelenke unterhalb der Daumen auf.

»Oh Mann, Christoph, das muss doch höllisch wehtun. Hat sich das ein Arzt angeschaut?«

»Die Nachbarn dort haben mich mit Eisbeuteln gut versorgt. Deshalb ist es nicht so arg geschwollen. Im Gelnhäuser Krankenhaus haben sie mich vorhin dazwischengeschoben und geröntgt. Auch das Schienbein. Polizeibonus. Es ist alles nur geprellt. Ich habe Schmerzmittel verschrieben bekommen und mir auf dem Weg nach Hause auch gleich in der Apotheke geholt.«

»Und dann hast du nichts Besseres zu tun, als auf diesen Holzprügel einzuschlagen?«

»Das Training des alten Okinawa-Karate hat mich gerettet. Ich zolle dem am Makiwara Tribut. Außerdem muss ich meine Wut loswerden.«

»Wie meinst du das, es hat dich gerettet?«

»Im Keller war es eng. Der Angreifer ist gleich auf Nahkampfdistanz gegangen. Dafür ist das ursprüngliche Karate ideal. Der Typ wollte auch kein Ringelpiez mit Anfassen. Der wollte nur unerkannt abhauen. Dazu war ihm jedes Mittel recht, auch mein Tod. Als er den nicht gekriegt hat, hat er mir ans Schienbein getreten. Damit hat er aber verraten, dass er mich und meine Verletzung kennt. Ganz ungeschoren habe ich ihn aber auch nicht davonkommen lassen. Seine Nase ist gebrochen.«

»Es hört sich so an, als täte dir das so gar nicht leid«, resümierte Clara, reichte ihm sein Handtuch und führte ihn ins Haus.

Tote Krieger

Der Boden war nass, vom Himmel ergoss sich ein unaufhörlicher Nieselregen auf sie. Tom war durchgeweicht bis auf die Knochen. Er zitterte vor Kälte und Aufregung und ärgerte sich zugleich darüber, dass es ihm nicht gelang, diese Reaktion des Körpers zu ignorieren. Zusammen mit seinem Trupp lauerte er nun schon eine halbe Stunde auf dem Posten. Sie warteten auf das Signal zum Angriff auf die feindliche Stellung, die gut geschützt hinter einem Wall aus Sandsäcken und Geäst lag. Der andere Trupp sollte von hinten angreifen, dann hatten sie freie Bahn. Warum brauchten die anderen so lange?

Endlich hörte er Rufe und Knallgeräusche aus den Paintballpistolen und -gewehren. Der Anführer seines Trupps gab das Zeichen zum Vorrücken. Mit Tom robbten zwölf weitere Jugendliche und junge Männer in Richtung des Walls. Neben Tom wurde einer von einer roten Farbpatrone am Helm getroffen. Der fiel aus. Im richtigen Kampf wäre er gefallen. Tom schluckte seine Erregung herunter, duckte sich noch tiefer auf den Boden und kroch weiter. Eine Farbpatrone zischte über ihn hinweg und klatschte an einen Baum. Tom rollte sich zur Seite hinter einen umgestürzten Stamm und suchte durch das Zielfernrohr nach dem Schützen.

In einer Lücke zwischen den Sandsäcken entdeckte er ein behelmtes Gesicht hinter einer großen Schutzbrille, zielte und verpasste dem gegnerischen Schützen einen blauen Farbklecks auf dessen Helm. Dann rollte er sich wieder zurück und robbte weiter. Er wollte unbedingt als Erster hinter die feindlichen Linien. Seine Ausbilder sollten stolz auf ihn sein.

Die Lücke, die entstanden war, als er den Jungen auf den Helm getroffen hatte, war noch nicht besetzt. Tom setzte sich von seinem Trupp ab und wagte einen Vorstoß. Die Jungs hinter dem Schützenwall waren durch ihre Angreifer im Rücken unter Druck geraten, daher achtete niemand auf Tom. Er schaffte es bis zu der Schießscharte und ließ sich dort kopfüber hineinfallen. Sofort richtete er sich auf und feuerte kniend auf alle um ihn herum. Nachdem er fünf Treffer gelandet hatte, prasselten rote Patronen auf seinen Helm und seine Brust ein. Er war raus aus dem Spiel.

Zufrieden setzte er sich und lehnte sich dabei gegen einen Pfahl. Wenig später war die Strategieübung vorbei. Die Verteidiger hatten es unter großen Verlusten geschafft, die Angreifer von vorn und in ihrem Rücken zurückzuschlagen. Mit dem kalten Wasser des Pfingstweihers wuschen sie sich und zogen sich trockene Kleidung an.

»Kommen wir zur Auswertung«, sagte Sven, der Leiter der

Ausbilder, als sie alle mit einer Tasse heißem Met auf Bänken saßen. »Die rote Gruppe hatte den Auftrag, ihre Stellung zu halten. Das hat sie hervorragend gemeistert. Dafür gebührt ihr allerhöchster Respekt. Das ist ihr aber nur gelungen, weil die Zange, in die die blaue Gruppe sie genommen hat, zu schwach war. Um es klar zu sagen: Ihr habt zu lange gewartet! Die Gruppe im Rücken der Roten hat sich gar nichts getraut. Und die Blauen an der Front waren auch zu zögerlich – abgesehen von unserem Heißsporn Tom. Der hat sich am Ende aber auch so sinnlos auf den Gegner gestürzt wie der Stier auf den Torero. Beim nächsten Geländetraining will ich mehr Mut und Taktik sehen, ist das klar?«

Alle Freizeitsoldaten nickten niedergeschlagen.

»Ich höre nichts!«

»Jawoll!«, donnerte es aus allen Kehlen.

Während sich alle mit dem Eintopf aus der Gulaschkanone sättigten, suchte Tom nach Sven. Die Kritik hatte ihm zugesetzt.

»Ich dachte, ich kann die anderen dadurch mitreißen«, versuchte er sich zu rechtfertigen.

»Das hat nicht geklappt, mein Junge. Es war ein sinnloses Opfer. Nicht nur die körperliche, sondern auch die geistige Überlegenheit macht unsere Rasse aus, verstehst du? Wo ist deine Überlegenheit, wenn du tot bist? Es wird immer Situationen geben, in denen man sich zurückziehen muss, um später gestärkt zurückzuschlagen. Das ist keine Schande, sondern überlegenes Handeln. Schau dir Olli an.«

Sven zeigte auf Toms Nahkampfausbilder. Dessen Nase war tamponiert. Grünblaue Blutergüsse lagen breitflächig unter den Augen. »Der hatte eine Auseinandersetzung mit einem ebenbürtigen Gegner. Die beiden haben sich nichts geschenkt. Den Kampf hätte auch Olli gewinnen können. Wenn es ernst wird, zählen zu siebzig Prozent dein Wille, zu zehn Prozent deine Technik, zu zehn Prozent deine Kraft und zu zehn Prozent dein Glück. Olli ist kampferfahren genug, um zu wissen, wann er den Rückzug antreten muss. Wenn die beiden ein weiteres Mal aufeinandertreffen, hat er vielleicht die Oberhand.«

Tom sah beeindruckt zu Olli hinüber. »Kann ich mir auch Unterstützung holen, statt immer nur den Rückzug anzutreten?«, fragte er schließlich.

»Das ist auch eine vielversprechende Taktik. Hast du etwas Bestimmtes im Sinn?«

Das Komplott

Caspari fuhr mit so etwas wie einer freudigen Erwartung zum Bundeskriminalamt. Es kam Bewegung in die Ermittlungen, das spürte er. Mit der Unterstützung seiner Leute würde er diesen Gordischen Knoten entweder lösen oder wie Alexander der Große mit einem Schwerthieb durchschlagen. Mit positiver Energie geladen ging er durch seine Abteilung, um allen zuzurufen, dass in wenigen Minuten eine Besprechung im Konferenzraum stattfinden würde. Anschließend rief er von seinem Büro aus in der KTU an, um nach den Ergebnissen der Blutuntersuchungen bezüglich seines Hemds und Tanja Wedekinds unfreiwilligen Angreifers zu fragen.

Ein Assistent nahm seinen Anruf entgegen. »Die Proben hat eine Kollegin gestern analysiert und mit der Chefin besprochen. Sie ist heute leider nicht da, und die Chefin telefoniert gerade. Wollen Sie auf den Bericht warten, der am späten Vormittag fertig ist, oder rufen Sie später noch einmal an?«

Caspari entschied sich für die zweite Möglichkeit, bedankte sich und legte auf. Dann ging er in den Konferenzraum, in dem sein Team schon auf ihn wartete.

»Was Frau Wedekind gestern in der Psychiatrie zugestoßen ist, dürfte euch allen mittlerweile bekannt sein«, sagte er in die

Runde. Ich habe das Blut des Angreifers untersuchen lassen. Das Ergebnis erfahren wir im Laufe des Vormittags.«

»Was versprichst du dir davon?«, fragte Svenja. »Es ist doch nichts Ungewöhnliches, dass ein psychisch Kranker plötzlich ausrastet.«

»So einfach ist die Sache nicht«, sagte Caspari und erzählte von seinem Gespräch mit Dr. Bartholomäus.

»Du meinst, man hat ihn wie eine Marionette gesteuert?«, fragte Mario.

Caspari nickte. »Bis wir eine eindeutige Antwort aus der KTU haben, lasst uns über unseren Lauschangriff sprechen«, sagte er dann.

»Fangen wir mit der schlechten Nachricht an«, begann Mario. »Unsere Cyberabteilung hat mehrere Versuche abgebrochen, Spähsoftware auf den Computern von Neufang und Hildebrandt einzuschleusen. Die Leute von Asgard Security sind wie der Cerberus vor dem Tor zur Unterwelt. Unbemerkt kommst du da nicht rein. Die gute Nachricht ist, dass sie Pegasus auf Hildebrandts Mobiltelefon einschleusen und installieren konnten.«

»Pegasus?«, fragte Erich Fuchs.

»Das ist eine Spähsoftware, die jedes Mobiltelefon in eine Wanze und eine Überwachungskamera verwandelt, auch wenn das Gerät ausgeschaltet ist«, erklärte Mario. »Der Besitzer merkt davon nichts. Er kann so viel Anti-Virus-Programme, wie er will, auf seinem Gerät installieren – es nutzt nichts. Die erkennen Pegasus nicht.«

»Hat Pegasus schon Erkenntnisse gebracht?«, fragte Caspari.

»Hildebrandt hat in einer Konferenzschaltung telefoniert. Wir ermitteln gerade noch, zu wem die Telefonnummern gehören. Jedenfalls wollen sie sich in Hildebrandts Büro in Gelnhausen treffen, um zu besprechen, wie es weitergeht«, erzählte Andreas.

»Warum Gelnhausen? Warum nicht Frankfurt oder Berlin? Irgendeine Großstadt?«, warf Gernot ein.

»In Gelnhausen, so glauben sie, erregen sie weniger Aufsehen. Dort kennt man sie nicht«, erläuterte Svenja. »Sie haben auch schon eine Agenda für ihr Treffen. Fuhr, unser oberster Chef, soll abgesägt werden. Welche Schritte dazu nötig sind, wollen sie beraten. Außerdem ist ihr Ziel, Tanja Wedekind ins Gefängnis verlegen zu lassen. Wenn sie aber tatsächlich ›weggetreten‹ ist, wie sie es nennen, soll sie zumindest in die Forensik. Sie waren sich einig, dass sie unbedingt an die Kopien der Dateien gelangen müssen, und zwar an die im Darknet und an die von Holger Uhl. Sie können es sich nicht leisten, sagen sie, dass jemand sie durch einen dummen Zufall findet. Schon gar nicht ›so kurz vor dem Ziel‹. In drei Tagen treffen sie sich um einundzwanzig Uhr in Hildebrandts Büro zu Detailplanungen.«

»Habt ihr irgendwelche Stimmen erkennen können?«, fragte Caspari.

»Außer Hildebrandts und Neufangs keine«, gestand Tina.

»Wir müssen vor Ort sein, wenn dieses Treffen stattfindet. Alles, was wir an Überwachungstechnik haben, muss zum Einsatz kommen«, bestimmte Caspari. »Ich will jedes Wort auf Band, das dort gesprochen wird, jede Bewegung und jedes Gesicht gefilmt haben. Kein Name darf unbekannt bleiben.«

»Das heißt im Klartext, dass wir wieder einen Kinzigtal-Einsatz haben«, stellte Mario lapidar fest.

»Frau Köhler wird euch Unterkünfte besorgen. Tina und Mario sind wieder Gäste bei meinen Eltern.«

Der Cocktail

»Die Kinzigtal-Einsätze waren bisher die schlimmsten«, maulte Andreas, als Casparis Mobiltelefon klingelte.

Er schaute auf das Display. Es war die Nummer von

Dr. Krug, der Leiterin der KTU. Er bedeutete den anderen, sitzen zu bleiben, und nahm das Gespräch an.

»Dr. Caspari, schön, dass Sie wieder an Bord sind«, meldete sich die Biochemikerin. »Und gleich machen Sie mir Arbeit. Na ja, das gehört halt zu unserem Geschäft, nicht wahr?«

Caspari schüttelte grinsend den Kopf. Ihre verzweifelten Versuche, einen Witz zu machen, waren auf eine ganz eigene Art komisch.

»Dr. Krug, was haben Sie für mich?«

»Zunächst einmal ein Loch in Ihrem schönen Hemd, eine Blutgruppe A positiv und dazu eine DNA, die allerdings nicht in unserer Datenbank ist. Dann habe ich eindeutig eine ordentliche Dosis LSD in der Blutprobe nachweisen können, die der Bote mir gestern ins Labor gebracht hat. Das reicht für eine ausgewachsene Halluzination.«

»Vielen Dank. Unsere Sekretärin wird Ihnen nachher die Telefonnummer des behandelnden Arztes der Person geben, von der die Blutprobe stammt. Bitte besprechen Sie sich mit ihm, damit er weiß, was er bei seinem Patienten jetzt berücksichtigen muss.«

»Natürlich. Die Wirkung dieser Droge kann oft Tage anhalten.«

»Sie denken an Frank Olsen?«

»Genau an den. Und für ihn ist es nicht gut ausgegangen«, meinte die Ärztin und verabschiedete sich.

»Wer war Frank Olsen?«, fragte Wolfgang Jung.

»Das war ein Biochemiker, der für das amerikanische Militär gearbeitet hat. In Zusammenarbeit mit der CIA wollte er die Wirkung von LSD auf den menschlichen Körper erforschen. Die Jungs vom Geheimdienst mischten ihm ohne sein Wissen etwas von der Droge in seinen Cointreau. In der Nacht sprang er dann im Wahn aus seinem Hotelfenster und stürzte in den Tod. Das wurde der Familie erst einmal als Suizid verkauft. Viele Jahre später ließen die Kinder die Leiche ihres Vaters exhumieren und von Rechtsmedizinern untersuchen. Dann blieb der CIA nichts anderes übrig, als mit der Wahrheit herauszurücken.«

»Was für eine hinterfotzige Bande«, meinte Schneider.

»Was ist ›hinterfotzig‹?«, fragte Jing Jang.

Caspari konnte sich ein Lachen nicht verkneifen. »Gernot meinte ›hinterhältig‹.«

»Die deutsche Sprache ist manchmal recht merkwürdig.«

»Auf jeden Fall ist jetzt klar, dass der wandelnde Berg, der Tanja Wedekind angegriffen hat, vorher eine Ladung LSD verabreicht bekam. Dr. Bartholomäus hat mir erzählt, dass der Sachverständige, Professor Bierstedt, die Szene beobachtete, als wäre sie ein wissenschaftlicher Feldversuch. Anschließend habe er sogar darauf bestanden, Frau Wedekind zu sehen. Das hat der Doktor natürlich nicht zugelassen.«

»Du meinst, der Sachverständige hat den Angriff inszeniert, um herauszufinden, ob Frau Wedekind ihre Apathie nur simuliert?«, fragte Tina.

»Mit an Sicherheit grenzender Wahrscheinlichkeit ist es so gewesen«, bestätigte Caspari.

»Wie willst du das beweisen?«

»Bierstedt brauchte jemanden innerhalb des Pflegeteams. Er selbst kommt nicht so nahe an die Patienten heran, um ihnen LSD zu verabreichen und sie dann noch zu manipulieren. Wir müssen seine Telefonverbindungen der letzten Wochen überprüfen, Festnetz und mobil. Ich kümmere mich um die richterliche Verfügung. Ihr fangt schon mal damit an. Gernot und Jing Jang, ihr fahrt in die Klinik und besprecht euch mit Dr. Bartholomäus. Schaut euch unauffällig mit der Stationsleitung den Dienstplan an. Welche Pflegekräfte waren zur Zeit des Angriffs auf der Station? Notiert euch die Namen und die Zeiten. Eine davon muss in Kontakt mit Bierstedt gestanden haben. Da bin ich mir absolut sicher. Die anderen packen die Überwachungstechnik und alles andere zusammen. Die Kleinbusse müssen dann damit beladen werden. Morgen früh beziehen wir unsere Räumlichkeiten im Gelnhäuser Polizeirevier.«

Caspari ging in sein Büro und telefonierte mit einem Richter, dem er von Bierstedts Feldversuch erzählte. Nach einer

Viertelstunde stimmte der Richter zu und versicherte Caspari, dass er sofort einen Justizbeamten mit dem entsprechenden Dokument zum BKA schicken werde. Anschließend rief Caspari Heinz Bertram an, den Leiter des Gelnhäuser Polizeireviers.

»Grüß dich, Heinz«, begann er möglichst unverfänglich. »Wie geht es dir?«

»Solange du mit deiner Abteilung nicht bei uns einfällst, geht es mir gut«, brummte Bertram. »Nein, im Ernst, es geht mir bestens. Die Arbeit erfüllt mich noch, in meiner Freizeit sehe ich meine Enkel aufwachsen. Was will ich mehr? Was ist der Grund deines Anrufs?«

»Kannst du dir das nicht denken?«

»Oh nein! Nicht schon wieder eine Kinzigtal-Ermittlung!«

»Ich fürchte, doch«, erwiderte Caspari. »Böse Menschen machen leider keinen Bogen um unsere Gegend.«

»Was ist es denn diesmal? Ein Serienmörder? Organisiertes Verbrechen? Auftragskiller? Eine Wolfsbestie?«

»Nichts von alledem. Das hatten wir alles schon. Aber da braut sich etwas zusammen, das sehr explosiv ist. Der Kessel steht leider nun mal in Gelnhausen.«

»In Ordnung. Wann kommt ihr?«

»Morgen Vormittag. Wir werden so unauffällig wie möglich anrücken. Wir legen nämlich mit einem großen Lauschangriff in eurer Nachbarschaft los.«

»Was? Wo?«

»Zum Wartturm 5.«

»Sonst habe ich dich immer zu Hilfe gerufen«, gestand Bertram. »Diesmal kommst du wie die Kavallerie bei Nacht.«

Nach dem Telefonat schrieb Caspari einen Bericht über den aktuellen Stand der Ermittlungen und schickte ihn Fuhr in einer E-Mail. Kaum war er damit fertig, klopfte es an seiner Bürotür. Mario zeigte ihm die Liste der Telefonate, die Professor Bierstedt in den vergangenen zwei Wochen geführt hatte.

»Ich habe mir die Mühe gemacht, die Namen zu den Telefonnummern herauszusuchen«, erzählte Mario. »Ein Name taucht besonders oft auf: Gabriele Sundermann.«

Caspari wählte Schneiders Mobilnummer. Der nahm das Gespräch sofort über die Freisprechanlage im Dienstwagen an.

»Sag mal, Gernot, hatte eine Gabriele Sundermann gestern Dienst?«

»Ja, sie sollte Tanja Wedekind zu Bierstedt bringen. Der Klotz hat sie durch die Luft geschleudert, bevor er sich um Frau Wedekind gekümmert hat.«

»Das ist besonders tragisch«, ergänzte Jing Jang, »weil sie eigentlich eine feste Bezugsperson für den Riesen ist. Zu ihr hat er ein besonders gutes Verhältnis, erzählten uns der Arzt und die Stationsleitung. Dabei ist sie noch gar nicht so lange auf der Station. Sie wurde von der Frankfurter Klinikleitung von der Psychiatrie des Hanauer Klinikums, das auch zur Universität gehört, nach Frankfurt versetzt.«

»Wann war das?«, fragte Caspari.

»Kurz bevor Frau Wedekind von der chirurgischen Abteilung auf die psychiatrische verlegt wurde.«

»Ein Schelm, der Böses dabei denkt«, brummte Caspari. »Ich wette mit euch, dass wir vergeblich nach der Person innerhalb der Klinikleitung suchen können, die das angeordnet hat. Es gibt sie genauso wenig wie diejenige, die das Austauschen der Rauchmelder in Auftrag gegeben hat. Dreht um und nehmt diese Schwester fest!«

»Schwester Gabi ist krankgeschrieben«, erwiderte Gernot. »Auffällig ist, dass sie sich nicht von einem Unfallarzt der Klinik untersuchen lassen wollte. Stattdessen ist sie zu ihrem Hausarzt gegangen.«

»Habt ihr ihre Adresse?«

»Wir haben die Adressen von allen, die gestern Dienst auf der Station hatten. Die Stationsschwester war so freundlich, sie uns zu geben«, stellte Jing Jang klar. »Gernot kann tatsächlich auch mal charmant sein.«

»Fahrt dahin und observiert die Wohnung. Wir treffen uns dort.«

Caspari ließ sich die Adresse geben, dann legte er auf.

»Sei so gut und suche alles zu Gabriele Sundermann heraus, was du finden kannst. Wenn du das hast, bringst du mit Tina den guten Professor Bierstedt hierher. Der wird uns ein paar Fragen beantworten müssen«, sagte er zu Mario, bevor er ging.

»Geht klar, Boss!«

Caspari scheute sich nicht, sich mit Blaulicht auf dem Autodach und mit dem Martinshorn freie Fahrt auf der Autobahn zu verschaffen. Nach nur fünfunddreißig Minuten parkte er unauffällig hinter Gernot Schneider und Jing Jang.

»Sie ist in ihrer Wohnung«, berichtete Schneider, nachdem Caspari sich auf den Rücksitz gequält hatte. »Bei dem trüben Wetter heute macht man das eine oder andere Mal das Licht im Zimmer an. Daran habe ich es erkannt.«

Caspari blickte auf ein Drei-Parteien-Haus mit einem gepflegten Grundstück in der Konrad-Adenauer-Straße. Gabriele Sundermann wohnte im zweiten Stock.

»Na gut, dann wollen wir mal«, meinte er und wollte die Tür öffnen.

»Die muss ich dir aufmachen«, meinte Jing Jang grinsend. »Das ist eine Sicherheitsvorkehrung. Wir wollen ja nicht, dass die Frau uns nachher aus dem Auto springt.«

Nachdem sie die Tür geöffnet hatte, empfand es Caspari als erniedrigend, seinen hünenhaften Körper aus diesem Teil des Wagens herauszubekommen. Während sie im Schutz einer hohen Ligusterhecke zum Hoftor gingen, streifte er sich Handschuhe über.

»Was hast du denn damit vor?«, fragte ihn Schneider.

»Ich suche einen leeren Tablettenblister oder eine leere Ampulle, woraus sie das LSD entnommen und dem Patienten gegeben hat.«

Caspari hob den Deckel der Mülltonne und spähte hinein. Sie war leer. Beim Recyclingmüll verhielt es sich genauso. Er streifte die Handschuhe wieder ab, steckte sie sich in das Sakko und drückte die Klingel neben dem Namensschild. Nach kurzer Zeit meldete sich eine Frauenstimme.

»Ja bitte?«

»Caspari von der Polizei. Frau Sundermann, ich muss Sie zu dem Vorfall in der Klinik gestern befragen.«

»Es geht mir wirklich nicht gut. Können wir das nicht verschieben?«

»Das ist leider nicht möglich.«

»Na gut.«

Die Haustür ging mit einem Surren auf. Caspari bedeutete Schneider, leise zu gehen. Er wollte ihn als Deckung im Rücken haben.

Schneider blieb im Flur des ersten Stocks stehen. Gemeinsam mit Jing Jang ging Caspari weiter nach oben, wo Gabriele Sundermann in der Wohnungstür stand.

»Guten Tag, Frau Sundermann. Das ist meine Kollegin Fang. Dürfen wir hereinkommen?«

Gabriele Sundermann ging voran und führte sie in ein Wohn-Esszimmer, wo sie ihnen einen Platz anbot.

»Wir untersuchen, wie es zu dem Angriff gestern kommen konnte«, eröffnete Caspari das Gespräch.

»Na ja, psychisch kranke Menschen können unberechenbar sein. Das ist kein Geheimnis«, erwiderte Sundermann.

»Dr. Bartholomäus sieht das etwas anders. Dieser Patient war bisher nie auffällig. Er galt als ein sehr friedlicher Kerl. Das müssten Sie doch eigentlich auch bestätigen können.«

Caspari merkte, wie in die eher weich und gutmütig wirkende Krankenschwester plötzlich eine straffe Körperhaltung fuhr, die Angriffsbereitschaft signalisierte.

»Worauf wollen Sie hinaus?«, fragte sie in einem Ton, der nicht mehr ganz so sanft klang.

»Von dem Arzt und der Stationsleitung erfuhren wir, dass der Patient ein Vertrauensverhältnis zu Ihnen aufgebaut hat. Sein Angriff gegen Sie passt nicht dazu. Würden Sie dem zustimmen?«

»So gesehen, ja.«

»Ist Ihnen an ihm gestern etwas Ungewöhnliches aufgefallen?«

»Ausgerechnet gestern hatte ich gar nicht so viel mit ihm zu tun.«

»Bitte überlegen Sie noch einmal genau.«

»Nein, gestern hatte ich einen straffen Zeitplan. Da war nicht viel Zeit für den Franz.«

»Das ist aber merkwürdig. Übereinstimmend sagen Ihre Kollegen etwas anderes. Sie hätten sich zum Franz gesetzt, als der gefrühstückt hat. Der Franz sei Ihr Lieblingspatient, sagte man uns.«

»Was wollen Sie mir da unterstellen?«, rief sie mit schriller Stimme.

»Dass Sie nicht ganz ehrlich zu uns sind, Frau Sundermann.«

»Ich sage jetzt nichts mehr.«

»Das ist Ihr gutes Recht. Wir werden Sie jetzt zur weiteren Befragung mit zum Bundeskriminalamt nehmen«, stellte Caspari klar.

Er sah, wie ihre Augen sich weiteten. Sie saß der Zimmertür am nächsten. Behände sprang sie auf und versuchte, den Flur zu erreichen. Doch Jing Jang war schneller. Sie gab ihr einen Stoß mit der Schulter, sodass sie gegen den Türrahmen krachte. Fluchend ging sie zu Boden. Jing Jang legte ihr die Handschellen an.

»Frau Sundermann, ich nehme Sie fest wegen des dringenden Tatverdachts, gegen das Betäubungsmittelgesetz verstoßen zu haben. Andere Anklagepunkte können noch hinzukommen.«

Jing Jang half ihr auf die Beine und führte sie ab. Caspari blieb noch in der Wohnung, die er nun gründlich durchsuchen würde. Er hatte zwar keinen Durchsuchungsbeschluss, aber er würde sich auf »Gefahr in Verzug« berufen. Damit konnte er sich gründlich umsehen und erste Beweismittel sichern. Trotzdem rief er den Richter an, mit dem er schon wegen Bierstedt telefoniert hatte, und informierte ihn über den Stand der Dinge. Diesmal bekam er innerhalb von fünf Minuten grünes Licht.

Während er Gabriele Sundermanns Handtasche untersuchte, telefonierte er über den Lautsprecher seines Mobiltelefons mit der KTU und bereitete sie auf den Einsatz in der Wohnung vor. Im Wäschemuff im Badezimmer fand er einen weißen Slip, auf dem in der Leistengegend eine mittlerweile eingetrocknete Flüssigkeit gräuliche Ränder hinterlassen hatte. Caspari steckte ihn in einen Beweismittelbeutel und suchte weiter. In dem kleinen Mülleimer neben dem Waschbecken entdeckte er eine geköpfte Ampulle. Sie legte er vorsichtig in einen weiteren Beutel.

Im Grunde hatte er gefunden, was er suchte. Seine Neugierde trieb ihn allerdings ins Schlafzimmer. Dort öffnete er den Kleiderschrank und stöberte ein wenig. Dabei entdeckte er die Uniform eines Unteroffiziers im Sanitätsdienst. In einer Schublade in der Anrichte im Wohnzimmer fand er einen Ausweis, der Gabriele Sundermann als Mitglied bei den Reservisten auswies. Daneben lag ein gerahmtes Foto, auf dem sie mit Hildebrandt und Neufang in Uniform zu sehen war. Caspari nahm das Bild und steckte es in seinen letzten Beutel. Bevor er sich auf den Weg in die BKA-Zentrale machte, forderte er noch eine Polizeistreife an, die das Haus bewachen sollte, bis die Kriminaltechniker des Bundeskriminalamts eintreffen würden.

Während er ganz ohne Blaulicht und Martinshorn über das Frankfurter Kreuz fuhr, klingelte sein Telefon. Der Präsident des BKA meldete sich persönlich.

»Dr. Caspari, ich habe eben mit Interesse Ihren Zwischenstandsbericht gelesen.«

»Dann sind Sie darüber im Bilde, dass diese Truppe Sie auf irgendeine Weise absägen will. Wir wissen noch nicht genau, mit wem wir es hier zu tun haben, aber es darf angenommen werden, dass es sich um eine Verschwörung handelt, die bis in höchste Kreise reicht. Oder die Herrschaften leiden unter Allmachtsphantasien. Auf jeden Fall müssen auch Sie selbst sehr vorsichtig sein. Gegebenenfalls müssen wir den Verfassungsschutz mit ins Boot holen.«

»Ich nehme diesen Fall und seine Entwicklung sehr ernst, das dürfen Sie mir glauben. Nach unserem Telefonat habe ich eine Onlinekonferenz mit dem Innenminister – abhörsicher, versteht sich. Ich werde ihn über alles informieren und ihn dafür sensibilisieren, dass er möglicherweise auch Leute aus dieser Gruppe in seinem engeren Umfeld hat.«

»Da ist noch etwas«, sagte Caspari. »Ich glaube, dass Ihr Schwager sterben musste, weil er der Gruppe zu nahe gekommen war. Diese Leute sind sehr mächtig, und ihre Leute haben sich überall im politischen und gesellschaftlichen System platziert. Anders ist es nicht zu erklären, dass der Lauschangriff auf Ihre Schwester so einfach zu initiieren war oder dass Professor Bierstedt, ein längst pensionierter Sachverständiger, wieder reaktiviert wird, wo es doch genug andere Aktive auf der Liste gibt. Welchen Einfluss müssen diese Leute erst haben, wenn sie ganz selbstverständlich über Ihre Suspendierung nachdenken?«

»Wenn es sich denn um eine Suspendierung handelt«, wandte Fuhr ein.

»Wie meinen Sie das?«

»Wie Sie an dem Beispiel meines Schwagers sehen, gibt es noch andere Wege, einen unliebsamen Gegenspieler loszuwerden. Aber keine Sorge, ich kann auf mich aufpassen. Jetzt muss ich allerdings erst einmal mit meinem Dienstherrn reden.«

Fuhr beendete das Gespräch, und Caspari steuerte seinen Volvo nachdenklich zum Bundeskriminalamt.

Dünn behaarter Dickschädel

Nachdem Caspari der KTU die Beweisstücke und die Schlüssel zu Gabriele Sundermanns Wohnung gegeben und sie zur Eile gedrängt hatte, spurtete er in seine Abteilung. Mario empfing ihn mit einem genervten Gesichtsausdruck.

»Der gute Professor ist ausgesprochen anstrengend. Mittlerweile hat er durchgesetzt, dass ein Anwalt bei ihm sitzt.«

»Ist das so?«

»Leider.«

Caspari brummte. »Das wird ihn auch nicht mehr retten. Ich drehe ihn jetzt durch die Mangel. Sobald die Ergebnisse von der KTU da sind, sagst du mir bitte Bescheid. Ich habe bei der Krankenschwester eine geköpfte Ampulle gefunden, und es sollte mit dem Teufel zugehen, wenn da nicht Spuren des LSD drin sind, die auch im Blut des durchgedrehten Franz waren.«

»Bevor du in den Verhörraum gehst, solltest du das noch lesen«, sagte Mario und hielt ihm eine Aktenkladde hin.

Caspari erstarrte förmlich zur Salzsäule, las konzentriert, was Mario zusammengetragen hatte, und grinste. Dann öffnete er die Tür und trat in den Raum, in dem Professor Bierstedt und ein anderer Mann saßen.

Der Fremde drehte sich missmutig zu Caspari herum. »Wir sitzen hier nun schon eine geschlagene Stunde. So geht man nicht mit einem so verdienten und renommierten Wissenschaftler und Sachverständigen wie Professor Bierstedt um«, beschwerte er sich.

»Darf ich Sie bitten, sich vorzustellen«, erwiderte Caspari sachlich, ohne auf die Schimpftirade einzugehen.

»Sigmar Blumenthal, ich bin der Rechtsbeistand des Professors. Darf ich um Ihren Namen bitten?«

»Selbstverständlich. Dr. Christoph Caspari, Kriminalrat. Ich leite die Ermittlungen im Fall Wedekind.«

»Darf ich fragen, was meinem Mandanten zur Last gelegt wird?«

»Gemeinschaftliche Anstiftung zu einer schweren Straftat.«

»Das müssen Sie näher ausführen!«

»Das wird sich aus dem Gespräch erschließen«, erwiderte Caspari und wandte sich an den Professor. »Mir ist bekannt, dass Sie den Angriff auf die Patientin Wedekind auf dem Flur der Psychiatrie beobachtet haben. Würden Sie den Vorfall bitte aus Ihrer eigenen Wahrnehmung beschreiben?«

Der Sachverständige blickte hilfesuchend zu seinem Anwalt. Der nickte.

»Die Patientin wurde von Schwester Gabi durch den Flur geführt. Ich wartete auf sie, weil ich noch ein weiteres Gespräch mit ihr anberaumt hatte. Als die beiden an der Zimmertür dieses Riesen vorbeikamen, stürzte er plötzlich aus seinem Zimmer. Er gab unverständliche Laute von sich und war erkennbar aggressiv. Zuerst hob er die Schwester in die Höhe und schleuderte sie wie eine Puppe mehrere Meter durch die Luft. Dann packte er Frau Wedekind. Er drückte sie gegen die Wand und würgte sie. Sie blieb die ganze Zeit über völlig apathisch. Wie aus dem Nichts kam ein sehr muskulöser Pfleger, der den Patienten von den Beinen riss. Frau Wedekind brach zusammen. Der Pfleger muss ein Ringer sein. Er fixierte den Angreifer mit einem geübten Griff, sodass Dr. Bartholomäus ihm ein Sedativum spritzen konnte. Dann wurde Frau Wedekind auf ihr Zimmer gebracht. Ich durfte sie seither nicht mehr sehen.«

»Was schließen Sie aus Frau Wedekinds Reaktion auf diesen Angriff?«

»Ich bin nun überzeugt, dass Dr. Bartholomäus mit seiner Diagnose recht hatte«, räumte Bierstedt ein.

»Sie sind, was ich in Erfahrung bringen konnte, ein sehr angesehener Forensiker«, schmeichelte Caspari. »Warum brauchten Sie einen solchen Vorfall, um sich bei Frau Wedekind endlich sicher zu sein?«

»Wollen Sie meine Reputation in Frage stellen?«, brauste Bierstedt auf.

»Ganz und gar nicht«, entgegnete Caspari. »Ich bin mir sehr wohl Ihrer Qualifikation bewusst. Deshalb wundert es mich ja, dass Sie sich mit einem derartig heiligen Eifer darangemacht haben, Dr. Bartholomäus' Diagnose zu widerlegen.«

»Das habe ich nicht!«

»Aha. Weshalb haben Sie Frau Wedekind dann so oft begutachtet?«

»Weil ich mir nicht sicher war!«, rief Bierstedt laut.

»Sie gestatten, dass ich meine Zweifel daran hege? Nach spätestens drei Sitzungen hätten Sie sich sicher sein müssen, ob Sie eine Simulantin vor sich haben oder nicht.«

»Die Arbeitsweise meines Mandanten steht hier nicht zur Debatte«, schaltete sich Blumenthal ein. »Vorhin sagten Sie, es gehe um die gemeinschaftliche Anstiftung zu einer schweren Straftat.«

»Darum geht es. Mit seiner, nennen wir sie mal ›voluminösen Begutachtung‹ hat sich Ihr Mandant sehr verdächtig gemacht«, erklärte Caspari. Dann wandte er sich wieder dem Professor zu. »Seit wann kennen Sie Schwester Gabi persönlich?«

»Ich kenne sie nicht persönlich«, widersprach Bierstedt.

»Na, das ist aber merkwürdig. Dann haben Sie achtundzwanzig Mal mit einer attraktiven jungen Frau telefoniert, die Sie gar nicht näher kennen.«

Das Gesicht des Psychiaters wurde aschfahl.

»Mein Mandant wird hierzu keine Aussage machen«, ergriff der Jurist das Wort.

»Wir gehen davon aus, dass Schwester Gabi dem sanften Riesen LSD ins Frühstück getan und ihn dann manipuliert hat, sodass er sie und Frau Wedekind später angegriffen hat«, erläuterte Caspari ungerührt.

»Wie kommen Sie auf eine Tatbeteiligung meines Mandanten?«, fragte Blumenthal.

»Er hat entgegen jeder Gepflogenheit in der Tür des Besprechungszimmers stehend auf die Patientin gewartet und konnte die Szene genau studieren. Beteiligte sprechen davon, dass der gute Professor eine Gestik und Mimik an den Tag gelegt habe, als handle es sich um einen wissenschaftlichen Feldversuch, nicht um eine lebensbedrohliche Situation. Nach Aussage mehrerer Personen war kein Ausdruck von Überraschung oder Entsetzen in Ihrem Gesicht, lieber Professor Bierstedt. Nur die wissenschaftliche Neugier eines Biologen, der das Exemplar einer ihm unbekannten Spezies seziert.«

Bierstedt sprang abrupt auf. Sein Stuhl kippte nach hinten um. Sein ganzer Kopf leuchtete hochrot und bildete einen scharfen Kontrast zu dem weißen Kranz aus dünnem Haar, der ihn umgab. »Wie können Sie es wagen? Das ist eine Unverschämtheit! Was hätte ich denn tun sollen? Dieser Muskelberg«, stammelte er.

Sein Anwalt legte ihm eine Hand auf den Unterarm, um ihn zu beruhigen.

»Sie hätten erst gar nicht diesen Angriff mit Gabriele Sundermann planen dürfen«, entgegnete Caspari scharf. »Damit haben Sie das Leben von Frau Wedekind aufs Spiel gesetzt.«

»Ich habe das nicht mit ihr geplant!«, rief der Sachverständige erregt.

»Was haben Sie denn sonst mit ihr besprochen? Ihre Verbindungsnachweise zeigen keine früheren Kontakte mit ihr. Auf einer Datingplattform werden Sie sich ja wohl nicht kennengelernt haben.«

Bierstedts Kopf nahm wieder die Farbe eines Hydranten an.

»Mein Mandant wird sich in dieser Sache nicht weiter äußern«, wiederholte der Anwalt sein Mantra.

»Vielleicht können Sie mir dann die Frage beantworten, warum man Sie aus dem Ruhestand geholt hat, in dem Sie sich seit zwei Jahren befinden, um diese Patientin zu begutachten«, sagte Caspari.

»Ich bin forensischer Psychiater mit einem hervorragenden Ruf«, entgegnete Bierstedt.

»Das sind andere auch, die allerdings noch aktiv sind und auf der Liste der Sachverständigen der Frankfurter Staatsanwaltschaft stehen.«

»Man schätzt dort wohl meine Expertise mehr als die der Kollegen.«

Caspari grinste ob dieser Überheblichkeit. Er würde den

Professor gleich mit dem Hintern auf den Boden der Tatsachen zurückholen.

»Aus den Unterlagen entnehme ich, dass Staatsanwalt Rossberg Sie angefordert hat.«

»Das ist richtig.«

»Ebenjener Staatsanwalt, der die Anklage gegen Sie wegen sexuellem Verkehr mit einer Minderjährigen vor vier Jahren hat fallen lassen. Wenn das mal kein Zufall ist, oder?«

Caspari war eigentlich ein mitfühlender Mensch. Aber in diesem Moment genoss er das Farbenspiel, das Bierstedts Kopf bot. Der changierte nämlich von einem knalligen Rot zu dem Grau eines erloschenen Lagerfeuers.

»Mein Mandant wird sich dazu nicht äußern«, sang Blumenthal aufs Neue.

»Doch!«, rief Bierstedt. »Ich bin kein Kinderschänder. Sie verstehen das nicht.«

»Dann helfen Sie mir, es zu verstehen.«

»Meine Frau war an MS erkrankt. Es war ihr Wunsch, dass ich ein-, zweimal im Monat die Dienste einer Prostituierten in Anspruch nahm. Ich sollte nichts vermissen. Ich wollte das anfangs nicht. Aber sie hat darauf bestanden. Wir haben uns sehr geliebt. In einem Edelbordell hat man mir ein Mädchen angeboten, das wie eine erwachsene Frau aussah. Hätte ich gewusst, dass sie noch nicht volljährig ist, wäre das nie passiert. Der Bordellbetreiber wollte mich erpressen. Am Anfang habe ich bezahlt. Dann wurden seine Forderungen zu hoch. Ich bin zur Polizei gegangen und habe mich selbst angezeigt. Dr. Rossberg war der Vertreter der Anklage. Er kannte meine familiäre Situation. Wir hatten bei einem Empfang einmal darüber gesprochen. Der Bordellbetreiber bekam eine Haftstrafe wegen Erpressung. Dr. Rossberg erhob keine Anklage gegen mich. Er bezeichnete mich als Opfer und meinte, ich sollte mich um meine Frau kümmern. Das habe ich auch getan, bis sie im vergangenen Jahr gestorben ist.«

»Das tut mir leid«, sagte Caspari und meinte es auch so.

»Wissen Sie, ich befürchte, bei diesem Auftrag zur Begutachtung sind Sie erneut in eine Falle getappt.«

»Wie meinen Sie das?«, fragte Bierstedt mit Entsetzen im Gesicht.

»Wenn es an der Zeit ist, werden Sie verstehen, was ich meine«, antwortete Caspari. »Wir gehen von einer Mitschuld bei dem Angriff auf Frau Wedekind aus. Deshalb werden wir Sie zunächst vierundzwanzig Stunden im Gefängnis behalten. Ich denke, dass wir Sie dann dem Haftrichter werden vorführen können.«

»Ich werde gegen dieses Vorgehen Beschwerde einlegen«, protestierte Blumenthal.

»Das bleibt Ihnen freigestellt.«

Caspari verließ das Verhörzimmer und gab Svenja Bauer Anweisungen, Bierstedt in die JVA überführen zu lassen. Die machte sich an die Arbeit. Mario, der das Verhör auf seinem Computer mitverfolgt hatte, nickte anerkennend.

»Der gute Professor tat mir schon ein bisschen leid«, meinte er.

»Wie ich schon sagte: Indem er den Auftrag zur Begutachtung angenommen hat, ist er in die Falle getappt. Aber er hätte zwischendrin die Reißleine ziehen müssen. Er ist alt und erfahren genug, um zu merken, dass das, was man von ihm erwartet, unethisch und medizinisch nicht vertretbar ist. Er hat Schuld auf sich geladen. Das weiß er auch. Spätestens mit der Attacke auf Frau Wedekind wurde eine Grenze überschritten, hinter die er nicht mehr zurückkann. Dafür muss er Verantwortung übernehmen. Es tut mir leid, mit anzusehen, dass ein Leben am Ende noch so entsetzlich scheitert. Aber wir vertreten das Gesetz und helfen den Opfern.«

Mario bewegte die Computermaus und öffnete ein anderes Fenster. Caspari sah Gernot Schneider und Jing Jang in einem anderen Verhörraum, die Gabriele Sundermann gegenübersaßen.

»Die KTU hat sich beeilt. In der Ampulle waren tatsächlich Spuren von LSD. Ihre Fingerabdrücke waren natürlich auch auf dem Glas. Ich habe den beiden grünes Licht für die Befragung gegeben. Das Foto, auf dem sie mit Neufang und Hildebrandt zu sehen ist, haben sie auch dabei.«

»Wie kommen sie voran?«, fragte Caspari.

»Es ist ein zähes Verhör«, erklärte Mario. »Die Dame schweigt wie ein Grab.«

»Gernot versteht sich darauf, harte Nüsse zu knacken. Ich bezweifle allerdings, dass sie redet. Wenn ihr bis heute Nachmittag nichts aus ihr herausbekommen habt, führt ihr sie direkt dem Haftrichter vor. Die Beweise sind ausreichend für eine Untersuchungshaft. Sie hat dem armen Franz die Droge ins Frühstück getan. Anschließend wollte sie die Ampulle bei den anderen Medizinabfällen verschwinden lassen. Als Dr. Bartholomäus die Müllbeutel auf meine Anweisung hin hat bewachen lassen, musste sie sie mit nach Hause nehmen. Sie hat das Gläschen in ihrer Unterhose aus dem Krankenhaus geschmuggelt, denn ihre benutzte Kleidung lassen die Pflegekräfte in der Klinik. Aus der Nummer kommt sie nicht mehr raus.«

»Da ist noch etwas, das du wissen solltest«, sagte Mario, als Caspari gerade gehen wollte. »Als Jing Jang ihr die Handschellen abgenommen hat, entdeckte sie eine Mjølnir-Tätowierung auf der Innenseite ihres Unterarms.«

»Warum wundert mich das bloß nicht mehr?«

Caspari schrieb noch ein Verhörprotokoll, dann schaltete er seinen Rechner aus und ging zu seinem Volvo. Für heute hatte er genug gearbeitet. Nun waren die Familie und der Sport dran.

Lieber ein Whiskey als das!

Nachdem der Morgen mit einem bedeckten Himmel und eher kühlen Temperaturen aufgewartet hatte, zeigte sich der Nachmittag von der sonnigen Seite. Während der Autofahrt setzte

Caspari seine Sonnenbrille auf. Die Thermometeranzeige kletterte auf dreiundzwanzig Grad. Zu Hause angekommen, krempelte er seine Hemdsärmel hoch, nachdem er sein Sakko und seine Aktentasche losgeworden war und Camillo begrüßt hatte. In der Küche nahm er sich ein Glas aus dem Schrank, füllte es am Wasserhahn auf und trank mehrmals, bis sein Durst gestillt war. Von der Terrasse her hörte er Claras und Lukas' Stimmen, denen er folgte. Clara saß mit dem Rücken zu ihm auf einem Gartenstuhl, Lukas ihr gegenüber.

»Noch einmal«, sagte Clara. »›Willkommen Tante Brigid und Onkel Angus‹ heißt auf Gälisch: *Fáilte Aintín Bríd agus Angus Uncail.*«

Lukas versuchte sich unbeholfen an der Aussprache, und Caspari konnte nur schwer ein Lachen unterdrücken. Claras Kopf fuhr herum, wie der eines Raubtiers, das frische Beute entdeckt hatte.

»Christoph, grins nicht so. Du musst das auch noch üben!«

»Nee«, brummte Caspari, machte auf dem Absatz kehrt und ging zurück ins Wohnzimmer.

»Wo willst du denn hin? Du kannst dich doch nicht als Einziger raushalten«, protestierte Clara.

»Bei dem Kasperletheater deiner Mutter mache ich nicht mit. Lieber ein Whiskey als das!«, stellte Caspari klar und goss sich ein Glas vom achtzehnjährigen Jameson ein.

»Alkohol am frühen Nachmittag? Hältst du das für eine gute Idee?«, fragte Clara.

»Ich trinke ja nicht die ganze Flasche. Außerdem habe ich einen Grund zum Feiern. An einem Vormittag habe ich gleich zwei Verdächtige festgenommen und den Grund dafür gefunden, warum ein sanfter, psychisch kranker Berg zu einem explodierenden Vulkan werden konnte.«

»Na gut, das hört sich nach einer feierwürdigen Leistung an«, beschied Clara. »Aber nur dass das klar ist: Man trinkt Whiskey nicht allein.«

»Na, wenn das so ist …«, sagte Caspari, reichte Clara sein Glas und schenkte sich ein neues ein.

»Clara, der Niklas kommt gleich zum Spielen. Muss ich noch weiter üben?«, fragte Lukas.

»Nein, für heute ist es gut«, entschied sie und wuschelte ihm durch seine rotblonden Haare, die er von seinem Vater geerbt hatte. »Du kannst ihn ja schon einmal im Hof erwarten.«

Caspari sah seinem Sohn hinterher, der wie ein geölter Blitz durch die Wohnung fegte und durch die Haustür auf den Hof stürmte. Wie sehr der Junge in den letzten beiden Jahren gewachsen war!

Clara riss ihn aus seinen Gedanken. »Willst du nur dasitzen wie ein Ölgötze oder endlich mit mir anstoßen?«, sagte sie und hielt ihm ihr Glas hin.

»Nun, was machen wir mit deiner freien Zeit?«, fragte sie ihn, nachdem sie ihre Gläser genüsslich geleert hatten.

»Erst einmal das Naheliegendste. Wir gehen mit Camillo eine Runde durch den Wald und über die Felder.«

»Ja, das machen wir«, sagte sie mit einem tiefgründigen Blick.

Das noch helle Grün der Blätter leuchtete in der Sonne, als sie mit ihrem Berner Sennenhund auf dem Weg liefen.

»Nachdem wir uns neulich so leidenschaftlich erneut die Ehe versprochen haben«, begann Clara, »würde ich das Versprechen gern bald einlösen.«

»Dann sollten wir sehr schnell mit den Vorbereitungen beginnen«, gab Caspari zu bedenken.

»Du hast keine Einwände?«

»Nein. Sollte ich?«

Clara sah ihn freudig überrascht an. »Christoph, wir haben bisher noch nicht darüber gesprochen. Wir beide sind zwar aktive und sportliche Menschen, nichtsdestotrotz tickt meine biologische Uhr.«

»Du möchtest ein Kind.«

»Versteh mich nicht falsch. Ich liebe Lukas. Wir beide verstehen uns toll. Aber ich möchte auch einmal schwanger sein und ein Kind auf die Welt bringen und –«

»Okay.«

»Okay?«, fragte sie verwirrt. »Ist das alles? Ich habe mit Einwänden gerechnet wie: ›Es läuft doch gerade so gut zwischen uns‹ oder: ›Ich will nicht noch einmal von vorn anfangen‹. Und du sagst einfach ›okay‹?«

»Wäre es dir anders lieber?«

»Nein, nein. Um Gottes willen. Ich bin nur, wie sagt ihr? Verdattert.«

»Ich habe an der Schwelle gestanden und hatte die Chance zu begreifen, was wirklich wichtig ist.«

»Du hast mit mir nie darüber gesprochen.«

»Nein.«

»Du willst nicht darüber reden?«

»Es ist eine so außergewöhnliche Erfahrung, dass man lange braucht, bevor man so weit ist, das in Worte zu fassen.«

»Wenn du noch nicht so weit bist, musst du nicht –«

»Nein, nein, es ist gut, es dir jetzt zu erzählen. Aber auch nur dir.«

Caspari blieb stehen und atmete einige Male tief durch.

»Ich stand am Strand daneben, während die Pfleger aus der Klinik und später die Rettungssanitäter mich reanimiert haben, während du völlig in dich zusammengesunken in eine Decke gepackt danebengesessen hast. Es hat eine Weile gedauert, bis ich verstand, dass es mein Körper ist, den sie wieder zurückholen wollten. Dann stand ein Adonis von einem Mann neben mir, der mich gefragt hat, ob es das ist, was ich will. Ich musste mich zwischen dem Leben mit dir und meinem Kind und dem Jenseits entscheiden. Ich fragte ihn, ob unser beider Geschichte eine Zukunft hat. Er meinte sinngemäß, dass jedes Leben auch immer die Möglichkeit zu scheitern beinhaltet. Dann habe ich noch einmal dich angesehen. Du sahst so verloren aus, so tief erschüttert. Das hat mich sehr berührt und mir selbst wehgetan. Deshalb habe ich mich für das Leben im Hier und Jetzt entschieden.«

»Ist das wahr?«

»Jede Silbe.«

Clara umarmte ihn, und er spürte den festen Druck ihrer Arme.

»Wie sah er aus?«, fragte sie, nachdem sie wieder losgelassen hatte.

»Wer?«

»Na, der Adonis.«

»Ach, der. So ein David-Beckham-Verschnitt. Nur ohne Tätowierungen.«

»Deine Nahtoderfahrung fällt ein bisschen aus dem Rahmen. Die Mehrheit berichtet von einem hellen, warmen Licht, das sie anzieht, und von Personen, die sie willkommen heißen.«

»Vielleicht war der alte Herr da oben *not amused* darüber, dass ich mich zur Unzeit aus dem Staub machen wollte, bevor ich alles erledigt habe, wozu ich hier bin«, mutmaßte Caspari.

»Wie kommst du darauf, dass es für dich so etwas wie eine To-do-Liste von oben gibt?«

»Kurz nachdem ich mit den Ermittlungen für den aktuellen Fall begonnen hatte, saß der Kerl aus meiner Nahtoderfahrung in seinem leuchtend weißen Anzug plötzlich neben mir im Auto auf dem Beifahrersitz. Er sagte mir: ›Böse Menschen haben finstere Pläne. Du musst sie aufhalten.‹«

»Das war es dann wohl mit der Idee, sich nicht mehr so sehr in die Fälle hineinzuknien«, stöhnte Clara frustriert.

»Das glaube ich nicht«, widersprach Caspari. »Zum Schluss sagte er noch, ich solle auf mich aufpassen. Ich hätte nur dieses eine Leben.«

»Das stimmt. Nach einer Katze siehst du nun wirklich nicht aus. Wie willst du weitermachen, wenn die Wiedereingliederungsphase vorbei ist? Hast du daran gedacht, wieder voll zu arbeiten, oder willst du lieber weiterhin kürzertreten? Eingeschränkt dienstfähig aus gesundheitlichen Gründen, das muss doch möglich sein.«

»In drei Wochen habe ich wieder einen Termin bei meinem Psychiater. Wir wollen ein Resümee der ersten Zeit der Wiedereingliederung ziehen und darüber reden, wie es weitergeht. Dann werde ich mit ihm auch sehr offen darüber sprechen, welches Pensum mir guttut und welches ich besser meiden sollte.«

Tote Vögel singen nicht

Der Passat Kombi rollte auf den Hof. Tina und Mario stiegen aus und umarmten Pia und Werner Caspari.

»Wie gut, dass noch niemandem von der Rechnungsstelle aufgefallen ist, dass die Pension Weiherhof dieselbe Adresse hat wie Christoph. Wer weiß, was die sonst für Bedenken äußern würden. Ich möchte nirgendwo anders wohnen, wenn wir im Kinzigtal ermitteln«, rief Mario.

»Wollt ihr ein Frühstück, bevor ihr anfangt zu arbeiten?«, fragte Casparis Mutter.

Mario sah Caspari bittend und fragend zugleich an. Der grinste und wollte den beiden Ankömmlingen eine halbe Stunde gewähren, als sein Mobiltelefon klingelte. Er nahm das Gespräch an. Die Nachricht, die er bekam, verhagelte ihm die Laune.

»Wer von euch hat den größten Hunger?«, fragte er.

»Mario, wie immer«, antwortete Tina, bevor ihr Lebensgefährte sich äußern konnte.

»In Ordnung. Du kannst dir noch einen Kaffee von meiner Mutter in deinen Thermobecher füllen lassen, dann müssen wir beide los.«

»Was ist denn passiert?«, fragte sie.

»Professor Bierstedt wurde heute Morgen erhängt in seiner Zelle in der JVA Frankfurt-Preungesheim aufgefunden. Die KTU und die Rechtsmedizin sind schon da. Ich will mir das ansehen, bevor sie ihn wegbringen.«

»Warum verständigen die uns so spät?«, fragte Mario.

»Die Gefängnisleitung hat erst bei den Kollegen in Frankfurt angerufen. Dann gab es ein kleines Kompetenzgerangel, bis Wolfgang Jung sich durchgesetzt hat. Der war noch im BKA, als der Anruf kam«, erklärte Caspari.

Wenig später saß Tina neben ihm im Volvo und trank schweigend ihren Kaffee, während aus den Lautsprechern »Die Kunst der Fuge« von Johann Sebastian Bach erklang.

»Findest du das nicht ein bisschen zu schwer für die Fahrt zu einem Leichenfundort?«, fragte Tina.

»Was wäre angemessen? ›Hells Bells‹ von AC/DC?«, fragte er mit einem bitteren Grinsen.

»So gesehen hast du recht.«

Nach einer Dreiviertelstunde standen sie vor der Zelle. Der Tote lag in einem Zinksarg auf dem Flur davor.

»Der klassische Knast-Suizid«, sagte der Justizvollzugsbeamte, der sie dorthin geführt hatte. »Der Mann hat das Bettlaken in Streifen gerissen und sich dann damit am Fenstergitter selbst stranguliert.«

»Wir werden sehen«, meinte Caspari.

Dr. Krug, die Leiterin der KTU, kam aus der Zelle.

»Herr Kollege, Sie generieren in letzter Zeit recht viel Arbeit für meine Abteilung. Es ist ja nicht so, dass wir sonst nichts zu tun hätten.«

»Es tut mir aufrichtig leid. Ich versichere Ihnen, es liegt nicht an mir, sondern an den Ermittlungen, mit denen man mich beauftragt hat.«

»Na, dann sind Sie ja ein echter Glücksbringer.«

»Haben Sie denn etwas für mich?«

»Jede Menge Fragen.«

»Zum Beispiel?«

»Das Bettlaken besteht aus einem festen Stoff. Den zerreißt man nicht so leicht. Wie schafft es ein alter Mann, ihn in Streifen zu reißen, um sich an einem Stück zu strangulieren? Warum war der Mann noch vollständig angezogen? Wenn er sich tatsächlich das Leben genommen hat, muss er es sich zwischendurch dann doch anders überlegt haben. Der Boden ist voller Streifen von den Absätzen der Schuhe des Toten, so als hätte er versucht, sich gegen das nahende Ende zu stemmen.«

»Wir haben hier drinnen schon alles Mögliche gesehen, auch so etwas«, mischte sich der Justizbeamte ein.

Caspari überging den Kommentar. »Sonst noch etwas?«, fragte er Dr. Krug.

»Das wäre es fürs Erste. Alles Weitere steht dann im Bericht.«

»In Ordnung. Wo ist unser Rechtsmediziner?«

»Das bin ich«, hörte Caspari eine junge Stimme hinter sich sagen. Überrascht drehte er sich herum. Vor ihm stand eine zierliche, junge Frau mit dunkelblondem Haar, hellen blauen Augen und einem freundlichen Gesicht, auf dem sich einige Sommersprossen tummelten.

»Oh«, entfuhr es Caspari. »Wir sind uns noch nicht begegnet. Caspari vom BKA. Ich leite die Ermittlungen. Das ist meine Kollegin Hergenrath.«

»Jasmin Bachmann.«

»Was können Sie uns schon sagen?«, fragte Caspari.

»Der Tod trat in dem Zeitraum zwischen null Uhr und fünf Uhr in der Frühe ein. Enger kann ich den Todeszeitpunkt beim besten Willen nicht eingrenzen. Tod durch Erstickung. So weit ist alles klar.«

Sie machte eine Kunstpause.

Caspari sah sie erwartungsvoll an. »Kommt jetzt noch etwas, Doc?«

»Das mit dem Doc können wir uns schenken. Ich habe mich natürlich informiert. Sie haben auch promoviert, wie man mir sagte. Also, mir ist aufgefallen, dass das Hämatom am Hals nicht der Breite des Streifens vom Bettlaken entspricht.«

»Sie wollen also sagen, dass der Professor mit einem schmaleren Stück Stoff erdrosselt wurde?«, hakte Tina nach.

»Richtig.«

»Im Klartext: Bierstedt hatte nachts Besuch in seiner Zelle. Man hat ihn in der Nähe des Fensters erdrosselt. Anschließend wurde das Laken zerrissen, ihm um den Hals gelegt und mit dem anderen Ende am Fenstergitter befestigt, um einen Suizid vorzutäuschen«, fasste Caspari zusammen.

»So könnte es gewesen sein«, pflichtete ihm Dr. Bachmann bei. »Näheres kann ich natürlich erst nach der Obduktion sagen.«

»Natürlich«, wiederholte Caspari und gab ihr seine Karte. »Bitte schicken Sie Ihren Bericht zu dieser E-Mail-Adresse. Rufen Sie mich an, wenn Sie noch etwas Ungewöhnliches finden.«

»Sollte ich etwas Ungewöhnliches finden?«

»Bei diesen Ermittlungen ist wirklich gar nichts normal oder gewöhnlich«, brummte Caspari.

Schweigend ließen er und Tina sich vom Justizvollzugsbeamten nach draußen führen.

»Was meinst du?«, fragte ihn Tina.

»Tote Vögel singen nicht.«

Fast wie daheim

Caspari parkte seinen Volvo neben den Fahrzeugen seiner Leute auf dem Parkplatz des Gelnhäuser Polizeireviers. Die beiden VW-Busse und der Kombi hatten Gelnhäuser Nummernschilder. Das hatte garantiert Gernot Schneider organisiert. Er war ein guter Taktiker. So waren sie alle unauffälliger in unmittelbarer Nähe von Hildebrandts Stützpunkt. Nur an Marios Passat hingen noch die Wiesbadener Schilder. Na ja, was soll's?, dachte Caspari. Der ging als Zivilfahrzeug der Gelnhäuser Polizei durch.

Im Foyer empfing Heinz Bertram sie. »Mensch, Christoph, schön, dich zu sehen. Guten Morgen, Frau Hergenrath«, sagte der sonst bärbeißige Leiter des Polizeireviers. Offenbar war er bestens aufgelegt.

Gewöhnlich erinnerte Bertram an einen Silberrücken, der seinen Clan mit einer erst auf den zweiten oder dritten Blick erkennbaren Gutmütigkeit führte. Caspari kannte diesen Mann seit vielen Jahren. Bertram war schon auf dieser Position gewesen, als er als Greenhorn im Gelnhäuser Polizeirevier angefangen hatte. Der erfahrene Polizist hatte ihn unter seine Fittiche genommen und ihn mit den besten Kollegen Dienst machen lassen. Außerdem war Bertram der Vater von Casparis erster Ehefrau Elke. Caspari hatte es seinem Schwiegervater immer hoch angerechnet, dass er sich ganz und gar aus ihrem Ehedrama herausgehalten und das gute Verhältnis zu ihm nicht aufgegeben hatte.

»Heinz, woher kommt deine gute Laune?«, fragte Caspari mit ironischem Unterton.

»Ich habe heute Morgen die Mitteilung bekommen, dass ich in einem halben Jahr meinen Ruhestand regulär antreten kann.«

»Den hast du dir verdient«, sagte Caspari und klopfte ihm auf die Schulter.

»Sag mal, was haben deine Leute denn für eine Menge Material mitgebracht? Man hat ja den Eindruck, ihr zieht in den Krieg. Meine Jungs mussten deinem GSG-9-Mann helfen, einen transportablen Waffensafe die Treppe hochzutragen. Nach dem Gewicht zu urteilen, reicht euch eine schnöde Pistole nicht. Und dann die Überwachungstechnik. Es sieht so aus, als würde mein beschauliches Revier zu einer Zentrale für Spionageabwehr.«

»Wer weiß, vielleicht liegst du gar nicht so falsch damit«, kommentierte Caspari und ließ seinen ehemaligen Mentor mit einem überraschten Gesicht zurück.

Im Gemeinschaftsraum des Flurs, den man seiner Abteilung zugewiesen hatte, fand Caspari seine Leute. Der Waffensafe stand aufrecht an der Wand. Gernot Schneider gab jedem einen Zettel mit der Zahlenkombination, mit der sich die Tür öffnen ließ.

»Welche Schätze aus der Waffenschmiede hast du uns denn eingepackt?«, fragte Caspari.

»Maschinenpistolen, Blendgranaten und jede Menge Munition, natürlich auch für die Pistolen«, erläuterte Schneider. »Schließlich haben wir es mit einer Truppe von Söldnern zu tun. Mit Pistolen kommen wir im Ernstfall nicht weit.«

»Im Ernstfall rufen wir die GSG 9«, wandte Andreas Sommer ein.

»Die sitzt in Sankt Augustin bei Bonn. Bis die angerückt sind, müssen wir uns behaupten können«, stellte Schneider klar.

»Dann rufen wir halt eine SEK-Einheit«, meinte Svenja Bauer.

»Auch die sind nicht um die Ecke stationiert.«

»Das sind fruchtlose Diskussionen«, stellte Caspari fest. »Gernot hat gute Gründe, uns auf diese Weise zu bewaffnen. Was habt ihr noch mitgebracht?«

»Alles, was wir an Überwachungstechnik in die Finger kriegen konnten«, antwortete Mario. »Foto- und Filmkameras mit hochauflösenden leistungsstarken Teleobjektiven, Richtmikrofone und eine Kamera, die wir außen am Gebäude anbringen können. Die soll das Treffen durch die Fenster filmen.«

»Sofern Hildebrandt nicht die Rollläden herunterlässt«, gab Erich Fuchs zu bedenken.

»Gibt es denn eine Möglichkeit, alle Mobiltelefone zu identifizieren, die während des Treffens im Raum sind?«, fragte Caspari.

»Ja, die gibt es. Mit einem Identifier!«, rief Andreas Sommer begeistert.

»Haben wir dieses Gerät dabei?«, fragte Caspari.

»Nein, leider nicht«, gestand er kleinlaut.

»Hat das BKA dieses Gerät im Bestand?«

»Das weiß ich nicht.«

»Dann finde es heraus! Wenn wir es nicht haben, hat es bestimmt der Verfassungsschutz oder der Nachrichtendienst oder der MAD. Irgendwer wird dieses Ding bestimmt haben. Wenn nötig, besorge es über Amtshilfe. Morgen Abend ist das Treffen in Hildebrandts Büro. Bis dahin haben wir dieses

Gerät. Du wirst dich ab sofort um nichts anderes mehr kümmern!«, bestimmte Caspari.

»Geht klar, Chef.«

»Wir haben doch schon die Mobilnummern von der Konferenzschaltung. Warum bist du so scharf darauf, sie noch einmal zu identifizieren?«, fragte Tina.

»Hast du nicht gemerkt, wie schwer es ist, die Inhaber der Nummern zu ermitteln? Das sind hochgestellte Persönlichkeiten. Uns darf kein Fehler unterlaufen, sonst werden wir gegrillt. Neben der Telefonidentifikation brauchen wir aber auch den Zugriff auf das Gesichtserkennungsprogramm vom BKA.«

»Das haben wir über unsere Laptops hier vor Ort«, erklärte Mario.

»Gut. Jing Jang und Gernot werden heute Nacht die Kamera anbringen. Wenn ihr mit dem Auspacken hier fertig seid, fahrt ihr zum Gebäude und stellt den Wagen auf dem Parkplatz hinter dem Gebäude ab. Während ihr darum herumlauft, um zum Vordereingang zu kommen, könnt ihr euch schon mal umsehen, wo sich die Kamera am besten anbringen lässt.«

»Fällt es nicht auf, wenn wir dort einfach nur so herumlaufen?«, fragte Jing Jang skeptisch.

»Im zweiten Stock des Gebäudes befindet sich ein Institut für Tai Chi und Wing Tsung. Besucht es und informiert euch. Das ist unauffällig«, erläuterte Caspari mit einem Lächeln.

»Ah ja, eine Chinesin kommt nach Deutschland, um dort die Kampfkünste ihres Heimatlandes zu erlernen, verstehe«, meinte Jing Jang mit einem verschmitzten Grinsen.

»Sagen wir, du willst nicht aus der Übung kommen und suchst eine Gelegenheit zum Training.«

»Das klingt schon besser«, stimmte sie zu.

»Und was ist mit mir?«, fragte Gernot Schneider.

»Na, du willst draufhauen, wie immer«, feixte Caspari.

»Das passt!«

Caspari wurde wieder ernst. »Mario hat es euch vielleicht schon erzählt«, begann er. »Professor Bierstedt wurde heute Morgen tot in seiner Zelle aufgefunden.«

»Nein, ich bin noch nicht dazu gekommen. Wir haben bisher nur ausgeladen und aufgebaut«, erklärte Mario.

»So, wie du das sagst, war das kein natürlicher Tod«, stellte Erich Fuchs fest.

»Nein. Es sollte nach einem Suizid aussehen. Vermutlich war es aber keiner. Die Rechtsmedizinerin und unsere KTU haben so ihre Zweifel daran.«

»Was denkst du?«, fragte Erich Fuchs.

»Ich denke, dass man verhindern wollte, dass Bierstedt zu reden anfängt.«

»Die bringen ihre eigenen Leute um?«, fragte Mario.

»Ich glaube nicht, dass Bierstedt zu diesem illustren Kreis gehörte. Rossberg hat eine Anklage gegen ihn fallen gelassen und ihn damit aus einer sehr misslichen Lage befreit.«

»Dieser Frankfurter Staatsanwalt?«, hakte Mario nach.

»Genau der. Ich glaube, dass Bierstedt in seiner Schuld stand. Rossberg war es nämlich auch, der ihn als Gutachter einsetzte, obwohl er im Ruhestand war. Außerdem hat Rossberg den Frankfurter Kollegen die Ermittlungen über Tanja Wedekinds Einbruch so schwer wie möglich gemacht.«

»Du hältst ihn für ein Mitglied von Hildebrandts Truppe?«, fragte Fuchs.

»Aber sicher.«

Nachdem sie sämtliche Überwachungselektronik aufgebaut und installiert hatten, löste Caspari Wolfgang Jung beim Abhören von Hildebrandt ab, während die anderen losfuhren, um ihre Zimmer im Hotel zu beziehen. Hildebrandt ging seiner Tätigkeit als Firmeninhaber nach.

Nach einer Weile begann Caspari, sich zu langweilen. Aber auch diese unbeliebte Tätigkeit gehörte zum Handwerk eines Polizisten. Ein Signalton seines Mobiltelefons zeigte ihm den Eingang einer SMS an. Fuhr hatte ihm geschrieben. Er beauftragte Caspari, sich mit einem Oberst Eich vom MAD in Verbindung zu setzen. Die Telefonnummer hatte Fuhr der Nachricht beigefügt. Da sich bei Hildebrandt gerade nichts tat und ohnehin alles aufgezeichnet wurde, rief er diesen Eich an. Der ging nach dem dritten Klingeln ans Telefon. Caspari begrüßte ihn und stellte sich vor.

»Herr Fuhr hat mir Ihren Anruf angekündigt. Ich bin im Bilde«, erklärte der Oberst.

»Was können Sie mir über Neufang und Hildebrandt erzählen?«

»Wir haben schon eine ganze Weile ein Auge auf die beiden. Sie versuchen, innerhalb der Bundeswehr ein rechtes Netzwerk zu bilden.«

»Die beiden sind aber doch nicht mehr im aktiven Dienst«, wunderte sich Caspari.

»Das stimmt. Aber sie haben Gefolgsleute in der Truppe, die es immer wieder versuchen. Sie haben bestimmt in den Nachrichten von diesen rechten Entgleisungen bei Feiern gehört. Die Anstifter kommen aus diesem Netzwerk. Die gehen aber so vorsichtig vor, dass wir ihnen nur selten etwas nachweisen können. Meistens sind nur die Soldaten die Dummen, die ihnen und ihren Sprüchen auf den Leim gegangen sind. Die fischen die Männer nach der unehrenhaften Entlassung dann aber ganz geschickt ab. Nicht selten bekommen sie dann auch einen Arbeitsplatz in Neufangs Firma. Neufang und Hildebrandt sind Reservisten. Die haben es dort auch schon mit ihrer Ideologie versucht. Allerdings hat man ihnen unmissverständlich klargemacht, dass man so etwas nicht duldet. Seither sind sie sehr zurückhaltend.«

»Wir haben eine Gabriele Sundermann verhaftet. Sagt Ihnen dieser Name etwas?«

»Natürlich. Frau Sundermann und Herr Hildebrandt hatten wohl früher eine Affäre. Sie war zuerst Sanitäterin. Nachdem sie in Afghanistan verwundet worden war, schulte sie zur Krankenpflegerin für Psychiatrie um und arbeitete bis zum Ende ihrer Dienstzeit in einem Bundeswehrkrankenhaus.«

»Wir haben eine Tätowierung auf der Innenseite des Unterarms bei diesen Leuten entdeckt«, setzte Caspari an.

»Mjølnir. Den kennen wir. Sie können sich sicher sein, dass die Köpfe des Netzwerkes keine Tätowierung tragen. Dieses

Brandmal kriegen nur die Bauern und die Ritter, nicht der Adel.«

»Kennen Sie weitere führende Köpfe der Gruppe?«

»Leider nicht. Der MAD und der Verfassungsschutz beobachten sie schon länger. Die schirmen sich aber so gut ab, dass wir niemanden bisher einschleusen konnten.«

»Keinen Soldaten und keinen Reservisten?«

»Es ist mir ausgesprochen peinlich, das zuzugeben«, gestand der Oberst. »Aber wir müssen davon ausgehen, dass wir einen Maulwurf in unserer Behörde haben. Dem Verfassungsschutz geht es im Übrigen genauso.«

»Dann wird es allerhöchste Zeit, dass wir diesem Netzwerk den Garaus machen. Ich weiß noch nicht, was es vorhat, aber etwas Gutes kann es nicht sein.«

»Da stimme ich Ihnen voll und ganz zu«, meinte der Oberst. »Wenn Sie unsere Hilfe brauchen, rufen Sie mich an, und nur mich! Soweit ich weiß, hat Herr Fuhr auch mit dem Präsidenten des Bundesverfassungsschutzes gesprochen. Alle drei Behörden müssen koordiniert zusammenarbeiten, aber nur mit handverlesenem Personal, damit die Maulwürfe keine Möglichkeit haben, diese Bande zu warnen.«

»Wie weit gehen Ihre Kompetenzen?«, fragte Caspari.

»Die sind auf das Militär begrenzt. Deshalb sind wir auf die Zusammenarbeit mit dem BKA und dem Verfassungsschutz angewiesen. Wir können lediglich diejenigen innerhalb der Bundeswehr abgreifen, die versuchen, unsere Soldatinnen und Soldaten mit ihrer perfiden Ideologie zu ködern. Aber das sind bloß die Laufburschen. Die Köpfe der Organisation stehen außerhalb des Heeres. An die kommen wir nicht heran. Die können nur Sie erwischen. Wenn wir Ihnen dabei helfen, hört der Spuk innerhalb unserer Truppe vielleicht endlich auf.«

Eye in the Sky

Clara beobachtete Caspari nach ihrem Gespräch über seine Nahtoderfahrung. Hatte er sich verändert, nachdem er aus seinem Koma aufgewacht war? Er hatte eine Depression gehabt, die alles überlagert hatte. Wie hätte ihr damals etwas auffallen können? Aber war er seither anders? Sie wusste es nicht. Er bemühte sich um mehr Abstand zu seinem Beruf. Das führte sie allerdings auf die vielen Therapiestunden zurück. Insgesamt schien er gelassener zu sein und ein positiveres Verhältnis zu sich selbst und seinem Leben zu entwickeln. Aber hatte das mit seiner Nahtoderfahrung zu tun?

Clara hatte sich mit diesem Phänomen noch nie ernsthaft auseinandergesetzt, jedoch kannte sie die Diskussion darüber in großen Zügen. Die Kritiker unter den Wissenschaftlern sagten, diese Erfahrungen würden durch ein großes neurologisches Feuerwerk im Gehirn hervorgerufen. Das entstehe dadurch, dass das Hirn keinen Sauerstoff mehr habe. Das große Finale vor dem endgültigen Tod. Diejenigen unter den Wissenschaftlern, die Nahtoderfahrungen für mehr als nur ein letztes Aufbäumen der Hirnnerven hielten, verwiesen darauf, dass die überwiegende Mehrheit der Patienten von denselben außerkörperlichen Erfahrungen berichtete.

Diese Menschen erzählten zum Beispiel von einem Licht, das sie anzog, und von einer unendlichen Liebe und Geborgenheit, die sie umgaben. Sie alle spürten sich in der unmittelbaren Nähe des Göttlichen, begleitet von geliebten Menschen, die schon verstorben waren. Und sie alle waren wieder zurückgeschickt worden, weil ihre Zeit im Diesseits noch nicht erfüllt war. Es waren noch mehr Gemeinsamkeiten, doch sie alle fielen Clara nicht mehr ein.

Erstaunlich war, dass nichts von alledem auf Casparis Nahtoderfahrung zutraf. Lag es vielleicht daran, dass er sie nach einem Suizid gehabt hatte? Seine Nahtoderfahrung war so ungewöhnlich wie er selbst. Was Clara zu denken gab, war die Tatsache, dass er die Szene am Strand genau beschreiben konnte, obwohl er damals bei seiner Reanimation die Augen geschlossen hatte. Dessen war sie sich ganz sicher. Konnte es sein, dass ihn tatsächlich jemand im Blick hatte? Nein, der Gedanke war bescheuert. Er passte nicht zu einer studierten Theologin, sondern eher zu der Fernsehserie »Ein Engel auf Erden« aus den siebziger Jahren.

Nachdenklich kehrte sie mit Camillo vom Spaziergang zum Weiherhof zurück. Dort sah sie auf Caspari, der mit Lukas Karate trainierte. Sie beobachtete die beiden, die sie noch nicht bemerkt hatten. Caspari griff seinen Sohn mit einem Schwinger an. Der nahm den Angriff an, indem er unter Einsatz seines ganzen Körpergewichts mit beiden ausgestreckten Armen gegen die Innenseite von Casparis Bizeps schlug, dann mit dem Unterarm, der dem Hals am nächsten war, einen Schlag dagegen andeutete und schließlich mit gebremster Kraft gegen die Innenseite von Casparis Oberschenkel trat.

»Prima. Genau so geht das«, lobte Caspari seinen Sohn.

»Es sieht auf jeden Fall so aus, als ob Lukas in der Lage wäre, sich zu wehren, wenn es einmal ernst wird«, sagte sie, an den Türrahmen gelehnt.

»Hallo, Clara«, riefen Caspari und sein Sohn im Chor.

»Tina und Mario sind heute Morgen auf dem Hof angekommen«, erzählte Lukas. »Papa sagt, sie sind zum Abendessen da.«

»Sind sie das?«, fragte Clara.

»Ja, ich habe auch schon dafür eingekauft. Es wird allerdings nur ein Essen ohne lange Gespräche. Wir müssen eine kleine Nachtschicht einlegen«, erklärte Caspari.

Jing Jang und Schneider kamen aus dem kleinen Waldstück hinter dem Parkplatz. Vor ihnen lag das Gebäude, in dem Troja Marketing im vierten Stock unter dem Dach seine Räumlichkeiten hatte. Sie waren ganz in Schwarz gekleidet und trugen auch schwarze Sturmhauben. Selbst ihre Rucksäcke und die Seile, die sie sich umgehängt hatten, waren schwarz. Sie wollten gerade den Parkplatz überqueren, als ein Lichtkegel vor ihnen durch das Dunkel huschte. Schnell und lautlos zogen sie sich wieder in den Schutz der Bäume zurück.

Ein Mann kam bis zum hinteren Ende des Parkplatzes gelaufen und leuchtete mit seiner Taschenlampe alles gründlich aus. Schneider und Jing Jang drückten sich auf den Boden. Der Lichtstrahl glitt über sie hinweg. Der Kerl war überaus gründlich. Nach einer gefühlten Ewigkeit war er wieder verschwunden. Leise erhoben sich die beiden und gingen erneut über den Parkplatz. Am anderen Ende führte eine steile Treppe zur Rückseite des Gebäudes. An dem Hang, in den die Treppe gebaut war, ragte eine gewaltige Birke in die Höhe. Jing Jang und Schneider gingen zu dem Baum.

Schneider öffnete seinen Rucksack und holte eine kleine Armbrust heraus, legte einen Bolzen ein, den er mit einer dünnen Schnur verband. Dann schoss er. Außer einem schwachen »Plopp« machte die Armbrust kein Geräusch. Der Bolzen flog über einen dicken Ast und fiel auf der anderen Seite herunter. Schneider hob ihn vom Boden auf und zog die dünne Schnur nach und nach zu sich. Sie war mit seiner schwarzen Rebschnur verbunden. Als die Rebschnur über dem Ast und mit beiden Enden nach unten hing, hielt Schneider sie fest. Jing Jang hangelte sich wie eine Hochseilartistin an beiden Seiten nach oben, bis sie auf dem Ast saß.

»Rutsch bis zum Stamm und rühr dich nicht. Der Wachmann kommt zurück«, hörte sie Schneider über ihr Headset durch das Mikrofon raunen, das an seinem Kehlkopf lag und selbst ein Flüstern übertrug. Sie tat wie geheißen, holte schnell noch das Seil ein und blickte nach unten. Schneider lag bäuchlings auf dem Boden und war mit dem Hang verschmolzen. Der Lichtstrahl glitt über den Parkplatz, die Treppe und die Stahltür an der Rückseite des Gebäudes. Dann glitt er noch ein wenig nach links und rechts, ohne die Birke zu streifen. Schließlich gab sich der Wachmann zufrieden und ging wieder davon. Erleichtert atmete Jing Jang aus. In vorsichtigen Bewegungen hängte sie das Seil wieder über den Ast. Dann nahm sie ihren Rucksack vom Rücken und holte die in Stoff eingeschlagene Kamera daraus hervor. Die Farbe des kleinen Hochleistungsgeräts hatten sie vorab der Birkenrinde angepasst. Sie schlang das Justierband um den Ast, fixierte es an dem Fuß der Kamera und zog es fest.

»Du musst die Kamera noch ein bisschen weiter nach vorn schieben, sonst sehen wir nur die Dachkante«, hörte sie Marios Stimme durch ihr Headset. Sie befolgte seine Anweisung.

»Ja, so haben wir den perfekten Blick. Bleib bitte noch einen kleinen Augenblick auf dem Baum. Ich probiere jetzt noch das Zoom. Ja, das geht auch. So, jetzt noch Stand-by und wieder auf Start. Das ist auch bestens. Dann seht mal zu, dass ihr wieder unbemerkt verschwindet.«

Jing Jang holte noch ein anderes, in Neopren verpacktes Gerät in der Größe eines Smartphones aus dem Rucksack und warf es wie ein Frisbee geschickt auf das Flachdach des Gebäudes, direkt über das Büro von Hildebrandt. Kaum hörbar knirschte der Kies, als der Identifier darauffiel. Jing Jang verharrte noch einige Minuten regungslos auf dem Baum, dann kletterte sie genauso lautlos herunter, wie sie auf den Baum gelangt war. Leise rollte Schneider sein Seil wieder auf und legte es sich um. Wie Schatten huschten sie über den Parkplatz und verschwanden im Waldstück. Als sie zwanzig Minuten später verschwitzt im Polizeirevier ankamen, empfing sie Caspari mit einem Bier für jeden.

»Das habt ihr euch verdient«, sagte er. »Dank eurer guten Arbeit haben wir jetzt unser eigenes ›Eye in the Sky‹ genau da, wo wir es haben wollen.«

Mjølnir

Wenn das Wetter sonnig und die Temperaturen angenehm waren, fand Clara Pausenaufsichten recht unterhaltsam. Oft kam sie mit den Mädchen und Jungen ins Gespräch, die sie unterrichtete. Heute war ein solcher Tag. Es war warm, und die Schüler waren ausgelassen auf dem Schulhof unterwegs. Sie hatte sich gerade über eine Traube kichernder Mädchen amüsiert, da fiel ihr Blick auf ihr Sorgenkind Tom. Er hob eine Flasche zum Trinken an seinen Mund. Dabei fiel ihr eine Tätowierung auf seinem rechten Unterarm auf. Sie ging zu ihm hinüber.

»Das habe ich ja noch gar nicht gesehen«, sagte sie, um ein Lächeln bemüht.

»Oh, das«, reagierte er zögerlich. »Das ist ja auch noch recht neu.«

»Was stellt es denn dar?«, fragte Clara, die bemerkte, dass Tom diese Unterhaltung ein wenig unangenehm war.

Er zeigte ihr das Kunstwerk auf der Innenseite seines Unterarms jedoch nicht ohne Stolz. »Mjølnir.«

»Mjølnir?«

»Thors Hammer.«

»Ach so. Auf den ersten Blick hätte ich das gar nicht als einen Hammer erkannt.«

»Das ist die alte nordische Kunst, die natürlich nicht den Hammer als solches aufgreift, sondern ihn stilisiert darstellt.«

»Was sagt Mjølnir für dich aus?«

»Ich verstehe nicht, was Sie meinen?«

»Na ja, es gibt zwei Möglichkeiten, warum man sich diese Tätowierung stechen lässt. Entweder weil man sie bloß schön findet oder weil der Hammer ein Symbol ist, weil er für etwas steht.«

»Ach, das meinen Sie. Für mich steht er für Freiheit, für Heimat, für Zugehörigkeit und für Stärke.«

»Das alles findest du in Thors Hammer?«

»Nein, er ist natürlich nur ein Symbol. Ich finde das bei meiner Gruppe.«

»Bei ›Yggdrasil Spessart‹?«

»Ganz genau.«

»Hat dort jeder eine solche Tätowierung?«

»Nein, die muss man sich verdienen.«

»Welche Leistungen hast du dafür erbracht?«

»Mut, Tapferkeit, Kampfeswillen, die Fähigkeit, zu führen.«

Clara setzte gerade an, ihm zu sagen, dass sie sich Sorgen um ihn machte und dass sie diese Gruppe für gefährlich hielt, als die Schulglocke die Pause beendete. Tom hatte es sichtlich eilig, das Gespräch zu beenden und den Schulhof zu verlassen. Clara schwor sich, den Jungen nicht diesen Rattenfängern zu überlassen.

In Teufels Küche

Holger Uhl hatte kein Zeitgefühl mehr. Zeit hatte hier keine Bedeutung.

Sein Vater kam zu ihm. »Es geschieht etwas. Komm und sieh es dir an.«

Holger folgte ihm und trat an die spiegelgleiche Oberfläche des Sees. Dort erkannte er den Anführer der Leute, die ihn halb tot aus seinem Haus geschleift hatten. Er ging über den Hof des Anwesens, zu dem auch der Trakt gehörte, in dem Holger Uhls Körper im Koma lag. Der Mann umrundete die Stallungen, aus denen kein Lebenszeichen eines Tieres kam, und öffnete die schwere Stahltür eines direkt daran anschließenden Neubaus. Er ging durch zwei Schleusen, legte Schutzkleidung an und betrat ein Labor dahinter. Vier Männer in Kitteln, die Holger Uhl entfernt an die von Chirurgen erinnerten, waren darin beschäftigt. Zwei sahen konzentriert auf die Computerbildschirme, ein anderer hatte seine Arme in die Ärmel mit Handschuhen gesteckt, die luftdicht an einem Glaskasten befestigt waren. In der einen behandschuhten Hand hielt er eine Laborratte, die sehr lethargisch wirkte, in der anderen eine Spritze, mit der er dem Tier eine Substanz unter die Haut injizierte. Behutsam legte er die Ratte wieder auf den Boden des Kastens.

»Wie läuft es, Doktor?«, fragte der Anführer.

»Ich bin sehr zufrieden. Das Virus ist einsatzbereit. Der Impfstoff ist fast fertig. Wir müssen noch ein paar Nebenwirkungen eliminieren, dann kann es losgehen.«

»Liegen wir im Zeitplan?«

»Selbstverständlich! Die Operation kann im Herbst wie geplant beginnen.«

Holger Uhl hob seinen Blick von der Oberfläche des Sees und sah erschrocken seinen Vater an.

»Sie wollen ein Virus auf die Menschheit loslassen?«, fragte er entsetzt.

Neben seinem Vater stand ein anderer, den Holger nicht kannte. Seine Kleider strahlten in einem Weiß, in dem sich das Licht der Sonne gefangen zu haben schien.

»Sie haben schlimme Dinge vor. Du musst helfen, das zu verhindern.«

»Wie?«

Geheimniskrämerei

Nach Gelnhausen zu fahren, war ungleich viel stressärmer, als sich allmorgendlich über das überfüllte Frankfurter Kreuz nach Wiesbaden zu quälen. Caspari genoss den kurzen Anfahrtsweg zu seiner Abteilung. Als er das Polizeirevier betrat, lief ihm Bertram über den Weg. Der winkte ihn nach einer kurzen Begrüßung in einen Winkel, in dem sie ungestört waren.

»Du hast dich neulich sehr vorsichtig ausgedrückt«, begann er. »Was ist wirklich bei euch los? Gegen wen ermittelt ihr wirklich?«

»Alles fing damit an, dass der Präsident des BKA mich mit

den Sonderermittlungen zu einem Fall betraute, in dem eine Kollegin in die Räume einer Firma eingedrungen war und Dateien kopiert und ins Darknet verschickt hatte.«

»Ach ja, die Geschichte mit der Schießerei im Frankfurter Bürohochhaus«, unterbrach ihn Bertram. »Ich habe davon gehört.«

»Aber das ist nicht einfach nur eine Firma, verstehst du? Das ist Teil einer kriminellen Vereinigung oder einer Verschwörung.«

»Wer hat sich gegen wen oder was verschworen?«, fragte Casparis ehemaliger Mentor.

»Wir vermuten einen Ring von Altnazis dahinter. Die wollen wieder an die Macht, befürchte ich. Beweisen kann ich es aber noch nicht. Was ich allerdings weiß, ist, dass sie buchstäblich über Leichen gehen. Ein Kollege vom LKA ist auch wie vom Erdboden verschluckt. Ich vermute ihn in den Fängen dieser Leute. Solange wir aber keine Beweise haben, können wir nichts tun. Deshalb ist es auch besser, wenn du so gut wie gar nichts weißt. Das schützt dich am besten.«

»Altnazis, die wieder an die Macht wollen? Junge, das hört sich ein bisschen zu phantastisch an. Wir leben nicht in der Weimarer Republik. Wir haben eine funktionierende Demokratie. Das braune Gesocks hat doch keine Chance, den Staat wieder zu übernehmen. Die Leute, hinter denen ihr her seid, nehmen sich wahrscheinlich wichtiger, als sie sind.«

»Erinnere dich mal an die deutsch-deutsche Nachkriegsgeschichte«, widersprach Caspari. »Die Besatzungsmächte brauchten Fachleute in der Verwaltung und den Behörden. Sie mussten Nazis nehmen, weil sonst schlicht keine anderen da waren. Hast du ›Das Labyrinth des Schweigens‹ nicht gesehen? Oder ›Der Staat gegen Fritz Bauer‹? Du glaubst doch selbst nicht, dass die ihre Gesinnung unter den Besatzern gänzlich abgelegt haben. Ist da der Gedanke so abwegig, dass über die Jahre hinweg ein Netzwerk im Schatten überlebt hat, das mit großer Geduld daran arbeitet, wieder wie der Phönix aus der Asche aufzuerstehen?«

»So gesehen klingt es dann doch nicht mehr so nach Verschwörungstheorie. Umso gruseliger die Vorstellung«, sagte Bertram. »Warum seid ihr nun hier in Gelnhausen?«

»Weil die Firma eine Zweigstelle am Wartturm hat. Die wird derzeit als Zentrale benutzt, weil in der Nähe der Räumlichkeiten in Niederrad immer noch zu viele neugierige Reporter auf der Lauer liegen.«

»Du weißt, dass ich Geheimniskrämerei hasse«, brummte Bertram. »Aber in diesem Fall bin ich dir dankbar, wenn du alles andere für dich behältst. Ich will noch etwas von meiner Pension haben.«

Caspari klopfte ihm auf die Schulter und ging zu seinen Leuten.

Kaum war er in dem Stockwerk angekommen, in dem ihre Räume lagen, rannte Jing Jang in ihn. Schneider war ihr dicht auf den Fersen.

»Tut mir leid«, entschuldigte sich die chinesische Kollegin und rieb sich die Schulter, mit der sie gegen Casparis Arm gestoßen war. »Wir sind in Eile. Ich rufe dich vom Auto aus an.«

»Na, dann mal los mit euch«, keuchte Caspari, während er sich den Arm rieb.

Der Zorn der Bienen

Schneider fuhr den Wagen auf die Straße, setzte das Blaulicht aufs Dach und ließ die Sirene heulen. Jing Jang bedeutete ihm, das Fenster zu schließen, damit sie mit Caspari telefonieren konnte.

»Entschuldige bitte den Zusammenstoß«, begann sie das Gespräch.

»Alles gut«, meinte er. »Ich bin ja nicht aus Pappe. Du scheinst gute Gründe für deine Eile gehabt zu haben.«

»Oh ja! Nach deinem Kampf mit dem Maskierten in dem Haus von Holger Uhl haben wir dort Überwachungskameras versteckt.«

»Schau an! Wir schlagen den Gegner mit seinen eigenen Waffen«, kommentierte Caspari.

Jing Jang grinste.

»Ja, genau. So ein Maskierter in Camouflage-Kleidung spaziert gerade wieder durch das Haus. Dem wollen wir ein paar von unseren attraktiven Handschellen anlegen.«

»Passt nur auf. Die Jungs von Asgard sind verdammt gefährlich.«

»Geht klar, Sifu«, antwortete Jing Jang, jetzt wieder ernst, und beendete das Gespräch.

Vor dem Ortseingang von Wirtheim schaltete Schneider das Martinshorn aus. Mit dem Blaulicht verschafften sie sich genug Aufmerksamkeit der anderen Verkehrsteilnehmer. Bevor sie in die Straße einbogen, in der Uhls Haus stand, schaltete er auch das Blaulicht aus und nahm es vom Dach. Sie stellten den Wagen vor dem Haus der Nachbarn ab und stiegen aus. Schneider klingelte, kurz darauf öffnete ihnen Herr Naumann.

Jing Jang setzte ihr gewinnendes Lächeln auf. »Hallo, Herr Naumann, dürfen wir hereinkommen? Wir müssen Sie ganz dringend noch etwas fragen.«

»Wenn Sie mich so nett bitten, kann ich ja schwerlich ablehnen, oder?«, antwortete er mit einem Grinsen.

Nachdem er die Haustür hinter ihnen geschlossen hatte, wandte sich Jing Jang ihm zu. »Wo ist Ihre Frau?«

»Im Wohnzimmer.«

Sie eilten dorthin und begrüßten Frau Naumann. Dann kam Schneider gleich zur Sache. »In Herrn Uhls Haus ist ein ungebetener Gast. Wir müssen jetzt durch Ihren Garten gehen, damit er uns nicht sieht, bevor wir uns durch die Kellertür Zugang zum Haus verschaffen. Bitte bleiben Sie in Ihrem Haus. Öffnen Sie nicht, wenn jemand klingelt, es sei denn, wir rufen von außen. Halten Sie Abstand von den Fenstern. Wenn wir durch die Terrassentür hinausgegangen sind, schließen Sie diese gleich wieder«, sagte er mit ruhigem, aber bestimmendem Ton.

Das Ehepaar nickte schweigend.

Jing Jang taten die beiden alten Herrschaften leid. Sie hatten in den letzten Tagen schon einige Aufregungen erleben müssen, mit denen man in einem beschaulichen Ort wie diesem nicht rechnete. Gemeinsam mit Schneider schlich sie geduckt die Hecke entlang, die den Garten der Naumanns von Uhls trennte. Dann sprinteten sie zur Außentreppe, die zur Kellertür führte.

Jing Jang ließ sich auf die Knie nieder, schob langsam den Schlüssel in das Schloss und öffnete lautlos die Tür. Schneider stand mit der Pistole im Anschlag hinter ihr. Doch im Kellerraum war niemand. Auf den Fußballen gehend, schlichen sie hinein. Meter um Meter, Raum um Raum durchkämmten sie den Keller. Doch sie trafen niemanden an. Dann hörten sie das Knarzen der Holztreppe, die das Erdgeschoss mit dem ersten Stock verband. Jemand ging in der Gewissheit die Stufen herunter, unbeobachtet zu sein.

Jing Jang drückte sich hinter einem Schrank im Flur ganz dicht an die Wand, Schneider stellte sich unter die Kellertreppe. Dann ging die Tür vom Erdgeschoss zum Keller auf. In dem Licht, das durch die kleinen Kellerfenster in die Räume drang, sah Jing Jang den Maskierten in seiner Camouflage-Kleidung von ihrer Position aus. Als er auf den Raum mit der Außentür zusteuerte, verließ sie ihr Versteck und richtete ihre Waffe auf ihn.

»Bundeskriminalamt, stehen bleiben!«

Schneider trat von hinten an ihn heran, die Waffe im Anschlag. Der Mann ließ sich fallen und machte eine Rolle in den Raum zur Außentür. Hätte in diesem Augenblick einer von ihnen geschossen, hätte er den anderen getroffen.

»Scheiße!«, zischte Schneider und rannte ihm hinterher.

Jing Jang war peinlich berührt. Mit einem solch plumpen Trick war sie noch nie vorgeführt worden. Sie folgte Schneider und rannte die Außentreppe hinauf.

Der Maskierte war wendig und sehr schnell. Von der Treppe aus lief er einen Bogen, um zum Waldstück zu gelangen, wo er zu hoffen schien, sie und Schneider leicht loswerden zu können. Auf der Höhe des Bienenhauses rutschte er auf etwas aus, das auf der Wiese lag, verlor sein Gleichgewicht und knallte mit voller Wucht gegen das blau-rot gestrichene Holzhaus. Benommen schüttelte er sich und versuchte, sich wieder aufzurichten. Dabei zog er eine Pistole, die ebenfalls in Tarnfarbe gehalten war. Jing Jang sah, wie Schneider sich zu Boden fallen ließ, und tat es ihm gleich. Zwei Schüsse knallten, und etwas unvorstellbar Schnelles zischte über sie hinweg. Sie rollte zur Seite und richtete ihre Pistole auf den Maskierten. Schneider hatte das Gleiche getan. Doch als sie sah, was vor ihnen geschah, wusste sie, dass sie gar keinen Schuss mehr abzufeuern brauchte. Eine schwarz-gelbe Wolke ergoss sich aus dem Bienenhaus und hüllte den Maskierten vollkommen ein. Der schrie wie am Spieß und wand sich auf dem Boden.

Schneider stand auf und sah sie fragend an. »Wenn wir nicht gleich etwas tun, ist der tot.«

»Was willst du denn gegen so viele Bienen tun?«, fragte sie keuchend.

Sie schauten sich um. Dann sah sie die Lösung.

»Da, der Wasserschlauch«, rief sie.

Schneider verstand sofort. Er rannte los und zog den Schlauch von der Rolle, während sie den Wasserhahn aufdrehte. Schneider hielt den Wasserstrahl auf die Bienen, die den Mann vollkommen bedeckten. Es schien zu wirken. Mit einem Mal verschwanden die Tiere und zogen sich in ihre Stöcke zurück.

Vorsichtig näherte sich Jing Jang dem Mann. Er hatte das Bewusstsein verloren. Während sie ihm vorsichtig die Maske abzog, hörte sie, wie Schneider einen Notruf absetzte. Fünf Minuten später waren die Freiwillige Feuerwehr, Rettungssanitäter und ein Notarzt in Uhls Garten.

Die Feuerwehrleute schleppten den Bewusstlosen weiter

weg vom Bienenhaus und zogen ihm seine Kleidung aus. Mit ihren Handschuhen gingen sie kein Risiko ein, gestochen zu werden. Jing Jang fotografierte das verquollene Gesicht des Mannes und die Mjølnir-Tätowierung auf der Innenseite seines Unterarms. Die beiden Bilder schickte sie Caspari.

Die Antwort kam prompt. »Oliver Busch, Angehöriger von Asgard Security.« Schneider beschlagnahmte Buschs Mobiltelefon und stellte es auf Flugmodus. In der Kleidung fand sich auch ein Autoschlüssel.

»Ich fahre mit im Krankenwagen. Bring du das alles und die Waffe zu den anderen. Mal sehen, was die herausfinden«, sagte er. Dann hielt er inne. »Die Idee mit dem Wasser – wie bist du darauf gekommen?«

Jing Jang grinste. »Im August sind die Wespen immer so aufdringlich. Ich habe mal gelesen, dass man sie am besten vertreiben kann, wenn man sie mit Wasser ansprüht. Dann glauben sie, es regnet, und fliegen zurück in ihr Nest. Was bei Wespen funktioniert, dachte ich mir, sollte bei Bienen doch auch helfen.«

»Mann, bist du schlau!«, erwiderte Schneider lachend.

Im Polizeirevier angekommen, erzählte Jing Jang den anderen in einer Dienstbesprechung, was vorgefallen war.

»Wieso ist der Kerl eigentlich gegen das Bienenhaus geknallt?«, wollte Svenja Bauer wissen.

Jing Jang legte einen Beweismittelbeutel auf den Tisch, in dem eine blaue Frisbeescheibe lag, die gebrochen war.

»Darauf ist er ausgerutscht. Wahrscheinlich stammt sie von einem Nachbarskind.«

»Wie geht es ihm?«, fragte Tina.

»Den aktuellen Stand kenne ich nicht. Er hat schon eine sehr große Menge Bienengift abbekommen. Der Notarzt war sehr schnell vor Ort und hat sich um ihn gekümmert. Er hat ihm Kortison gespritzt. Ob ihn das rettet, weiß ich nicht. Das werden die nächsten Stunden zeigen, sagt der Arzt. Gernot ist bei ihm im Krankenhaus.«

»Wo haben ihn die Bienen denn gestochen? Der war doch komplett angezogen?«, fragte Svenja Bauer.

»Sie haben durch die Sturmhaube gestochen, in die Augenlider, eigentlich in den kompletten Bereich, der nicht von der Haube bedeckt war. Sie sind in die Ärmelaufschläge der Jacke gekrochen und haben ihn dort malträtiert, in den Kragen. Ihr könnt euch das gar nicht vorstellen. Was für ein Zorn. – Ach ja …«

Sie legte die Beweismittelbeutel mit dem Mobiltelefon und dem Autoschlüssel auf den Tisch. »Das hatte er bei sich«, erklärte sie. »Das Telefon ist auf Flugmodus gestellt. Wo der Wagen steht, wissen wir nicht. Jedenfalls nicht in unmittelbarer Nähe des Waldstücks.«

»Tolle Arbeit«, hörte sie Caspari sagen. »Außerdem bin ich froh, dass euch beiden nichts passiert ist.«

Ernst Fuchs und Wolfgang Jung wurden beauftragt, mit Kollegen aus dem Streifendienst den Wagen zu suchen, den Busch gefahren hatte. Svenja und Andreas erhielten das Mobiltelefon zum Auslesen der Daten.

»Fahr du ins Krankenhaus zu Gernot und seht dann beide nach, wie es Oliver Busch geht«, beauftragte Caspari sie.

Jing Jang nickte und drehte sich zum Gehen um, als ihr Smartphone sich meldete. Schneider war am Apparat.

»Oliver Busch ist soeben gestorben«, sagte er. »Sein Körper hat das viele Gift nicht verkraftet. Da halfen auch die gespritzten Medikamente nichts mehr.«

Jing Jang gab den anderen Schneiders Nachricht weiter. Sie sah zu Caspari hinüber. Sie konnte seinen Gesichtsausdruck nicht deuten. Während seine Gesichtszüge wie versteinert wirkten, hatten seine Augen einen wild entschlossenen Ausdruck.

»Sifu?«

»Wir verhängen eine Nachrichtensperre und Geheimhaltung über diese Geschichte. Mario, Tina, ihre beide kümmert euch darum. Es darf nichts darüber in den Medien auftauchen. Die Kollegen vom Revier müssen das regeln. Ich rede mit der

Generalbundesanwaltschaft. Erich, Wolfgang, ihr beide müsst den GPS-Tracker an dem Wagen ausschalten, wenn ihr ihn gefunden habt.«

Jing Jang war verwundert. »Wozu das Ganze?«

»Ich will so lange wie möglich verhindern, dass Asgard davon erfährt. Das könnte unsere Ermittlungen gefährden.«

»Sie werden sich fragen, wo ihr Mann bleibt und warum sein Smartphone keine Standortdaten übermittelt«, gab Tina zu bedenken.

»Sollen sie ruhig«, entgegnete der Chef. »Ein bisschen Nervosität ist nicht so schlimm wie die Gewissheit, dass der eigene Mann zum wiederholten Mal beim Einbruch erwischt wurde und dabei auch noch draufgegangen ist.«

Jing Jang sah in die Runde. Alle blickten einander an, als wartete jeder auf einen Startschuss.

»Na, dann los«, sagte der Chef.

Jing Jang wollte sich auf den Weg machen, um Gernot abzuholen und die Überführung des Leichnams in die Rechtsmedizin zu regeln, als Caspari sie rief.

»Warum nennst du mich neuerdings Sifu? Das heißt doch ›Meister‹. Was unsere Graduierung in den Kampfkünsten anbelangt – du bist Vertreterin eures Familienstils des weißen Kranichs, ich nur sechster Dan in Aikido. Ohne Zweifel bist du die Sifu von uns beiden.«

»Sifu beschränkt sich nicht nur auf die Kampfkünste, Chef. Der Titel kann viele Bereiche des Lebens umfassen«, erwiderte sie, zwinkerte ihm zu und ging.

Dunkle Pläne

Es war acht Uhr geworden. Ein kühler Nieselregen hatte eingesetzt und ließ die Luft deutlich abkühlen. Caspari fragte sich, ob das die Zeit der Eisheiligen war, während er zusammen mit Mario und Tina die Stufen des Polizeireviers hinaufstieg.

Im Besprechungsraum warteten alle anderen schon auf sie. Der Videobeamer projizierte ein noch unscharfes Bild von der im Baum versteckten Kamera, die Hildebrandts Büro im Fokus hatte. Schneider justierte über eine Fernbedienung nach. Allmählich wurden die Konturen klar und deutlich.

Die Stelle, die Jing Jang und Schneider für das Spionagegerät gewählt hatten, hätte besser nicht sein können, befand Caspari. Hildebrandts Smartphone lieferte einen sauberen Ton. Caspari sah auf die Uhr. Er hatte sich verspätet. Das schien aber auch für Sven Neufang zu gelten. Der Kreis der Verschwörer saß schweigend in Hildebrandts Büro. Einige tippten auf ihren Handys, andere nippten an ihren Getränken.

Kurz entschlossen ging Caspari in den Gemeinschaftsraum, schaltete den Wasserkocher an und hängte sich einen Beutel Earl Grey in eine Tasse. Als er mit der Tasse dampfenden Tees zurück in den Raum kam, stellte er fest, dass die Observanten immer noch kein anderes Bild boten. Nach einer Weile stand Caspari wieder auf und warf den Teebeutel in den Mülleimer. Nach intensiver Suche fand er schließlich den Spender mit seinen Stevia-Pillen in einer seiner Jackentaschen. Caspari mochte dieses natürliche Süßungsmittel im Tee. Während er zu seinem Stuhl ging, kam Leben in den überwachten Raum. Auf der Leinwand sahen sie Sven Neufang in den Raum eintreten.

Ein Mann, den Caspari auf Anfang achtzig schätzte, sprach ihn an. »Du bist spät dran, Sven. Was ist los? Du neigst sonst nicht zur Unpünktlichkeit.«

»Es tut mir leid, Herr Marquard. Wir suchen den ganzen Tag schon Oliver.«

»Oliver Busch?«

»Ja, einer meiner besten Männer. Ich hatte ihn heute noch einmal in das Haus von dem Polizisten Uhl geschickt. Irgendwo hat der seine Festplatte mit unseren Daten versteckt. Die muss doch zu finden sein. Wenn einer sie entdecken kann, dann Oliver. Seither ist er wie vom Erdboden verschluckt.«

»Wie meinst du das?«

»Die letzten Standortdaten seines Smartphones sind die von dem betreffenden Haus. Das Auto, mit dem er gefahren ist, ist auch verschwunden. Den GPS-Tracker können wir nicht mehr orten.«

»Habt ihr in den Onlinezeitungen nachgeschaut, ob etwas über eine Festnahme, einen Unfall oder irgendetwas anderes steht, was mit seinem Verschwinden im Zusammenhang stehen könnte?«, fragte ein anderer Mann, von dem Caspari nur den Hinterkopf sah.

»Selbstverständlich«, antwortete Neufang. »Wir haben auch in den Krankenhäusern in Gelnhausen und Schlüchtern angerufen. Fehlanzeige!«

»Ich vermute, er ist entdeckt worden und musste schnell untertauchen«, sagte Hildebrandt.

»Warum setzt er sich dann aber nicht mit uns in Verbindung?«, fragte Neufang skeptisch.

»Wahrscheinlich, weil es zu riskant wäre.«

»Ich stimme Jens zu«, meinte der Alte, den Neufang zuvor mit »Herr Marquard« angesprochen hatte. »Im Augenblick können wir nichts für ihn tun. Wir müssen abwarten. Also lasst uns über den Status quo unseres Vorhabens sprechen! Anton, wie sieht es in den Staatskanzleien der Länder aus?«

»Unsere Leute konnten wir auf Schlüsselpositionen setzen. Wenn der Zusammenbruch kommt, können sie alle durch die Zeit des Chaos führen.«

»Gut! Wie weit sind wir bei den Ministerien?«

»In jedem Ministerium konnten wir jemanden von uns als Staatssekretär oder Staatssekretärin unterbringen. Wir sind ja für die Gleichheit der Geschlechter, nicht wahr?«, sagte ein anderer, worauf alle ein kaltes Lachen von sich gaben.

»Unser Ronald und sein badischer Humor«, kommentierte ein anderer Mann mit leicht hessischem Akzent, der Caspari bekannt vorkam.

»Haben wir das Kanzleramt?«

»Wir haben eine Frau dort eingeschleust. Besser wäre allerdings noch eine zweite. Das ist allerdings schwierig, weil der Kanzler sich am liebsten mit einem eingespielten Team umgibt.«

»Vielleicht sollte eine der Damen in nächster Zeit im Sommerurlaub auf tragische Weise ums Leben kommen. Dann ist ein Platz frei«, überlegte Marquard laut. »Wie ist der Status bei Fenris und Gleipnir?«

»Fenris ist fertig. Wir können ihn jederzeit von der Leine lassen. Allerdings ist Gleipnir noch nicht stark genug, um ihn anschließend wieder zu bändigen. Dazu brauchen wir noch ein paar Monate. Anfang Herbst ist er so weit. Die kühlere Jahreszeit liegt Fenris auch mehr. Dann kann er sich richtig austoben«, erklärte Neufang.

»Bist du dir ganz sicher, dass Gleipnir bis dahin tatsächlich die Kraft hat, die er braucht?«, hakte der Mann mit dem hessischen Akzent nach.

»Die Fachleute sagen: eindeutig, ja!«, betonte Neufang.

»Nun gut, das läuft nach Plan«, stellte Marquard fest. »Unsere Verbündeten in Amerika, Russland, Ungarn, England, Italien, Österreich und Slowenien sind vorbereitet und warten auf unsere Lieferung, damit sie gleichzeitig mit uns Lokis Kinder entfesseln können. Wie schreitet die Entwicklung unserer Yggdrasil-Ortsgruppen voran, Nico?«

»In allen sechzehn Bundesländern konnten wir recht unbemerkt von den örtlichen Sicherheitskräften unsere Gruppen aufbauen. Das liegt daran, dass wir hauptsächlich in ländlichen Räumen agieren. Hier haben wir genug Wälder zum Training, und wir sind abgeschieden genug, um nicht dem linken Gesocks aufzufallen. Wir haben Leute jeden Alters, die unsere Werte und Vorstellungen von Volk und Vaterland teilen. Die sind mit Eifer dabei. Ich bin überzeugt, dass sie eine wichtige Stütze sein werden, wenn es darum geht, nach dem Chaos wieder Recht und Ordnung zu etablieren«, antwortete ein Mann mit einem thüringischen Akzent, den Caspari auf Mitte fünfzig schätzte.

»Bleibt nur noch das Problem mit dem Präsidenten des

BKA«, sagte ein Mann, den er nur von hinten sehen konnte. »Fuhr macht uns große Schwierigkeiten, und er bietet keinerlei Angriffsfläche. Beim Innenminister beißen wir auf Granit, was ihn betrifft. Den werden wir so leicht nicht los.«

»Dann kümmert sich Sven darum«, bestimmte Marquard. »Du hast als Soldat genug Terroranschläge gesehen. Inszeniere so etwas mit deinen Männern. Eine Salve aus einem vorbeifahrenden Wagen oder irgendwas in der Art. Du kennst dich darin besser aus als ich, mein Junge.«

»Zu Befehl«, antwortete Neufang.

»Dann wäre da noch dieser Hüne, der Sonderermittler, den Fuhr auf den Fall Wedekind angesetzt hat. Der Kerl nervt gewaltig. Hartnäckig und verdammt schlau ist der«, beschwerte sich der Hesse.

»Wenn Fuhr aus dem Weg geräumt ist, kümmer ich mich um den«, versicherte der Mann, den Caspari nur von hinten sehen konnte. »Ich habe läuten hören, dass der länger wegen eines Burn-outs nicht im Dienst war. Den kann man bestimmt auch wieder in den Krankenstand zwangsversetzen.«

»Was machen wir mit Tanja Wedekind?«, wollte der Hesse wissen.

»Ist sie eine gute Schauspielerin, oder hat sie wirklich einen Dachschaden von der Schießerei?«, fragte Marquard.

»Bierstedt und Sundermann haben mir versichert, dass sie selbst dann keine Regung gezeigt hat, als sie fast zu Tode gewürgt worden war. Also ja, sie hat ein Schädel-Hirn-Trauma und wird nichts sagen. Weder uns noch jemand anderem.«

»Gehen wir auf Nummer sicher und beenden dieses Leben als Roboter. Damit tun wir ihr und uns einen Gefallen«, bestimmte Marquard.

»Was passiert mit Gabriele Sundermann?«, fragte Hildebrandt.

»Nichts. Sie ist uns und unserer Sache treu ergeben und wird nicht reden«, antwortete Marquard. »Wenn wir das Ruder übernommen haben, holen wir sie aus dem Gefängnis. So lange muss sie dort ausharren.«

»War es wirklich nötig, Professor Bierstedt umzubringen?«, fragte der Hesse.

»Er war nur ein Bauer in dem großen Schachspiel. Früher oder später hätte er dich verraten, Walter. Das hätte unser ganzes Vorhaben in Gefahr gebracht. *Requiescat in pace!*«

»Was heißt das?«, flüsterte Jing Jang im Besprechungsraum.

»Ruhe in Frieden!«, brummte Caspari. »Das ist Latein.«

»Ich habe viele Jahre meines Lebens, viel Energie und Geld in das Projekt Mjølnir gesteckt, habe diesen verdorbenen linksliberalen Spuk über mich ergehen lassen. Ich habe jahrzehntelang zugesehen, wie diese Kameltreiber, diese Kanacken, die Schlitzaugen, die Neger über unser deutsches Vaterland gekommen sind wie die Ratten«, redete sich Marquard in Rage. »Sie haben unser reines nordisches Blut verdorben mit ihrem minderwertigen Samen. Wir sind zu weich geworden wegen der Religion dieses Juden am Kreuz. Vor lauter Nächstenliebe lassen wir uns von der Flut von Untermenschen überrollen, statt sie in ihre Kloake zurückzutreiben. Himmler hat uns davor gewarnt. Hitler hat uns davor gewarnt. Der Jude hat das alles geplant als Rache für seine Vernichtung in den KZs. Ich will unsere Rasse retten. Das ist meine Aufgabe, meine Berufung. Unsere Aufgabe! Wir sind die Letzten der einzigartig Reinen. Das erkennen auch unsere Verbündeten an. Auf den letzten Metern dürfen uns jetzt keine Fehler mehr unterlaufen, versteht ihr? Wenn nötig, müssen wir über Leichen gehen, um unser Ziel zu erreichen. Denn dieses Ziel ist nichts anderes als die Rettung des deutschen Volkes. Sigyns Schale muss geleert werden, bis zur bitteren Neige und mit allen Konsequenzen. Anders geht es nicht! Geht ihr diesen Weg bis zum Ende mit mir?«

»Ja, Kommandant!«, riefen alle.

Ohne ein weiteres Wort standen die Männer auf und verließen Hildebrandts Büro.

Im Besprechungszimmer im Polizeirevier hing das Schweigen im Raum, während der Beamer weiterhin das Bild projizierte, das die Spionagekamera ihm sendete. Außer einem dunklen Raum war nichts zu sehen, trotzdem starrten alle fassungslos darauf.

Es war Jing Jang, die sie alle aus diesem Zustand mit einer Frage riss. »Was sind Kanacken und Schlitzaugen?«

»Oh verdammt«, brummte Caspari. »Sag mal, Jing Jang, ist dir in Deutschland schon einmal jemand unfreundlich begegnet, weil du nicht deutsch aussiehst?«

»Nein, bisher noch nicht.«

Caspari schnaufte.

»Aber in den USA wurde ich deswegen schon einmal belästigt«, sagte sie, als fiele es ihr gerade wieder ein.

»Na gut. Den Rest erklärt dir Gernot, während ihr beide in die Frankfurter Universitätsklinik fahrt und Frau Wedekind abholt. Ich versuche, Dr. Bartholomäus telefonisch zu erreichen.«

»Wohin sollen wir sie bringen?«, fragte Schneider.

»Erst einmal hierher. Heute Nacht wird sie in einer der Zellen des Reviers schlafen. Dort ist es jetzt sicherer für sie als in der Klinik, wo sie jederzeit umgebracht werden kann.«

Caspari gab Svenja Bauer, Andreas Sommer, Wolfgang Jung und Erich Fuchs die Order, sich das Gespräch noch einmal genau vorzunehmen und mit Hilfe des Identifiers herauszufinden, welche Smartphones während des Gespräches in dem Büro gelegen hatten. Tina und Mario sollten die nordischen Sagen nach Fenris und Gleipnir durchsuchen und alles herausfinden, was mit diesen beiden Namen zu tun hatte. Caspari selbst wählte die private Mobilnummer von Dr. Bartholomäus, die dieser ihm für dringende Fälle gegeben hatte. Im Anschluss an dieses Gespräch würde er mit dem Präsidenten des Bundeskriminalamts telefonieren müssen. Vor der Aussicht, Fuhr von einem bevorstehenden Anschlag auf dessen Leben zu berichten, graute Caspari.

Unsoziale Netzwerke

Clara machte einen Großeinkauf an ihrem freien Tag. Christoph hatte sie beim Frühstück gebeten, ihm nicht nur einige ihrer Kleidungsstücke mitzugeben, sondern auch, weitere einzukaufen. Daneben auch Toilettenartikel. Alles für eine Frau, die sie im Gelnhäuser Polizeirevier verstecken mussten. Clara schwante Böses, als sie daran dachte, worauf er sich dieses Mal wieder eingelassen hatte. Nachdem sie ihre lange Einkaufsliste abgearbeitet hatte, schob sie in Gedanken versunken den vollen Einkaufswagen zu ihrem Auto und öffnete den Kofferraum.

Eine Frau sprach sie in erregtem Ton an. »Sie sind doch die Pfarrerin, die das unterstützt, dass die Flüchtlinge hier auf unsere Kosten leben. Und unsere Rentner bekommen nicht genug. Die müssen bei der Tafel anstehen, damit die überhaupt was zum Essen haben.«

»Genau«, ergriff der Mann neben ihr das Wort, »und die Faulenzer aus Syrien haben genug Sozialhilfe, um in den Puff zu gehen.«

»Und wenn nicht, vergewaltigen sie unsere Mädchen«, ergänzte die Frau.

Clara brauchte einen kurzen Moment, um sich zu fassen. Fassungslos war sie dennoch.

»Was soll der Quatsch?«, feuerte sie zurück. »Wer behauptet denn so etwas? Lassen Sie mich gefälligst in Ruhe, aber ganz schnell! Oder soll ich erst die Polizei rufen?«

Der Mann schien noch etwas erwidern zu wollen, doch die Frau nahm ihn am Arm und zog ihn weg. Erst in diesem Augenblick merkte Clara, dass ihr Gesicht ganz heiß war. Sie musste eine feuerrote Birne haben. Sie setzte sich auf die Kante des Kofferraums und atmete durch.

»Hallo, Frau Frank. Ja, so ist das – das Kreuz mit den sozialen Medien.«

Eine Frau war vor ihr stehen geblieben und sah sie freundlich an. Clara brauchte einen Augenblick, bis sie in ihr eine Kirchenvorsteherin aus ihrer Zeit als Gemeindepfarrerin in Gelnhausen erkannte. Die schwarzen Haare der Frau waren mittlerweile ergraut, das Strahlen im Gesicht aber war geblieben.

»Ah, Frau Winkler, hallo. Was für eine blöde Begegnung.«

Dann dämmerte ihr, was die Kirchenvorsteherin gesagt hatte.

»Was meinten Sie mit dem ›Kreuz mit den sozialen Medien‹?«

»Sie haben kein Facebook- oder Instagram-Profil?«

»Nein, daran hatte ich bisher nie wirklich Interesse.«

»Das ist vielleicht auch besser so«, meinte Frau Winkler. »Man verbringt doch eine Unmenge an Zeit mit diesen sogenannten sozialen Medien, die man mit sinnvollen und schönen Dingen ausfüllen könnte. Jedenfalls hat jemand ein Meme über Sie in Facebook hineingestellt.«

»Ein was?«

»Na ja, so was wie ein ummontiertes Foto, in Ihrem Fall mit Text. Darin wird jedenfalls genau das behauptet, was diese Leute Ihnen gerade eben vorgeworfen haben.«

»Können Sie mir das bitte mal zeigen?«

»Nichts leichter als das«, sagte Frau Winkler und holte ihr Smartphone aus ihrer Regenjacke. Nach kurzer Suche hatte sie das Meme gefunden und zeigte es Clara. Clara sah sich im Talar auf einem Foto. Darunter stand in dicken Lettern: »Pfarrerin Frank kümmert sich mehr um muslimische Asylbetrüger als um verarmte deutsche Rentner.«

»Können Sie mir bitte einen Screenshot davon machen und mir den auf WhatsApp schicken?«, bat Clara.

»Na, so ganz geht es doch nicht ohne die sozialen Medien, was?«, frotzelte Frau Winkler.

»Wohl eher die ›unsozialen Medien‹«, entgegnete Clara.

Gesichter und Namen

Caspari schaute in übermüdete Gesichter. Sie saßen alle im Besprechungsraum seiner Abteilung im Gelnhäuser Polizeirevier.

»Wir haben die Namen und Positionen aller Mitglieder des erlauchten Kreises zusammengetragen«, erklärte Wolfgang Jung und deutete auf die weiße Magnetwand, an der Fotos und Textseiten hingen.

»Da hätten wir zunächst den Kopf der Schlange, Martin Marquard. Er ist die Führungspersönlichkeit des Zirkels. Das konnten wir live und in Farbe mitverfolgen. Die anderen Mitglieder ordnen sich ihm unter. Er ist kurz vor Beginn des Zweiten Weltkriegs geboren. Alter: zweiundachtzig Jahre. Marquard hat die deutsche und die Schweizer Staatsbürgerschaft. Sein Geld hat er mit Aktienhandel gemacht. Marquard ist Witwer. Er hat einen Sohn und eine Tochter. Beide leben in Kanada, wo sie einen Aktienfonds leiten. Der Kontakt zu ihnen ist eher sporadisch. Engen Kontakt hingegen hat er zu Jens Hildebrandt, dem Sohn seiner jüngsten Schwester.«

»Jens Hildebrandt kennen wir ja bereits. Auch er besitzt beide Staatsbürgerschaften. Warum er sich für ein Leben in Deutschland entschieden hat, wo man in der Schweiz doch deutlich mehr Geld verdienen kann, ist mir nicht klar«, erläuterte Erich Fuchs. »Er hat einen älteren Bruder, der das elterliche Pharmaunternehmen in der Schweiz übernommen hat. Jens Hildebrandt war mit Gabriele Sundermann liiert. Das scheint wohl beendet zu sein. Über eine andere Liaison konnten wir nichts in Erfahrung bringen.«

»Sven Neufang stammt ursprünglich aus dem Saarland. Sein Vater zog mit der Familie wegen des Berufs nach Frankfurt. Der Mann arbeitete als Börsenmakler. Neufang hat eine Zwillingsschwester. Sie ist verheiratet und hat zwei Kinder. Er selbst ist unverheiratet«, erzählte Svenja Bauer.

»Kommen wir zu Dr. Walter Rossberg, unserem Mann mit dem Zungenschlag der hessischen Metropole«, ergriff Andreas Sommer das Wort. »Er ist Staatsanwalt in Frankfurt. Ihm unterstanden die Ermittlungen in den Fällen Wedekind I. und Wedekind II. Er war für die Reaktivierung von Bierstedt verantwortlich. Den Rest kennt ihr ja. Rossberg ist geschieden und hat einen erwachsenen Sohn, zu dem er allerdings keinen Kontakt hat. Rossberg gilt als brillanter Jurist, wird allerdings von seinen Untergebenen wegen seiner Wutausbrüche gefürchtet.«

»Dann wäre noch Anton Schmelz. Er kommt aus Speyer. Dort hat er eine sehr gut gehende Kanzlei für Steuer- und Bankenrecht«, berichtete Wolfgang Jung. »Er ist der typische erfolgreiche Jurist: dickes Bankkonto, Porsche, Harley-Davidson, sauteures Haus mit Pool et cetera. Er ist verheiratet, seine Tochter ist Juniorpartnerin in der Kanzlei.«

»Außerdem gibt es noch einen Oberbayern in dem Zirkel. Louis Hinteregger. Der besitzt eine Hotelkette in Bayern, Österreich und Südtirol. Der Mann ist steinreich und verheiratet. Die Frau und beide Söhne arbeiten im Unternehmen mit. Ansonsten konnten wir nicht viel über ihn herausfinden. Der hat sich in den letzten Jahren nicht mal einen Strafzettel wegen Falschparkens eingefangen«, erzählte Erich.

»Nico Schmidt ist der Name des Vertreters aus den östlichen Bundesländern«, sagte Andreas Sommer und deutete auf ein weiteres Foto. »Der Mann lebt in Erfurt und macht Millionen mit Akustikdecken.«

»Was soll das denn sein?«, fragte Jing Jang.

»Akustikdecken regeln den Schall und den Klang. Das ist besonders in Kongresszentren oder Konzertsälen wichtig, aber auch in Großraumbüros, in denen man ja auch eine gewisse Ruhe zum Arbeiten braucht«, erklärte Andreas. »Schmidt ist Ingenieur. Er hat das Patent auf solche Decken und eine Firma, die sie weltweit einbaut. Ansonsten gibt es genauso wenig über ihn zu erzählen wie über den Bayern.«

»Dann wäre noch Ronald Beierle«, fuhr Svenja fort. »Der kommt aus Esslingen in Baden-Württemberg. Dort gehört ihm ein großer Zulieferbetrieb für die Automobilindustrie.

Nebenbei betätigt er sich auch als Lobbyist für die Branche beim Bundestag.«

»Wie passt das denn zusammen?«, fragte Caspari skeptisch. »Vom Zeitaufwand wird er das doch wohl kaum unter einen Hut kriegen.«

»Seine Frau stemmt mit ihm zusammen die Geschäftsführung. Die beiden Kinder interessieren sich übrigens nicht für die Firma. Die Tochter studiert Biotechnik, der Sohn Biochemie. Und auch dieser Mann ist völlig unauffällig. Hätten wir ihn nicht auf Bild und Ton, wüssten wir gar nichts über ihn.«

»Der Letzte im Bunde ist ein richtig fetter Fisch: Karl Funke. Er ist Staatssekretär im Innenministerium. Er gilt als hervorragender Jurist. Sein Spezialgebiet ist die Clan-Kriminalität. Bei einem Fest hat er wohl ein Bier über den Durst getrunken und sich, sagen wir mal, politisch nicht so ganz korrekt über die Flüchtlingskrise im Jahr 2015 geäußert. Seither hat seine Karriere einen ordentlichen Knacks bekommen, und er steht ein wenig im Abseits«, erzählte Wolfgang Jung. »Da er im Innenministerium nicht mehr weiterkommt, versucht er, sich als Nachfolger für Herrn Fuhr zu empfehlen – falls der irgendwann mal in den Ruhestand gehen sollte.«

»Aber die beiden müssten doch ungefähr ein Alter sein«, warf Mario ein.

»Eben!«, erwiderte Caspari. »Deshalb käme ihm auch der Mord an Fuhr sehr gelegen.«

»Was sagt denn unser Präsident überhaupt zu dem geplanten Anschlag auf sein Leben?«, fragte Schneider.

»Er trifft ›Vorkehrungen‹«, erklärte Caspari. »Was immer das auch heißen mag. Des Weiteren hält er es für notwendig, dass wir weiter unsere Linie verfolgen und diese Herrschaften noch nicht verhaften. Wir müssen auch an ihre Kontaktleute in den Ministerien herankommen und vor allem herausfinden, was sie im Detail planen. Dazu werden wir gleich noch Tina und Mario hören. Außerdem hat er mir grünes Licht gegeben, dass Oliver Buschs Leiche als ›unbekannter Toter‹ geführt wird. Seid ihr mit dem Auslesen der Daten vom Mobiltelefon weitergekommen?«

»Nein«, antwortete Svenja Bauer. »Es war noch ein Code vorgeschaltet. Das war uns zu heikel. Wir haben es deshalb in die BKA-Zentrale zu den Spezialisten geschickt.«

»Dort steht auch der Wagen und wird gerade von der KTU auseinandergenommen«, berichtete Schneider.

»Fällt Ihnen allen gar nichts an den Gesichtern dieser Männer auf?«, fragte die Stimme einer Frau hinter ihnen.

Caspari drehte sich überrascht um. Hinter ihm stand Tanja Wedekind in der Tür und hielt den Blick fest auf die Tafel gerichtet. Er schaute sich die Männer noch einmal eingehend an und entdeckte, was sie meinte.

»Sie sind alle hell- bis mittelblond, haben helle Haut und blaue Augen«, fasste sie zusammen.

»Was bedeutet das?«, fragte Svenja Bauer, selbst ein Blondschopf.

Gebrochenes Schweigen

»Dass sie alle das Ergebnis eines SS-Zuchtprogramms sind, um es einmal drastisch zu formulieren«, erklärte Tanja Wedekind.

Caspari blickte in die völlig entgeisterten Gesichter der Mitglieder seines Teams. Dann sah er die Frau an, die er in den zurückliegenden Wochen als apathische Patientin kennengelernt hatte, die auf keine Ansprache reagiert und das Dasein eines Zombies gefristet hatte. Ihre Offenbarung war wie ein Donnerkeil in die Besprechung gefahren und hatte sie alle sprachlos gemacht. Er wollte hören, was diese drahtige, in einen Trainingsanzug der Polizei gekleidete Frau ihnen zu erzählen hatte.

»Nach dem Tod meines Mannes brauchte ich eine Weile, bis

ich wieder einen klaren Gedanken fassen konnte. Dann fingen Holger und ich an, Tonis Aufzeichnungen zu durchstöbern und zu recherchieren. Wir beschäftigten uns intensiv mit der Geschichte des Dritten Reichs und lernten, dass die SS nicht nur eine Einheit zur Bewachung der KZs und die Waffen-SS eine Elite-Kampftruppe war, sondern dass Himmler sie auch zu einer Sekte geformt hatte. Es ging um die Ideologie der Arier, der Herrenmenschen, und einen Ansatz von nordischer Religion, in die sich noch anderes hineinmischte. Himmler rief die Lebensborn-Vereine ins Leben. Die gründeten Einrichtungen, die unverheiratete schwangere Frauen aufnahmen und sie bis zur Geburt ihres Kindes und darüber hinaus betreuten. Die Frauen wurden entweder mit SS-Angehörigen verkuppelt, oder die Kinder wurden von SS-Angehörigen adoptiert.«

»Welche Absicht stand dahinter?«, fragte Mario.

»Himmler wollte die Geburtenrate arischer Kinder erhöhen, indem er Schwangerschaftsabbrüche auf diesem Wege verhinderte. In einem solchen Heim in Ebersberg in Oberbayern gab es ein geheim gehaltenes Sonderprogramm. Junge Frauen, die sich durch ihre Bildung, ihr nordisches Aussehen und natürlich ihren arischen Stammbaum eigneten, wurden mit männlichen Pendants aus der SS verkuppelt, nachdem ihre Babys adoptiert worden waren. Aus diesen Verbindungen wollte Himmler eine besonders reine arische Elite gewinnen, die nach dem ›totalen Sieg‹ die Welt regieren sollte. Alle diese Männer, deren Konterfeis hier an dem Whiteboard hängen, entstammen diesem Programm, angefangen mit Martin Marquard.«

Caspari verschlug es angesichts dieser Hybris die Sprache. Er hatte gewusst, dass die Ideologen des Nationalsozialismus sich Mühe gegeben hatten, eine Religion daraus zu machen. Allerdings hätte er niemals vermutet, dass sie dabei so weit gegangen waren.

»Holger wurde einmal im Bayerischen Staatsarchiv fündig. Dort fand er zwischen den Dokumenten über Ebersberg einen unscheinbaren Brief, dem die Historiker wohl bisher keine Aufmerksamkeit geschenkt hatten. Aus ihm konnten wir rekonstruieren, dass Richard Marquard, Martins Vater, Himmlers persönlicher Beauftragter für dieses streng geheim gehaltene Projekt war. Richard selbst heiratete eine Lebensborn-Frau. Martin Marquard und Hildebrandts Mutter, das Nesthäkchen der Familie, sind sozusagen Zuchterfolge der SS. Die Emigration der Familie in die Schweiz samt der Vernichtung sämtlicher Zeugen und Beweise scheint auf einen Befehl Himmlers zurückzugehen. Himmler hat wohl in den paar wenigen lichten Momenten seines Lebens befürchtet, dass der Krieg nicht zu gewinnen war. Er wollte seinen Traum von einer Welt, die von der arischen Herrenrasse beherrscht und dominiert wird, nicht aufgeben. Als die Wehrmacht zusehends an allen Fronten verlor und das Ende des Krieges abzusehen war, befahl er seinem Vertrauten Richard Marquard, sich mit dessen Familie in die Schweiz abzusetzen. Nachdem dies geschehen war, ließ Himmler alle Beweise beseitigen und jeden zum Schweigen bringen, der die Familie Marquard mit ihm in Verbindung bringen konnte. Alle anderen Familien ließ er in Deutschland an geheimen Orten verteilen.«

Caspari stand auf und kippte das Fenster. Draußen wehte ein kräftiger Wind und warf die Äste an den Bäumen wild hin und her. Das war nun eindeutig Eisheiligen-Wetter. Er sog begierig die kühle Luft durch die Nase.

»Ein Zirkel, bestehend aus Herrenmenschen, macht sich daran, Himmlers Traum von einer arischen Weltregierung in die Tat umzusetzen. Natürlich fangen sie wieder damit in dem vereinigten Deutschland an«, resümierte er schließlich.

»So verstehe ich es«, stimmte ihm Tanja Wedekind zu.

»Und die ganzen nordischen Ausdrücke und Symbole gehen auf Himmlers Vorliebe für die germanische Religion zurück«, ergänzte Tina.

»›Der Schoß, aus dem das kroch, ist fruchtbar noch!‹«, brummte Erich Fuchs.

»Hmm?«, machte Svenja Bauer.

»Die Jugend und ihr Mangel an Bildung«, erwiderte er und

schüttelte den Kopf. »Das war ein Zitat von Bertolt Brecht. Er meinte damit den Nationalsozialismus.«

»Nachdem wir uns alle von diesen Hintergrundinformationen erholt haben, möchte ich Frau Wedekind in unserer Runde begrüßen. Vorzustellen brauche ich sie ja wohl nicht mehr«, meinte Caspari.

»Hallo, bitte sagen Sie Tanja. Wir sind ja Kollegen, auch wenn ich derzeit den Status des schwarzen Schafs habe«, sagte Tanja Wedekind in die Runde. Die anderen riefen ein Hallo zurück.

»Schön, sich mit Ihnen ohne den Zombie-Modus unterhalten zu können. Das macht vieles einfacher«, gestand Caspari.

»Es war extrem anstrengend, diese Rolle durchzuhalten, nicht nur, als sich dieser Riese auf mich gestürzt hatte«, pflichtete sie ihm bei.

»Das kann ich mir nur im Ansatz vorstellen.«

»Wissen Sie etwas Neues über Holger?«

»Leider nein. Ich habe einen Venenstauer in seinem Haus gefunden, auf dem sein Blut und Morphin waren. Er hat wohl versucht, sich das Leben zu nehmen. Wir müssen davon ausgehen, dass ihn die Leute von Asgard Security mitgenommen haben. Ich vermute, er liegt dort im Koma bei ihnen. Sie werden warten, bis er wieder aufwacht, um aus ihm herauszubekommen, wo er die Festplatte versteckt hat. Bisher kennen sie dieses Versteck nämlich noch nicht. Wir übrigens leider auch nicht.«

»Das heißt, solange er in dem komatösen Zustand bleibt, ist er genauso sicher, wie ich es als Patientin mit einem Schädel-Hirn-Trauma war.«

»So könnte man es sagen.«

Tanja Wedekind sah sich um. »Sagen Sie, könnte ich vielleicht einen Kaffee haben?«

»Aber natürlich«, sagte Wolfgang Jung, sprang auf, lief in die Küche und kam mit einem Tablett zurück, auf dem außer einer Tasse Kaffee noch ein Milchkännchen und ein Croissant thronten.

»Sagen Sie, Tanja, welche Inhalte waren in den Dateien,

die Sie von Hildebrandts Computer kopiert haben?«, fragte Caspari, während sie das französische Frühstücksgebäck aß.

»Ich wünschte, das könnte ich Ihnen sagen«, antwortete sie, nachdem sie den Bissen mit einem Schluck Kaffee heruntergespült hatte. »Aber ich hatte leider keine Zeit dazu, mir die Dateien genauer anzusehen. Als ich mich in seinen Computer gehackt hatte, habe ich nach Stichworten in den Ordnern gesucht. Ich brauchte nicht lange, da fand ich unter ›Odysseus‹ den Namen ›Mjølnir‹. Als ich daraufgeklickt habe, fand ich eine ganze Reihe Unterordner mit Namen wie ›Yggdrasil‹, ›Fenris‹ und so weiter. Das musste das Material sein, das wir suchen, dachte ich. Also habe ich den ganzen ›Mjølnir‹-Ordner kopiert und nachher dann ins Darknet verschickt. Zum Lesen der Dateien bin ich nicht mehr gekommen.«

»Kennen Sie die Adresse, zu der Sie das Datenpaket geschickt haben?«, fragte Mario.

»Auch da muss ich Sie leider enttäuschen. Holger hatte alles so auf meiner externen Festplatte und meinem Laptop installiert, dass diese Adresse bereits eingerichtet war. Ich musste die Dateien nur noch nach dort versenden.«

»Schade, das hätte es uns deutlich einfacher gemacht«, resümierte Mario.

»Wir werden einen anderen Weg finden, an die Daten zu gelangen«, meinte Tina. »Hauptsache, wir haben Sie aus der Gefahrenzone herausgeholt. Kommen Sie hier zurecht?«

»Ja, denke schon. Die Kollegen vom Revier waren schon so nett zu mir. Sie haben mir ein Hygieneset und diesen Trainingsanzug gegeben. In die Personaldusche durfte ich auch.«

»Wie haben Sie denn in der Zelle geschlafen?«, fragte Svenja neugierig.

»Recht gut. Wenn ich mit meiner SEK-Einheit Bereitschaftsdienst hatte, habe ich mir manchmal ein Schläfchen in einer leeren Revierzelle gegönnt. Deshalb war diese Nacht für mich fast schon wie im Dienst.«

Caspari drängte es, noch mehr über die Absichten und Pläne dieser selbst ernannten Herrenmenschen zu erfahren.

»Mario, Tina, was habt ihr über die Begriffe aus der nordischen Mythologie herausgefunden, die Marquard benutzt hat?«

»Damit kannst du dich im Grunde bis zum Sankt-Nimmerleins-Tag befassen«, begann Mario. »Von der Edda, dem Götterepos der Wikinger, gibt es nämlich verschiedene Fassungen unterschiedlichen Alters.«

»Um es kurz zu machen«, fiel ihm Tina ins Wort, »Sigyn war Lokis Frau. Loki ist wahrscheinlich der Sohn von Riesen, den Odin als Kleinkind adoptierte. Aber da sagen die Quellen auch Unterschiedliches aus. Jedenfalls ist Loki ein sehr zwiespältiger Charakter. Schließlich ermordet er den Gott Baldur. Zur Strafe wird er in einer Höhle gefesselt. Über seinem Kopf hängt eine Schlange, von deren Giftzähnen Tropfen fallen, die Loki das Gesicht verätzen.«

»Und da beschweren sich unsere schweren Jungs, dass der heutige Strafvollzug so hart ist«, warf Wolfgang Jung ein.

»Um das zu verhindern, hält Sigyn eine Schale über Lokis Gesicht. Allerdings ist sie irgendwann einmal voll, und die Gute muss sie ausleeren. Das heißt, es tropft währenddessen das ätzende Gift in Lokis Gesicht«, dozierte Tina weiter.

»Behaupten Frauen nicht immer, sie wären absolut multitaskingfähig?«, unterbrach Schneider Tinas Vortrag. »Hier ist der Beweis, dass diese Behauptung Humbug ist.«

Tina rollte die Augen. »Loki windet sich natürlich in seinen Ketten vor Schmerzen. Die Germanen haben früher die Erdbeben immer als die Momente gedeutet, in denen die arme Sigyn die Schale leert und Loki dem Gift ausgesetzt ist und tobt. Loki hat einen Sohn, den er mit einer Riesin gezeugt hatte. Das ist Fenris, der Wolf. Ein riesiges Vieh, vor dem selbst das Göttergeschlecht der Asen Respekt hat. Deshalb binden sie ihn mit einem magischen Band der Zwerge, das den Namen Gleipnir trägt.«

»Fenris ist ein Virus, das diese Wahnsinnigen auf die Welt loslassen wollen! Sagt mal, ist euch klar, was die da gerade planen?«, rief Andreas laut, während er von seinem Stuhl aufsprang, der dabei völlig inakkurat umfiel.

»Bei einem der Erdbeben, die Loki durch seine Schmerzen verursacht, kann Fenris dieses Band zerreißen und gemeinsam mit Hell, seiner Schwester, Loki, der Midgardschlange und den Riesen gegen die Asen ziehen. Damit beginnt dann Ragnarök, die Götterdämmerung, der Weltuntergang. Danach wird Odin, der Allvater, noch mächtiger wiedergeboren, und die überlebenden Asen einigen sich über die Neuordnung der Welt und des Kosmos.«

»Sie wollen ihre Form der Ragnarök inszenieren«, dachte Caspari laut nach. »Aber sie wollen es kontrollieren können. Dazu brauchen sie ein Gleipnir, das Fenris bändigen kann. Wir müssen herausfinden, wofür beide Begriffe stehen. Es beginnt mit etwas, das sie als ›Sigyns Schale‹ beschreiben.«

»Vielleicht ein Treffen der Oberhäupter aller internationaler Nazigruppierungen im Darknet«, warf Mario ein. »Natürlich nur der wirklich ernst zu nehmenden.«

»Bingo, so etwas in der Art muss es sein!«, stimmte Caspari ihm zu. »Ich werde Herrn Fuhr gleich anrufen und ihn informieren.

Fuhr war unterwegs zu einem Termin, hörte sich aber Casparis kurz gefassten Bericht an.

»Meine Sekretärin sendet Ihnen direkt nach diesem Gespräch eine SMS mit einer E-Mail-Adresse, die streng geheim ist. Schicken Sie Ihre Berichte von nun an ausschließlich dorthin. Verfassen Sie daneben offizielle Berichte, die Sie an meine Büroadresse mailen. Fokussieren Sie sich darin auf die Ermittlungen gegen Hildebrandt, die Schießerei im Hochhaus und den Angriff auf meine Schwester. Wir können niemandem mehr trauen. Rufen Sie sofort den Oberst vom MAD und meinen Kollegen vom Verfassungsschutz an. Die beiden Geheimnummern sende ich Ihnen via SMS. Bitte entschuldigen Sie, dass ich so kurz angebunden bin. Ich muss mich auf den Weg machen, sonst verpasse ich meinen Zug nach Berlin.«

Caspari bedankte sich und beendete das Gespräch. Direkt danach gingen die angekündigten Kurznachrichten ein. Bevor er die Führungspersönlichkeiten des Militärischen Abschirmdienstes und des Bundesverfassungsschutzes anrufen konnte, rief Clara ihn an. Sie wirkte sehr aufgelöst. In seinem Kopf schrillte eine Alarmglocke.

»Hast du eine Minute für mich?«, fragte sie mit nervöser Stimme.

»Na klar, du hörst dich nicht gut an.«

»Für jemanden, der gerade auf Facebook fertiggemacht wird, klinge ich noch recht stabil, glaube ich«, antwortete sie trotzig.

»Wie meinst du das?«

»Ich hab dir einen Screenshot via E-Mail geschickt. Von einem Mem, wie ich inzwischen weiß. Schau dir das mal an!«

Caspari öffnete die Mail-App auf seinem Smartphone und sah sich den Anhang von Claras Nachricht an.

»Mir fehlen die Worte«, kommentierte er das Bild.

»Ja, mir auch. Was kann ich dagegen tun?«

»Du musst aufs Revier kommen und eine Anzeige erstatten. Das kann ich dir leider nicht abnehmen. Parallel dazu bitte ich die Jungs von der Cyberkriminalität in unserem Haus, sich darum zu kümmern. Wenn Facebook einen Anruf vom BKA bekommt, arbeiten die sehr schnell. Hast du eine Ahnung, wer hinter diesem Schmutz steckt?«

»Ich habe einen Verdacht. Meinem Problemschüler, der bei ›Yggdrasil‹ ist, hat es wohl nicht gefallen, dass ich seine nachgeplapperten Naziphrasen immer wieder in Frage gestellt habe«, mutmaßte sie und schwieg einen kurzen Moment, bevor sie dann ihn mit einer Frage überraschte. »Sehen wir uns, wenn ich auf dem Revier bin?«

»Natürlich. Ruf mich an, wenn du mit der Anzeige fertig bist. Dann komme ich runter und hole dich ab.«

Von Mjølnir getroffen

Als Helmut Fuhr aus dem Fahrstuhl stieg und die Tiefgarage des BKA betrat, wehte ein kühler Wind. Die Tage der Eisheiligen waren die unangenehmste Zeit im Mai. Der wolkenverhangene Himmel spendete nur trübes Licht, die Luft war feucht und alles andere als T-Shirt-Wetter. Fuhr knöpfte eilig seinen Trenchcoat zu, auch wenn es nicht weit bis zu seinem Wagen war, in dem sein Chauffeur schon auf ihn wartete. Dahinter stand ein weiterer Wagen mit seinen Personenschützern.

Auf halbem Weg sah er aus dem Augenwinkel, wie die Scheiben eines geparkten Wagens heruntergingen. Der Lauf eines Schnellfeuergewehrs wurde sichtbar. Reflexartig riss Fuhr seinen Aktenkoffer hoch, da hörte er das laute Knallen von Gewehrschüssen, die in der Tiefgarage hallten. Heftige, dumpfe Schmerzen trafen ihn schnell hintereinander in der Brust und im Bauch. Wie von einer Druckwelle wurde er von den Beinen gerissen und fiel auf den Boden. Mit dem Hinterkopf schlug er auf dem Beton auf und verlor das Bewusstsein.

Der geprügelte Hund

Caspari fühlte sich nach den Telefonaten mit den Kontaktleuten des MAD und vom Verfassungsschutz, als hätte er Fransen am Mund. Er stand am Fenster und sah den Wolken nach, die der Wind über den Himmel trieb, als Andreas Sommer an seine offene Tür klopfte.

»Die Jungs von der Cyberabteilung haben sich gemeldet. Sie haben den Schlüssel von Buschs Smartphone geknackt und seine Mailbox aktiviert. Den Standortdienst haben sie allerdings deaktiviert.«

»Na prima. Dann bin ich mal gespannt, was sich nun tut«, meinte Caspari.

»Es hat sich schon etwas getan. Hildebrandt hat ihm auf die Mailbox gesprochen. Er wollte wissen, wo Busch steckt, ob es ihm gut geht und so weiter. Außerdem hat er gefragt, ob Busch die Festplatte in Uhls Haus endlich gefunden hat.«

Caspari sah eine Chance, Unruhe in die erlauchte Runde der Herrenmenschen zu bringen. Er atmete tief durch und grinste.

»Na, das ist doch mal was.«

Dann besprach er sich mit Tina und Mario.

»Ich würde gern Jens Hildebrandt festnehmen. Das macht den Zirkel entweder nervös, und sie machen Fehler, aufgrund derer wir sie leichter drankriegen. Oder sie ziehen sich etwas zurück und geben uns damit Gelegenheit, gründlicher zu ermitteln und ihre Machenschaften und Hintermänner in Gänze aufzudecken.«

»Dabei riskieren wir allerdings, dass Hildebrandt von unserer Abhöraktion auf seinem Smartphone erfährt«, gab Mario zu bedenken.

»Wir spielen ihm die Aufnahme von Buschs Mailbox vor und machen ihm klar, dass wir dessen Gerät geknackt haben. Dann wird er mit großer Wahrscheinlichkeit keinen Gedanken daran verschwenden, dass wir auch ihn abhören.«

»Es ist riskant, aber es könnte klappen«, kommentierte Tina.

»Dann machen wir es«, bestimmte Caspari. »Außerdem holt der Verfassungsschutz gerade beim Generalbundesanwalt die Genehmigungen für die Installation der Spähsoftware Pegasus auf den Smartphones der anderen Herrenmenschen, sodass wir auf Hildebrandts notfalls verzichten können.«

Eine Viertelstunde später führten Jing Jang und Schneider Jens Hildebrandt in Handschellen in den Verhörraum. Dort ließ Caspari ihn eine halbe Stunde schmoren.

»Der wollte gerade in seinen Wagen steigen, als wir ankamen«, erzählte Schneider. »Als er gesehen hat, dass wir zielstrebig auf ihn zugingen, hatte er es auf einmal sehr eilig. Wir haben ein bisschen Räuber und Gendarm gespielt.«

»Ich hoffe, ihr habt euch gleich zu Anfang als Polizisten zu erkennen gegeben«, sagte Caspari.

»Na klar, da war der aber schon im Fluchtmodus.«

Caspari lachte kurz auf, dann ging er zu Hildebrandt.

»Guten Morgen, Herr Hildebrandt. Möchten Sie einen Kaffee oder ein Wasser?«

»Ich möchte wissen, warum ich hier bin!«

»Warum haben Sie denn beim Anblick meiner Kollegen die Flucht ergriffen?«

»Ich weiß nicht, sie kamen mir irgendwie bedrohlich vor.«

»Selbst dann, als sie sich als Polizisten zu erkennen gegeben haben?«

»Noch mal, warum bin ich hier?«

»Ich werde Ihnen sagen, warum *ich* hier bin, Herr Hildebrandt«, erwiderte Caspari und drehte den Spieß um. »Vor ein paar Tagen ist ein Unbekannter in das Haus von Holger Uhl eingebrochen. Herr Uhl ist ein Freund von der Frau, die sich ein paar Ihrer angeblich unwichtigen Dateien kopiert, ins Darknet verschickt und sich dann eine Schießerei mit dieser paramilitärischen Einheit geliefert hat. Wahrscheinlich war oder ist er ihr Komplize. Können Sie mir bis hierher folgen?«

»Ja, aber was hat das mit mir zu tun?«, fragte Hildebrandt und versuchte sich an einem Pokerface.

»Dazu kommen wir jetzt. Der Einbrecher scheint auf dem Rückweg durch den Garten auf einem Frisbee ausgerutscht und heftig gegen das Bienenhaus gestoßen zu sein. Die Bienen haben das wohl als einen Angriff aufgefasst und ihn so massiv gestochen, dass er daran gestorben ist. Der Mann hatte keine Papiere bei sich, nur ein Smartphone mit einem Verschlüsselungscode. Deshalb ordnete die Staatsanwaltschaft an, dass er als unbekannte Leiche in die Rechtsmedizin kommt. Sein Smartphone ging an die Cyberabteilung des BKA. Die konnte den Code knacken. So wissen wir jetzt, dass es sich bei dem Toten um Oliver Busch handelt, einen Angestellten von

Asgard Security. Die Überraschung war doch sehr groß, als wir auf der Mailbox Ihren Anruf mithören konnten, in dem Sie sich als Mitwisser des Einbruchs zu erkennen gegeben haben. Deshalb bin ich hier und sitze Ihnen nun gegenüber, um Sie zu verhören.«

»Sie bluffen!«

»Mitnichten«, erwiderte Caspari gelassen und schaltete ein Abspielgerät ein. Hildebrandts Stimme war klar und deutlich zu hören.

»Hallo, Oliver, hier ist Jens! Mensch, wo steckst du? Sven und ich versuchen, dich seit Tagen zu erreichen. Geht es dir gut? Bist du in Uhls Haus fündig geworden? Hast du die Festplatte? Junge, warum meldest du dich nicht? Ist dir die Polizei auf den Fersen? Gib endlich mal ein Lebenszeichen von dir!«

»Ja, ich habe von Olivers Vorhaben gewusst«, gestand Hildebrandt. »Das ist aber auch schon alles.«

»Sie haben es mit ihm und Ihrem Freund Neufang geplant«, hielt Caspari ihm entgegen.

»Ich sage nichts mehr ohne meinen Anwalt.«

»In Ordnung. Sie kommen bis zum Haftprüfungstermin in eine Zelle hier. Angesichts der Beweislast ist das eine reine Formalie. Richten Sie sich schon einmal auf die Untersuchungshaft in Frankfurt-Preungesheim ein.«

»Das werden wir noch sehen«, fauchte Hildebrandt.

»Frei nach dem Motto: ›Die Hoffnung stirbt zuletzt‹? Dann wird sich Ihr Anwalt aber mächtig ins Zeug legen müssen.«

Als Caspari den Verhörraum verließ, spürte er, wie sich ein bohrender Kopfschmerz vom Hinterkopf nach oben ausbreitete. Das war ein Warnsignal. Er musste dringend für heute Schluss machen. Schnell holte er seine Sachen aus seinem Büro und suchte Tina und Mario, um mit ihnen durchzusprechen, was noch zu tun war.

In ihrem Büro fand er die beiden nicht. Langsam ging er von Raum zu Raum. Niemand war an seinem Platz. Schließlich fand er sein Team im Besprechungsraum. Alle starrten ins Leere. Es herrschte ein betretenes Schweigen. Svenja nuckelte an ihrem Wasserglas, Tina knetete ihre Hände, Andreas rieb sich seine Nase, Schneider ballte die Fäuste und entspannte sie wieder.

»Was ist los?«

»Sie haben es tatsächlich getan«, raunte Svenja Bauer, immer noch ins Leere schauend.

»Wer hat was getan?«

»Herr Fuhr ist vorhin in der Tiefgarage des BKA beschossen worden«, erklärte Schneider. »Sein Leben hängt an einem seidenen Faden. Es ist ein Wunder, dass er noch nicht tot ist. Er wurde mit einem Rettungshubschrauber ins Bundeswehrkrankenhaus nach Koblenz gebracht. Ich kenne einen seiner Personenschützer. Wir haben vor fünf Minuten miteinander telefoniert. Herr Fuhr hat viele Kugeln abgekriegt. Realistisch betrachtet stehen seine Chancen eher schlecht. Es wäre ein Wunder, wenn er das überlebt.«

Caspari fühlte sich, als würde ihm jemand den Boden unter den Füßen wegziehen.

»Das gibt's doch nicht. Die Tiefgarage? Ich meine … Da kommt man doch nicht einfach so rein. Maulwürfe im BKA. Warum Bundeswehrkrankenhaus?«, stammelte er, als könnte er die Informationen nicht verarbeiten.

»Wo kennen sie sich wohl besser mit Verletzungen von Geschossen aus Sturmgewehren aus als in einem Armeekrankenhaus?«, erklärte Schneider.

»Dass diese Herrenmenschen bei uns, beim MAD und beim Verfassungsschutz Maulwürfe eingeschleust haben, wissen wir ja«, erinnerte ihn Mario.

Caspari setzte sich zu seinen Leuten und wurde mit ihnen zu einem Klangkörper der Stille, die schreiend von den Wänden hallte. Irgendwann zerriss das Läuten eines Telefons die Unerträglichkeit der Atmosphäre. Alle standen auf, wie aus einer Trance erwacht, und begannen, wie Träumende, sich dem zu widmen, weshalb sie in diesem Revier waren: diesem Spuk ein Ende zu bereiten. Caspari übertrug Tina die Haftprüfung von Hildebrandt und machte sich auf den Heimweg.

Als er auf dem Parkplatz des Reviers den Zündschlüssel ins Schloss steckte und wieder aufblickte, saß David Beckham auf dem Beifahrersitz. Erschrocken zuckte Caspari zusammen.

»Du hast Angst«, stellte der in ein strahlendes Weiß Gewandete fest.

»Ich denke, das ist offensichtlich.«

»Eine vernünftige Reaktion – und eine gute! Die Angst bewahrt dich vor Leichtsinn.«

»Wie soll ich jetzt nur weitermachen?«, fragte Caspari, doch sein Gesprächspartner war wieder einmal verschwunden.

Schlecht geleugnet

»Tom, ich möchte noch kurz mit dir sprechen.« Mit diesen Worten hielt Clara Tom davon ab, nach dem Religionsunterricht den Raum zu verlassen.

»Ja?«, fragte er, wobei er an ihr vorbeischaute.

Sie zeigte ihm den Screenshot von dem Meme aus Facebook.

»Du weißt, was das ist?«

»Nein«, antwortete er. Sein Blick ging dabei nach unten seitlich weg. Ein untrügliches Zeichen dafür, dass er log.

»Wir wissen beide, dass du mir hier Bullshit erzählst.«

»Ich weiß wirklich nicht, wovon Sie reden«, widersprach er, konnte sie aber immer noch nicht direkt ansehen.

»Von ›Yggdrasil Spessart‹, deiner neuen Ersatzfamilie. Da hast du ordentlich Stimmung gegen mich gemacht.«

»Das ist nicht wahr!«

»Ach ja? Es ist nur merkwürdig, dass viele der ersten Kommentare des Shitstorms von eurer Gruppe kommen. Das hat jedenfalls das Bundeskriminalamt ermittelt. Soll ich dir mal die perversesten vorlesen? Wie zum Beispiel, dass die ›Pfaffenfotze mal so richtig von ein paar Kameltreibern durchgefickt werden‹ soll? Oh, da gibt es eine ganze Reihe solcher Stilblüten.«

Clara hatte sich so richtig in Rage geredet. Tom war blass geworden, aber das war ihr in diesem Augenblick völlig egal. Ihre Wut musste raus.

»Aber keine Sorge, darum kümmert sich schon die Staatsanwaltschaft. Facebook hat Gott sei Dank recht schnell eingegriffen und dem Spuk ein Ende bereitet. Aber das hat auch für dich Konsequenzen. Glaub bloß nicht, wir lassen dir hier alles durchgehen. Was denkst du dir eigentlich dabei, mich mit deiner Horde von Vollpfosten so feige anzugreifen?«

Tom schien sich wieder gefangen zu haben. »Sie stehen für alles, was ich ablehne!«, keifte er. »Sie stehen für ein Multikulti, das die Mehrheit der Bürger gar nicht will. Sie befürworten eine Überfremdung, den Einzug von Islam und Scharia in unser Land. Die Deutschen werden aussterben. Irgendwann laufen hier nur noch Öl-Augen herum, die nur gebrochen unsere Sprache sprechen. Das haben wir einem Staat zu verdanken, der uns entmündigt und uns diese Entvolkung aufdrückt.«

»Blödsinn«, konterte Clara gereizt. »Ich will keine Überfremdung. Von der Scharia halte ich auch nichts. Als Frau genieße ich die Gleichberechtigung in unserem Land. Die Wahrheit ist aber, dass Völkerwanderungen so alt sind wie die Menschheit selbst. Erinnere dich, dass viele Germanenstämme ins Römische Reich eingefallen sind. Die Wikinger haben Teile Englands besiedelt, die die Angeln und Sachsen vorher den Pikten abgenommen haben, und so weiter. Deshalb wird ein Teil der Bevölkerung auch immer nicht deutscher Abstammung sein. Menschen fliehen vor Umweltkatastrophen, vor Hunger und Krieg und suchen Schutz bei uns. Ich stehe für eine Gesellschaft, in der man füreinander da ist und sich umeinander kümmert. Übrigens auch um Deutsche mit schwachem Einkommen und auch um dich und deine Probleme, mein Freund!«

Sie sah dem Jungen dabei in die Augen, die wirkten, als würden sie gleich aus ihren Höhlen treten. Sein Kopf nahm die Farbe einer reifen Tomate an. Der Mund stand ihm offen. Mit starrem Blick drehte er sich um und ging mit raschem Schritt aus dem Klassenraum.

Kaltgestellt

Caspari brauchte einen kompletten Nachmittag, um sich von dem Vormittag zu erholen. Mit Clara und Camillo drehte er eine große Runde durch den Wald, anschließend bearbeitete er den Makiwara mit seinen Fäusten und Handkanten. Er hatte diese Übung gerade beendet, als Benny, sein Schwager, vor ihm stand und ihn daran erinnerte, dass sie beide an diesem Abend gemeinsam zum Karatetraining nach Fulda fahren wollten. Schnell packte er seine Sachen zusammen und machte sich mit ihm auf den Weg dorthin, wo er sich körperlich und geistig verausgaben und mental erholen konnte.

Am nächsten Morgen kamen Tina und Mario zum Frühstück zu ihm herüber. Clara erzählte ihnen, wie sie Tom mit ihrem Wissen darüber konfrontiert hatte, dass er der Initiator des Shitstorms gegen sie war.

»Mein lieber Mann, den hast du dir aber zur Brust genommen«, meinte Tina anerkennend.

»Ich habe viel Verständnis, aber irgendwann ist das dann auch aufgebraucht«, erwiderte Clara. »Der Junge muss dann auch einmal wissen, woran er ist.«

»Den Haftbefehl für Hildebrandt haben wir ohne Probleme erhalten«, erzählte Mario Caspari. »Ich hatte zudem versucht, einen Durchsuchungsbeschluss für das Gelände von Asgard Security und für Troja Marketing zu ergattern. Dafür konnte ich den Richter allerdings nicht gewinnen.«

»Der Innenminister hat schon einen kommissarischen Vertreter für den Präsidenten eingesetzt«, erzählte Tina. »Nun rate mal, wer das ist.«

»Bei unserem Glück tippe ich mal auf den Herrenmenschen Karl Funke«, brummte Caspari ungehalten.

»Jepp! Der hat sich gestern auch gleich von Berlin aus auf den Weg nach Wiesbaden gemacht.«

»Entzückend! Da können wir uns ja auf was gefasst machen«, kommentierte Caspari.

»Wir haben gestern noch lange mit Frau Wedekind zusammengesessen und überlegt, was sich hinter den Begriffen aus der nordischen Mythologie verbergen könnte. Keiner von uns hatte eine zündende Idee. Auch mit unseren Überlegungen, wo Holger Uhl die Festplatte versteckt haben könnte, sind wir keinen Schritt weiter. Wir stecken in einer Sackgasse.«

»Das glaube ich nicht«, widersprach Caspari. »Wir haben die Lösung vielmehr ganz dicht vor der Nase und sehen sie nur nicht.«

Das Klingeln seines Smartphones ließ ihn zusammenzucken. Er nahm den Anruf an.

»Karl Funke hier. Ich gehe mal davon aus, dass Sie schon Kenntnis davon genommen haben, dass ich die Leitung des BKA innehabe, solange Herr Fuhrs Status unklar ist.«

Caspari stieß diese eiskalte Formulierung bitter auf. »Ja, das ist mir zu Ohren gekommen«, sagte er betont sachlich.

»*Mir* ist zu Ohren gekommen, dass Herr Fuhr Sie für eine Sonderermittlung abgestellt hat. Richten Sie es ein, dass Sie in spätestens eineinhalb Stunden in meinem Büro sind. Wir werden dann darüber sprechen.«

»Selbstverständlich.«

»Ich sehe, wir verstehen uns.«

Caspari beendete das Gespräch und verzog dann angewidert das Gesicht. »Was für ein Arschloch!«

»Du musst uns nichts erzählen, wir konnten alles mithören«, sagte Clara.

»Was wirst du jetzt tun?«, fragte Tina.

»Ich fahre nach Wiesbaden, gehe in sein Büro und richte sein Esszimmer neu ein.«

»Was will er machen?«, fragte Mario völlig verwirrt.

»Er meint damit, dass er dem Herrn Arier alle Zähne ausschlagen will«, klärte Tina ihn auf.

»Christoph, reiß dich zusammen. Du musst ihn mit anderen Waffen schlagen. Vom Gefängnis aus kannst du die Nazis nicht stoppen«, versuchte Clara, ihn zu bremsen.

»Natürlich werde ich ihn nicht verprügeln. Aber träumen darf man ja wohl noch, oder?«, erwiderte er.

Wenig später saß er in seinem Volvo und fuhr auf der A 66. Aus den Lautsprechern schallten die Klänge aus Verdis Oper »Macbeth«. Verrat, Mord, Liebe, Macht und Machtmissbrauch, alles, was Shakespeare meisterhaft in seinem Drama verarbeitet hatte, hatte Verdi auf geniale Weise vertont. Jedenfalls passte diese Oper zu dem bevorstehenden Gespräch.

Karl Funke empfing ihn in Fuhrs Büro. Der Empfang war kühl. Der hochgewachsene Mann mit einem kleinen Bauchansatz, deutlichen Geheimratsecken, mittelblondem Haar und einem stechenden Blick aus graublauen Augen strahlte eine latente Aggressivität ihm gegenüber aus, weshalb Caspari ihm tatsächlich sehr gern und kommentarlos die Herrenrassenarroganz aus dem Gesicht geprügelt hätte. In aller Freundschaft, verstand sich.

»Dr. Caspari, guten Morgen.« Funke kam gleich zur Sache. »Ich habe die Berichte gelesen, die Sie Herrn Fuhr haben zukommen lassen. Ich weiß ehrlich gesagt nicht, warum er Sie darauf angesetzt hat.«

»Es sind nun schon reichlich viele Merkwürdigkeiten, für die die Akteure keine glaubwürdigen Erklärungen haben«, wandte Caspari ein.

»Das müssen Sie mir erklären.«

»Eine leitende Elitepolizistin stiehlt nicht belanglose Dateien von dem Rechner eines Firmeninhabers. Dahinter steckt mehr. Das beweisen auch seine Versuche, mit Hilfe eines Mitarbeiters von Asgard Security eine Festplatte in dem Haus des verschwundenen Vertrauten von Frau Wedekind zu finden, auf der sich mit an Sicherheit grenzender Wahrscheinlichkeit Kopien davon befinden.«

»Meines Erachtens konstruieren Sie sich einen Fall zurecht, der so nicht existiert.«

»Das sehe ich anders. Die Versuche, die Patientin Wedekind in der Psychiatrie auszuspionieren, lassen sich nicht wegleugnen. Auch der Test, mit dem unter Einsatz von LSD herausgefunden werden sollte, ob sie tatsächlich apathisch ist, ist gut dokumentiert.«

»Können Sie Täter vorweisen?«

»Im Falle der LSD-Geschichte, ja. Was die Spionagetechnik betrifft, ermitteln wir noch. Der Einbrecher, der mehrmals im Haus vom Kollegen Uhl unterwegs war, liegt in der Rechtsmedizin.«

An dieser Stelle sah Caspari zum ersten Mal so etwas wie eine Gefühlsregung bei Funke.

»Was ist mit ihm geschehen?«

»Es war ein Unfall. Er ist im Garten auf einem Frisbee ausgerutscht und stieß heftig gegen Uhls Bienenhaus. Die Tiere werteten das als Angriff auf ihre Stöcke und attackierten ihn. Er wurde zu Tode gestochen.«

»Mein Gott, wie furchtbar!«

»Ja, es gibt tatsächlich schönere Arten zu sterben. Die Spur, die zu den Leuten führt, die die Spionagetechnik in die Rauchmelder in der Psychiatrie eingebaut haben, ist leider kalt.«

»Was ist mit Hildebrandt?«

»Er steckt mit Oliver Busch, dem Einbrecher, unter einer Decke. Von ihm wollen wir Auskunft über den tatsächlichen Inhalt der Dateien, die Frau Wedekind kopiert hat.«

»Und wenn es einfach nur ein paar selbst gedrehte Pornofilme sind?«, hielt Funke dagegen. »Es ist verständlich, dass Hildebrandt diese Dateien wiederhaben will.«

»Dafür engagiert man keinen Einbrecher«, hielt Caspari dagegen.

»Wenn Sie wüssten, was Menschen alles tun, um nicht irgendwelchen Peinlichkeiten ausgesetzt zu sein«, sagte Funke.

»Herr Funke, soweit ich über Sie in Erfahrung bringen konnte, sind Sie ein guter Jurist. Bei allem Respekt, wie viel Erfahrung bringen Sie bei der Ermittlungsarbeit mit?«

»Ich verbitte mir solche Anmaßung!«, rief Funke und sprang hinter seinem Schreibtisch auf.

»Das ist keine Anmaßung, Herr Funke. Sie sind kein Fachmann auf diesem Gebiet. Das können Sie auch gar nicht sein. Ihre Expertise liegt in anderen Bereichen. Also bitte ich Sie, auf die Profis wie mich zu hören, die seit vielen Jahren mit Erfolg Ermittlungsarbeit betreiben«, erwiderte Caspari, der ebenfalls aufgestanden war.

»Sie sind derzeit doch gar nicht qualifiziert für eine erfolgreiche Ermittlungsarbeit. Bis vor Kurzem waren Sie wegen eines psychischen Zusammenbruchs im Krankenstand.«

»Ein Urteil darüber steht Ihnen nicht zu. Dass ich wieder dienstfähig bin, hat ein fachärztliches Gutachten festgestellt. Es sei denn, zu Ihrer Expertise als Jurist gehört auch noch die Psychiatrie.«

»Überspannen Sie den Bogen nicht«, schäumte Funke, »sonst –«

»Sonst was?«, unterbrach ihn Caspari. »Ich bin hier schon ein paar Jahre. Meinen Sie, Sie können hier einfach so hereinspazieren und mich zum Teufel jagen? Das dürfte einen interessanten Prozess vor dem Bundesverwaltungsgericht geben.«

»Bis dahin versetze ich Sie bis auf Weiteres in den Krankenstand und fordere ein Gegengutachten an«, fauchte Funke. »Außerdem werde ich diese ganze unsinnige Ermittlung abblasen. Damit hat mein Vorgänger nur unnötig Steuergelder durch den Schornstein geblasen.«

In diesem Augenblick riss bei Caspari eine Saite. Er lief um den Schreibtisch herum, drückte Funke gegen die Wand, drückte mit seinem linken Unterarm gegen dessen Hals und packte mit der rechten Hand sein Gemächt.

»Nun hör mir mal gut zu, Dollbohrer«, flüsterte er, während Funke unter Schmerzen keuchte. »Noch bist du kommissarisch auf diesem Posten, und die Schuhe von Fuhr sind dir fünf Nummern zu groß. Du hast lediglich eine große Klappe.«

»Dafür mache ich Sie fertig«, keuchte Funke.

»Ach ja? Da bin ich ja mal gespannt, wie das gehen soll. Wir beide sind allein hier. Es gibt keine Augenzeugen.«

»Sie verletzen mich.«

»Ach ja, richtig. Wenn du mich noch ein bisschen ärgerst, drücke ich fester zu. Dann kannst du deine Nüsse als Brotaufstrich verwenden. Ich bin psychisch kaputt. Das hast du ja selbst behauptet.«

Funke hob beide Hände als Zeichen, dass er sich ergab. Caspari ließ ihn los, richtete ihm die Krawatte und tätschelte ihm die Wange. Als er fast an der Tür war, rief ihm Funke hinterher. »Dich mach ich persönlich fertig!«

»Wenn du mir in die Quere kommst, reiße ich dir den Kopf ab und piss dir in den Hals«, erwiderte Caspari und ging. Diesen Spruch hatte er als Streifenpolizist vor einer halben Ewigkeit einmal von einem Zuhälter aufgeschnappt.

Hinter der Tür grinste ihn Fuhrs Sekretärin an. Sie war eine adrette Dame, die immer viel Wert auf gute Manieren und eine gepflegte Sprache legte. Sie war mit einem reichen Ehemann verheiratet und arbeitete nur deshalb als die Sekretärin des Präsidenten des Bundeskriminalamtes, weil ihr die Aufgabe Freude bereitete.

»Ich habe alles über die Telefonanlage mitgehört«, gestand sie flüsternd, »und ich habe es genossen! Dieser entsetzliche Mensch führt sich auf, als wäre unsere Behörde sein Besitz, inklusive aller, die hier arbeiten.«

»Passen Sie auf sich auf«, raunte Caspari und zwinkerte ihr zu.

Die Energie und der Zorn, die ihn während der Auseinandersetzung mit Funke angetrieben hatten, flauten ab, als er in die Tiefgarage des BKA ging. An der Stelle, an der ein dunkler bräunlicher Fleck den grauen Beton färbte, blieb er einen Augenblick stehen. Ein eiskalter Schauer überlief ihn.

Er atmete tief durch und ging zu seinem Volvo. Kaum hatte er sich ans Steuer gesetzt, rief ihn Tina völlig aufgelöst an.

»Funke hat sich eben über eine Konferenzschaltung bei uns allen gemeldet. Er hat uns mitgeteilt, dass du mit sofortiger Wirkung in den Krankenstand versetzt bist.«

»Das war zu erwarten. Wir sind nicht gerade die besten Freunde.«

»Dass der Mann nicht den ersten Platz im Mister-Charming-Wettbewerb gewinnt, ist mir auch klar. Kurz, der ist ein Arschloch. Aber was hast du getan, um es dir mit ihm so zu verderben?«

»Ich habe ihm unmissverständlich klargemacht, dass es keine gute Idee ist, despektierlich über Herrn Fuhr zu reden und mich als Deppen dastehen zu lassen.«

»Ich hoffe, du hast dabei nicht über die Stränge geschlagen?«

»Ich habe ihm die Nüsse neu sortiert.«

»Bist du wahnsinnig?«

»Ja klar, deshalb hat er mich doch mit sofortiger Wirkung in den Krankenstand versetzt.«

»Oh Mann, das macht es nicht gerade einfacher. Tanja Wedekind lässt er in eine Pflegeeinrichtung einweisen. Ein Wagen, der sie abholen und dorthin bringen soll, ist schon zu uns unterwegs, sagt er.«

»Er verliert keine Zeit.«

»Sollen wir sie verstecken? Oder lassen wir sie weglaufen?«

»Nein, das wäre zu offensichtlich. Findet heraus, in welche Einrichtung sie kommt. Setzt Dr. Bartholomäus ins Bild. Wir werden alle Hebel in Bewegung setzen, sie aus der Einrichtung herauszuholen. Gegebenenfalls wird sie von dort fliehen. Das muss aber gut vorbereitet sein.

»Ja, du hast recht.«

»Ich komme noch einmal zu euch und hole meine Sachen.«

»Funke hat uns angewiesen, dich nicht mehr reinzulassen. Als ich das Heinz Bertram erzählte, hat der gleich losgepoltert. Funke hätte ihm gar nichts zu sagen. Er könne in sein Revier lassen, wen er wolle. Also hol deine Sachen.«

Sie schwieg einen Augenblick.

»Christoph, da ist noch etwas anderes. Funke will natürlich alle Berichte haben.«

»Ja, ich weiß. Wir geben ihm alles rund um Tanja Wedekind, Oliver Busch und Jens Hildebrandt. Nichts über die Pegasus-Überwachung, nichts von dem Lauschangriff auf das Geheimtreffen. Das alles speichert ihr auf separaten Festplatten und löscht es auf euren Computern und Clouds und wo ihr es sonst noch habt. Herr Fuhr hatte schon länger vermutet, dass der Zirkel einen Maulwurf im BKA hat. Deshalb hat er alle meine Berichte und sämtliche Dokumente separat abgelegt und alle Anträge auf Überwachung über andere Kanäle laufen lassen.«

»Christoph, wie soll es jetzt weitergehen?«, fragte Tina mit einer belegten Stimme.

Er spürte ihre Angst. »Offiziell tut ihr, was Funke euch sagt. Inoffiziell ermitteln wir gemeinsam mit dem Verfassungsschutz und dem MAD weiter. Die sind auf unserer Seite. Lasst euch keine Angst machen. Sprich sofort mit den anderen darüber. Wer weiß, wie lange ihr noch Zeit habt, euch abzustimmen. Ich bin auf dem Weg zu euch.«

Nach dem Telefonat starrte er durch die Windschutzscheibe auf die anderen Wagen in der Garage.

»Verliere deinen Glauben nicht«, sagte eine Stimme.

Erschrocken blickte er zur Seite. Auf dem Beifahrersitz saß wieder der in Weiß gewandete Beckham-Typ.

»Alles ist in Bewegung«, sagte der. »Halte durch!«

Caspari schaute über sein Lenkrad. Halte durch! Der Kerl hatte Nerven. Das war gerade eine ziemlich schwierige Aufgabe. Als er ihm das sagen wollte und wieder zur Seite sah, war der spukende Adonis nicht mehr da.

Auf dem Weg zum Gelnhäuser Polizeirevier hörte Caspari das Requiem von Verdi. Glaube und Hoffnung auf Erlösung im Angesicht des Todes waren die Kernthemen des gewaltigen christlichen musikalischen Werkes. Glaube und Hoffnung war auch genau das, was er und seine Leute in der Situation brauchten, in der sie sich befanden.

Im Revier angekommen, setzte er sich mit seinen Leuten und Tanja Wedekind im Besprechungszimmer zusammen. Es gab so vieles, worüber sie reden mussten. Alle blickten aber in den ersten Minuten stumm in ihre Tassen.

»Es hilft alles nichts«, sagte Caspari, der sich als Erster wieder gefasst hatte, nach einer Weile. »Wir müssen planen, wie es weitergeht. Tina hat euch sicher in Kenntnis gesetzt, was ich mit ihr schon telefonisch besprochen habe. Funke darf nicht erfahren, was wir schon alles über ihn und seine Mitverschwörer wissen. Sonst sind nicht nur unsere Ermittlungen umsonst gewesen, sondern wir alle schweben in Lebensgefahr. Dass die Gruppe nicht gerade zimperlich ist, sehen wir an den Schicksalen von Tanjas Mann und Herrn Fuhr. Gibt es von ihm etwas Neues?«

»Der aktuelle Stand ist, dass er nach wie vor noch in akuter Lebensgefahr schwebt. Eine Sondereinheit der Feldjäger bewacht ihn im Bundeswehrkrankenhaus. Mehr ist nicht bekannt«, berichtete Erich Fuchs.

»Wie sollen wir uns verhalten?«, fragte Svenja Bauer.

»Dienst nach Vorschrift«, erklärte Caspari. »Funke wird euch allen einen Vortrag halten, dass ihr euch auf die Kernkompetenzen unserer Abteilung konzentrieren sollt, nämlich die Ermittlungen gegen psychopathische Serientäter. Offiziell seid ihr schön artig. Eine Kontaktperson des Verfassungsschutzes wird euch Instruktionen geben, was ihr darüber hinaus tun sollt. Ich habe mit dem Präsidenten der Behörde vorhin auf einer sicheren Leitung telefoniert.«

»Haben Sie auch Instruktionen für mich?«, fragte Tanja Wedekind.

Caspari senkte den Blick und schüttelte den Kopf.

»Ich muss Sie um Entschuldigung bitten. Ich habe Ihnen Hoffnungen gemacht, die ich nicht einhalten konnte. Jetzt lasse ich Sie im Stich.«

»Oh nein, nein, Dr. Caspari. Sie waren der Einzige, der mir geglaubt hat, von meinem Bruder einmal abgesehen. Sie haben alles in Ihrer Macht Stehende getan. Das Spiel ist noch nicht zu Ende, glauben Sie mir.«

»Nun gut. Dann bitte ich Sie, wieder in die Rolle der apathischen Patientin zu schlüpfen. In welche Einrichtung Sie auch immer gebracht werden, wir holen Sie da raus, bevor man wieder einen Anschlag auf Sie verübt.«

»Ich weiß.«

Caspari räumte seine Sachen aus seinem Büro und ließ sich von Mario eine Festplatte mit allen Ermittlungsdateien geben.

»Wir sehen uns später«, sagte der zu ihm und klopfte ihm auf die Schulter.

Entscheidungen

Clara diskutierte in der Religionsstunde über die Moral des Christentums.

»Wenn ich mir eure Einfälle ansehe, die ihr an der Tafel zusammengetragen habt, dann fällt mir auf, dass ihr Moral meistens in Verbindung mit Verbot oder mit Sexualität seht«, stellte Clara fest. »Und tatsächlich hat der Begriff ›Moral‹ einen schlechten Ruf. Aber eigentlich hat er den gar nicht verdient. Moral ist im Grunde etwas sehr Positives. Moralisches Handeln meint nämlich verantwortliches Handeln. Das ist viel mehr als eine ›Verbotsethik‹.«

»Wem gegenüber gilt denn meine Verantwortung?«, fragte Tom herausfordernd.

Anne verdrehte die Augen. Clara wusste aus Gesprächen mit ihr, dass selbst dieses Mädchen nicht mehr an ihn herankam. »Zunächst einmal dir gegenüber. Du trägst Verantwortung für dein Handeln, aber auch für deine emotionalen Reaktionen.«

»Ich kann meine Emotionen doch nicht steuern«, entgegnete Lasse. Dabei lehnte er sich auf seinem Stuhl zurück, als säße er auf einem gemütlichen Sessel, und hatte wieder einmal sein spitzbübisches Grinsen im Gesicht.

»Natürlich«, widersprach Clara. »Du kannst entscheiden, ob und wie stark du dich emotional auf etwas einlässt. Das nennt man Selbstreflexion. So etwas kann man lernen, und es hilft im Umgang mit sich selbst und mit anderen. Ich kann mich und mein Gegenüber besser verstehen.«

»Wem gegenüber gilt meine Verantwortung noch?«, hakte Tom nach.

Clara vermisste den sensiblen Jungen, der er noch vor einem halben Jahr gewesen war. Nun sah sie in ein hartes Gesicht, in dem der Schmerz hinter einer Maske von Wut verborgen lag.

»Deinen Mitmenschen«, antwortete sie.

»Allen Mitmenschen?«

Sie wusste, worauf Tom hinauswollte. Da sie keinen Streit vor der Klasse provozieren wollte, argumentierte sie mit der Bibel.

»Ihr kennt doch alle das Gleichnis vom barmherzigen Samariter aus dem Lukasevangelium«, sagte sie. »Ein Kaufmann zog von Jerusalem nach Jericho. Auf seinem Weg wurde er von Räubern überfallen und halb zu Tode geprügelt. Sie nahmen alles, was er bei sich hatte, und ließen ihn schwer verletzt am Wegesrand liegen. An diesem Mann liefen nun einige Leute vorbei, auch Vertreter des religiösen Lebens. Niemand kümmerte sich um ihn. Keiner wollte sich die Hände schmutzig machen. Dann kam ein Samariter vorbei. Die Samariter und die Juden konnten sich damals nicht ausstehen, weil jede Seite der anderen unterstellte, Gott auf die falsche Weise anzubeten. Ausgerechnet so ein verfeindeter Ungläubiger tat, wozu die eigenen Landsleute, die Glaubensgenossen, nicht bereit waren. Er steigt von seinem Reittier und sieht nach dem Verwundeten. Er versorgt dessen Wunden, bringt ihn in eine Herberge und pflegt ihn. Als er am kommenden Tag weiterreisen muss, gibt er dem Wirt noch Geld dafür, dass er den Verprügelten gesund pflegt. Jesus hat den jüdischen Theologen dieses Gleichnis erzählt, um ihnen klarzumachen, wem meine Verantwortung als Christ gilt: jedem, der meine Hilfe braucht, unabhängig von Herkunft, Religion und Geschlecht. Das ist Nächstenliebe. Und das ist der Kern der christlichen Moral.«

»Für mich ist das christliche Sozialromantik«, widersprach Tom. »Verantwortung haben wir meiner Meinung nach zuerst für das eigene Volk. Wir können uns nicht um das Leid der ganzen Welt kümmern, dazu reichen unsere Kapazitäten gar nicht. Wir können nicht jeden Flüchtling pampern, dann stehen demnächst wirklich alle Rentner bei der Tafel an. Außerdem nehmen wir auf Leute Rücksicht, die unsere Werte nicht teilen, die sie sogar ablehnen.«

»Du würdest also den Ausgeraubten am Wegesrand verrecken lassen, weil er nicht zu unserem Volk gehört?«, hakte Clara nach.

»Im Zweifelsfall schon«, räumte Tom ein.

Clara war froh, dass diese Stunde ihre letzte für diesen Tag war. Im Anschluss suchte sie nach der Schulsozialarbeiterin Bettina Schwaiger. Sie fand sie in ihrem Büro.

Clara kam gleich zur Sache. »Wie kommst du mit Tom Kalkbrenner voran?«

»Gar nicht. Mittlerweile steckt er zu tief in der rechtsextremen Szene drin, als dass ich ihn noch irgendwie erreichen könnte.«

»Ich schreibe dem Rektor und seinem Klassenlehrer eine E-Mail. Es ist an der Zeit, den Staatsschutz darüber zu informieren. Das ist vielleicht der einzige Weg, wie wir Tom wieder zur Vernunft kriegen.«

»Das sehe ich genauso«, stimmte Bettina Schwaiger zu.

Frustriert ob der Tatsache, dass sie alle bei Tom mit ihren Möglichkeiten am Ende angekommen waren, fuhr Clara nach Hause.

Das milde Wetter inklusive Sonnenschein, das die Eisheiligen-Kälte abgelöst hatte, stimmte sie auf der Fahrt ein wenig versöhnlich. Das Sonnenlicht tanzte durch das noch hellgrüne Laub der Bäume.

Zu Hause angekommen, fand sie einen Zettel auf dem Esstisch: »Du findest warme Kartoffeln im Ofen und Quark im Kühlschrank. Ich bin im Trainingsraum. Christoph«.

Sie aß ohne großen Appetit etwas von dem Mittagessen, ließ es dann aber stehen. Dann ging sie zu Christoph. Schon im Hof hörte sie das klackende Geräusch des Makiwara. Warum war ihr das vorhin beim Aussteigen aus dem Wagen nicht aufgefallen? War sie so in Gedanken gewesen?

Als sie die Tür öffnete, unterbrach er das Schlagen auf den Holzpfosten und drehte sich zu ihr um. Er sah mitgenommen aus.

»Das war heute kein guter Tag bei dir«, stellte sie fest.

»Dein Tag scheint auch in die Kategorie ›Kannste vergessen‹ zu gehören. Willst du darüber reden?«

»Erst bist du dran«, entschied sie.

»Na gut.«

Clara war entsetzt über das, was sie hörte. »Wo soll das noch enden? Das macht mir Angst. Mein Schüler Tom ist in den Fängen dieser Leute, bei ›Yggdrasil‹, wie du weißt. Ich hatte heute wieder so eine Diskussion mit ihm«, begann sie und erzählte ihm alles.

Sie nahmen sich in die Arme und standen so eine Weile schweigend, bis sie ein Auto in den Hof fahren hörten. Tina und Mario waren gekommen und stiegen aus.

»Die anderen sind schon in ihren Unterkünften beim Packen. Wir beide haben uns entschlossen, noch über das Wochenende hierzubleiben«, sagte Tina.

»Wir müssen das alles erst einmal sacken lassen«, meinte Mario. »Kurz bevor wir gemeinsam losgefahren sind, kamen zwei Polizisten in einem Streifenwagen und haben Frau Wedekind abgeholt. Wir hatten vorher schon die Kollegen vom Revier instruiert. Die waren darauf vorbereitet, dass Tanja Wedekind wieder im Zombie-Modus ist.«

»Die Frau spielt diese Rolle ausgezeichnet«, kommentierte Tina.

»Ohne Zweifel. Selbst Professor Bierstedt hat ihr das abgekauft«, pflichtete Caspari ihr bei. »Haben die Kollegen gesagt, wohin sie Frau Wedekind bringen?«

»Ja, in die Psychiatrie nach Haina in Nordhessen.«

»Das ist eine erstklassige Einrichtung, wie ich mal gehört habe«, meinte Clara.

»So erstklassig, dass wir dort nur sehr schwer reinkommen«, brummte Caspari mit einem ernsten Gesicht.

Clara war schockiert. Was heckte er nun wieder aus? Gerade als sie ihn fragen wollte, klingelte Marios Smartphone. Der nahm das Gespräch an und wurde aschfahl.

»Eine halbe Stunde nachdem Frau Wedekind abgeholt worden war, kamen zwei weitere Beamte in einem VW-Bus mit der gleichen Absicht. Sie konnten sich ausweisen und hatten alle Dokumente dabei. Bertram hat sofort Großalarm ausgelöst.«

»Verdammt, sie wollen Tanja Wedekind umbringen, bevor sie in die Psychiatrie kommt. Warum habe ich nicht an diese Möglichkeit gedacht?«, rief Caspari und schlug sich mit der Hand gegen die Stirn.

Clara sah den Blick des gehetzten Wildes in seinem Gesicht.

»Weil das die unwahrscheinlichste aller Möglichkeiten gewesen ist«, erwiderte Tina. »Steig ein. Wir fahren ins Revier.«

Clara gab ihm noch einen flüchtigen Kuss, stürzte ins Haus und holte seine Sachen. Dann sah sie den dreien nach, wie sie ins Auto sprangen und losfuhren.

Entwischt

Als Caspari mit Tina und Mario auf dem Revier eintraf, war dort der Teufel los. Bertram fing sie vor dem Eingang ab.

»Christoph, weißt du, wo der Parkplatz vom Waldsportplatz in Haitz ist?«

»Na klar, warum?«

»Dort steht der Polizeiwagen, mit dem Frau Wedekind abgeholt wurde. Die beiden angeblichen Kollegen wurden erschossen. Sie ist verschwunden.«

»Was?«, schrie Tina.

»Los geht's«, bestimmte Mario und zog sie in Richtung des Wagens.

Mit Blaulicht und Martinshorn fuhren sie zum Parkplatz, der außerhalb des Gelnhäuser Ortsteils Haitz lag. Ein Kollege vom Revier hob das Absperrband und ließ sie durchfahren. Ein Kriminaltechniker reichte ihnen weiße Anzüge und Überziehschuhe. Nachdem sie hineingeschlüpft waren, näherten sie sich dem Tatort. Die beiden vermeintlichen Polizisten lagen tot neben dem Wagen auf dem Boden. Blutlachen hatten sich auf dem geschotterten Boden gebildet. Beide Leichen wiesen mehrere Einschusslöcher im Rumpf auf. Neben ihnen lagen die Pistolen, mit denen die beiden selbst geschossen zu haben schienen. Jürgen Jungmann, leitender Hauptkommissar im Revier und Casparis früherer Kollege in ihrer Anfangszeit, kam auf sie zu.

»Hallo. Kein schöner Anblick.«

»Nein«, antwortete Caspari. »Kannst du uns schon ein bisschen erzählen?«

»Die falschen Polizisten haben sich definitiv mit den Falschen angelegt. Wer auch immer die zwei erschossen hat, hat keine Kugel verschwendet. Kein einziges Mal wurde danebengeschossen.«

»Wie? Jeder Schuss ein Treffer in den Körper?«, fragte Mario erstaunt.

»Ganz genau. Wir suchen hier schon eine ganze Weile nach Projektilen, Fehlanzeige. Alles, was abgefeuert wurde, steckt in den beiden.«

Die Rechtsmedizinerin drehte sich herum. Caspari erkannte sie aus ihrer Begegnung im Untersuchungsgefängnis. Dr. Jasmin Bachmann. Ihm kam eine Idee.

»Frau Bachmann, wäre es möglich, den Toten die Unterarme frei zu machen?«

»Aber natürlich«, antwortete sie und schnitt mit einer Schere die jeweiligen Hemdsärmel bis zu den Ellenbogen auf. Caspari und die anderen kamen währenddessen zu ihr. Sie zog den Stoff hoch. Bei beiden war dieselbe Tätowierung auf den Unterarmen zu erkennen.

»Mjølnir«, raunte Tina.

»Wer steht denn auf so was?«, fragte Jungmann.

»Nazis«, meinte Caspari.

»Echt jetzt?«

»Leider ja.«

»Diese beiden Herren haben jedenfalls auch geschossen. Von der Rekonstruktion des Tathergangs her zu urteilen, haben sie das Feuer sogar eröffnet. Wir konnten allerdings nirgendwo Blut entdecken, sodass wir davon ausgehen, dass sie nicht getroffen haben. Daraus können wir schließen, dass die Gegenseite schneller und präziser war.«

»Die beiden tragen keine kugelsicheren Westen«, bemerkte Tina.

»Das zeigt, dass der Zirkel der Diagnose über Frau Wedekinds Zustand glaubt und mit einem Überfall nicht gerechnet hat. Für eine harmlose apathische Patientin braucht niemand eine kugelsichere Weste«, schlussfolgerte Caspari.

»Irgendeine Spur von Frau Wedekind?«, fragte Mario, an Jungmann gewandt.

»Leider keine. Wir haben Hundeführer losgeschickt. Die kämmen mit ihren Tieren den Wald durch. Die Hunde haben allerdings keine Spur gefunden. Ich glaube, die Schützen haben sie mitgenommen. Wir haben frische Reifenabdrücke hier gefunden. Gut, dass es in den vergangenen Tagen so kühl und regnerisch war.«

»Was ist mit dem Sprinter, der dort steht?«, fragte Caspari und deutete auf einen Kastenwagen neben dem Polizeifahrzeug, vor dem die Leichen lagen.

»Tja, jetzt wird es interessant. Für diesen Wagen hatte einer der beiden die Schlüssel in der Tasche. Der ist auf eine Briefkastenfirma in der Eifel angemeldet.«

»Das wird ja immer besser«, kommentierte Tina.

»Ach ja, das hätte ich fast vergessen«, ergänzte Jungmann. »Der Polizeiwagen wurde gestern Kollegen gestohlen, die im Odenwald halfen, einen ausgerissenen Bullen wieder einzufangen.«

Caspari brauchte nur ein paar Sekunden, um das Puzzle zu einem Bild zusammenzufügen.

»Ich fasse das mal zusammen: Tanja Wedekind wird von Leuten des Zirkels abgeholt, die sie wahrscheinlich mit dem Lieferwagen an einen Ort bringen sollen, wo sie unauffällig entsorgt werden soll. Als sie die Frau vom gestohlenen Polizeiwagen in den Sprinter umladen wollen, werden sie von einem anderen Akteur, den wir nicht kennen, angegriffen und erschossen. Nun hat dieser neue Spieler Frau Wedekind. Wir wissen nichts über ihn und seine Absichten. Richtig?«

Mario nickte. »Das einzig Gute an dieser Situation ist, dass es den Herrenmenschen genauso gehen dürfte.«

… und einen Scotch

Clara betrachtete Caspari, Tina und Mario, die in Gedanken versunken von Gelnhausen zurückgekommen waren. Lukas war nach dem Essen zu seinen Großeltern nach nebenan gegangen. Sie hatten ihm versprochen, sich einen lustigen Film vom kleinen Nick mit ihm anzuschauen. Während Caspari den Tisch abräumte und die Spülmaschine anstellte, zündete Clara das Holz in der Feuerschale auf der Terrasse an. Warm eingepackt gesellten sich die anderen zu ihr.

»Das war heute wohl ein Tag, der jeden von uns fertiggemacht hat«, fasste sie zusammen.

»Das kannst du laut sagen«, stimmte Tina ihr zu und nahm einen kräftigen Schluck aus ihrer Bierflasche.

»Und du hast dem kommissarischen Vertreter des Präsidenten des Bundeskriminalamts tatsächlich die Nüsse gequetscht?«, fragte Mario Caspari.

»Ich habe einem Verbrecher seine Grenzen gezeigt«, korrigierte ihn dieser.

Clara sah ihn von der Seite an.

»Seine herablassende Art hat dich schon verletzt. Das kannst du nicht leugnen.«

»Das will ich auch gar nicht leugnen«, entgegnete Caspari.

»Das ist wieder so ein Fall, in dem es unglaublich schwer ist, Abstand zu halten. Ich verstehe dich, Christoph. Mir geht es mit meinem Schüler Tom ja genauso. Aber wir beide müssen das irgendwie hinkriegen.«

»Ich glaube, das müssen wir auch«, sagte Tina und hauchte Mario einen Kuss auf die Wange.

Caspari grinste und stand auf. »Dann hole ich mir jetzt mal eine Zigarre und einen Scotch für den Abstand. Wem soll ich einen Whisky mitbringen?«

Clara hob ihre Hand. Tina und Mario folgten ihrem Beispiel.

»Aber nicht, dass du denkst, du rauchst hier allein. Bring mir eine von meinen Damenzigarren mit.«

»Damenzigarren?«, fragte Tina neugierig.

»Lang, dünn, schwarz und mild-aromatisch«, erklärte Clara. »Etwas zum Genießen, auch wenn man eigentlich nicht raucht. Man genießt den Geschmack im Mund und macht keine Lungenzüge.«

»Aha, hört sich interessant an. Darf ich das mal probieren?«

»Na klar. Christoph, bring bitte Tina eine meiner Zigarren mit.«

»Na, wenn das so ist«, meinte Mario, »möchte ich mit Christoph eine ›Herren-Zigarre‹ rauchen. Aber nur, wenn mir nachher nicht schwindelig ist.«

»Keine Sorge, die Starken vertrage ich auch nicht«, versicherte ihm Caspari.

Clara lachte. »Ich werd ja nicht mehr. Nach einem miserablen Tag sitzen wir mit Zigarren und einem Scotch auf der Terrasse.«

Aus anderen Gestaden

Holger Uhl stand am Teich und blickte auf die glatte Oberfläche. Er sah ein Bild von einem Schlafzimmer, in dem ein Mann und eine Frau im Bett lagen.

»Das ist der Polizist, den du unterstützen musst«, sagte der ganz in Weiß Gewandete, der neben ihm stand. Dann veränderte sich das Bild. Er sah Tanja. Sie stand vor einem vergitterten Fenster und schaute in die mondbeschienene Nacht. Vor ihrem Fenster patrouillierten schwer bewaffnete Männer, die ganz in Schwarz gekleidet waren.

»Deine Zeit ist fast gekommen«, sagte der in Weiß Gewandete. »Du wirst wieder zurückkehren.«

»Ich hab Angst«, gestand Holger.

»Das musst du nicht.«

Den Spieß umgedreht

Caspari zog den Rollladen hoch und ließ das Tageslicht herein. »Aufstehen, Schlafmütze!«, sagte er, kniete sich hin und gab Clara einen Kuss.

»Oh Mann, der hat eben aber nach Torf und Rauch geschmeckt.«

»Deiner auch. Beim Scotch wird das Gerstenmalz, anders als beim irischen Whiskey, über Torffeuer geröstet.«

»Ein Glas am Abend reicht dann auch.«

»Guten Whisky säuft man nicht, man genießt ihn. Dazu langt ein Glas. Alles andere geht auch zu sehr ins Geld.«

»Darf ich trotzdem noch ein bisschen liegen bleiben?«

»Na gut. Ich gehe so lange mal mit Camillo und hole die Brötchen beim Bäcker in Wittgenborn.«

»Du bist so gut zu mir«, hauchte sie und ließ ihren verstrubbelten Kopf wieder auf das Kissen fallen.

Caspari rief Camillo und ging mit ihm los in den milden Maimorgen. Ein Grünspecht gab seinen keckernden Ruf von sich, als er mit dem Berner Sennenhund auf den Wald zusteuerte. Caspari sog den frischen Duft des Waldes ein und schlenderte den Weg entlang, während Camillo eifrig hier und da schnüffelte. Caspari folgte dem Knick, den der Rundweg machte, und sah den weiß gewandeten David Beckham auf einer Bank sitzen. Caspari zuckte zusammen. Bisher war ihm dieser – ja, was war er eigentlich? Himmelsbote? – in einer Nahtoderfahrung und ansonsten nur auf dem Beifahrersitz in seinem Wagen begegnet.

»Setz dich, wir haben nicht viel Zeit«, forderte er Caspari auf.

Caspari folgte seiner Einladung. Der in Weiß Gewandete kam unverzüglich zur Sache. »Du wirst beobachtet«, sagte er.

»Von wem?«, fragte Caspari, obwohl er eine Ahnung hatte.

Camillo bellte plötzlich und lief von ihnen weg.

Caspari rief ihn und pfiff laut. Der Sennenhund stoppte, drehte um und kam zurück. Caspari wollte seinen Gesprächspartner noch etwas fragen, doch der war nicht mehr da.

»Ich hasse es, wenn er das tut«, brummte er unwirsch, stand auf und lief mit Camillo weiter. Unterwegs ging ihm durch den Kopf, wie seltsam es auf seine Beobachter gewirkt haben musste, dass er sich auf der Parkbank mit jemandem unterhalten hatte, der gar nicht da war. Das musste Wasser auf Funkes Mühlen sein. Er tastete seine Hosentaschen ab und stellte erleichtert fest, dass er sein Smartphone zu Hause gelassen hatte. Natürlich konnte niemand außer ihm diesen Himmelsboten hören, aber das, was Caspari gesagt hatte, sehr wohl.

Auf dem Weiherhof angekommen, gab er Camillo Futter und fuhr mit dem Wagen in Richtung Wittgenborn. Auf dem Weg dorthin passierte er die Einfahrt zum Forsthaus. Im Rückspiegel sah er einen Geländewagen, der herausfuhr und sich hinter ihn setzte. Caspari kannte den Förster und dessen Dienstfahrzeug. Dieses Schlachtschiff hinter ihm war es jedenfalls nicht. Über Observierungen mit dem Fahrzeug konnten Neufangs Leute von der Polizei noch einiges lernen. Auf der Rückfahrt vom Bäcker folgte ihm ein anderer Geländewagen, der, als Caspari auf den Weg zum Weiherhof abbog, nach Waldensberg weiterfuhr.

In der Küche duftete es bereits nach Kaffee. Clara sah mittlerweile auch ausgeschlafen aus. Sie deckte den Frühstückstisch.

»Lukas hat sich zum Langschläfer entwickelt«, sagte sie. »Ich habe ihn nicht aus dem Bett bekommen.«

»Ich wecke ihn nachher. Er muss heute mit mir den Hof kehren. Später hat er außerdem Training.«

Mario und Tina kamen zur Tür herein.

»Dr. Bachmann von der Rechtsmedizin hat gerade angerufen«, erzählte Mario.

»Bitte nicht vor dem Frühstück«, unterbrach ihn Caspari. Dann hob er sein Smartphone hoch, deutete darauf und legte es auf den Tisch. Die anderen folgten seinem Beispiel, sahen ihn dabei aber fragend an.

»Am besten legen wir die Smartphones mal ganz weg, damit wir in aller Ruhe frühstücken können und nicht in Versuchung geraten. Was meint ihr?«

Die anderen stimmten ihm zu. Er nahm die Geräte und legte sie auf den Terrassentisch. Dann ging er wieder in die Küche.

»Was ist los, Christoph?«, fragte Tina.

»Keine Angst, ich habe keine Paranoia«, versicherte er. »Es

ist nur so, dass ich beim Spaziergang durch den Wald und beim Brötchenholen observiert wurde.«

»Wirklich?«, fragte Mario sichtlich fassungslos. »Wer war das?«

»Die Leute von Asgard Security, nehme ich an. Mit dem Wagen waren sie nicht sonderlich geschickt. Darin haben Soldaten keine Übung.«

»Warum haben wir die Telefone weggelegt?«, fragte Tina. »Die sind doch abhörgeschützt.«

»Ich traue Funke nicht über den Weg«, entgegnete Caspari. Der bringt es fertig und ermöglicht es den Hackern von Asgard, unseren Abhörschutz zu umgehen.«

»Du glaubst also, dass der Zirkel den Spieß einfach mal umgedreht hat«, fasste Mario zusammen.

»Ich befürchte es.«

»Mag sein, dass die unsere Telefonate abhören. Aber Pegasus kann Funke nicht zu Asgard schmuggeln. Dazu hat er weder die Möglichkeit noch die Mittel.«

»Bist du dir sicher?«

»Hundertprozentig!«

Leichtgewicht

Er war wieder in dem Raum, in dem sein Körper in einem Bett lag. Am Kopfende stand ein Monitor, der den Herzschlag wiedergab. Ein Gerät gab in regelmäßigen Abständen einen hohen Piepton von sich. Er war intubiert. Ein Schlauch versorgte ihn mit Sauerstoff. Holger Uhl brauchte eine Weile, um seinen eigenen Körper wiederzuerkennen. Seit der Scheidung hatte er viel zu viel Gewicht mit sich herumgetragen. Er war zum Frustfresser geworden. Auch wenn er dieses Problem dank Tanja und Toni wieder in den Griff bekommen hatte,

hatte er doch nie wieder zu einer annehmbaren Form zurückgefunden. Er hatte sich in sein Schicksal gefügt und die Trostlosigkeit hingenommen. Einzig die Freude an seinen Bienen und dem Garten hatten sein Leben ein wenig heller gemacht. Nun lag ein Leichtgewicht vor ihm, nun ja, jedenfalls im Vergleich zu dem übergewichtigen Mann, der er zuvor gewesen war.

Am Kopfende stand der Leiter der Truppe, der ihn halb tot aus seinem Haus entführt hatte, zusammen mit der Ärztin, die ihn irgendwie noch am Leben hielt.

»Gibt es eine Veränderung bei ihm?«, fragte der Mann.

»Leider keine«, antwortete sie. »Er ist nach wie vor sehr schwach. Der Gewichtsverlust ist enorm, wie du selbst sehen kannst.«

»Gibt es irgendein Mittel, eine Droge, die ihn aufwachen lässt, wenigstens für ein paar Minuten?«

»Wenn es so etwas gäbe, würde ich es sofort einsetzen, das weißt du.«

»Uns läuft die Zeit davon. Oliver ist gescheitert. Schlimmer noch, er ist tot.«

»Was?« Die Ärztin sah ihn entsetzt an.

»Er wurde von seinen Bienen zu Tode gestochen. Ist wohl im Garten gestolpert und daraufhin gegen das Bienenhaus gekracht.«

»Das ist entsetzlich«, sagte sie betroffen. »Du weißt, dass Oliver und ich nicht gerade die besten Freunde waren –«

»Ja, ich kenne eure Probleme«, fiel ihr der Mann ins Wort.

»Aber das hätte ich ihm nicht gewünscht.«

»Die Polizei hat nun natürlich ein besonderes Augenmerk auf Uhls Haus, die Nachbarschaft auch. Wir können da nicht mehr so einfach ein und aus gehen wie früher, um nach dieser verdammten Festplatte zu suchen. Deshalb müssen wir aus diesem Fetts… aus diesem Leichtgewicht so schnell wie möglich herausquetschen, wo er sie versteckt hat.«

»Ich versuche alles, was ich kann.«

»Ja, ich weiß. Wenn wir Erfolg hatten und das alles hier

vorbei ist, dann haben wir endlich Zeit nur für uns. Versprochen!«

Knock-out

»Vingerhuth ist ein lustiger Name«, rief ein Kind, als sie wieder auf die Straße traten. Clara hatte mit den fünften Klassen eine Führung in der Gelnhäuser Marienkirche organisiert und verließ mit den Kindern und deren Klassenlehrerinnen das ehrwürdige Denkmal, das im romanischen und gotischen Stil erbaut worden war. Die Schüler hatten ihren Spaß mit dem Namen des mittelalterlichen Baumeisters. Clara sah zu ihren Kolleginnen und dem Kollegen hinüber. Sie mussten alle lachen. Gemeinsam lotsten sie den fröhlich-wilden Haufen vom Hauptportal durch die Pfarrgasse zum Obermarkt.

Clara ging mit Markus Zimmermann, dem Klassenlehrer der 5c voran. Als sie an der Einmündung der Gasse in den Obermarkt waren, hörten sie laute Rufe und Geschrei. Clara hob die Hand und gebot allen, stehen zu bleiben. Während ihr Kollege die besonders Neugierigen davon abhielt nachzusehen, was dort geschah, ging Clara auf den Obermarkt. Umgeben von Fachwerkhäusern, war er ein beliebter Treffpunkt in der Gelnhäuser Altstadt. Ganz in der Nähe stand vor einigen parkenden Autos eine Gruppe Jugendlicher, die lautstark auf fünf junge Männer mit dunklem Teint einredete. Clara sah, dass bereits die ersten Handgreiflichkeiten im Gange waren.

Sie drehte sich zu Markus Zimmermann, hielt den Daumen an das Ohr und den kleinen Finger an den Mund und formte mit den Lippen das Wort »Polizei«. Er nickte. Sie sah, wie er sein Smartphone aus der Hosentasche zog und auf dem Display zu tippen begann. Claras erster Impuls war, sich einzumischen. Aber sie hatte Caspari versprochen, vernünftig zu sein. Die vier jungen Männer schienen sehr gewaltbereit zu sein. Bei allem Gerechtigkeitsempfinden und allem Krav-Maga-Training war das eine Nummer zu groß für sie. Sie konnte den Opfern, bei denen es sich offensichtlich um Flüchtlinge handelte, nur helfen, wenn sie die Szene mit ihrem Smartphone filmte. Ansonsten brachte sie sich selbst in Gefahr.

Langsam zog sie sich zurück und gab Markus ein Zeichen, mit den Kindern wieder in Richtung Marienkirche zu gehen. Er gab ein Kommando nach hinten, blieb aber an seinem Platz. Clara suchte sich eine Position, von der aus sie die Situation gut mit der Linse erfassen konnte. Während sie das Smartphone aus der Hosentasche zog, erkannte sie einen der Aggressoren. Tom Kalkbrenner. So tief war er nun also in die Szene hineingerutscht. Kaum hatte sie die Videofunktion aktiviert, flogen schon die Fäuste. Die Flüchtlinge wehrten sich mit allen Kräften, aber ihre Angreifer hatten wohl etwas Ausbildung im Nahkampf genossen, wie Clara sehen konnte. Es sah nicht gut für die dunkelhäutigen Männer aus. Plötzlich bemerkte einer der Deutschen, dass sie gefilmt wurden.

»Verdammt!«, rief er. »Die Fotze da macht Handyaufnahmen.«

Er ließ von seinem Opfer ab und kam auf Clara zugerannt. Tom kam ihm hinterher. Schnell schob sie ihr Gerät in die Hosentasche zurück.

»Patrick, lass gut sein. Das ist eine Lehrerin von mir.«

»Ist mir egal. Der nehme ich jetzt das Smartphone ab!«, keifte der.

»Patrick, das hat doch keinen Zweck. Hier sind doch genug Zeugen«, versuchte Tom, ihn zur Vernunft zu bringen.

»Schnauze!«, brüllte ihn der Ältere an und wandte sich Clara zu.

»Gib mir dein Handy, du Schlampe!«

Bis zu diesem Zeitpunkt war Clara vernünftig gewesen und hatte sich an alle Verhaltensregeln gehalten, die ihr Caspari für solche Fälle eingetrichtert hatte. Aber nach dieser Beleidigung war es mit überlegter Sachlichkeit vorbei. Sie hatte den Kerl nicht darum gebeten, sie zu bedrohen und, was noch schwerer wog, zu beleidigen. Was jetzt kam, hatte er sich selbst zuzuschreiben. Oder sie sich.

»Vergiss es, Arschloch!«

Blitzschnell versuchte er es mit einem rechten Schwinger. Clara hatte damit gerechnet und warf sich mit beiden ausgestreckten Armen und ihrem ganzen Körpergewicht dagegen. Sie traf seinen Bizeps am unteren Ansatz und an der Schulter. Sofort hämmerte sie ihm ihren Unterarm mehrmals gegen seine rechte Halsseite, bis er in die Knie ging. Mit ihrer rechten Hand hielt sie seine linke Kopfseite und wollte ihn gerade mit einem Ellenbogenstoß gegen seine rechte Kopfseite ins Reich der Träume schicken, da traf sie von hinten seitlich ein Schlag gegen ihre Schläfe. Während sich der Brummkreisel in ihrem Kopf zu einer tiefen Bewusstlosigkeit auswuchs, sah sie, wie Tom seinem Kameraden auf die Beine half und ihn wegzog.

Eine unerwartete Botschaft

Ein erzwungener Krankenstand hatte auch seine Vorteile, obwohl die Arbeit im Haushalt nicht zwingend dazu zählte. Caspari hatte sich für heute vorgenommen, alle Schubladen in der Küche samt allen darin befindlichen Fächern einer Grundreinigung zu unterziehen. Mitten in der Arbeit klingelte das Festnetztelefon. Er erkannte die Nummer sofort. Es war die des Gelnhäuser Polizeireviers. Heinz Bertram meldete sich.

»Hallo, Christoph, ich wollte es dir persönlich sagen. Auf dem Obermarkt gab es eine Schlägerei. Ein paar Neonazis haben eine Gruppe Flüchtlinge angegriffen. Clara ist da zufällig mit einer Gruppe Schulkinder dazugekommen. Sie haben sich zurückgezogen. Clara hat das gefilmt, während uns ein anderer Lehrer angerufen hat. Einer der Nazis hat bemerkt, dass Clara sie gefilmt hat. Er hat Clara bedroht und wollte, dass sie ihm ihr Smartphone gibt.«

»Das hat sie natürlich nicht getan«, sagte Caspari, dem Böses schwante.

»Tja, du kennst sie ja. Den Kerl hat sie jedenfalls auf die Bretter geschickt. Ein anderer hat sie aber von hinten niedergeschlagen. Sie war bewusstlos, ist aber an Ort und Stelle wieder zu sich gekommen. Der Notarzt wollte keine vorschnelle Diagnose abgeben. Also wurde sie ins Krankenhaus gebracht. Wenn du mich fragst, wird sie dort auch ein paar Tage bleiben müssen.«

»Oh Kacke!«

»Tut mir leid, mein Junge!«

»Danke, dass du es mir gesagt hast. Ich fahre gleich runter und sehe nach, wie es ihr geht.«

»Ja, mach das. Die Typen haben wir übrigens schon in Gewahrsam. Weit sind die nicht gekommen. Der Kerl, den sich Clara vorgenommen hat, musste von seinen Kumpanen gestützt werden. Das hat sie langsam gemacht.«

Nach dem Telefonat ging Caspari eilig ins Bad und räumte mit zittrigen Fingern Claras Toilettentasche ein. Anschließend suchte er ihre Sporttasche und packte sie mit allen Kleidungsstücken, von denen er annahm, dass sie diese für einen Klinikaufenthalt brauchen würde. Könnte sie in ihrem Zustand ein Buch lesen? Er nahm für alle Fälle das mit, das auf ihrem Nachttisch lag. Mit einem flauen Gefühl im Magen verließ er das Haus und legte die Tasche auf den Beifahrersitz seines Wagens.

»Junge, wo willst du denn so eilig hin?«

Caspari zuckte zusammen und drehte sich erschrocken um. Sein Vater war aus der Tür getreten und stand im Hof. In knappen Worten erzählte er, was geschehen war. »Es wäre mir eine Hilfe, wenn ihr euch um Lukas und Camillo kümmern könntet, bis ich wieder da bin.«

»Aber natürlich. Dafür ist Familie doch da!«

Caspari wollte in seinen Wagen steigen, als ein Sprinter von einem Paketdienst in den Hof gerauscht kam. Ein bärtiger junger Mann sprang aus dem Wagen.

»Ich habe hier eine Expresszustellung für Herrn Caspari«, rief er.

»Welchen?«, fragten Caspari und sein Vater im Chor.

»Dr. Christoph Caspari.«

»Das bin ich«, sagte Caspari, unterschrieb auf dem Display, das ihm der Bote hinhielt, und nahm das Päckchen entgegen.

»Ich muss los«, rief er seinem Vater zu, warf das Päckchen kurzerhand auf den Beifahrersitz und folgte dem Kastenwagen. Sein Herz schlug heftig in der Brust, als er im Krankenhaus ankam. Was würde ihn erwarten? In der Notaufnahme traf er Günther und Erhard, zwei Kollegen vom Gelnhäuser Revier, die mit dem Neonazi dort waren, den Clara vermöbelt hatte.

»Deine Freundin ist gerade im MRT, soweit wir das mitbekommen haben. Danach wird sie stationär aufgenommen, hat man uns gesagt. Am besten wartest du hier mit uns.«

»Wann kümmert sich ein Arzt um mich?«, jammerte der Möchtegern-Germane auf der Transportliege.

Caspari ging zu ihm, schob und drehte ihm die Unterarme nach außen.

»Hey, was machen Sie denn da?«, beschwerte sich der Jüngling, der Schwierigkeiten hatte, seinen Kopf zu heben.

»Ich bewundere deine Tätowierung«, antwortete Caspari, der sich Mjølnir besah.

»Wirklich?«

»Nein. Ich frage mich gerade, wie man so blöde sein kann, einem solchen Schwachsinn hinterherzulaufen.«

Der junge Mann stöhnte und ließ sich wieder auf die Liege sinken. In diesem Moment öffnete sich eine Fahrstuhltür, und eine Transportliege wurde herausgeschoben. Die Patientin darauf war Clara. Caspari eilte zu ihr.

»Clara, wie geht es dir?«

»Mir dröhnt der Kopf«, sagte sie und hielt sich dabei eine Hand an die Stirn.

»Sie sind der Ehemann?«, fragte die Krankenschwester, die die Liege schob.

»Der Lebensgefährte.«

»Dann kommen Sie mit. Ich bringe Frau Frank jetzt auf die Station.«

Wenig später stand Caspari vor der Tür des Krankenzimmers, während die Schwester Clara ins Nachthemd half und sie ins Bett legte.

»Sie können jetzt zu Ihrer Amazone«, sagte sie mit einem Grinsen, als sie ihm die Tür aufhielt.

»Was hast du dir denn bloß dabei gedacht?«, fragte er sie, als sie allein waren.

»Wahrscheinlich dasselbe wie du, als du deinem neuen Chef eine Unterleibskompresse angelegt hast«, konterte sie. »Dieser Sack hat mich ›Schlampe‹ genannt. Da ist mir wohl eine Sicherung durchgebrannt.«

»Ganz offensichtlich. Aber erzähl mir das mal von Anfang an.«

Nachdem Clara ihm alles berichtet hatte, nickte er. »Du hast alles richtig gemacht. Na ja, fast alles.«

»Hmm«, brummte sie.

Es klopfte an der Zimmertür. Ein Arzt trat ein und stellte sich als der Stationsarzt Dr. Becker vor. »Sie haben eine Gehirnerschütterung, Frau Frank. Durch den Schlag auf die Schläfe hat sich aber kein Blutgerinnsel gebildet. Das war alles in allem Glück im Unglück«, resümierte er. »Eine Woche müssen wir Sie allerdings hierbehalten.«

»Das habe ich mir wohl selbst eingebrockt«, gab Clara zu. »Haben Sie etwas gegen die Kopfschmerzen?«

»In der Infusion ist ein Schmerzmittel. Ich sage der Schwester Bescheid, dass sie die Dosis erhöht. Dann geht es Ihnen gleich besser.«

Kurz danach kam die Schwester und gab Clara eine Spritze über den Infusionszugang. Caspari sah zu, wie ihr die Augen zufielen und sie einschlief. Claras Temperament war wieder mit ihr durchgegangen. Er seufzte. Aber wenn er ehrlich zu sich selbst war, wollte er sie gar nicht anders haben. Tief atmete er durch, dann stand er auf und ging. Sie brauchte jetzt ihre Ruhe, und er war ihr keine Hilfe, wenn er ihr dabei zusah.

Für den Heimweg wählte er die gemächliche Route über die Landstraße neben der Autobahn. Nachdem er durch Haitz gefahren war, fiel sein Blick kurz auf das Päckchen auf dem Beifahrersitz. Er hatte gar nicht mehr daran gedacht. Kurz entschlossen fuhr er auf den Parkplatz des Waldsportplatzes und schaltete den Motor aus. Mehrmals überzeugte er sich davon, dass er allein auf dem Parkplatz war. Dann sah er sich das Päckchen genauer an. Dabei ließ er es auf dem Sitz liegen, damit von außen nicht zu sehen war, was er tat. Als Absender war ein Edwin Kutscher aus der Generaloberst-Beck-Straße 5 in Mainz angegeben. Diesen Namen kannte er nicht, schon gar nicht diese Adresse. Er nahm ein Taschenmesser und schnitt vorsichtig durch das Paketklebeband. Seine Überraschung war groß, als er den Inhalt in den Händen hielt. Es war ein Smartphone, dazu ein Blatt Papier. Er faltete es auseinander und las die handgeschriebenen Zeilen.

Lieber Dr. Caspari!
Ich gehe davon aus, dass Sie schon bemerkt haben, dass Sie beschattet werden. Es ist Funke zuzutrauen, dass er einen Weg gefunden hat, auch Ihr eigentlich abhörsicheres Diensttelefon abhören zu lassen. Auf dem Smartphone, das Sie nun in Ihren Händen halten, ist nur eine Telefonnummer abgespeichert. Rufen Sie diese Nummer an, wenn Sie sich absolut sicher sind, dass Sie nicht beschattet werden.
Grüße
Edwin Kutscher

Caspari schob sich das Smartphone in die Hosentasche. Dann nahm er ein Feuerzeug aus dem Handschuhfach, zerknüllte den Brief, steckte beides in die andere Tasche, stieg aus und ging ins Gebüsch. Es sollte so wirken, als suchte er einen Platz zum Pinkeln. Nachdem er den Brief verbrannt hatte, kehrte er zu seinem Wagen zurück und setzte seine Fahrt fort. Während er durch Neuwirtheim fuhr, grübelte er über den Namen des Absenders. Wer mochte Edwin Kutscher sein? Als es ihm einfiel, musste er schmunzeln.

Als Nächstes überlegte er, wie er die Asgard-Leute loswerden konnte, deren Wagen er die ganze Zeit im Rückspiegel sah. Wenn er nicht zu Hause mit diesem Gerät telefonieren wollte, wo sie vielleicht schon mit Richtmikrofonen mithörten, fiel ihm spontan nur eine Möglichkeit ein. Eine Viertelstunde später parkte er seinen Wagen auf dem Weidenhof, einem großen Bauernhof in Neudorf. Der Hofladen hatte an diesem Tag geschlossen. So ging er in den Stall, bog nach links ab, ging um das Silage-Depot herum und versteckte sich bei der riesigen Scheune, in der Heuballen gelagert wurden. Mehrmals schaute er sich um. Dann wählte er die eingespeicherte Nummer.

»Guten Tag, Herr Fuhr«, sagte er, als am anderen Ende abgehoben wurde.

»Ich wusste, dass Sie sich einen Reim auf den Absender machen können«, antwortete der.

»Ich bin hocherfreut, Sie bei offensichtlich guter Gesundheit am Telefon zu haben«, meinte Caspari.

»Nachdem klar war, wer alles zu dem Zirkel gehört, hat eine kleine Gruppe von Eingeweihten die Mobilfunkverbindungen von Funke und Rossberg aus den vergangenen Wochen überprüft. Auf diese Weise haben wir die Maulwürfe im BKA, MAD und beim Verfassungsschutz entdeckt. Unser Maulwurf ist stellvertretender Leiter in der Abteilung für Organisierte Kriminalität. Er hat den Leuten von Asgard frühmorgens eine Codekarte für unsere Tiefgarage gegeben. Er wusste, dass ich an diesem Tag eine Besprechung mit den Landeskriminalämtern wegen der Bekämpfung der Clankriminalität in Berlin hatte. Es war für ihn ein Leichtes, herauszubekommen, wann ich in die Tiefgarage gehe, um mich zum Bahnhof fahren zu lassen. Ich hatte eine Schussweste der GSG 9 unter meinen Trenchcoat. Die hält etwas aus. In meinem Aktenkoffer war eine Stahlplatte. Ein bisschen Filmblut aus der Requisite der Produktionsfirma Taunusfilm hatte mir meine Sekretärin auch noch besorgen können. Die Beutel sind bei dem Beschuss zerplatzt.«

»Aber was ist mit Ihrer Schwester?«, warf Caspari ein, der sich vorsichtig umschaute.

»Eine Truppe der GSG 9 hat die falschen Polizisten verfolgt. Der Zugriff auf dem Parkplatz war nicht geplant. Wir hatten nicht damit gerechnet, dass sie Tanja umladen. Eigentlich wollten wir sie ein Stück weiter vorn ausbremsen und auf der Straße zugreifen – ganz ohne Tote. Die zwei haben aber gleich zu schießen angefangen.«

»Geht es ihr gut?«

»Ja, sie ist in Sicherheit. Wir sind in einem Versteck mit einer Einheit der GSG 9. Hören Sie, Dr. Caspari, im Grunde haben wir genug Material zusammen, um die ganze Gruppe hochgehen zu lassen. Seitdem Sie die Herrschaften in Gelnhausen bei dem Treffen abgehört und gefilmt hatten, haben wir alle sofort mit Pegasus ausgespäht. Der Generalbundesanwalt brauchte sich nur Ihr Video anzusehen, und schon hatten wir die Genehmigung. Wir warten nur noch ein, zwei Tage, um zu sehen, was Funke mit seinen Aktionen noch ans Tageslicht befördert. Das Sahnehäubchen könnten wir noch obendrauf setzen, wenn wir die Festplatte von Uhl hätten. Dann würden wir die ganze perfide Strategie des Zirkels bis ins kleinste Detail kennen und dazu alle Verbündeten auf dem internationalen Parkett. Die Kollegen im Ausland warten auf Informationen, um diesen Schmutz auch von ihren Straßen zu räumen.«

»Herr Fuhr, ich verspreche Ihnen, ich gehe alle meine Aufzeichnungen noch einmal durch und überlege, wo Holger Uhl seine Festplatte versteckt haben könnte. Wenn ich bis morgen nichts habe, war es vergebens.«

»In Ordnung. Passen Sie auf sich auf.«

Caspari schlich sich wieder zurück auf den Bauernhof, unterhielt sich eine Weile mit dem Landwirt, ließ sich einen

Zwei-Liter-Kanister Milch von einem Angestellten aus dem Kühlhaus holen, bezahlte diesen und fuhr nach Hause. Er musste den Impuls unterdrücken, den Burschen hinter ihm im Rückspiegel zu winken.

In seiner Küche kochte er erst einmal eine große Portion Milchreis und ging damit zu seinen Eltern, wo auch Lukas auf ihn wartete. Er musste den dreien ausführlich berichten, was Clara zugestoßen war. Camillo saß währenddessen neben ihm und rührte sich nicht vom Fleck. Caspari kraulte ihm den Kopf.

»Dein Frauchen ist eine große Kämpferin«, sagte er, was Camillo mit einem tiefen »Wuff« kommentierte.

Nachdem Lukas schlafen gegangen war, legte Caspari alle Aufzeichnungen auf den Küchentisch, die er sich handschriftlich über Holger Uhls Haus und Garten gemacht hatte. Sie hatten jeden Winkel abgesucht, sich jedes Fleckchen im Garten angeschaut. Es gab einfach keinen Ort, der ihm noch einfallen wollte. Holger Uhl hatte auch keine Zeit mehr gehabt, die Festplatte anderswo hinzubringen. Entweder Caspari und seine Leute übersahen etwas, oder es hatte diese Festplatte nie gegeben. Wie gern hätte er sich jetzt mit Tina und Mario ausgetauscht. Doch leider waren die beiden am Tag zuvor abgereist. Am heutigen Montag mussten sie sich Funkes Diktat beugen und wieder in der Wiesbadener BKA-Zentrale anwesend sein.

Frustriert ging Caspari ins Bett. Lange wälzte er sich hin und her. Der Schlaf wollte einfach nicht kommen. Zu viel war an diesem Tag geschehen. Um zwei Uhr sah er zum letzten Mal auf den Wecker. Dann schien er doch eingeschlafen zu sein. Denn mit einem Mal schreckte er hoch. Es war Tag. Er lag allerdings nicht in seinem Bett, sondern auf einer Blumenwiese. Verwirrt stand er auf und sah sich um. Der Sonnenschein tauchte den Tag in ein seltsam glänzendes Licht. Vom Wald her drang der Duft der Kiefern. Die Wiese, auf der er stand, erinnerte ihn an Prospekte von Reiseveranstaltern. Ein bunter Blumenteppich breitete sich darüber aus. Er drehte sich um und sah einen großen Teich vor sich.

»Hallo, Dr. Caspari.«

Von der Seite kam ein Mann auf ihn zu, der Caspari bekannt vorkam, den er allerdings noch nie zuvor gesehen hatte. Die Kleider, die er trug, waren ihm viel zu weit und hingen schlaff an ihm herunter. Caspari konnte nur mutmaßen.

»Holger Uhl, nehme ich an.«

»Ja, so ist es. Verzeihen Sie meine Erscheinung. Sie ist ein Spiegel meines derzeitigen körperlichen Zustands.«

»Oh, dann hat man Sie entweder in die Kleider eines anderen Mannes gesteckt, oder Sie haben gewaltig abgenommen.«

»Eher Letzteres. Ich liege im Koma und werde von einer Ärztin von Asgard Security am Leben gehalten.«

»Nicht aus reiner menschlicher Güte, nehme ich an.«

»Da haben Sie ganz recht«, sagte Uhl und lächelte. »Sie erhoffen sich, dass ich davon erwache und ihnen erzähle, wo ich die Festplatte versteckt habe und wer sonst noch von ihrer bösen Verschwörung weiß. Wenn sie alles aus mir herausgepresst haben, wollen sie mich dann sterben lassen.«

»Oh, wie nett«, meinte Caspari ironisch. »Richtige Schätzchen, diese Herrenmenschen. Sagen Sie, Herr Uhl, warum wollten Sie sich eigentlich umbringen?«

»Um die anderen nicht zu gefährden.«

»Die anderen?«

»Den Spiegel-Redakteur Kai Ries und seine Mitarbeiterin. Außerdem wollte ich verhindern, dass man Tanja und mich gegeneinander ausspielen kann.«

»Ich weiß nicht, ob man Kai Ries wirklich wünschen soll, dass er wieder aufwacht. Von seiner Mitarbeiterin wissen wir nichts. Das ist ein gutes Zeichen. Sie ist wahrscheinlich noch nicht allzu sehr in die Story involviert gewesen. Das hat ihr wohl das Leben gerettet«, entgegnete Caspari und machte eine kurze Pause, bevor er zu der Sache kam, die ihm auf den Nägeln brannte.

»Sie sind ein Genie, aber das wissen Sie ja selbst, nicht wahr?«

»Wie meinen Sie das denn?«, fragte Holger Uhl und grinste.

»Sie haben die Festplatte so gut versteckt, dass Sie keiner bisher finden konnte.«

»Oliver Busch war doch ganz dicht dran, wenn auch unfreiwillig«, meinte Uhl.

»Wie jetzt?«, stammelte Caspari fassungslos und schlug sich mit der Hand gegen die Stirn, dass es klatschte. »Ja natürlich, das Bienenhaus!«

»Kommen Sie, ich zeige es Ihnen«, sagte Uhl.

Caspari folgte seiner Einladung und ließ sich zum Teich führen. Dessen Oberfläche war unnatürlich glatt. Mit einem Mal wurde ein Bild sichtbar. Caspari sah das Bienenhaus im Dunklen. Eine behandschuhte Hand öffnete vorsichtig die Tür und legte langsam ein kleines blaues Holzkästchen in einen Winkel.

»Haben Sie sich die Stelle gemerkt?«, fragte ihn Uhl.

»Ja klar. Der Platz ist so simpel und so unauffällig, dass selbst Ihr Nachbar das Kästchen immer übersehen hat.«

»Zum Winter hin hätte er es schon entdeckt und der Polizei übergeben«, meinte Uhl.

»Wenn der Zirkel bis dahin nicht schon die Macht in unserem Land an sich gerissen hätte.«

»Das Risiko musste ich eingehen.«

»Wie komme ich an dieses Kleinod?«, fragte Caspari. »Oliver Busch ist der Kontakt mit Ihren lieblichen Tierchen nicht sonderlich gut bekommen.«

»Ich bin bei Ihnen und werde Ihnen alles erklären.«

Der Plan

Als Caspari aufwachte, versicherte er sich, dass er nicht wieder in einem Traum gelandet war. Das Schlafzimmer war real, das Klingeln des Weckers ebenfalls. Er stand auf, um Lukas zu wecken und ihm das Frühstück zu machen. Nachdem sein Sohn sich auf den Weg zur Schule gemacht hatte, duschte er und lief dann eine großzügige Runde mit Camillo. Anschließend schaute er bei seinen Eltern vorbei.

»Ich fahre zu Clara. Soll ich ihr etwas von euch mitbringen oder ihr etwas ausrichten?«, fragte er.

»Sage ihr einfach liebe Grüße«, sagte seine Mutter. »Wir wollen sie heute Nachmittag selbst besuchen.«

»In Ordnung.«

»Junge, geht es dir gut?«, fragte sein Vater.

»Na ja, es ist alles gerade wieder einmal recht turbulent. Warum fragst du?«

»Na, du bist wieder ganz zu Hause«, stellte sein Vater fest.

»Unser Präsident Fuhr liegt im Krankenhaus, und sein kommissarischer Vertreter hegt Zweifel an meiner Einsatzfähigkeit.«

Caspari hatte ein schlechtes Gewissen, seinen Eltern diese Halbwahrheit zu erzählen. Aber je weniger sie wussten, desto sicherer war es für sie.

»Das ist ja unerhört«, schimpfte seine Mutter.

»Das sehe ich genauso«, pflichtete ihr Caspari bei. »Aber ich nehme das jetzt erst einmal so hin. Es wird sich alles regeln, wenn Herr Fuhr wieder da ist.«

»Bestimmt«, meinte sein Vater. »Der Präsident hat dich schon immer geschätzt, nicht wahr?«

»Ja, das hat er wohl.«

Mit seinem BKA-Smartphone im Handschuhfach und dem von Fuhr in der Hosentasche machte sich Caspari auf den Weg in die Klinik. Diesmal kamen seine Beobachter nicht aus der Einfahrt des Forsthauses, sondern aus Richtung Waldensberg. Sie verfolgten ihn bis Wittgenborn, wo sie nach Spielberg abbogen. Ein anderes Fahrzeug übernahm seine Observierung und wurde in Wächtersbach in Höhe der evangelischen Kirche von einem dritten Wagen abgelöst.

Clara schlug die Augen auf, als er das Krankenzimmer betrat. »Hallo, mein Großer.«

»Hallo, meine Amazone.«

»Ziemlich ramponierte Amazone«, sagte sie zerknirscht.

»Wie geht es dir?«, fragte er nach einem Kuss.

»Die Kopfschmerzen haben nachgelassen. Vielleicht halten sie aber einfach auch die Schmerzmitteldosis hoch. Schnelle Bewegungen mit dem Kopf kommen jedenfalls gar nicht gut.«

»Dann musst du sie halt sein lassen«, sagte er augenzwinkernd.

Sie versuchte ein Grinsen. »Ach, wie blöd. Warum muss ich immer in solche Situationen hineinrennen?«

»Vielleicht ist das deine Aufgabe? Vielleicht sollst du aber auch lernen, anders zu reagieren.«

»Sagt der Nüssequetscher!«

Caspari musste lachen, Clara verzog nur wieder das Gesicht zu einem angedeuteten Grinsen.

»Christoph, ich mache mir Sorgen um Tom«, gestand Clara.

»Um die Pissnelke, der du das zu verdanken hast?«, fragte Caspari konsterniert. »Das kann doch nicht dein Ernst sein, oder?«

»Doch. Ich habe dir erzählt, was bei ihm zu Hause los ist. Er ist ja selbst ein Opfer, das in die Falle dieser Nazis gegangen ist.«

»Dieses Früchtchen hat in der Untersuchungshaft erst einmal Zeit, gründlich darüber nachzudenken, was er dir und seiner Familie angetan hat. Wenn er damit fertig ist, kann er sich selbst bejammern.«

»Christoph, du verstehst nicht.«

»Doch, ich verstehe sehr gut. Weißt du, ab einem gewissen Punkt muss jeder in der Lage sein, eine vernünftige Antwort auch auf die schweren Zeiten in seinem Leben zu finden.«

Nach einer Stunde verließ Caspari das Krankenhaus und fuhr mit seinem Wagen in den Kapellenweg. Dort stellte er das Auto ab und bummelte durch den Gelnhäuser Stadtgarten. Schließlich stieg er auf den Halbmond, einen Bestandteil der alten Stadtmauer, von dem aus man einen imposanten Ausblick auf die Ebene bis zur anderen Seite des Kinzigtals hatte, wo der Spessart begann. Er genoss es, seinen Blick über Gelnhausen mit seiner herrlichen mittelalterlichen Altstadt schweifen zu lassen.

Wie beiläufig stieg er die schmale Treppe wieder nach unten und huschte die noch schmalere hinunter, die vom Halbmond direkt in die engen Gassen der Altstadt führte. Trotz seiner hünenhaften Gestalt glitt er einem Schatten gleich an den alten Häusern der Gasse Am Steinbrunnen vorbei, hinein in die Braugasse. Dort, an der Chorseite der Marienkirche, lagen auf der anderen Straßenseite die Räumlichkeiten der evangelischen Jugendarbeit und der Pfadfinder. Außerdem war dort der Parkplatz des Pfarrhauses, in dem früher auch Clara einmal gewohnt hatte. Caspari wusste, dass man vom Parkplatz aus auch zum Pfarrgarten kommen konnte.

Schnell bog er dort ein und versteckte sich. Er brauchte nicht lange zu warten, da hörte er eilige Schritte auf dem Kopfsteinpflaster der Braugasse hinunter zum Untermarkt hallen. Diese Stümper war er für einige Zeit erst einmal los. Ein paar Atemzüge gönnte er sich. Konnte er einem Traum vertrauen? Was war, wenn er vollkommen danebenlag? Er musste dieses Risiko eingehen. Entschlossen wählte er die eingespeicherte Nummer. Fuhr meldete sich nach dem dritten Klingeln.

»Ich weiß, wo die Festplatte ist«, erklärte Caspari.

»Sind Sie sicher?«

»Sie ist im Bienenhaus. Das ist zum einen der sicherste Platz, weil die Bienen keine Amateure in ihrer Nähe dulden, zum anderen kommt niemand auf dieses Versteck.«

Caspari hörte, wie Fuhr mit jemandem sprach.

»Meine Schwester meint, dass das zu Holger Uhl passt. Sie denkt, wir sollten es unbedingt versuchen.«

»Da gibt es nur ein Problem«, gestand Caspari. »Die Observierungsteams, die mir am Auspuff kleben, sind zwar lästig, aber es sind zu viele, als dass ich sie lange genug loswerden könnte, um die Festplatte zu holen. Ein Mitglied aus meiner Abteilung kommt auch nicht in Frage. Die stehen unter Funkes Beobachtung.«

»Wir wissen das, Dr. Caspari, und wir haben einen Schlachtplan. Wir spielen hier den Lockvogel, um die komplette Mannschaft von Asgard Security auf uns zu lenken, damit Sie frei agieren können.«

»Sind Sie sicher, Herr Fuhr?«

»Absolut sicher! Die GSG 9 will nicht immer nur üben, wenn Sie verstehen, was ich meine.«

»Na gut. Ich tue, was Sie mir sagen.«

»Wir haben schon einen unserer Lockvögel in Stellung gebracht. Der fliegt gleich aus, um ein bisschen zu singen. Dann beginnt das Spiel.«

Ein unwiderstehliches Angebot

Karl Funke, der kommissarische Leiter des Bundeskriminalamtes, blickte unwillig von seinen Akten auf, als Claire Krüger, seine Sekretärin, an der Tür klopfte und eintrat.

»Was gibt es denn, Frau Krüger? Ich habe doch unmissverständlich erklärt, dass ich nicht gestört werden will«, fuhr er sie an.

»Ja, das ist mir durchaus bewusst, Herr Funke. Aber im Vorzimmer steht ein Besucher, der bei Herrn Fuhr immer hochwillkommen war, auch wenn er grundsätzlich ohne einen Termin kam.«

»Ist das so?«

»Ja.«

Funkes Interesse war geweckt.

»Was macht diesen Besucher denn so besonders?«

»Es sind die Informationen, mit denen er handelt.«

»Er handelt mit Informationen?«

»Das soll er Ihnen vielleicht selbst erzählen«, meinte Frau Krüger beschwichtigend. »Darf ich ihn hereinbitten?«

»Meinetwegen«, brummte Funke und lehnte sich in seinem Stuhl demonstrativ zurück.

Claire Krüger öffnete die Tür und ließ einen Mann mit grau melierten Haaren ein. Sein Körperbau war hager, sein Gesicht wirkte aristokratisch, was durch die Hakennase unterstrichen wurde. Der Anzug, den er trug, war maßgefertigt und teuer.

»Milan Radovic, sehr erfreut«, stellte sich der Mann in tadellosem Deutsch vor.

»Karl Funke. Bitte nehmen Sie Platz. Sehen Sie es mir nach, wenn ich Sie nicht einordnen kann.«

»Aber natürlich. Das ist nur verständlich. Wissen Sie, andere handeln mit Aktien, ich handle mit Informationen. Damit beliefere ich Behörden und Geheimdienste. Gegen eine Gebühr, versteht sich. Ich betreibe ein kleines Unternehmen, das diese Informationen beschafft. Das muss natürlich finanziert und die Mitarbeiter müssen bezahlt werden.«

»Welcher Art sind Ihre Informationen, wenn ich fragen darf?«, hakte Funke nach.

»Ich werde zum Beispiel eingeschaltet, wenn Terroristen das Kind einer reichen Persönlichkeit entführt haben und es Schwierigkeiten bei der Kommunikation gibt. Entweder wir vermitteln, oder wir bekommen heraus, wo die Geisel gefangen gehalten wird, oder wir holen sie dort heraus, ohne auf irgendwelche Gesetze Rücksicht nehmen zu müssen. In Deutschland ist das alles aber zivilisierter. Hier gebe ich den Behörden Informationen rund um die Clankriminalität.«

»Können das die deutschen Behörden nicht selbst ermitteln?«, fragte Funke, der nicht überzeugt war.

»Ja, wissen Sie, wir fragen direkt in Tschetschenien nach, wenn wir etwas wissen wollen. Und zwar in der Sprache und auf die Art und Weise, wie die Männer dort das auch verstehen. So etwas ist den deutschen Behörden leider nicht erlaubt. Aber nur so bekommen Sie die Informationen über den in Ihrem schönen Land stattfindenden Mord und Totschlag.«

»Herr Radovic, Sie sind mir sympathisch«, befand Funke. »Was führt Sie zu mir?«

»Ich hörte, Sie suchen eine gewisse Tanja Wedekind«, meinte Radovic mit einem sardonischen Lächeln.

»Woher wissen Sie das?«, fragte Funke überrascht.

»Wie ich schon sagte: Informationen sind mein Geschäft. Oftmals geht es um Gefälligkeiten.«

Radovic holte eine Satellitenaufnahme aus seinem Aktenkoffer. Darauf war Tanja Wedekind vor einer Hütte zu erkennen, die von Schwerbewaffneten umgeben war.

»Woher haben Sie diese Aufnahme?«, fragte Funke.

»Sie wissen doch, wie das läuft. Seine Quellen gibt man nicht preis.« Dann griff Radovic ein weiteres Mal in den Koffer und holte ein Blatt Papier heraus, auf dem Koordinaten standen. »Damit kann jedes Zugriffsteam etwas anfangen«, sagte er.

»Was wollen Sie dafür haben?«, fragte Funke.

»Irgendwann werde ich Sie um eine Information bitten«, antwortete Radovic.

»Verstehe. Wir sind im Geschäft.«

Die Falle

»Wir haben die Koordinaten«, erklärte Sven Neufang seinen Leuten im großen Trainingsraum auf dem Gelände von Asgard Security, in dem sich alle versammelt hatten. Eine Luftaufnahme von der Jagdhütte war an die Wand projiziert. »Die Hütte liegt im Vogelsberg, im Fischborner Wald, Gemeinde Birstein. Wir umzingeln sie und nehmen sie ein. Das haben wir schon tausendmal geübt und im Krieg schon hundertfach praktiziert. Mit den paar Bewachern werden wir fertig. Wäre nett, wenn wir wenigstens einen von ihnen lebend bekämen. Ich will wissen, wer ihre Auftraggeber sind. Falls die Frau stirbt, ist das kein Problem. Alles klar, Abfahrt in fünfzehn Minuten.«

Als sich die Tore der Zentrale von Asgard Security öffneten, meldete der Späher der GSG-9-Einheit, dass alle Söldner in ihren Geländewagen den Stützpunkt verließen. Unauffällig folgte er ihnen in einem Golf. Die Kunst der Observierung hatte er von der Pike auf gelernt.

Die Geländewagen fuhren bis auf zwei Kilometer an die Jagdhütte heran. Kaum ein Geräusch war zu hören, als die Männer von Asgard aufbrachen und sich durch den Wald bis an die Hütte heranarbeiteten. In ihrer Tarnkleidung und auf dem Boden kriechend, waren sie kaum zu sehen.

»Ich kann niemanden sehen«, stellte jemand über das Kehlkopfmikrofon fest.

»Die sind wahrscheinlich alle in der Hütte«, kam als Antwort. »Wir schießen zwei Blendgranaten rein. Dann werden wir sie schon recht schnell vor der Flinte haben.«

Kurz darauf zerschmetterte etwas die Fensterscheibe, etwas knallte zweimal entsetzlich laut, und es wurde furchtbar hell in der Hütte. Aber drinnen regte sich nichts.

»Legen Sie Ihre Waffen weg und ergeben Sie sich! Sie sind umstellt! Jeder Widerstand ist zwecklos!«, bellte stattdessen eine Stimme aus einem Lautsprecher.

»Scheiße, das ist eine Falle!«, rief einer der Asgard-Söldner, warf sich herum, kniete sich und wollte feuern. Doch ein Schuss in sein Gesicht und einer in seinen Hals beendeten diesen Versuch. Hinter der Hütte sprang ein anderer auf und versuchte sein Glück im Stehen. Ein Schuss ins Bein beendete sein Aufbegehren. Schließlich warfen alle Söldner ihre Schusswaffen und Messer nach vorn und spreizten auf Kommando durch den Lautsprecher Hände und Füße weit von sich, bis sie nach und nach von GSG-9-Angehörigen mit Kabelbindern gefesselt worden waren.

Helmut Fuhr und Tanja Wedekind gingen umher und sahen sich die Gefesselten genau an.

»Oh verdammt«, raunte Fuhr. »Sven Neufang fehlt.«

Das Ganze war verrückt. Er folgte der Stimme aus einem Traum. Caspari parkte seinen Volvo vor Holger Uhls Haus. Er schloss die Haustür auf und ging in den Keller. In einem der Räume befand sich die Schutzkleidung. Caspari kleidete sich exakt so, wie es ihm eine innere Stimme sagte. Er schloss die Kellertür auf, stieg die Außentreppe hinauf und atmete noch einmal tief durch. Dann setzte er den Imkerhut auf und ließ das Netz nach unten fallen. In aller Ruhe überprüfte er noch einmal seine Kleidung. Die Ärmelbünde der Jacke hatte er über die Handschuhe gesteckt, die Hosenbünde über die Schuhe. Die Jacke steckte in der Hose. Das Netz des Hutes bedeckte den Hals, sodass kein Insekt von dort aus an ihn herankam. Er kam sich vor wie ein Michelin-Männchen. Jeder echte Imker hätte sich sicherlich über ihn kaputtgelacht.

Mit klopfendem Herzen ging er auf das Bienenhaus zu, schob den Riegel von einer der Türen beiseite und öffnete sie. Er brauchte einen Moment, um sich an das Licht dort zu gewöhnen. Als er alles deutlich sehen konnte, suchte er die Nische, die er im Traum gesehen hatte. Mit einem Netz vor den Augen und einer Schar Bienen, die um ihn herumflogen, war das alles andere als einfach, zumal es dieselbe Farbe wie das ganze Bienenhaus hatte. Nach einer Weile entdeckte er es. Mehrmals griff er danach. Doch mit den Handschuhen bekam er es nur schwer zu fassen. Endlich hatte er es in den Händen. Erleichtert atmete er auf. Langsam drehte er sich um und sah Sven Neufang und eine Frau vor sich stehen. Neufang hielt eine Pistole im Anschlag.

»Na wunderbar. Dann haben wir das ja auch endlich gefunden. Sehr schön. Vielen Dank.«

In diesem Moment ging etwas wie ein Schemen an Caspari vorbei mitten in das Bienenhaus hinein.

»Was war das?«, fragte die Frau.

»Was weiß ich?«, erwiderte Neufang. »Nimm ihm das Kästchen ab.«

»Der steht mir zu dicht bei den Bienen. Ich möchte nicht so enden wie Oliver«, entgegnete sie.

»Du hast recht«, stimmte Neufang zu. »Kommen Sie her, aber langsam, damit die Bienen nicht nervös werden!«

Caspari hörte ein gewaltiges Summen und konnte plötzlich nichts mehr sehen.

»Rühren Sie sich nicht!«, sagte eine Stimme in seinem Kopf.

»Sven, was passiert da?«, fragte die Frau mit aufgeregter Stimme. »Der Mann ist ja komplett mit Bienen bedeckt.«

»Ich weiß es auch nicht!«, antwortete Neufang nervös.

»Lass uns hier verschwinden«, bettelte sie.

»Ohne die Festplatte können wir nicht gehen«, widersprach er.

»Mit der Festplatte werden wir vielleicht zu Tode gestochen.«

»Caspari, lassen Sie das Kästchen fallen, sonst knalle ich Sie ab. Mit oder ohne Bienen«, drohte Neufang.

»Tun Sie, was er sagt«, hörte Caspari die Stimme in seinem Kopf sagen und ließ los. In diesem Moment verließ ihn der schützende Kokon aus Bienenleibern und stürzte sich wie eine zornige Flut aus Flügeln und Stacheln auf Neufang und seine Begleiterin. Caspari überlegte nicht lange und warf sich zu Boden. Tatsächlich feuerte Neufang in seiner Verzweiflung mehrmals mit seiner Waffe herum. Es nutzte ihm nichts. Caspari hielt sich die Ohren zu, um die Schreie der beiden nicht hören zu müssen. Irgendwann war Stille. Selbst das wütende Brummen war einem friedlichen Summen gewichen.

Noch immer fassungslos darüber, dass er diese Situation überlebt hatte, richtete sich Caspari auf und schloss die Tür des Bienenhauses. Dann hob er das Holzkästchen auf und ging an den beiden Toten vorbei. Die verquollenen Leichen wollte er sich nicht ansehen. Die Fotos von Oliver Busch hatten ihm einen Eindruck davon vermittelt, welcher Anblick ihn dort auf dem Rasen erwarten würde. Er ging um das Haus, setzte sich auf die Treppe und nahm den Imkerhut vom Kopf.

»Anders konnte ich Ihr Leben nicht retten«, sagte die Stimme in seinem Kopf.

»Ja, ich weiß«, antwortete Caspari laut.

Vor dem Haus bremste quietschend ein Wagen mit Blaulicht auf dem Dach. Fuhr sprang heraus und sah ihn erleichtert an. Caspari öffnete wortlos das Kästchen und kippte den Inhalt in einen seiner Handschuhe. Die externe Festplatte hielt er dem Präsidenten des Bundeskriminalamtes hin. Der nickte anerkennend.

»Ist Ihnen zufällig Neufang über den Weg gelaufen?«

»Zufällig wohl weniger. Der ist neben dem Haus.«

Fuhr gab den beiden GSG-9-Beamten, die ihn begleiteten, ein Zeichen.

Caspari winkte ab. »Um den haben sich schon die Bienen gekümmert. Kein schöner Anblick.«

»Gut, dann schauen wir uns an, was sich hinter ›Fenris‹ und ›Gleipnir‹ verbirgt. Tanja ist schon mit einer Staffel der GSG 9 nach Lettgenbrunn unterwegs. Kommen Sie mit?«

»Gern. Vorher möchte ich aber noch die Imkerkleidung loswerden«, antwortete Caspari, was fast im Klang der Martinshörner unterging, die von den herannahenden Streifenwagen kamen.

Nachdem er die Sachen im Keller wieder an Ort und Stelle gelegt hatte, begegnete ihm Jürgen Jungmann vor der Haustür. »Junge, was hast du da wieder angestellt?«

»Die Welt gerettet, Jürgen. Wie immer.«

»Nun trag mal nicht so dick auf«, antwortete der und klopfte ihm auf die Schulter.

Caspari fuhr voran, da er den Weg kannte, der Wagen von Fuhr folgte ihm.

Als sie an dem früheren Bauernhof am Ortsausgang von Lettgenbrunn ankamen, war schon ein Rettungswagen samt Notarzt eingetroffen.

Tanja Wedekind empfing sie. »Helmut, das musst du dir unbedingt anschauen. In einem Trakt befindet sich ein hochmodernes Labor, in dem nach Aussagen der Biochemiker ein sehr aggressives Virus lagert. Wir brauchen hier unbedingt Spezialisten für biochemische Waffen von der Bundeswehr.

Wir haben alle erst einmal zugesehen, dass wir aus diesem Labor rauskommen.«

»Für wen ist der Notarzt?«, fragte Caspari.

»Für Holger«, antwortete sie, während ihre Augen feucht wurden. »Er liegt in einem Krankenzimmer. Sieht nicht gut aus. Ein Wunder, dass überhaupt noch so etwas wie Leben in ihm ist. Der Notarzt hat den Rettungshubschrauber für ihn bestellt.«

Gerade noch einmal gut gegangen

»Wissen Sie, wie viel Glück wir hatten, dass dieser Zirkel mit seinem Vorhaben gescheitert ist?«, fragte Fuhr Caspari, nachdem sich mehrere Abteilungen des BKA und der Verfassungsschutz gründlich mit Holger Uhls Festplatte befasst hatten.

»Ich denke, es war weniger Glück als die Bereitschaft zweier Menschen, ihre Existenz aufs Spiel zu setzen, um diesen Spuk zu verhindern«, widersprach Caspari.

»Ja, da haben Sie natürlich recht. Nicht zu vergessen die Hartnäckigkeit des ›Nussknackers‹, wie Sie dank einer kleinen Indiskretion neuerdings genannt werden.«

Caspari unterdrückte ein Grinsen.

»Ich konnte die Szene dank Pegasus mitverfolgen. Ich muss gestehen, es hat mir eine gewisse Genugtuung verschafft. Aber nicht, dass mir das einreißt.«

»Niemals!«

»Um wieder zu den Plänen des Zirkels zurückzukommen: Im Herbst dieses Jahres wollte er, zusammen mit den Verbündeten im Ausland, mit diesem Virus namens Fenris losschlagen. Stellen Sie sich das einmal vor. Da gehen die hin und lassen dieses Virus in den Herkunftsländern der Flüchtlinge und hier bei uns in den Unterkünften der Asylbewerber los. Das schürt natürlich die Vorurteile und den Hass der deutschen Bevölkerung. Und das sollte in vielen anderen Ländern ebenfalls geschehen. Das Virus hätte sich auf die Bevölkerung übertragen, und dann kämen die Herrenmenschen als Erlöser mit dem richtigen Impfstoff namens Gleipnir zur rechten Zeit daher.«

»Die ideale Grundlage, eine Regierung zu stürzen«, meinte Caspari. »Nicht nur in Deutschland, auch in vielen anderen Ländern. Das alles für den irrsinnigen Traum von einer Welt unter der Herrschaft einer arischen Herrenrasse.«

»Heinrich Himmler lässt grüßen.«

»Ich hoffe, dieses ganze braune Gesocks kommt nicht mehr aus dem Gefängnis heraus. Sicherungsverwahrung nach der Verbüßung der Gefängnisstrafe«, ereiferte sich Caspari.

»Wir werden sehen.«

»Wie geht es mit Ihrer Schwester und Holger Uhl weiter?«

»Beide wurden vollständig rehabilitiert. Angesichts dessen, was sie verhindert haben, erschienen ihre Vergehen in einem eher schwachen Licht. Holger Uhl erholt sich derzeit in einer Rehaklinik. Es wird noch lange dauern, bis er wieder ganz hergestellt ist. Meine Schwester hat einen Kontakt zwischen ihm und seinem Sohn hergestellt. Das gibt ihm Lebensmut und Auftrieb.«

»Das freut mich«, sagte Caspari.

»Lassen Sie uns über Sie reden«, schlug Fuhr vor. »Wie geht es mit Ihnen weiter?«

»Mit halber Dienstzeit bin ich bisher gut zurechtgekommen. Ich befürchte, mehr könnte meiner Gesundheit abträglich sein«, gestand Caspari ganz offen.

»Sie sind einer meiner besten Leute. Ich möchte Sie nicht verlieren. Mal sehen, ob wir mit Ihrem Arzt etwas auf dem Weg der eingeschränkten Dienstfähigkeit hinbekommen. Gegebenenfalls können Sie ja noch Vorlesungen an der Polizeifachhochschule halten.«

Zwei Wochen später begleitete Caspari Clara zur Gerichtsverhandlung. Tom Kalkbrenner saß wie ein Häufchen Elend auf der Anklagebank. Er bekannte sich in allen Punkten der Anklage schuldig. Anne saß neben seinem Vater auf der Besucherbank und nickte ihm aufmunternd zu.

»Pfarrerin Frank, warum haben Sie keine Anklage gegen den jungen Mann erhoben?«, fragte die Richterin.

»Weil ich glaube, dass Tom ohnehin genug Probleme hat. Da muss ich nicht noch etwas obendrauf packen. Sein Angriff war feige, ohne Zweifel. Aber ich glaube, er war zu diesem Zeitpunkt schon lange nicht mehr er selbst. Ich glaube an die Macht der Vergebung, und ich hoffe, dass er daraus etwas lernt.«

Die Richterin bedankte sich und fragte Tom, ob der noch etwas sagen wollte.

»Mir ging es schlecht, und ich hab gedacht, Härte und Gewalt wär'n der richtige Weg, damit fertigzuwerden«, sagte er und begann zu schluchzen. »Ich war ein dummer, arroganter Typ. Ich habe anderen wehgetan, weil es mir schlecht ging. Es tut mir so leid, Frau Frank. Ich wollte das nicht. Es ist einfach so passiert. Ich würde alles tun, um das wieder rückgängig zu machen. Sie haben mich nie aufgegeben. Und ich hab's Ihnen so gedankt.«

Tom wurde wegen schwerer Körperverletzung zu einem Jahr Jugendstrafvollzug verurteilt. Da das Jugendgefängnis in Gelnhausen lag, erhielt er die Genehmigung, den Unterricht zu besuchen, während er seine Strafe absaß.

Epilog

Seine Knie fühlten sich mit einem Mal an wie Butter, als er gemeinsam mit Clara durch den Gang der Marienkirche zum Traualtar schritt, während der Kantor zu ihrem Einzug an der Orgel alles gab. Endlich waren sie nach so vielen Höhen und Tiefen in dieser Kirche und sprachen das laut aus, was sie schon lange lebten: das bedingungslose Ja zueinander. Als Dekan Kern am Ende der Hochzeit den Segen über sie sprach, wusste Caspari, dass alles gut werden würde, egal mit welchen Höhen und Tiefen sie in Zukunft zu kämpfen hätten.

Danke!

Um ein Buch zu schreiben, bedarf es Handwerk, Fleiß, Talent und Inspiration. Doch was wäre ein Autor ohne all die Menschen, die ihn unterstützen, bereichern und motivieren. Mein Dank gilt den Menschen, ohne deren Unterstützung ich dieses Buch nicht hätte schreiben können:

- Meinem Lektor Lothar Strüh für seine Beharrlichkeit und seinen Mut, beim Feinschliff des Manuskriptes nicht lockerzulassen.
- Meiner Literaturagentin Conny Heindl sowie dem Team vom Emons Verlag für die phantastische Betreuung.
- Der Kriminaloberrätin Jenny Breede, die mir wie immer bei der Recherche eine große Hilfe war. Es ist immer wieder erschreckend, die wahre Dimension des Verbrechens zu erfassen!
- Dem Psychiater Andreas Koch, der mich fachlich bei so manchem Scotch eingehend beraten hat. *Slàinte mhath!*
- Andrea Euler für ihre Kommentare beim Entstehen und schließlich als Erstleserin dieses Krimis. Sie und ihr Mann Stefan Simon können sich mit Fug und Recht als meine Entdecker bezeichnen. Hätten sie mich in den Jahren 2005 und 2006 nicht ständig in ihrer Buchhandlung mit »Aufenauer Zauberfeder« angesprochen, hätte ich wohl nie mit Claras und Casparis Abenteuern begonnen.
- Meinen Lehrmeistern im ursprünglichen nahkampforientierten Karate: Vince Morris, Werner Dietrich und Roland Habersetzer. *Arigatōgozaimasu!*
- Meinen Schülerinnen und Schülern der Kreisrealschule Bad Orb, mit denen ich sehr intensiv zu den Themen »Kirche unter dem Hakenkreuz« und »Sterben, Tod und Auferstehung« gearbeitet habe. Ihr Engagement war der zündende Funke, der mich dazu bewegte, einen Kriminalroman über die Gefahr des wieder aufkeimenden Nationalsozialismus zu schreiben.

- Zudem ließen mich die Berichte der Menschen nicht los, die Nahtoderfahrungen gemacht hatten, was seinen Niederschlag in diesem Buch gefunden hat.

Mein Dank gilt auch meinen Quellen für Claras fachkundigen Religionsunterricht:

- Den Mitarbeitern der Amadeu Antonio Stiftung, deren fachlich und didaktisch hervorragend aufbereitete Beiträge auf der Homepage mir sehr weitergeholfen haben. (www.amadeu-antonio-stiftung.de).
- Den Herausgebern eines wunderbaren Religionsbuches, mit dem ich sehr gerne unterrichte: Kraft, Gerhard u. a. (Hrsg.), Kursbuch Religion 3, Stuttgart und Braunschweig 2007.

Vielen Dank euch und Ihnen allen für diese phantastische Unterstützung!

Casparis erste vier Fälle als eBook:

Matthias Fischer
DIE FARBEN DES ZORNS
ISBN 978-3-96041-040-9

Matthias Fischer
TÖDLICHE VERWANDLUNG
ISBN 978-3-96041-041-6

Matthias Fischer
SCHLAFENDER DRACHE
ISBN 978-3-96041-038-6

Matthias Fischer
DAS GIFT DER PROPHETEN
ISBN 978-3-96041-039-3

MATTHIAS FISCHER
DIE BESTIE VOM KINZIGTAL
Kriminalroman
emons: